revolving
doors

旋转门

老刀 著

作家出版社

目 录

第一章　风起

1.1

一大早，任鸿飞一身高尔夫球服，就风一样进了办公室，鞋钉儿上沾的泥，在锃亮的棕红色木地板上留下一连串印迹，猫爪一般，看着格外刺眼。

公司副总裁谭笑风、罗鸣，总裁办主任顾东阳，公关总监魏雨绸等一干人，早已候在一旁，等老板训话。谭笑风昨晚斗地主斗了个通宵，忍不住打哈欠，赶紧把嘴捂上，挺了挺腰板。

秘书文质斌瞅着地上的猫爪印儿，有点儿醒不过神儿来。他在犹豫是现在还是过一会儿再叫人把猫爪印儿清理干净。他从未见过任鸿飞这身装束就进了办公室。老板对员工着装要求极严，不允许邋里邋遢、随随便便就进入办公楼；而老板自己，也从来都是西装革履或唐装布履，浑身上下透着干净利落、一丝不苟。文质斌自打几年前从四道口金融学院毕业进入公司时起，就暗地里把这个男人当作终生偶像。

其实，今天是个周末，除了文质斌值班，其他人都照常休息。文质斌昨天已经为老板订好了球场，约了刚刚退休的前市长郑重文和南华银行行长包起帆，一早去静心湖打球。自然，还有那位电视台主持人林丹妙小姐作陪。

可刚过八点来钟，文质斌就接到老板随行保镖王铁男的电话，说老板让赶紧召集谭笑风等几位在家的副总和总裁办相关人等，到办公室候命，老板正往回赶。

什么事儿能让老板把郑市长和林小姐都撂在一边儿、急匆匆赶回来呢？

"看来事儿不会小了。"文质斌心里暗忖。

"你们都看到刚出的《蓝财》了吗？"任鸿飞随手把球帽往老板台上一扔，尚未落座，急匆匆地发问。

大家都有些摸不着头脑，还以为是什么大不了的事儿！刚接到通知时，不少人还赖在床上，匆匆洗把脸，就紧赶着奔了过来，早饭都没顾上，哪有闲心去关心一本杂志。何况，老板要求公司上下"防火防盗防记者"，除了偶尔看看《新闻联播》，大家都躲媒体远远的。

只有谭笑风心里直打鼓。老板周末一大早兴师动众的，难道《蓝财》搞出了什么幺蛾子？《蓝财》是份杂志，还是报纸，他还不大清楚。

谭笑风扭头看了看魏雨绸。魏雨绸说："我们跟《蓝财》打过交道，《蓝财》行事有些'各色'，不太好啃，我们正加紧公关。"

任鸿飞打断他："打过交道还捅我们一刀？《蓝财》把我们翻了个底儿朝天知道不？都上各大网站头条了，你们竟然还蒙在鼓里！谭总，你干什么去了？"

老板脸色阴沉，语气格外严厉。

谭笑风这才感到有些紧张，像是被老板发现昨晚的秘密似的，胖脑门上沁出些细汗。刚才还满脑子的瞌睡虫儿，这会儿像被兜头泼了盆凉水似的，一个激灵，消失得无影无踪。

他在公司主管行政后勤人事公关等职能部门，之前跟老板打过包票，他们已经建立的层层防火墙，会把媒体挡在门外，绝不会让他们掺和公司的事儿，说三道四搅浑水。没想到这下子冷不丁的，按下葫芦浮起瓢。何况，发生这么大的事儿，他竟然连一点儿风声都没有觉察到，昨晚还斗了一晚地主。

"在这个时候，《蓝财》节外生枝，煽风点火，万一招惹出什么事儿，谁能扛得起，嗯？"任鸿飞用手指敲了敲桌子。

谭笑风脸上的汗，忽地下来了。他并不是害怕老板，即使老板不点他，他也知道事情的严重性。

谭笑风低下了头："老板，我错了。"

任鸿飞摆了摆手："现在还不是追究错误的时候，说说怎么应对吧。"

谭笑风这才回过神儿来，赶忙说："我们这就安排各地的机构，先把报摊上的杂志全收了，网络上也清理干净。趁周末人还在休息，阻止消息进一步扩散。"

任鸿飞说："那还杵在这儿干啥？赶紧动啊。罗总，你们的人也协助下。另外，约下《蓝财》的社长，看看什么用意。"

"是"，大家一边答应，一边获得解放似的，一溜烟儿跑开了。

任鸿飞急不可待地打开桌上的苹果电脑，看看文章到底都说了些啥。

刚才在球场上，才刚刚打了一个洞，一位商界老朋友就打过来电话：任总，你们复利集团火了啊，前世今生，已经在网上疯传开了！

任鸿飞接完电话，本想让谭笑风去处理，但越想越蹊跷，越想越不对劲儿，手也不听使唤似的，接连打出了几杆臭球儿。遂无心思再打，匆匆向客人抱拳致歉：郑市长包行长，实在对不住，公司出了点儿急事儿，请丹妙小姐陪二位接着打，改天我再奉陪。

这就火急火燎地赶了回来。

果然，在腾浪网首页上，《蓝财》那篇《起底"黑马"复利达丰》的封面文章，已被制作成极其打眼的《黑马"复利系"横空出世 超级炼金术迷雾重重》的大标题，被顶到了财经版块的头条。

文章从不久前复利达丰集团收购通汇商业银行开始写起，细致钩沉出复利达丰及旗下公司最近几年来在资本市场上大踏步的举牌和并购，称不经意间，一个横跨多个产业并拥有多张金融牌照的复利系，悄然浮出水面。文章还追溯出突然横空出世的复利达丰投资控股公司的来龙去脉，及其与物华天宝集团的种种交织关系和可疑之处。

文章最后追问道："任鸿飞的超级炼金术从何而来？我们将继续关注。"

任鸿飞看得浑身燥热，口舌发干。他感觉有双犀利的眼睛，像紫外线切割刀一样，在他身上划了条深深的细缝，从头顶一直划到脚底，把他的五脏六腑全露了出来。

这么多年来，他还从没有过这种被扒光衣服、骤然暴露在大庭广众之下的感觉。

但理智，很快又把这种感觉压了下去。

文章本身倒没有什么大不了的，不过是对复利达丰投资控股公司，以及复利集团过去一些年所走过的路、所留下的印迹，做了下回溯，充其量，算是旁观者透过他们紧闭大门的缝隙，朝里面瞄了几眼，看到了公司庞大的身影，触及了些皮毛，嗅得了一丝不同寻常的气息，但对公司的核心业务和商业机密，并没有摸到。

其实，只要稍加用心，找到复利达丰这些年在资本市场上跑马圈地的蛛丝马迹并不难。任鸿飞虽然用了很多障眼法，但不可能不留下一点儿痕迹。

文章真正的要害是，把物华天宝带了出来。任鸿飞不能不有所顾忌。

实际上，早在几年前，任鸿飞已经开始有所安排。在复利达丰投资控股公司在南华市注册成立，并准备大踏步地进军金融业时，他就通过叠床架屋的股权设计，转让股权，用不同的公司交叉持股，以及不断注册新公司收购老公司业务等等方式，对物华天宝的股权、业务和投资等，进行了清理，并给新公司套上厚厚的马甲，把核心股权架构和商业机密，包裹得严严实实。

所以，不仅外人，甚至公司新来的人，都只知道复利达丰，只知道任鸿飞是公司法人代表、董事长和总裁，是公司的老板，并不清楚公司的真正底细和来龙去脉。

《蓝财》究竟有何神通，竟然把已经成为空壳公司的物华天宝都挖了出来？

任鸿飞越往下想，疑惑越重，心里越没底。

难道是公司出了"内鬼"，泄露了天机？

他觉得又不像。

实际上，公司的核心股权架构和安排，外人很难摸得清楚。股东之间、股东和代持人之间秘不示人的私下协议，只有当事人自己才知道。而在公司前前后后的核心高管中，谭笑风、何乐为、罗鸣都是他的铁杆兄弟，李成梁是刘洋洋的同学，他们在复利达丰集团旗下纵横交错、层层叠叠的各级公司中，分别持有股权，利益都捆绑在一起，一荣俱荣，一损俱损，不太可能吃里扒外。而下面那些为数众多的子公司、孙公司的高管们，更是只知其一不知其二，他们即使想透露什么，也很难说得清楚。

他想象不出内部能出什么问题。

任鸿飞的眼光，落在了"本刊记者谈何容"这个名字上。这个家伙手眼如此神通，究竟是什么来头？是他自己好事，还是受了什么人指使？他这时候弄这篇文章，有什么目的？

任鸿飞满腹狐疑。

从文章内容上看，这个家伙应该下了不少功夫，跑了不少地方，搜集了公司的很多材料，甚至把任鸿飞出现在内地和香港报纸上的老照片都翻了出来。虽然整个文章线索芜杂，不分主次地把荤的素的全都端上了桌，甚至有一些地方还穿凿附会，但并非瞎子摸象、完全不沾边儿。文章能把物华天宝扯出来，已经触摸到了公司的要害之处，只是作者可能并没意识到，把这个早期公司混杂在其他的一堆公司之间。文章最后还说"继续关注"，难道他手里还掌握了更多的材料？

任鸿飞不敢继续往下想。

他担心的倒不是这篇文章，而是这篇文章开了个很不好的头儿，如果由此引起媒体炒作和社会广泛关注，顺藤摸瓜追下去，很有可能拔出萝卜带出泥。他不清楚还有什么东西在人手里捏着，还会扯出什么幺蛾子。

任鸿飞皱了皱眉头，心里有说不出的厌烦。

"绝不能任由媒体炒作下去！"任鸿飞抿了下嘴唇，暗暗咬牙。他在纸上不自觉地写了几个谈何容，又全部划掉，把纸一搓，扔进了废纸篓。

"躲媒体远点儿"，这是任鸿飞给集团上上下下定的规矩，包括他自己。

实际上，任鸿飞从内心里不太喜欢和媒体打交道。

他认为媒体除了给公司惹事儿，提供不了太多价值。在他心里，媒体从来都是浮光掠影、夸夸其谈的，拿鸡毛当令箭，做些表面文章。媒体永远进入不了他的内心。当然，他也不希望他们进入。

他甚至看不上王大嘴那些成天在媒体上叽叽歪歪、泡沫横飞的家伙。他认为他们本质上算不上生意人，虽然做着生意，却有着别样目的。而对于生意人来说，咬人的狗不叫，老是叫嚷的企业，要么已经取得别人无法觊觎的绝对垄断地位，要么是公司的产品和业务模式已经走到尽头，再无秘密可言。

而他都不是。

任鸿飞不想跟媒体绕着圈子、不着四六地闲扯。

可是，他虽然想躲开媒体，媒体却像苍蝇一样在他眼前飞来飞去，嗡嗡地叫。尤其是后来，他在资本市场上动辄数亿元、数十亿元的投资和并购，已经无法躲开各种媒体的追逐。

在与地方政府签署战略合作协议、下属公司上市挂牌等不得不公开露面的场合，面对媒体，他总是躲躲闪闪。实在躲不过，都表现得异常客套、低调和平庸。他甚至像孙悟空一样，用金箍棒画了个圈儿，把公司的核心问题罩住，话题总在圈子外绕来绕去，闪烁其词。

这也让不少媒体感觉，这个看着还算年轻有为的老板，不过是个撞了狗屎运的家伙，肚子里实在掏不出什么东西，也就懒得过多地去关注他。

也正因为如此，在各类媒体报道，以及各种富豪榜榜单上，他的名字都很少出现。任鸿飞也落得清静，心无旁骛地专注于他的事业。

在任鸿飞印象中，他只接受过林丹妙那次算是比较正式的单独采访。

实际上，那次采访也是个意外。

那已经是两年前的事儿了。在他刚移师南华市不久，林丹妙不知从哪里知道了他，此后，多次打电话死缠烂打，希望采访他。但都被他委婉而又坚决地拒绝。虽然在电话里，林丹妙清脆悦耳的声音像水果的气味飘过来，让他觉得甜丝丝的。

但是，他的拒绝，反而激起了林丹妙的好奇心。要知道，她的节目，有多少老板、富豪，托关系、找路子想露回脸儿，并以此为荣。她拉家常似的对话方式，总能把那些高不可攀、貌似不食人间烟火的老板，拉回到人间，还原成一个有着七情六欲的人。而任鸿飞算哪路神仙？竟然拒绝了她，是脑子里进水了吗？

她在电话里开玩笑似的激将任鸿飞："任总，您是不是对自己形象不够自信啊？"

任鸿飞说："林小姐真是火眼金睛啊，还真被你看穿了，确实有些对不起观众。"

林丹妙说："您没看互联网大佬牛天骄，长得跟外星人E·T似的，越丑越有个性，越丑越有魅力啊。"

任鸿飞说："我不是还没修炼成牛天骄嘛。"

不过，当林丹妙堵上门来时，任鸿飞发现自己根本无法拒绝。当时，林丹妙打着任老板老朋友的名义闯进来，前台和保安都没敢拦着。

她风风火火地上楼，闯进了他的办公室。

任鸿飞一抬头，仿佛感到眼前一道彩虹闪烁，让他眼前陡然一亮。

任鸿飞到后来，都一直没看过林丹妙主持的那期《与精英对话》节目。虽然林丹妙把VCR发给了他，他都没打开。他记得当时他对公司业务，都是以"时代飞速发展、人人皆有可为"之类的老生常谈，打马虎眼过关。倒是在时代变迁、投资感悟、生意与生活、公益慈善等方面，歪打正着地时有妙语，他能感觉到林丹妙似乎比较满意。

其实，他的眼睛和神思，一直停留在林丹妙所带过来的那道彩虹上。

采访过程中，他始终感到眼前有一团波光在荡漾，就像冬日午后的阳光扫过牛奶反射出的柔光，带着奶香，在他脸上晃来晃去；又像潮水一样，一会儿涌到脚面，漫过全身，一会儿又轻轻退去，稍纵即逝。

他的心像被猫抓似的痒痒得难受。

他感到身体里有颗已经休眠了多年的种子，悄然苏醒、膨胀、破土，露出新芽。他无法理解林丹妙到底触动了他的哪根神经。

不出所料，就在节目播出后不久，公司高级顾问肖东方就打来电话，询问他接受媒体采访的事儿，谆谆告诫说：鸿飞啊，公司还不到可以张扬的时候，虽然这次采访问题不大，但你一抛头露面，开了口子，媒体就会蜂拥而至，穷追猛打。这次没问题，保不齐以后会扯出什么事儿。还是躲远点儿、低调点儿为好，切勿头脑发热。

肖东方的话虽然一如既往的沉静，但在任鸿飞听来，还是相当严厉。在电话这头儿，他都似乎能清晰地感觉到肖东方的不放心。

在这之前，肖东方几乎从来没对他这么说过话。

一直以来，肖东方对他所做的决策和所作所为，总是时时流露出欣赏和赞扬。哪怕有的决策，肖东方并不太赞同，但也常常等任鸿飞自己去体悟、去修正。尤其是在任鸿飞移师南方之后，虽然肖东方还挂着公司高级顾问头衔，但基本上是既不顾也不问。

肖东方甚至曾当着任鸿飞的面，半开玩笑地对老伴儿说："鸿飞做事儿，风格最像我，怎么会不是你生的呢？"

老伴儿嗔怪道："这该问你自己！"

这时候，任鸿飞总是顺水推舟："您老就把我当成您的儿子。"

在任鸿飞的心里，倒真的希望有这样一个父亲。

肖东方算得上非常温和的人。他的温和，就像一块海岸边的巨石，在海水天长日久的激荡和冲泡下，逐渐打磨出的圆润和雍容，而底子里的硬朗、傲然屹立，是只有他们那些在大院里待过的人，才具有的。

肖东方近些年深居简出，偶尔出现在公共视野里，一般都是在书画展览等文化圈里的活动上。他喜欢收藏名人字画、古玩瓷器什么的，尤其是齐白石、吴冠中、吴昌硕等，没事儿时，还经常临摹齐白石，最痴迷画丝瓜、南瓜、兰花之类的。

肖东方有时候也出现在风景名胜之地，陪画家一起去写生；或在深山古刹，与庙里的方丈住持等大和尚海聊，偈语禅锋，机巧逢迎。这让很多人很难理解，觉得与他年轻时的形象大相径庭。不过，在任鸿飞眼里，肖东方慈眉善目，还真有几分佛相。

多少年来，肖东方几乎从不在公司露面。他和任鸿飞的见面，大多是在他家的院子里，和任鸿飞喝茶、下棋，吃他在花园里亲手种的丝瓜、南瓜，谈今论古。

肖东方和任鸿飞聊得最多的，是公司以外的事儿，哲学、历史、艺术、格局和人生之类的。而对于公司的运营，刚开始时还认真地听听汇报，参谋参谋，到后来，甚至大到数亿数十亿元的项目，当任鸿飞把公司精心准备的项目书摆在他书案前，肖东方有时轻描淡写地问几句，但更多时候，连翻都不翻。

"你们认为可行，就去做吧。"肖东方常常这么说。

大多数时候，任鸿飞都是按照自己的想法去做，也一直顺风顺水。只有在拿不准，或遇到困难时，任鸿飞才去找他。不管遇到多大的困难，有多难迈的坎儿，也似乎总能迎刃而解，化险为夷。

任鸿飞觉得，肖东方就像他走夜路时的手电筒，光亮一直照在他的前方。路虽然是他自己走的，但在他心里，一直觉得这道亮光，是他的指路明灯和底气所在。

几笔生意过后，任鸿飞心里更加清楚，肖东方不仅是公司的灵魂、枢纽和旗帜，他还是手摇羽扇的诸葛亮，一切尽在掌握。任鸿飞这一辈子永远也别想逃脱他，永远也别想另起炉灶。

当然，任鸿飞根本就没想过另起炉灶。

肖东方这次严厉的提醒，是任鸿飞到南华后的第一次，也是最后一次。这已经足够让他时时警醒。

任鸿飞已经深刻地领悟到，耐不住寂寞，修不成真身。要做出惊世伟业，就必须像导弹元勋一样，暗中使劲儿，不动声色，不留痕迹。

他有时感觉自己就像李白描写的侠客："十步杀一人，千里不留行，事了拂衣去，深藏身与名。"

这种感觉让他很爽，虽然有时也有一种锦衣夜行的落寞。

不过，他在内心里，并不后悔这次和林丹妙的意外相遇。

自从见到林丹妙之后，他就像一个在夏夜里追逐着萤火虫的孩子，一直追逐着林丹妙的那道柔光。

在一个安静如水的晚上，他终于触摸到了那道光。他把那道光像蜜橘一样剥开，剥出其中的光斑，一瓣一瓣地含在嘴里。沁入肺腑的清爽和甘甜，像电流一样点亮他的每一根神经末梢儿。他感到自己坚硬的外壳，悄悄融化在奶白色的月光里，随风飘荡开来，无影无形，无声无息。

1.2

任鸿飞没想到，《蓝财》的总编辑陈不染一行竟然不请自来。

陈不染之前无数次路过这栋高耸在南江大道的复利大厦，但都没特别在意。在这座南方城市里，每天都有高楼大厦拔地而起，他已经司空见惯。

这栋方方正正的大楼，造型简洁，并未刻意彰显与众不同，反而像是有意要隐藏于江湖之间似的，低调，沉稳，朴实无华。但其巨大的体量，仍有傲视群雄的气势，尤其是其藏青色的玻璃幕墙，给人一种无形的压力感。这也使复利集团本来就鲜为人知的面目，披上了一层格外神秘的面纱。

陈不染自从走出中评社、南下创办这份以"中国福布斯"相标榜的《蓝财》杂志起，多年来，一直与各类企业家和富豪打交道，深知他们的底细和来龙去脉，称得上是阅尽人间春色。但是像复利达丰集团这样，竟然就在他眼皮子底下，不明不白地突然横空出世，还是让他的职业成就感，备受打击。

他必须要揭开它的庐山真面目。就像他以前登过的无数的山，只要有山横在那儿，他就无法视若无睹。

他指派杂志社的得力干将谈何容去做调查。

谈何容接过任务，先去复利达丰投资控股公司摸点儿线索，但是遭到委婉而又坚决的拒绝。

他只好采取迂回战术，先从侧面开始。

谈何容去南华市工商局查阅了复利达丰的工商注册资料。

复利达丰投资控股公司注册还没几年，显然是为接手庞大的业务而新设立的公司。股东经过几次增减，但任鸿飞等几个自然人并无变化。最大单一股东是任鸿飞，仅占20%多的股份；另几个自然人合计持有40%左右，但都名不见经传。谈何容从经验判断他们应该是马甲。另外的十几家股东则分散全国各地，包括电子、信息、地产、能源、科技公司、投资公司等等，五花八门。

谈何容再去查找这些股东的背景，网上搜不到，就赴当地查询，一直追到第二层、第三层，直到自然人为止。

复利达丰投资控股公司的情况，似乎并不复杂。但是，它成立时间这么短，就能够操作如此庞大的、涵盖了各类金融和实业的业务盘子，在资本市场上动辄数亿、数十亿元的投资、举牌和并购，资本从何而来？能量从何而来？

这显然无从解释。

不过，越是这样，谈何容越感到它像一个巨大的谜团，吸引他去解开。

谈何容之前做过无数次深度调查，算是行家里手，他知道如何切入。

谈何容先从任鸿飞着手，搜集关于任鸿飞的相关信息，再从他扩展开来，从他的股权关系、投资关系、业务关系、交往关系中，一步步梳理出与他有各种关联关系的公司，以及关联个人。

谈何容意外地发现了任鸿飞在复利达丰投资控股公司成立之前的两大抓手：佳美丰华房地产开发公司和物华天宝投资公司。

谈何容像找到了进入隧道的入口一样，欣喜若狂，继续向下追。他进入了一条无比漫长的隧道，看到前面闪出的光亮，却一直走不到尽头。

这次调查让他深感费劲，也深感痛苦。

他多次想放弃，但隧道里闪现的一丝亮光，又吸引他一直走下去。他就像一个抽烟多年的老烟枪，戒了多次，但过不了多久，又死灰复燃。

就这样，断断续续用了差不多半年时间，谈何容跑了九个省，查阅了100多家公司的注册资料和业务情况。

让谈何容感到吃惊的是，在复利达丰集团里，许多名不见经传的公司，甚至空壳公司，竟然牵扯进无数个让人如雷贯耳的人物。包括香港富豪、地产大佬、网络新贵、能源巨头、汽车大亨，还有电影明星、主持人等等。甚至其中有一些人，在《蓝财》的中国富豪榜上，都占有一席之地。

从这些人持有复利达丰集团或其下属公司微不足道的股份来看，谈何容猜测他们应该是被拉来为复利达丰"站台"的。

更让谈何容吃惊的是，在他进行调查时，有几位老板只知道他们和复利达丰之间，曾有些资金往来和项目合作，但并不知道自己在复利达丰集团里还名义上持有股份。

种种迹象显示，这肯定不是个一般的企业，里面蕴藏着重重玄机！

谈何容在调查过程中，已经开始一步步绘制复利达丰集团旗下各公司的股权结构和人物关系图。一有发现，他立即用不同的画线来标清。最后一看，100多家公司蛛网一样交织在一起，形成密密麻麻的一团。

这个结构关系图，彻底打破了他过去比较常见的控股公司"金字塔""倒金字塔"似的股权关系图的概念。以他多年的财经记者阅历，谈何容不知道这样的架构如何进行有效的管理，他甚至怀疑公司老板自己，能否搞得清这样的架构。

在谈何容苦苦琢磨如何命名这个架构时，"网兜"一词突然闪现在眼前。对，就是网兜结构！不管这个网兜织得如何缜密和复杂，最后都会聚到网兜两边的"提手"。一提提手，就会提起整个网兜。

这是哈佛商学院都没有的股权设计案例。

提手很清晰地指向两个人：刘洋洋和任鸿飞。他们分别用东方星空和复利达丰两家公司，拖曳着旗下整个庞大的网络。

谈何容查阅工商注册资料发现，东方星空投资公司几乎和复利达丰同时成立，注册在北华市的一个写字楼里。这显然是一个因持股需要而设立的公司。

但就在两三年前，在东方星空和复利达丰注册成立，并对物华天宝及旗下各个产业进行并购重组和重新架构时，物华天宝就像完成生命阶段的蚕蛹，仅留下空壳，两家新公司像两只漂亮的蝴蝶，从中破茧而出。

而肖东方在物华天宝的影子，也一同消失得无影无踪。任鸿飞以物华天宝集团的总经理身份，顺理成章地接过复利达丰投资控股公司的法人代表、董事长兼总裁职务。

谈何容似乎突然有些明白，复利达丰控股的能量究竟从何而来。它很可能是通过系列股权转换，接过物华天宝的衣钵而已。

但是，他又满腹疑惑，这么复杂的架构设计，究竟是为什么，是想隐藏什么吗？

本着职业敏感和狗仔精神，谈何容去了任鸿飞的老家。

这是个湘西的小山村，距离沈从文的老家凤凰，仅几十公里之遥。

在久居南方都市的谈何容看来，这里绝对算得上山清水秀、风景迤逦。远处苍松满山，翠竹葱葱郁郁，近处石桥流水，鸡鸣犬吠。好一派"采菊东篱下，悠然见南山"的田园景致！

小山村就坐落在山脚下，大约二三十户人家。石墙黑瓦，错落相间。谈何容从村民的衣着观察，这里与中国许许多多的乡村并无二致，在山村原始风物的底板上，铺上了层不得要领的现代气息，仿佛在极力追赶和拖曳住现代化的尾巴。就像一个老农刚从稻田里洗脚上岸，穿上了袖标尚未撕去的皱巴巴西服。

不用村民指点，谈何容一到村口，就认定村头那栋依山而建、现代感十足的三层小楼肯定是任鸿飞家的。这栋小楼不仅面积大，位置也比其他房子都高，差不多在半山腰上。

不出所料，任家大门紧锁。

村里的老人们都聚在乡村老年人活动室里，三五一群，围在一起搓麻将、打长牌。他们说任鸿飞早就把父母接到城里了，这栋房子从盖好就很少住过人，只是他父母偶尔回来看看。

谈何容从交谈中发现，村民们对任鸿飞的更深印象，大多还停留在他的孩童时代，那个小名叫作小鱼的孩子。

村民们七嘴八舌地说任家是外来户，好像祖上曾参加湘军打长毛，湘军解散后才落户到这里的。任小鱼那孩子从小调皮捣蛋，攀高爬低、抓鸟摸鱼绝对是好手。但这孩子聪明，学习好，中学就考到了市里，高考拿了市里的头名状元，去了东江读大学。再后来的事儿，大家也说不太清楚。听说是发了大财，还娶了大官的闺女。全家那时就搬走了。

村民们说：任鸿飞在这栋新房子落成时，回了趟村里，阵势很大。我们穷乡僻壤的，出了这么个大人物不容易，村里人都跟着沾了光了。他回来时也给村里捐了不少钱，修了水泥路，新建了学校、图书馆、老年人活动室等等，还给每家每户都封了大红包。现在村里的年轻人，很多都去了他的工地上打工。

谈何容的调查，让陈不染大喜过望。

陈不染知道他们这回逮到了一条大鱼。这个料儿足够吊起人们的胃口。无论是作为乡下草根青年乌鸡变凤凰的励志剧，还是商业成功人士驰骋商海的商战剧，拟或是攀龙附凤的狗血剧，甚至展示当前政商关系的时代剧，料儿足，味儿全，色彩丰富，香艳可口，都将会引起轰动效应。其效果，绝不亚于他当年揭露的"德隆的那些事儿"。

不过，在文章清样出来后，编辑部里出现了不同意见。

从复利达丰集团横空出世的逻辑上讲，不能不提物华天宝和东方星空，不能不提肖东方和刘洋洋，这可能会牵扯到更深内幕，我们能不能碰？

说实话，老陈心里也有些打鼓。

不过，让老陈感到没谱儿的，不是他们能不能碰，以他多年的中评社记者的历练，他知道这些人，并不是蛮干不讲理的人。恰恰相反，因为身份原因，他们都比较爱惜自己的羽毛，对所作所为合理性、合法性的顾忌，可能比常人还要多；反而是那些八竿子打不着的人，才会借着似是而非的名目，四处招摇。复利达丰集团能做到今天的规模，不是说仅仅靠背景和人脉关系就能做得到的。

真正让老陈犹豫的，是复利达丰这么大的规模，上上下下，牵扯到那么多的人和事，他们无法一一搞清楚其中的利害关系，万一不经意地碰倒了谁家的坛坛罐罐儿，会给杂志带来什么后果？

他不再是一名记者，而是杂志的负责人，他必须要对杂志和手下这一帮人负责。

更让他心里犯嘀咕的是，按照他自己确定的调查报道的一贯做法，谈何容必须要和复利达丰正面接触，要采访一下任鸿飞或刘洋洋，保证各种材料的真实性，以及各个材料之间的相互印证。不然，这个文章是有瑕疵的，甚至可能在逻辑上立不住脚。这样的文章发出来，会留下很多的后遗症。

但马上，大家又否定了去公司进一步采访和沟通的想法。

复利达丰已经明确表示不接受采访，若硬去，反而可能引起公司的警觉。以陈不染多年混迹江湖的经验，那样做，只会让稿子胎死腹中。他可以不听公司的，但不能不听有关部门的招呼。

老陈正犹豫时，没想到从复利达丰那儿传来消息。确切地说，消息是从任鸿飞的夫人刘洋洋那儿获得的。

审稿过程中，老陈动用几十年混迹江湖的人脉关系，侧面探听肖东方和刘洋洋的态度和反应。据一位接近刘洋洋的可靠人士透露：她早已不太过问公司的事儿。这位人士还强调说，任鸿飞是任鸿飞，刘洋洋是刘洋洋，任鸿飞做的事儿，跟刘洋洋无关。他在话里还暗示，刘洋洋和任鸿飞其实"早就分居了"。

这个信息太重要了，陈不染似乎平添了无数信心。

他甚至对自己刚才的犹豫不决，感到痛心疾首。

老陈啊老陈，你还是当年那个雷厉风行、为民请命的老陈吗？何时也变得这么瞻前顾后、前怕狼后怕虎了？ 如果连这么好的料儿都放过，那你当年放弃中评社的铁饭碗，来此干啥?!

在编辑部最后的通稿会上，陈不染指示谈何容，删除掉稿子中涉及肖东方和刘洋洋的段落，点到物华天宝公司为止，尽量客观陈述事实，对事不对人。留下后手。

然后，陈不染大手坚定地一挥："发!"

他甚至想把这个故事做成连续剧，一蛇多吃。他似乎看到了本期杂志洛阳纸贵的情形。

果不出所料，《起底"黑马"复利达丰》一文一经刊出，一炮打响，杂志卖得很火。

根据各驻地机构的反馈，当期杂志在各地报刊亭里，短时间内即销售一空，甚至被成捆地打包买走，有多少收购多少。不少销售网点纷纷打来电话，问杂志社是否还有库存，还加不加印。陈不染让印厂连夜加印了一批，发往各地。

不过，仅过了一天，陈不染就感觉到有些不对味儿。

门户网站的转载都撤掉了，甚至自家网站的链接也打不开了。说是接到有关部门口头通知，文章存在严重问题，要求删除。

更为严重的是，谈何容出事了！

据办公室报告，谈何容的丰田轿车，在他所居住的锦绣谷小区附近被砸了，几个不明身份的人把谈何容暴打一顿，牙齿也掉了一颗，鼻骨骨折，现在还在医院躺着。

陈不染决定先去医院探望一下。

谈何容躺在医院的病床上，脸已经肿胀成猪脸，头上缠着厚厚的绷带，露出两只肿成细缝儿的眼睛和嘴巴，差点儿没让陈不染认出来。

谈何容一见陈不染，就呜呜地哭了。这么多年做调查记者的过程中，虽然遭遇各种困境，甚至接到过威胁电话，但像这一次，一点儿征兆都没有，就直接挨上一顿痛扁，遭遇人身攻击，还是头一回！

陈不染问了问当时的情景，谈何容说，当时他下班回家，正准备停车，几个工地上农民工打扮的人凑上来，敲敲车窗，操着外地口音，问："你是《蓝财》的谈何容谈记者吗？"

谈何容还以为这几个农民工有啥冤情要申诉，刚摇下车窗露出头，就被几个农民工拉出来，不由分说，一顿拳脚交加。

谈何容抱着头躺在地上，还没反应过来，这几个人已经一溜烟儿跑得无影无踪。

谈何容一口咬定：这件事儿肯定是复利达丰的人干的。他最近除了弄复利集团的这篇稿子，没做其他事儿。他跟农民工能有何怨何仇？

陈不染听了，血直往头上涌。

他不能相信光天化日之下，有人竟能这样为非作歹、无法无天！他也不相信冠冕堂皇的复利达丰，竟会做出这种下三滥的事儿！

他一定要会会复利达丰，会会任鸿飞。

1.3

复利达丰投资控股公司的门，并没有想象中的那么难进。

在复利大厦顶部，从31层到40层，是复利达丰投资控股公司自己的办公区。大厦电梯只能到31层。公司保安拦住他们，盘问何人何事、是否有约。陈不染手下的人没好气地说：《蓝财》杂志的，来找你们任鸿飞！别拦我们！

保安给总裁办打完电话，从内部电梯护送他们直上40层。

陈不染站在复利大厦顶层宽大的会客厅里，脸色阴沉。

阳光透过会客厅几乎一面墙的落地窗，照在对面两行硕大的"堂堂正正做人，干干净净做事"隶书匾额上，有些晃眼。

陈不染心中愤愤不平，觉得这幅字简直是莫大的反讽。这不就像那些卖国贼、窃国大盗，一张口一定要把"爱国"两字挂在嘴边一样吗？这样胡作非为的公司，竟还好意思说自己"堂堂正正做人，干干净净做事"！

他鼻子里轻轻地哼了一声，他想看看任鸿飞究竟是怎样的三头六臂！

漂亮利落的办公室小姐甘若怡，给陈不染一行几个人倒上茶，说："任总正在开会，请您稍候，他一会儿就过来见您。"

话音刚落，任鸿飞和总裁办主任顾东阳、秘书文质斌等已经走了进来。

任鸿飞伸出手，热情地和陈不染等几个人打招呼："久仰久仰，陈总大驾光临，有失远迎，失敬失敬。"

陈不染趁握手时，紧紧盯着任鸿飞，用力握了握任鸿飞的手，他要让任鸿飞感觉到他的刚劲和粗粝。

任鸿飞的手有些南方人的修长，个头虽然不及他这个高大魁梧的北方汉子，但不能否认，这个面孔俊朗、皮肤黝黑的男人，很有些电影明星的帅气，一身剪裁得十分合体的暗花唐装，恰如其分地衬托出他挺拔的身材和干练利索的气质。

这与陈不染所惯常见到的那些肥头方脑、大腹便便的老板有些不同。陈不染暗想：怪不得刘洋洋能看中这个极其门不当、户不对的农家子弟。

任鸿飞和陈不染一行一一握手，邀大家到他的办公室喝茶，边喝边聊。

秘书文质斌感到有些意外。他很少见到老板在自己办公室里会见客人，除非他私交甚好的朋友。他会客一般都在这间会客厅里。

陈不染注意到，任鸿飞的这间办公室非常大，足有200平方米。后面是大老板台，前面是茶桌。几乎一整面墙的大落地窗，显得非常敞亮，对面墙上，几乎是整面墙的书架。老板台后面的墙上，挂着肖东方行草书写的诸葛亮《诫子书》：

夫君子之行，静以修身，俭以养德；非淡泊无以明志，非宁静无以致远。夫学须静也，才须学也；非学无以广才，非志无以成学。淫慢则不能励精，险躁则不能冶性。年与时驰，意与日去，遂成枯落，多不接世。悲守穷庐，将复何及！

陈不染也喜欢这段话，认真地欣赏肖东方的书法，脸色稍稍舒缓。如果不是存在芥蒂，他倒是非常愿意与这样的老板好好聊聊。

文质斌吩咐办公秘书甘若怡，给客人泡功夫茶。
陈不染这才观察起任鸿飞的茶桌茶具。这不是一般的茶桌，而是用一块巨大的楠木树根和玉石镶嵌出来的，雕工十分讲究，整块缅甸玉因色施刀，小桥流水，村屋野舍，牧童吹笛，樵夫砍柴，层次分明。茶壶茶杯一看就是上等紫砂烧就，细腻如玉，造型方正，古朴而典雅。

但陈不染并不是来品茶的。可几次想张口，都被任鸿飞笑着撇开。

任鸿飞说："陈总文人雅士，难得莅临，我这是专门定制的上等乌龙，刚送来，还没开封，今天正好，好茶配雅士，难得难得！"

甘若怡可谓精通茶道，从马龙入宫、凤凰三点头、春风拂面、玉液回壶，到以茶奉客，道道程序，环环相扣，一丝不苟，让陈不染躁动的心，稍稍有些平静。

陈不染一闻、一品，入口略苦，回味带甘，满口茶香，果然是好茶。

茶过三巡，陈不染让助手把杂志拿出来，递给任鸿飞，说："任总看过我们的报道吧，不知有何见教？"

任鸿飞接过来翻了翻，说他在网上已经看到了《蓝财》的报道。对《蓝财》这么著名的媒体，下了那么大的功夫做公司报道，表示感谢。

但是，他又强调说：公司目前还处在发展阶段，尤其南下之后，各方面工作刚刚开展，业务模式还在探索，尚不成熟，所以，目前专心做事儿。对媒体关系这一块，做得还很不到位，沟通很不够，导致这篇报道不乏失实和牵强之处。当然这个责任在我们。我已经严厉批评了我们相关部门，责成他们加强与媒体沟通联络。你们那个叫谈什么的记者，请代本公司表示感谢。

"谈何容。"陈不染接口道，一提这个名字，他的气又不打一处来，冷冷地说，"他刚刚被人打了，还躺在医院。"

任鸿飞似乎也有些吃惊："哦，怎么回事？"

陈不染简单叙述了下谈何容被打的经过。不过，陈不染没有贸然说出谈何容的怀疑。谈何容的逻辑和推理虽然合乎情理，但证据实在太不足了。

任鸿飞说："还有这回事儿！报案没有？找到凶手没有？"

陈不染说：已经报案。谈何容刚刚做完报道，就出了这种事儿，实属罕见，我们以前从来没碰到过。他加重语气强调"刚刚做完报道"几个字。

任鸿飞并不傻，听出了陈不染的话中话，"陈总这是什么意思？难道怀疑记者被打这事儿，与我们有牵连？"

陈不染不置可否。

任鸿飞哈哈一笑："怪不得陈总脸色阴沉，莫不是兴师问罪来了！"

"可是您错了！'堂堂正正做人，干干净净做事'，这是本公司做事儿的规矩和信条。本公司能做成今天规模，虽为时代发展所赐，但依法合规仍是前提。"任鸿飞提高声音正色道，脸上明显压抑着不悦。

陈不染看不出任何破绽，倒显得自己有些理不直、气不壮。赶紧找台阶下："任老板言重了。我们杂志向来重视用事实说话。我们也不相信贵公司能做出这种事儿。任老板一看也是讲究人，请别误会。我们只是觉得这事儿有些蹊跷，相信会水落石出。"

任鸿飞让文质斌把谭笑风叫过来，吩咐道："请谭总代表公司去慰问下谈记者，也去给公安那边儿打声招呼，《蓝财》记者被打的事儿，请他们务必早日破案。也消除陈总的疑虑。"

陈不染赶紧说："谢谢了，不用劳驾，我们自会处理。"

任鸿飞又似不经意地问道："敝公司虽然发展较快，但一些业务才刚刚开展，尚未成形，实在没有什么值得媒体报道的。贵刊这时候关注我们，是出于什么考虑？后面还有什么想法？"

陈不染说：不为别的，复利达丰集团的金融、保险、地产、汽车等，规模都不小，又都与资本市场密切相关，投资者和读者都非常关注。读者关心的，正是本刊要做的。这是我们的办刊理念。

任鸿飞说："请贵刊转告我们对读者的谢意。说实话，敝公司能做到今天，全拜时代所赐，党的政策好，人人皆可为之，实在没有什么值得一提的。不过，敝公司虽然不接受媒体采访，但陈总例外，《蓝财》例外，我们非常愿意跟《蓝财》这样的高端媒体加强合作。陈总一看就是豪爽之人，您也难得光临，不能让您空手回去，显得我们器小局促。具体事宜由公司副总裁谭笑风来跟陈总商谈，也表达下我们的诚意。"

1.4

陈不染做梦也没想到，从他进入复利大厦时起，他的人生会就此拐弯儿。

从此以后，复利大厦就像一个甩不开的梦魇，时常出现在他的睡梦中。

他梦到那栋高耸入云的大楼，在他的汽车经过时，突然轰的一声倒下来，砸在他的身上，瞬间把他压得血肉模糊，他在废墟中挣扎，透不过气来。

他又梦到那栋黑漆漆的大楼，并非高耸入云，而是一条深入地下的无底洞。他掉到这个黑漆漆的洞里，自由落体一样沉沉下落，穿过黑洞，坠入一片湛蓝的天空，他飘浮在空中，像一粒尘埃。

他还梦到在任鸿飞办公室喝茶时用的那个细腻如玉的茶杯，并非紫砂，而是打磨得光滑润泽的婴儿头盖骨，他一端起茶杯，就隐隐约约听到了嘤嘤的啼哭声。

他还梦到任鸿飞原来是条披着儒雅俊俏画皮的饿狼，笑着笑着，画皮脱落下来，露出了尖牙和血盆大口，追得他四处奔逃。

陈不染被梦魇折磨得疲惫不堪。他搞不清楚究竟哪一个是真实的复利大厦，哪一个是真实的任鸿飞。

多年以后，陈不染依然能清晰地回忆起他在复利大厦那个上午的所有细节。

在和任鸿飞喝茶，进行了还算坦诚的谈话后，他竟然鬼使神差地跟着谭笑风，走进了大厦另一层的一个小型会议室。

他后来琢磨每个细节时发现，错误就是从跟着这个看着面善的胖乎乎男人走出来的第一步开始的。

陈不染几个人在会议室一边坐定，谭笑风和魏雨绸等坐在另一侧。

谭笑风面带微笑，说："陈总难得亲自莅临，我们也算交个朋友。陈总也听见了老板的意思，既然老板交代了，我们一定会全力落实好。复利集团今后还少不了要仰仗贵刊支持。我们以前媒体关系做得很不到位，也缺少和媒体打交道的经验，今后要补上这一课。我们怎么合作比较合适，请陈总不必客气，尽管示下。"

陈不染刚才走出任鸿飞的办公室时，还一直在琢磨，一直在犹豫。

他知道，《蓝财》刚刚做完公司的报道，此时与公司签订合作，无法避免"有偿新闻"和"新闻敲诈"的嫌疑。这是管理部门三令五申禁止的。

可是又一转念，哪家媒体严格遵守了这个规定呢？实际上，这已经成为很多媒体，包括老媒体和新媒体的一种生存策略和盈利模式。

陈不染还在犹豫，脑中又忽然闪过谈何容裹着绷带的头。此行不仅未达目的，没弄清事实真相不说，反而被任鸿飞旁敲侧击地数落了一通，空手而归，心里还是有些不甘。

再说了，合作是公司主动提出来的。他在来公司之前，根本都没朝这边想。

"也许任鸿飞是真心想跟《蓝财》合作？"陈不染想。他从刚才的交谈中，看不出任鸿飞有别的意思，反而更多的是坦诚相待。

这么多年来，《蓝财》什么样的企业和企业家没见过，再厉害的国企、私企，甚至那些不可一世的老板、富豪，哪一个后来不服服帖帖、客客气气的？《蓝财》每年举办的"中国富豪榜年会"，多少大佬还不是来捧场？

一想到这儿，陈不染心里油然而生一种自豪感。他不相信任鸿飞真敢和媒体斗。他有，而且必须有这个自信。

"复利达丰这么爽快，确实是大公司的做派。复利愿意跟我们合作，也是我们乐见其成的。"陈不染开口道，"要不这样，我们可以给复利集团做一个整体打包的形象宣传方案，包括几个封二、封三、封底，和每期的夹页。"

"您看这样可以吗？"陈不染试探着问。

谭笑风笑着说：都好商量，请陈总开个价吧！

"200万吧。"陈不染粗一盘算，报出个数。

"双方达成合作后，我们可以口头承诺，给公司做相关宣传报道，但这些不能写进合同里，这样也符合新闻报道和经营'两分开'的要求。"陈不染补充道。

"没问题，按陈总的指示办！"谭笑风想都没想，满口答应。陈不染本以为谭笑风会还个价，没想到谭笑风反而说："陈总太客气了！"

办公室秘书几乎就在他们谈话的过程中，在电脑上噼噼啪啪地把协议起草好了。打印出来，请陈不染过目。

"大公司办事效率就是高！"陈不染感叹。协议并无大改动，只修正了几个字。双方签字，并约定由下面的人按《蓝财》的格式合同，改签正式合同。

走出复利大厦，陈不染一直紧绷的脸，终于松弛下来。

陈不染回头看了眼复利大厦，阳光从楼顶倾泻下来，打在玻璃幕墙上，有些耀眼！

虽然此行未达目的，并未搞清楚谈何容被打真相，但是，这么轻松就搞定200万，也算失之东隅，收之桑榆，不枉此行。至少给杂志社有个交代，也给谈何容有个交代。谈何容对促成这项合作贡献最大，奖励部分给他，算是安抚一下。不然，以后谁还去卖命做深度调查？陈不染心里盘算着。

手下几个随行人员对陈不染也是由衷地佩服，纷纷竖起大拇指："陈总出马，就是不一般。"

几天以后，陈不染在回味整个过程时，仍然为走出复利大厦时的洋洋得意，感到羞愧难当。作为一个混迹江湖多年的老油条，他就这么栽在这个泥沼里，毫无波澜，甚至连狗血一点儿的情节都没有，真是窝囊透了！

就在签完正式合同后的第二天，陈不染在杂志社的办公室，突然闯进来几名警察。

陈不染还以为这些警察是为谈何容的事儿而来，没想到，警察出示的刑事拘留证上，明白无误地写着"陈不染""谈何容"等人的名字。并立即搜查了陈不染的办公室和财务室。带着陈不染和公司的经营合同及财务账本，呼啸而去。

在审讯室里，警察出示了陈不染等几个人敲诈复利达丰投资控股公司的初步证据。

在复利达丰控股提供的视频上，陈不染一行怒气冲冲地闯入公司办公区，并推搡和厉声呵斥前台和保安。进入会客厅后，仍余怒未消；然后，陈不染跟着谭笑风进入公司小型会议室，张口就要"200万吧"，最后，双方在协议上签字。

视频最后，复利达丰投资控股公司的法律顾问郑清源，举着双方草签的那张协议，义正词严地痛诉道：作为一家正规媒体，谈何容并未到公司采访、了解事实真相，即做出公司的负面报道；然后，陈不染拿着负面报道，要挟公司，张口就要200万，还威胁说，要不然就要继续整我们的负面，搞臭、搞垮公司。复利集团作为合法合规经营的企业、市里的利税大户，哪敢招惹媒体呀，只能委曲求全，签下城下之盟。试问光天化日之下，这么明目张胆地敲诈勒索，还有王法吗？这样的媒体，还是党和人民的喉舌吗？我们思前想后，只能报案，相信政府能依法调查处理，将害群之马绳之以法。不然企业无宁日、国无宁日。

陈不染瘫坐在凳子上，万念俱灰。

他就是有一百张嘴，也辩不清了。

第二章　爱遇

2.1

如果不是遇上肖东方，任鸿飞可能走的是另外一条商业之路。

他会像无数通过自身打拼改变命运的草根一样，在贸易、建筑、地产或制造等实业领域拼出一番天地。他也可能会利用金融这根魔杖，为他的实业画龙点睛。如果老天格外眷顾的话，他由此跻身富豪之列，亦未可知。

更确切地说，他和肖东方是两股道路上各自奔驰的车，几乎不可能产生交集。或者说，中国经济这个海洋太大了，既容得下鱼鳖虾蟹，也自然会生长出巨鲨蓝鲸。他们会在这个大海里，按各自的商业逻辑和命运轨迹活着，各行其是，各得其所。

但这一切，在遇到肖东方之后，骤然改变。肖东方的这列列车呼啸而来所带来的震撼感和冲击力，像一股气旋，牢牢地裹挟住他。任鸿飞不得不跳下自己的那辆老牛破车，跳入肖东方的那列快车，朝着那团绚丽夺目的目标，急驶而去。

任鸿飞有时候觉得，人生并不是下围棋，走错了可以弃子，可以另辟蹊径，可以围魏救赵；而是在下一盘象棋，每一步都是下一步的起点，环环相扣，步步为营，哪怕走错，也无法悔子，只能将错就错，一步一步地走下去。

他坐在人生的这列列车上，一路上万花筒般展示出的绚烂景象，让他眼花缭乱。他打望着窗外浮光掠影般匆匆退去的城市、村庄、山川、烟树、人群，有时脑海里闪过一丝跳下车的念头，可他已经无法左右自己的身体。

任鸿飞的生意，实际上是从大学期间的小打小闹开始的。

在20世纪90年代初的大学校园里，一阵热风吹过，彻底拂去了象牙塔里的旧日景象，那些不久前还在探讨尼采、萨特、弗洛伊德、北岛、崔健的论坛和讲座，忽然被扑面而来的商业气息冲散，留下人群四散后的一地碎屑。取而代之的，是松下幸之助、李嘉诚，甚至张瑞敏、马胜利他们，成了大家谈论和效仿的榜样。

在任鸿飞就读的东江大学里，沿海开放地区的商品经济热风拂面，赚钱的热潮四处涌动，激荡在每个角落里，像海潮一样洗刷、拍打着每个学子的心灵。

很多同学很早就开始跃跃欲试。办班的、卖小商品的、攒书的、撮合各种买卖的，各显其能。那些之前还张贴着各类哲学、文化、艺术讲座的布告栏上，迅速被各种生意的小广告刷满、覆盖。

而任鸿飞的赚钱冲动，比别人更强烈。他首先要解决他的学费问题，他已经无法再向父母伸手要钱。实际上，他已经很难要到钱。从他到市里上中学起，他已经掏干了他在山沟里刨食的父母，并预支了多年以后的收入。他们起早贪黑，省吃俭用，也难以负担得起他大学期间的开销。开学前父母的愁眉苦脸和唉声叹气，深深刻在任鸿飞的脑海里。

清寒的出身，反而极早地把任鸿飞的商业潜能激发出来，使他对钱有一种天生的灵敏嗅觉。

大学期间，他已经开始空手套狼，做起无本生意。他在尝试把各种潜在可能性变现的路径。

他当过导游，利用他的诗文功底和亦庄亦谐的谈吐，以及对东华市翡翠湖畔的每一处风景、建筑、掌故和人物的熟悉，使游客产生一种自然而然的亲近感，游历也变得更加富有诗情画意。他也因此收到了比别的导游更多的小费。

他还办过吉他培训班，实际上是找来吉他厂的老师傅免费培训，借机卖吉他。任鸿飞清晰记得，在当时校园里的草坪上、柳荫下，到处都是吉他声。男生们追女朋友，很多都是抱着他卖的"闻莺"牌吉他，未成曲调先有情，铿铿锵锵地弹上一曲。

任鸿飞后来不太愿提及的是，他甚至还在夜总会里干过侍应生。在那里，他冷眼旁观着形形色色的老板、商人和官员，他们一个个花钱如流水、纸醉金迷的样子，让他既羡慕又憎恨。

这样边读书边挣钱的日子，倒也充实而愉快。

在大学的后半段，任鸿飞不仅不用再向父母伸手，甚至开始接济父母。

这些小打小闹的尝试，不仅磨砺了他的商业嗅觉，让他更熟悉人民币、美元、英镑的图案、质感，以及潜藏在它们背后的不为人知的信息，也磨炼了他的口才、与各色人等打交道的能力，以及面对困难时的从容自信。

实际上，这让他比从书本上收获得更多，也让他更清楚自己未来的方向。

从东江大学经济学院毕业后，任鸿飞并没有像大多数同学那样，打破脑袋地挤向政府机关、金融机构，或者考研深造、出国留学，那些都不是他想要的。他急不可待地跳入商海，一试身手。

他选择了去温江市淘金。当时，温江先人一步的经济热风已经吹遍全国，让他有些心潮澎湃。

他应聘进了当地一家后来颇有名气的皮鞋厂。这个选择显然与他小时候的记忆有关。在任鸿飞的记忆中，在他上学之前，好像一直是光着脚。即使在他上小学后，也基本是赤着脚，到了放学，才在门前的小溪流里洗洗脚，从书包里掏出布鞋穿上，他对村长那双皮鞋踩在石板路上的嘎嘎声，十分向往。

但是，他在这家鞋厂还没干多久，大学上下铺兄弟易俊杰打来电话，说他找到了一个发财门道儿，邀任鸿飞去一起干。

任鸿飞经不住劝诱，遂从公司辞职，跑到易俊杰的老家花江市。两人合伙注册了家易飞恒通贸易公司，正式开始了他的商业生涯。

在那里，任鸿飞淘到了人生的第一桶金。

2.2

易飞恒通贸易公司注册资本400万元，易俊杰占60%，任鸿飞40%。易俊杰担任法人代表，任鸿飞任总经理。

任鸿飞显然掏不起这个本钱。易俊杰说：没关系，我先替你垫上，咱们赚到钱后，你再还给我。

易俊杰家底儿丰厚，他家属于沿海地区先富起来的那部分人。他的父亲易本万开办的金喜鹊装潢装修公司，在当地业务已经做得很大，并延伸到周边地区。

他们注册的易飞恒通贸易公司，实际上是借助金喜鹊公司的业务，坐地赚钱。当时，金喜鹊承接了很多市政工程、办公大楼、酒店、工厂等的装修单子，消耗大量的胶合板、石材、铝材、玻璃、电线电器、灯具、家具、地板、景观树木等大宗耗材。金喜鹊忙不过来，将其中部分大宗耗材的采购和运输，交给易飞恒通。仅靠这个，易飞恒通的业务已经做不完。

任鸿飞对钱如饥似渴，他像拼命三郎一样，起早贪黑，见活儿就接。易飞恒通才刚开办了一年多，到第二年年底分红时，任鸿飞已经还清了易俊杰的借款。

哥儿俩初尝甜头儿，信心十足，酝酿起更大的想法儿。

任鸿飞说，我们不能一直吊在金喜鹊一棵树上，咱们以此为基础，业务逐步向外拓展。

易俊杰点点头。说，我就知道你行，来花江没错儿吧？

为了接更大的单子，并获得银行更多的授信，他们把注册资本追加到600万元，亦开始承接金喜鹊之外的单子。又过了一年，公司规模逐渐扩充至30多人，金喜鹊的业务，在公司的业务占比已经下降到1/3。

他们甚至把业务拓至海外，采购东南亚的木材、胶合板、家具及木地板，运回国内销售。

后来，除了接一些大工程定购的建材单子，他们干脆专心做起胶合板贸易。

除了胶合板的消耗量极大外，还有一个重要原因是，当地在全国各地期货交易所遍地开花之时，也开设一个商品交易所，交易胶合板等品种的期货。对于易飞恒通来说，期货现货一起做，更加得心应手。

当时，当地交易所交易和交割的，主要是东南亚的胶合板。比起国内质量参差不齐的产品，东南亚的胶合板，在品种、规格和质量控制上，更易于标准化、合约化，几乎天然地适合做期货交易标的。

有了期货交易的价格发现和套期保值功能，易飞恒通贸易公司只需盯住交易所当前的期货价格，测算一下采购价和运费，能不能赚到钱、赚多少钱，一目了然。

易飞恒通一般的做法是，在东南亚购入胶合板后，就会立即在交易所买入隔月交割的等量空单（卖单）。这样，利润就基本上锁定。如果胶合板运抵后，现货价格下跌，他们的期货空单平仓所赚的钱，正好可以弥补现货损失；如果价格上涨，期货空单的损失，则由现货上涨来弥补。有时，他们开出的这些空单，干脆不去平仓，直接用现货在交易所交割掉，省去了销售的麻烦。

这种方式，他们能确保每张胶合板赚10元以上。恒通贸易每次采购两三万包左右，每包10张，扣掉运输人工税费之后，一趟下来，赚个一两百万没问题。

日渐顺畅的贸易，让他们信心爆棚。他们的采购和出货量，也越来越大。

但是，易飞恒通在期交所做了多次卖空之后，任鸿飞发现，他们在期货市场的套期保值，多半难以实现。尤其到了临近最后交易日时，期货价格总是突然暴涨暴跌，偏离现货价格。加上期货采用的是

8%的保证金交易，公司在期货市场的亏损或盈余，很难与现货冲抵。

一开始时，他们并没太在意，有时赚有时赔的，他们都有些稀里糊涂。但长期下单以后，任鸿飞的商业敏感和勤于思考的习惯，让他急于一探究竟。

之前，任鸿飞在期货经纪公司下空单时，并不太关心对手盘。不用想，他的对手盘都是些期货交易投机商。这并没什么不正常，没有投机，他的套现保值也难以实现。再说了，当时期交所的期货交易方式，已经采用了世界上最为先进的电子撮合交易，就像在沪深交易所买卖股票一样，有必要知道是谁接走了我抛出的股票吗？

他们一开始都是这样想的。

但当任鸿飞认真留意一下对手盘时，大吃一惊！

他发现，在交易所周围，已经云集了全国各地大批的期货交易投机商。挂着各种名头的企业扎堆儿，其中有一些有意张扬或者暗示的来头儿，足够吓人一跳。这让小小的胶合板期货市场，蒙上了些不同寻常的气息。

这些公司的经办人，大多在交易所附近的宾馆里租间房办公，拎包来，拎包走，谁也摸不透他们的底细和来龙去脉。他们大多数实际上并不做胶合板生意，几乎从来不参与现货交割。他们要做的，显然是在胶合板期货的暴涨或暴跌行情中，搜刮走那些真正做胶合板生意的套期保值者的利润。

这些人藏在暗处，就像潜伏在草丛中的眼镜蛇，悄无声息，不停地用蛇信子试探空气的温度。他们在等待发起进攻的最佳时机！

任鸿飞在晚上睡觉时，梦见了自己小时候走在山路上时，冷不丁被一条色彩斑斓的大蛇咬了一口，一下子惊醒，浑身直出冷汗。

此前，大东海交易所已经爆发了"国债期货事件"，触目惊心。被称为"期货教父"的金生水，连同他执掌的亿邦证券，被打得落花流水，他自己也因此锒铛入狱，从此退出江湖。

任鸿飞感到，他们正在参与的胶合板期货，这个池塘太小了，可是潜伏在水中的大鳄，已经挤满了池塘。说不定在什么时候，在哪一期品种上就会展开一场生死厮杀。

真那样，是要死人的！

任鸿飞有一种黑云压城、山雨欲来之感。他似乎闻到了丝丝血腥的气息。虽然他并不知道这一天何会时到来。

2.3

7月的花江市闷热难耐。

本月的胶合板主力品种"胶合板07"离交割前最后的交易日，还剩下两周的时间。

一大早，空气中就弥漫着厚重的热气，让人出不来汗，头昏脑涨，沉沉欲睡。

离9：30的开盘还有1个小时，任鸿飞早早地到了期货经纪公司的大户室。

他已经无法把心思放在公司的现货业务上。

此前几天，他跟易俊杰进行了反复沟通，分析他所观察到的形势，表达了他对他们所开的本期期货空单的忧虑和担心。他说，他所观察到的那些投机商，兜里有钱，但是手上无板，几乎是天然的多头。跟这些人做对手盘，他们这些套期保值者的分量太轻了，根本不在一个量级上。

但易俊杰认为任鸿飞是不是有些神经过敏。

他劝任鸿飞不要一门心思放在期货上。最近以来，任鸿飞放手的现货业务，跑单子、收货、发货，事无巨细，都落到他身上，已经让他忙得不可开交。他顾不上任鸿飞提示的那些细枝末节。

在"胶合板07"上，易飞恒通跟往常一样，按本次从东南亚采购胶合板的到货量，以现货价30元/张开了5000手的空单。按照期货交易所的交易规则，每手100张，按8%的保证金交易，恒通为此投入了120多万元。

"胶合板07"在最近两三个月的交易时间里，一直在29元—32元/张的区间徘徊震荡。但最近几天，交易量和持仓量突然大增，突破了36元的大顶，逼近38元，后稍回落至37.5元收盘，恒通不得不追缴部分保证金。

任鸿飞最近专门找了一些有关股票和期货技术分析的书阅读。按照经典的K线理论，长期平台震荡后，"横有多长，竖有多高"，这对空头来说是非常可怕的。

任鸿飞和易俊杰商量，他们需要平掉一半空仓，小赔一点儿，避免更大损失。或者买入一些多仓对冲。

但易俊杰觉得，到了交割时，期货和现货价格会趋于一致，期货损失现货补，买单量大，我们反而可多交割些，把库存一次性出掉，免去销售环节，也不错。期货行情本来就今天涨、明天跌的，都很正常，不必太在意。

而交易所，似乎对"胶合板07"的异动也有所警觉。要求追加保证金到10%，并在交割前的最后两周10个交易日，每天追加1个百分点，直到达到20%的保证金比例。

易俊杰认为他们有现货在手，追加保证金无所谓，不仅不用平仓，反而可趁机继续增加空单，以加大现货的出货量。

如果按正常的商业逻辑，易俊杰这样想，其实也没错儿。花江市像他这样做胶合板生意的老板并不少，而且，市场上的板子多的是，40元的价格已经是近两年来的最高价，还能涨到哪儿去？何况，任鸿飞才做了几年生意？而他，可是从小就在他老爸的生意堆里耳濡目染、摸爬滚打出来的。他必须让任鸿飞服气，老老实实听他的。

易俊杰从父亲手里拆借出500万。如果涨到40元，他要在40元再下1万手100万张的空头仓位，以平抑前期30元所开空单的亏损，并出掉更多的货。能以40元一张的价格出手，他们应该高兴才是。

易俊杰的这种想法，几乎让任鸿飞疯掉。

任鸿飞说：俊杰，你不能这样干，钱会打水漂儿的。

易俊杰说：是你了解这个市场，还是我了解这个市场？ 胶合板多少年都没这个价，如果真是这个价，东南亚的十几元一张的板子早就潮水一样涌过来了。

任鸿飞说：你没去看看对手，都是些什么人！

易俊杰说：不管他们是什么人，总不能违背价格围绕价值波动的规律吧？不能违背供求关系平衡规律吧？他们也总得按牌理出牌吧？市场这么大，他们能一手遮天不成？

任鸿飞说：他们真要按牌理出牌，就不会潜伏在期交所周围了。你真的太不了解这些对手了。

易俊杰说：你对他们又了解多少？我就不相信他们能吃了我！

争论半天，两人谁也说服不了谁。他们之前还从来没有产生过如此严重的分歧。

但易俊杰是公司大股东和法人，他们意见不一致时，当然他说了算。

任鸿飞和易俊杰争吵了数次，甚至想拉易俊杰去亲自看看那些对手盘，看看那些对手。

实际上他们根本看不见对手，他们像空气一样看不见、摸不着。但从盘口上能感觉到对手的真实存在。

任鸿飞也提不出更多有说服力的理由。他反反复复的唠叨，甚至让易俊杰有些厌烦，易俊杰已不愿再同他争论。

任鸿飞有一种沉重的预感，他们的船可能要翻！

经过几宿难眠，想来想去，任鸿飞决定自己跳船。他不想和这艘船一起沉没。确切地说，他没有易俊杰那样的可以东山再起的家底儿，他输不起。

更让他蠢蠢欲动的是，他仿佛看到了"胶合板07"行情里蕴藏着的千载难逢的机会，它一直像火花一样在他脑海里闪烁不已，让他欲罢不能。

利用周末交易休市的时间，任鸿飞通过在期货经纪公司大户室里厮混出来的关系，以自己在恒通贸易公司的股权和将要开出的期货多仓仓单做抵押，酒肉侍候加上软磨硬泡，请期货经纪公司总经理易冠楚，为其准备开出的多头仓单配资400万元。

任鸿飞想以此与公司之前所开的空单对冲。

他这样做，实际上也带有很大的赌气成分。他要让易俊杰看看，谁更有商业眼光，谁的判断更准，公司今后应该听谁的！

果然，周一上午一开盘，"胶合板07"竟然罕见地跳空高开在38元。

任鸿飞迅即在38元开盘点位下单，全仓买入了1万手多头仓单，加入多头行列。如果价格上涨，保证金头寸不足时，逐渐平掉部分仓位来解决。

当天的交易正如任鸿飞所料，胶合板07当天就达到涨停板，价格达到41.25元。而易俊杰在40元开出的1万手空单瞬间被吞掉。

"逼空"之势已经形成。

不过，连任鸿飞也没有想到，多头主力的手段，竟然如此凶悍。

与期货价格强势上涨相配合，市场上传来了越来越多让空头心惊肉跳的消息。这些消息像雾霾一样逐渐渗透进交易大厅的每个角落，使本已闷热的空气，更显沉闷压抑。

包括易飞恒通贸易公司在内，他们这些胶合板经销商从马来西亚进口来的一批胶合板，在靠岸时被海关缉私大队拦截，海关以报关手续不全、涉嫌走私的名义进行了查封。

这意味着：即使这批货并无问题、最终给予放行，但肯定会错过交割日，易飞恒通所开的空单，面临无货可交的境地。

易俊杰也有些急了。

他和其他经销商一起，一方面找人疏通海关的关系，另一方面派员工赶紧在周边收购此前批次进口来的胶合板。

可是，易俊杰没有想到的是，早已有人先行一步。多数经销商那里已经没有库存，而有的经销商库房里，虽然一包包的板子还码在那儿，但都已经卖出去了。

一打听才知道，除了像他们这样的经销商，更多的收购者，来自那些期货市场上做多的投机商。

易俊杰非常纳闷：他们要板子干什么？这显然不合常理。正常的商业行为，肯定是跟他一样，在现货市场买入，在期货市场卖出；或者相反，在期货市场买入，在现货市场卖出。而这些投机商，既在期货市场上买入做多，又在现货市场上收购板子。囤积那么多的板子，要干什么？真要烂掉吗？

越往下想，易俊杰越感到不寒而栗，头上直冒冷汗。

市场上早已经有传言说，那些多头投机商，就是要收走现货市场上的板子，哪怕堆起来烂掉，但就是不能让空方拿到。市场甚至疯传，刚到岸的那批货，之所以被海关扣押不予放行，可能就是多头投机商走通关系做了手脚。这样，市场上没有可交割的板子，最后的期货价格就由他们说了算。相比在期货市场上10倍的杠杆效应，收购现货板子的钱，就是小意思了。

刚开始时，易俊杰还认为这些传言不过是多头为营造做多气氛，故意放的烟幕弹，人为制造紧张气氛。当这些传言真的一步步地坐实时，他才感到真正的紧张。

按照41元的价格计算，他们之前在30元/张开的5000手空头仓位，和他新开的1万手空单，已经浮亏600多万元。

如果此时收手，平掉空单，斩仓出局，损失虽然惨重，让人有些心痛，但毕竟留得青山在。

任鸿飞就是这么劝易俊杰的。

但易俊杰白了他一眼，没理他。这个挫折太大了，他这几年等于几乎白干了，易俊杰实在不甘心。

易俊杰四处奔走，找当地一些同他一样的经销商商议对策，他们都一样义愤填膺。他们这些胶合板经销商，今后还要在这个生意场上混，不能任由期货投机商这么嚣张、这么胡作非为，搞乱了这个市场。

大家决定联手狙击这些投机分子。

他们分头筹措资金，准备联合做空，在适当价格，放20万手空单压盘。50元已经是多年来的天价，市场上不可能再有这样的价格。价格偏离这么大，只要市场感觉到空头势力黑云压顶，市场就会反转，那些投机者也会反手做空，把价格打下来。

按照经销商们的商议，易俊杰翻箱倒柜把自己的家底儿500万元拿出来，再从父亲公司拆借出1000万元，随时准备投入战斗。

第二天，胶合板07几乎毫无悬念地一字涨停，收于45.4元。下面堆积的买盘量，让易俊杰他们都不敢下手卖空。

第三天，他们联合在49.9元的涨停位置开出巨量空单，意欲造成黑云压顶之势。可是没想到，盘根本压不住。易俊杰自己的4万手空单，几乎瞬间被吃掉。

易俊杰傻眼了。

但在尾市收市前的5分钟，突然，一个50万手的空单，直接把价格打回到40.9元。那些在49.9元跟风的多头，都在瞬间爆仓。

易俊杰紧锁的眉头终于舒展开来，大户室里甚至响起了掌声。

不过，叫好声尚未落音，又一个巨单直接把价位收回到49.9元，牢牢封在涨停位置。

这种剧烈震荡说明：多头有足够的信心和资本，清理掉盘面上的浮筹，哪怕作为多头同盟军的跟风盘，也要打掉。

紧接着3天的交易，放出天量，异常惨烈。胶合板07价格甚至冲高到60多元。空头几乎全部爆仓。

易俊杰感觉自己就像案板上的鱼，被摘去内脏，清理干净、剁成细块，下锅油炸，直到里里外外全部焦透。

那些盘面上还未来得及平掉的仓单，因为并无板子可交割，经交易所对多空两边说和，各让一步，以55元1张的价格，现金交割。

只可惜易俊杰未能走到这一刻。他在交易中途，就已经毫无悬念地爆了仓，被期货经纪商强行平掉仓位。包括他父亲的钱在内，短短几天，赔进去2000多万。不仅易飞恒通到了破产清盘的境地，他还连带输掉了他父亲辛苦多年攒下的心血。

经此一役，易俊杰彻底垮了。那张曾经意气风发的脸，一下子苍老了10岁。他像一具抽掉了灵魂的行尸走肉，一动不动地呆坐在公司，眼神空洞而茫然。

而任鸿飞从58元开始，逐步平了仓。最后算下来，连本带利赚了两千来万。还掉拆借款和利息，还净赚1500多万元。

但任鸿飞并没感到太多喜悦。

最后一周，他几乎没曾合过眼，尤其是交易时间，连上厕所都是飞奔而去，迅速解决。盘面剧烈的起伏震荡，让他一直犹如坐在过山车里，一会儿腾空，一会儿坠地，颠得他五脏六腑几乎都吐了出来，心力交瘁。

不过，更让他难过的是，他已经彻底失去了易俊杰这个多年来亲如兄弟的伙伴。从他加入多头行列开始，已经和易俊杰站到了多空不同阵营里，势同水火。

事实上，在任鸿飞买入多单以后，易俊杰就没再和他说过一句话。在易俊杰眼里，他就是一个毫无商业伦理和底线的投机分子、小人和叛徒！

补睡了两天觉，任鸿飞去找易俊杰。他打算把1500万注入公司，重启公司业务。即便散伙，各奔前程，也给易俊杰留一些重振旗鼓的资金，就像易俊杰当年帮助他一样。

易俊杰已经在家里躺了两天。他脸朝着床里边躺着，转都没转身看任鸿飞一眼，对任鸿飞所说的任何话，都毫无反应。最后，嘴里冷冷地吐出一个字："滚！"

任鸿飞怔怔地站在那儿，呆若木鸡。

他想起他们在大学时一起卖吉他，又一起创办易飞恒通贸易公司的情形。他们虽然白天忙忙碌碌，但晚上闲下来时，又一起喝啤酒、下棋，甚至一起去K歌泡妞，辛苦而愉快。

任鸿飞深感内疚、悔恨，但又有些释然。他们的商业理念太不一致了，分手是迟早的。

任鸿飞悄悄把500万的存折，放在桌上，转身离去。

虽然他赚的钱与易俊杰的亏损并无直接关系，但是他感到很不光彩。因为那钱，沾着易俊杰他们的血。

任鸿飞不想再碰期货了。对于他来说，这里的水太深了！这里的水太浑了！这里的水太脏了！

这是鳄鱼的世界，他以前只有在《动物世界》节目里才能见到。那些从恐龙时代就已经进化完成的鳄鱼们，丑陋、冷血、凶残、强悍，能轻松地吞掉眼前的任何活物，甚至幼弱的同类，连骨头都不剩下。他们才是站在食物链条顶端的真正强者！

他幸好站对了位置。他赚的这一把，只能算是侥幸。

多年以后，任鸿飞重新杀入金融业时才明白，他在此时误打误撞进入的，其实是虎狼之地，这些一窝蜂而起，后来又都关掉的五六十家交易所，并非他应该涉足之地。

他们这样的人，只应远远地看着。就像非洲草原上的野狗，等着狮子们吃饱喝足，瞅准空子，上前拣点儿剩下的残渣。如果看到肥肉，不自量力地贸然上前争抢，死都不知道怎么死的。

更何况，他们可能连野狗都算不上。他们或许只能算是狮子野狗嘴里撕扯着的野牛角马而已。

2.4

任鸿飞大哭一场，揣着满心的伤痕，离开他再也无法立足的花江市。

他不知道该往哪里去，甚至不敢去见同学，他怕大家问起他和易俊杰的生意。他无法解释。

任鸿飞前往北京、深圳、上海、海口等地转了一圈，想落下脚，找点儿事儿干。但一放下行李箱，总感觉空落落的，安不下心。

他像一条无家可归的野狗，四处游荡了大半年。

每到夜深人静时，强烈的孤独感，让他难以入睡。他这才知道，他所需要的，其实不是一个地方，而是一个女人。

他郁结于心头的郁闷、创伤和不甘，需要这个女人的手来抚平。

通海！只能是通海。这是他长久以来一直魂牵梦萦、回肠千转的地方。

任鸿飞对通海市的印象，其实不是一座城市，而是一张脸孔。这张脸孔代表了他对这个城市所有的记忆。他在内心里，无法回避对她的强烈渴望。

他大学时曾到过通海，并没有留下太多印象。他只记得，当时他们五六个同学应苏丹之邀，来到这里游玩儿。那一次，大家还坐渡轮上了海上仙山，大家嘻嘻哈哈地烧了香，拜了佛，并不太当真的。

只有他，在心里认认真真地许了个愿：大慈大悲的观世音菩萨保佑，让我一定娶了苏丹！

他曾经多少次在梦里喊过这个名字，有时候会在梦中醒来，发现自己已泪流满面。

对于他来说，苏丹是一个遥不可及的梦。

在他心里，苏丹是一个明月照水般娴静温婉的女人，他在她身上才真正体会到春风拂柳这个词的含义。她走到哪里，仿佛四围的空气都变得透明而洁净，但这道光又是柔和的，温如美玉。作为副市长家的千金，毫无骄娇二气。

他不知道上天为何会如此厚待这样一个女子，既给了她美丽的容颜、优雅的气质，又给了她一颗温柔善良的心。

苏丹代表了他对女人所有美好的期待。

但实际上，在整个大学期间，任鸿飞和苏丹在一起说的话，并不比别的同学多。他像是在有意回避和苏丹的过多接触。每当苏丹猫一样轻盈地从他身边飘过，都会在他心头荡起巨大的波澜。但他不动声色，点头微笑而已。

那时，苏丹是校园广播的播音员，在演讲比赛、文艺演出、诗会等公共场合，总是能见到苏丹的身影。而任鸿飞，对苏丹参加的这些活动并不热衷，他的闲暇时间，多是在打理他的小买卖，或者泡在图书馆。他广泛而深入的阅读，不仅让他的成绩在同学中出类拔萃，也使他在课堂讨论、辩论赛等场合经常有着高人一筹的洞见。在此之外，他把他的精力，大多发泄在篮球场上的来回狂奔上。大汗淋漓之后，他会直接用嘴对着操场旁的自来水龙头，猛灌一通。这个时候，苏丹有时会不经意地出现，看他打球，拍手叫好，好心地给他递上瓶矿泉水。

任鸿飞虽然对苏丹的活动并不热衷，但作为学生会干部，他需要作为幕后策划和组织者参与这些活动。当苏丹就演讲稿、演出串词等找他探讨时，他随意添加的几处修改，总会让苏丹击节赞赏。而他，也为此深感得意。

只有他知道，他策划或参与这些活动，更多地，仅仅是为了苏丹。

不过，当时苏丹的追求者甚众。

任鸿飞眼看着苏丹更换一个个的男朋友。每当苏丹挽着一个个男孩子的胳膊，表现出温柔、依恋而又无心无肺的样子时，任鸿飞深为忌恨。

在他看来，她的那些所谓男朋友，可能并不能称为她的男朋友。因为苏丹每次在失去了男朋友之后，并没有表现出失魂落魄的样子。她依然温婉可人，大大方方尝试起下一位追求者。

任鸿飞觉得，他们都只是苏丹身边的匆匆过客。苏丹或许以这种方式，等待更让她刻骨铭心的爱情。

而任鸿飞，虽然也收到了不少女同学的情书，但他根本不愿尝试。他的刻骨铭心的爱情只能指向一人。当然，这只是暗恋。

当在班里的晚会等场合，苏丹邀他一起表演节目时，谭笑风等同学起哄道：好一对金童玉女！多般配啊，苏丹，肥水不流外人田，你也别换来换去了，跟鸿飞凑一对吧。苏丹也总是大方地伸出手，挽住任鸿飞的胳膊，表现出要从了的样子，说："好啊，可是大才子不追我啊。"

到毕业时，任鸿飞依然没有勇气把他暗地里写了无数次的情书，交给苏丹，甚至连暗示都没有。如果说有暗示，就是他曾为其他同学给苏丹的情书措过词。

他不敢捅破那层窗户纸。每当他冲动的感情就要涌到嗓子口时，他的理智总是将它压了下去。

他不认为他能够把苏丹这样的女人娶回家。在他看来，那是没有丝毫胜算的事儿，只能把事情搞得更糟。好比牡丹需要花园，丹顶鹤需要天空，他懂得金屋才能藏娇的道理。而他的庙太小了，他不知道怎样才能放置心目中的这尊大佛。

临别前，当他从远处的窗户里，最后看着将要离开的苏丹，非常失落。

而苏丹，最终也未能挽住一个男孩子的手。她同样形影相吊，去了美国读研。

已经三四年没见面了，她在哪儿？她还好吗？

任鸿飞跟同学打听，这才知道苏丹已经回国快半年了，只是他最近野狗一样四处乱窜，缺少和大家的联系。

任鸿飞感到眼前一亮。他像一下子找到了方向似的，心中有点儿掩饰不住的窃喜。

他当即买好机票，直飞通海。他决定要在此安营扎寨。

接下来的几天里，在看了几个地方的楼盘后，他在临海花园订了一套两层独栋的精装别墅，花了200多万，这在20世纪90年代后期的通海，近乎天价。

他暗下决心，这次绝对不能让机会再从身边溜走。哪怕苏丹已经结婚，他也要把她夺过来。在他心里，苏丹注定是他的女人。而在他之前的那个男人，如同苏丹之前的众多男朋友一样，不过都是替他看好花园、浇水锄草、养护花朵而已。而这花儿，只应由他来摘取。

这种疯狂的想法，连他自己都吓了一跳。

可他已经顾不得太多了。

在映月河边的茶室里，他终于再次见到苏丹。

当苏丹和他进行老同学般象征性的拥抱时，任鸿飞感觉到了苏丹乳房的质感和颤动。

任鸿飞很认真地看着苏丹，像是要寻找一些细小的变化。他很清晰地记得苏丹说话时一些很个人的吐字方式和习惯性动作。

苏丹几乎没怎么变样，依然美丽、温婉、落落大方，几年的美国留学生活，让她的眼神里更多了一份风霜与洗练。只是任鸿飞印象中的那头瀑布式的秀发，已经剪掉，变成了费雯丽式的短发，看着更加知性、干净、利落。不过，这还是让任鸿飞有些遗憾，他对长发有种说不清的迷恋。

而苏丹对任鸿飞的变化，几乎吃了一惊。

她从来没有见过任鸿飞穿上西服、打上领带的样子。在她的印象中，任鸿飞总是一头蓬乱的长发，破牛仔裤，圆领T恤衫，一副街头艺术家的样子，眼神空灵而忧郁，神思似乎一直在某个遥不可及的远方。而眼前的这个男人，紧身衬衫，西服便装，既随意，又不失郑重其事。面孔依然俊朗，泛着古铜色，眼神里充满一种历经风吹雨打后的疏朗和从容。

"你没变""你变了"，他们几乎同时脱口而出。

停了停，他们又几乎同时问："你的长发呢?"

任鸿飞微微摇了摇头，他们似乎还未找到合拍的节奏。

苏丹笑了，相比之前，她更喜欢眼前的这个男人。

他们各自从对方在学校时的印象和糗事儿讲起，重新回味过去那些或美好或尴尬的青春岁月，回忆了他们共同熟悉的那些人、那些事儿。青春总是让人无限留恋，又无限遗憾。不过，共同的回忆，把他们之间的距离，一下子拉近了很多。

他们又各自讲了毕业后这三四年的生活。

苏丹说她回国后已经注册了家公司，做一家美国奢侈品品牌的国内代理。刚刚起步不久，进展还算顺利。

任鸿飞讲起了他的第一桶金，以及在胶合板期货中，他对他们的船逐渐下沉，而他未能及时把易俊杰拽上岸的悔恨和愧疚。讲到动情处，他的泪花儿一直不自觉地在眼眶里打转。他以前从来没有在一个女人面前这样过。

但这，反而让苏丹感到眼前的这个男人更加真实。

"知道我为什么来通海吗？"任鸿飞急切地盯着苏丹。

苏丹明显把想说的话又咽了回去，转而没心没肺地说："来看看我呀。"

这种有意岔开，反而化解了任鸿飞急于表达的鲁莽。

真是个善解人意的好姑娘！任鸿飞感到轻松了很多。

"那你知道我为什么一来就不会走了吗？"任鸿飞幽默感上来，故弄玄虚。

苏丹看着他，不说知道，也不说不知道。

"因、为、你。"任鸿飞盯着苏丹的眼睛，一字一顿地说。

任鸿飞讲了他第一次到通海时，在海上仙山许下的宏愿；讲了他给苏丹写了无数遍的情书；讲了他会因一天没见过苏丹，就像没头苍蝇一样，在校园里到处追逐苏丹的踪影，只为能看上她一眼；讲了他在毕业后一直梦到苏丹的情景。他发现他根本无法逃离她，虽然她对于他来说，只是悬在天边的一轮圆月。

任鸿飞说，他从看到苏丹的第一眼起，就没有对别的任何女人动过心。这么多年过去，他不仅忘不了她，在内心里反而更加渴望她。尤其是胶合板事件之后，他才终于明白，他是多么需要她啊。

苏丹听着听着，就哭了。

苏丹说：那你当时为什么不追我呀？我不是没有暗示过你，甚至明示过你呀。而且，没准儿，我当时就会答应你啊。

任鸿飞说：我当时觉得我的庙太小了，放不下一尊大佛。我那时很天真地认为：如果你能有更好的生活，我也愿意看到。但无论过了

44

多久，无论天涯海角，我仍会去找你。

苏丹哭得更伤心了："你以为你现在有钱了，就能容纳下我了吗？你以为我是这样一个物质的女人吗？"

任鸿飞说：当然不是。在我心里，你是国色牡丹，需要花园；你是丹顶鹤，需要天空。而那时，我自觉心胸太小，盛不下你。

任鸿飞从来没见苏丹哭过，即使在苏丹多次失恋以后。在他印象中，苏丹永远是春风拂柳一般，到处飘洒着暖意和芬芳。

他不知如何安慰苏丹。他伸出手，紧紧握着苏丹那双细腻的手，轻声吟诵起叶芝的《当你老了》：

> 当你老了，头发白了，睡意昏沉
> 炉火旁打盹，请取下这部诗歌
> 慢慢读，回想你过去眼神的柔和
> 回想它们昔日浓重的阴影

> 多少人爱你青春欢畅的时辰
> 爱慕你的美丽，假意或真心
> 只有一个人爱你那朝圣者的灵魂
> 爱你衰老了的脸上痛苦的皱纹

> 垂下头来，在红火闪耀的炉子旁
> 凄然地轻轻诉说那爱情的消逝
> 在头顶上的山上它缓缓地踱着步子
> 在一群星星中间隐藏着脸庞

在他吟诵的最后，苏丹也轻声地附和着他：

> But one man loved the pilgrim soul in you,
> And loved the sorrows of your changing face;

And bending down beside the glowing bars,

Murmur, a little sadly, how love fled

And paced upon the mountains overhead,

And hid his face amid a crowd of stars.

这首诗是他们在学校时曾一起朗诵过的，他们都很喜欢。

他走到茶桌对面，抱住苏丹。

苏丹把头靠在他的肩膀上。他感觉一直颤抖着止不住哭泣的苏丹，就像一捧鲜艳的玫瑰花，被风吹雨打，散落一地。这让他感到非常心痛。

他的脸贴着苏丹的脸，苏丹身上散发出的淡淡的香味，让他无法自持。他尝试着用嘴唇轻轻地触碰着苏丹脸上的泪珠。清凉、咸涩，夹杂着脂粉的香甜。

苏丹并未拒绝。

他的嘴碰到了苏丹的嘴唇，像触了电一般。苏丹张开嘴，狂热地回应了他。

他深深地吸住她，恨不得把苏丹的灵魂和肉体全部吸到自己的身体里来。

他尝到了从未体验过的甘甜，沁入肺腑，扩散到每一个神经末梢，又氤氲成一团香气弥漫开来，他感觉到自己的灵魂，随着香烟袅袅升起，消失到九天云外。

这道甘甜在他心里烙下了深深的印迹。

不知过了多久，他的嘴唇才和她分开。

而苏丹，眼泪又开始流淌下来。

她感觉在她最美好的青春季节，不仅错过了一场美好的恋爱，她也彻底地错过了眼前的这个人。她要把她的绵绵不尽的温柔、怨恨和不甘，化作一腔泪水，在此时统统倾倒给他。从此天各一方，形同陌路。

她快要结婚了！

2.5

苏丹还没结婚！这个消息，对任鸿飞来说，比预想的，要好得多。在他来通海之前，他甚至做好了苏丹没准儿已经结婚的准备。

他决心要阻挡住这场在他看来注定不会完美的婚姻。他认定苏丹是属于他的。即使苏丹的婚期不改，他也一定要抢班夺权，把新郎换成自己！

在接下来的日子里，任鸿飞展开了狂热的爱情攻势。他都不知道自己毕业后的这几年里，怎么忽然换了个人似的，脸皮竟变得如此之厚。

他会早早地出现在每一个苏丹出现的场合。有时送束花，有时故弄玄虚地变个小魔术，讲个笑话，逗苏丹开心。当然，更多的时候，是在专卖店里给苏丹打下手，鞍前马后，卖力干活。

苏丹既然赶不走他，反正店里也缺劳力，就任他折腾。

任鸿飞甚至故意地让苏丹的未婚夫辛悦诚撞见。苏丹给辛悦诚介绍说，这是任鸿飞，她的大学同学，来通海办事儿，顺便来看看她。任鸿飞用力地握了握辛悦诚的手，毫无掩饰地补充道：其实是追求者，和你一样的。

在苏丹和辛悦诚试婚纱的时候，任鸿飞不合时宜地出现在婚纱店里，说是帮忙参考意见。他建议辛悦诚试一套黑色燕尾礼服。辛悦诚一脸不屑，说：一边去，别捣乱！

任鸿飞说：辛兄，辛兄，瞧你那点儿"心胸"！你的眼光真的不行，我穿给你看。

任鸿飞穿上这套黑色礼服，和一身白色婚纱的苏丹站在一起，确实有些金童玉女似的，光彩照人。

任鸿飞挑衅似的对辛悦诚说："同情兄，你看看，我们是不是更般配！"

辛悦诚不说话，上来就是一拳，打得任鸿飞嘴角流血。要不是苏丹及时拉住，任鸿飞可能要再挨上一顿饱拳。

但任鸿飞并未还手。他知道辛悦诚动手时，在心理上已经输了。他需要付出些代价，才能让辛悦诚稍微感到心理平衡。

而苏丹，对任鸿飞无厘头似的横插一杠子，一开始还有些无所适从。

她和未婚夫虽是经人牵线认识的，但其实是桩门当户对的婚姻。辛悦诚是个年轻有为而又循规蹈矩的公务员，已经做到了副处级的职位。他的家庭亦与她的家庭一样，都是官宦之家。她已经习惯这样的家庭、这样的生活。在很多人眼中，他们的结合完美无缺。

如果任鸿飞晚出现几个月，她将顺利走进婚姻殿堂，过上富足、慵懒、平静如水、按部就班的生活。

而任鸿飞的出现，就像在她的心湖里抛下一块石头，激荡起一圈又一圈的涟漪。

在她的心里，一直有两个声音在争吵、在打架。一个说富足安宁是福，另一个说要有激情、要丰富多彩、要深刻、要刺激、要浪漫。

而后一种声音，在任鸿飞不顾一切的狂热和凌厉的进攻下，逐渐占据上风。

是啊，如果她现在就知道她10年后、甚至20年后的生活是什么样子，每天这样平静地重复着，还有什么意思呢？她谈过那么多次的恋爱，迟迟不肯敲定终身，要的难道是这个结果吗？

她心里开始有些动摇。她对她即将开始的婚姻，逐渐产生了一些犹豫和信心不足。她不知道是否要重新审视这桩婚事儿。

事情往往就是这样，只要稍一松动，就会溃不成军。她的防线和壁垒，就从这一丝丝心理动摇开始，逐渐土崩瓦解。

最开始时，每次一见面，当任鸿飞故意要拥抱她时，她总是躲过他，要他必须和她保持1米远距离，否则就不理他了；再后来，只好半推半就，就算便宜他，让他抱一下吧，谁让他这么死皮赖脸的；到最后，当他要拥抱她时，一股控制不住的冲动涌上来，促使她不自觉地张开嘴，热烈地回应他。

她心里的天平，已经彻底倒向了任鸿飞。

苏丹向辛悦诚提出分手，她说她的心已经不属于他了，再这样下去，对他也不公平。

辛悦诚知道已经无法挽回，但也无可奈何。可是，已经到手的美人就这样丢了，心里还是愤愤不平，找了几个人，就在临海花园附近，把任鸿飞结结实实地痛扁了一顿。

当第二天任鸿飞缠着绷带出现在苏丹面前时，反而更加坚定了苏丹临阵换人的想法。

她心甘情愿冒这个险。

她相信任鸿飞一定能带给她完全不一样的生活，尽管她也不知道这种生活会是什么。

她终于要张开双臂，张开自己的全身心，接纳他、融化他。

等苏丹赤身裸体、半羞半遮地站在他面前，任鸿飞感到一阵晕眩和血脉偾张。

他在脑海里无数次想象过、描绘过她的胴体，但真正见到时，仍然为苏丹的美丽惊呆。皮肤细腻如脂，丰满而又没有一点儿多余的脂肪，微微起伏的小腹下的秘密，被她的手半遮半掩地挡住，两只乳房鸽子般振翅欲飞的样子，让他禁不住产生想摸一下的冲动。

他抱起苏丹，用嘴唇搜寻着她的每一寸肌肤，从头发到脚跟，他要细细品尝，不放过每一个细节。

顺着内心的指引，他找到了苏丹深藏在森林深处里的那道神秘之门，穿越进去。

他像驾着一艘船，在激流中奋力划着，冲过险滩、漩涡，渐渐逼近轰轰隆隆的万丈瀑布。他呼啸着，直冲谷底，撞得粉身碎骨，碎成一池碎片。

他完成了人生中最惊心动魄的一次跳跃。

苏丹紧紧地抱着他，亲吻着他的耳朵、眼睛、脸颊。"你真不知道我一直在等着你、等着这一刻吗？"

他们的婚礼在香港回归前后的日子里举行。

一开始，苏丹还担心父母认为她有些草率。她不知道如何向父母交代。

等到她吞吞吐吐地说出真相时，父母果然对苏丹这么短的时间里要换一个结婚对象，非常吃惊。不过，他们能从女儿这一段时间的神采飞扬的情绪和话语里，知道她找到了她期待已久的爱情和幸福。

但他们还是希望苏丹慎重些，哪怕结婚日期再往后推一推。他们想知道，任鸿飞究竟是什么人，会让女儿如此义无反顾。

不过，等苏群副市长见到任鸿飞并和他一席长谈之后，竟毫无保留地接纳了他。他们相信女儿的判断力，并坚定地支持她。

苏副市长对掌上明珠的婚姻大事儿，并非任由女儿折腾。他在官场上成天与各类官员、商人打交道，见过各类各样的人。他从任鸿飞清晰的思维和富于激情的谈吐里，认定这个湖南乡下来的小伙子，有着非同常人的眼界、思路和意志品质。

他相信他一定会展翅高飞，成就一番作为。虽然他现在还默默无闻。

婚礼那天，苏群亲自把女儿的手交到任鸿飞的手上。对他说：我这就把我的宝贝交给你了。相信你一定会爱护她，珍惜她！我为你们高兴，为你们祝福！

而任鸿飞的父母，虽寡言少语，但为儿子娶上市长家的掌上明珠，激动得老泪纵横。

任鸿飞和苏丹的那些从四面八方奔过来庆贺的同学们，对于他们俩终成眷属，感觉有些出乎意料，又似乎是理所当然！

谭笑风等在一边起哄道：早知道你们终究会搞到一起，还偏偏要王宝钏似的苦苦守望十八年，真会蒙我们，说说在学校时是不是就暗通款曲了。

第三章　肇基

3.1

任鸿飞和苏丹的蜜月，是在他们的别墅里度过的。

他们哪里也不想去，他们随时需要亲吻、抚摸、缠绕、交融。那些风光旖旎、众目睽睽的旅游区、度假区等，显然都是不适宜的，也是他们无法接受的。

而家里，显然是他们无所顾忌的爱巢。家里的任何地方，都成了他们爱的场所。沙发上，浴缸里，甚至厨房，楼梯，花园，汽车里，到处留下他们爱的气息。

任鸿飞不想做任何事儿，他不能接受苏丹离开他一小会儿。他要随时亲吻她，抚摸她，进入她，把他积攒了20多年的身体精华，统统浇灌在苏丹的花蕊里。

他像在从事一项伟大的事业，心无旁骛。他看到苏丹的花朵在他激情的浇灌下，盛开怒放，鲜艳欲滴。

一个月后，他终于快要掏空了自己，功成身枯。

多年以后，任鸿飞在一个狭小空间里，细细回味他们相爱的每一个细节，借此度过一个个阴冷、孤寂的白天黑夜，常常在不知不觉中，冰凉的泪水从眼角流到嘴边，幸福、苦涩而无助。

他认为这段日子，才是他真正的人生巅峰。

蜜月过后，任鸿飞整个人像在牛奶里泡过一样，光彩、润泽，浑身洋溢着幸福。

他一洗过去作为一个苦逼青年的彷徨与迷惘，变得坚定、成熟、自信。他不再是下里巴人，而是青年才俊、小有成就的青年企业家、苏副市长的乘龙快婿。

经过简单的测评和考察程序，任鸿飞顺利走上新的工作岗位，担任通海市城开集团公司的副总经理。

作为一座沿海城市，通海市借改革开放之力，经济发展一直引领风气之先。整个城市到处冒着热气，呈现一片热火朝天的景象。外商投资如火如荼，本地企业迅速崛起，外贸物流规模扩张，也带来城市大规模的基础设施建设与开发。

任鸿飞所任职的城开集团，主要从事城市道路、地下管网、公共设施、园林绿化等市政工程建设，以及城市土地一级开发和房地产项目。

作为一家市属国有企业，城开集团的业务庞杂，管理层次复杂而结构混乱，各搞一摊。它既是政府进行城市规划建设、招商引资、调控市场的出入口，在某种程度上又是政府主要官员的抓手。

而任鸿飞担任的副总职位，看着并不显眼，但是可上可下，可大可小，干不好可旱涝保收，干得好可上不封顶。

任鸿飞的商业才华，很快派上用场，他在公司迅速打开局面。

公司久拖不决的一些问题，包括项目、资金，甚至拆迁中遇到的需要政府城建、规划、城管、市政等各部门协调才能解决的问题，他都能迅速拿到市里领导的批示，快刀斩乱麻，迅速搞定。

几件事情过后，公司上下对他刮目相看。

这个公司的管理层，本来来路复杂，各行其是。而任鸿飞刚到公司，位置排在副总经理的最末位，但公司总经理陆无为和位置排在他前面的几个副总经理，都喜欢和他打交道，不管事大事小，都爱找他商量，没事儿时会找他喝酒聊天。在他的建议下，公司的业务条块更加清晰。

不过，任鸿飞的心里很清楚，他不会一直待在这个位置上。

因为公司从事的是一级土地开发和基础设施建设，任鸿飞接触到了不同类型的官员、银行行长、企业家和商人。他看到越来越多的商人在他的眼皮底下，迅速发家；看到不同门道的致富路径；看到了实业的崛起、土地的升值、股份的张力，当然也特别清楚政府对资源的调配和干预能力。他在业务内外同各个领导交往的过程中，甚至摸清了市里各主要领导的做事风格、脾性和爱好。

以任鸿飞的商业嗅觉、敏感和勤于思考的习惯，他逐渐摸清了钱在哪里，从哪里来，到哪里去。

他似乎看到一团金光灿灿的亮光在眼前晃，可是，就像隔着一些纸，他无法捅破它，看个究竟。

他仿佛看到钱到处都是，多得可以用耙子拢。只是，他还没有找到一把合适的耙子。他不知从何下手。

他并不清晰他的喷发口在哪里。

直到他不经意间遇到了肖东方。

肖东方是来通海市出席宝驰汽贸中心的开工典礼的。

这个在当地并不算大的项目，惊动了省里、市里的一大帮人。开工仪式上，市长发表了热情洋溢的讲话，称这是通海市招商引资的重要成果，本市改革开放发展的一件大事、一件好事，市里各委办局，从规划、建设到公安、海关等要全力配合，把好事办好。

仪式之前，在政府办公楼的会议室里，市领导亲切会见了肖东方，相关委办局领导等一干人作陪。任鸿飞因为城开集团要负责汽贸中心的建设，叨陪末座。

任鸿飞一开始并不清楚肖东方是何方神圣。但一看这阵势，市里显得相当重视。

任鸿飞在会议室一角认认真真地打量着肖东方。老头儿五六十岁的样子，身着中式对襟衣褂，脚穿老字号内联升尖口布鞋，腰板硬朗，面容和善，粗看上去很有些太极拳师似的老当益壮，说话干脆，中气十足，有一种从容不迫的淡定。

任鸿飞从他们的交谈中听出了个大概：肖东方早年曾有过多年的军旅生涯，后转业到央企，搞了多年进出口贸易，前两年刚从副总经理的位置上退下来。退休后原本想养花种草、画画写字，颐养天年，但经济大潮浩浩荡荡，热风扑面，架不住一帮老朋友一再怂恿，他一想，反正也退休了，无官一身轻，闲着也是闲着，遂趁身板还硬朗，重入商海。既给朋友们撑个门面，也为国家经济建设尽份责任、贡献份绵薄之力。所谓老骥伏枥，志在千里，烈士暮年，壮心不已也。

肖东方非常随意地谈起他曾多次去看望刘老爷子，陪老爷子散散步、聊聊天。老爷子的许多抓经济、搞建设、促发展、惠民生的谈话，还历历在目，让人激情澎湃。

宾主双方云山雾罩、高屋建瓴地谈了很多经济发展的大局。市领导亦如老母鸡啄米似的，连连点头称是。

市领导说：肖总能看中通海市这个小地方，到通海来投资兴业，是对通海的厚爱和支持，是对通海经济发展的贡献。市里一定会把这个项目作为一项重要工作来落实好。

市领导当场点名要求各部门要全力配合，促成汽贸中心尽早开业。

宾主双方相谈尽欢。

任鸿飞回到家里，跟岳父苏群打听，才知道肖东方果然有些来头儿。

"肖东方本人有籍可考不说，人家跟刘老爷子是什么关系？就算全是假的，我们下面的人谁能摸得透、验证得了？万一碰了不该碰的，谁能得罪得起？所以，下面人做事儿，都是睁只眼、闭只眼，宁可信其有，不能信其无。不管怎么说，这个项目落在本市，对市里也算是好事儿。"苏群副市长说。

"另外，你有没有注意到陪同肖东方来的那个小伙子？叫李成梁吧，省里某领导家的孩子，倒是货真价实的。"苏群补充道。

当时，任鸿飞的眼睛和心思，一直在肖东方身上，还真没特别注意他的随行人员。

任鸿飞看着岳父，点点头，似有所悟，又感觉有些不得要领。

在任鸿飞的印象中，这块靠近港口边的一大片土地，原来的规划是作为港口二期的配套物流区，本来早已有主。市里能划拨出来一部分给宝驰汽贸，当然是有原因的。

既然是市里的大事儿，宝驰汽贸中心的建设，一路绿灯，非常顺利。

按照市领导的要求，城开集团做完拆迁、"五通"等前期工作，迅速开工，按宝驰提供的设计图，建设成直通码头的汽贸中心；中心及附近的道路和绿化，也一并完成，交付使用。

这所设计三层、大鹏展翅一样现代感十足的建筑，停车区、展区、销售区、办公区、生活区，一应俱全。城开集团为此直接开销超过1亿元。

建成后，任鸿飞带领城开集团的市场部、财务部等一行人，去找宝驰汽贸中心业主商量结账付款的事儿。

宝驰汽贸中心总经理李成梁接待了他们。

任鸿飞认真地打量了下李成梁，似应见过。他看起来跟任鸿飞年纪差不多，身材高大，皮肤白净，戴一副眼镜，颇显得温文尔雅。

李成梁拿出市有关领导在项目相关文件上的批示，请任鸿飞过目："宝驰汽贸中心是本市对外开放的一项重点工程，建设费用可先由城开集团垫付，在宝驰汽贸中心运营后逐步偿还。"

李成梁说："请任总放心，我们不会赖账。只是需要稍缓一缓，待我们腾挪开了之后，会立即和你们结算工程款。"

任鸿飞说："既然有批示，我们就照领导指示办。"他们拿到批示的复印件，回去先挂账再说。

任鸿飞心里其实早有预感，宝驰汽贸中心虽然号称注册资本1个亿，但不会真金白银地砸钱。

这也让任鸿飞非常有意地从方方面面搜集宝驰汽贸的相关信息。他倒真要看看，宝驰是如何运营的、是如何空手套狼的。

反正，如果套不住狼，这块地、这些建筑，他们既拿不走，也变不成现钱。

宝驰汽贸的运作，果然让任鸿飞目不暇接，甚至有些眼花缭乱。

宝驰以汽贸中心的土地和建筑做抵押，从当地银行里贷出1个亿。第一批100多辆高档豪华汽车不久以后运抵港口，主要是奔驰、宝马、奥迪等。

这批从日本转口贸易进来的汽车，有上面的批文。海关见有批文，也没敢细问是怎么回事儿，稀里糊涂盖章，开关放行。

这批汽车的大部分，就在任鸿飞的眼皮底下，被周边省份的大大小小的老板提着现金抢购一空。

这批本来紧俏的原装进口车，在市场上向来是预订并加价销售的，但宝驰汽贸竟以市场价迅速出清。

很显然，宝驰汽贸并不计较一些蝇头小利。他们要快刀斩乱麻，迅速出手，加快周转。更重要的是，他们在东江省这个沿海省份先富起来的大市场，树立宝驰汽贸首屈一指的口碑。要让其他的竞争者，退到二线。

当然，也只有他们，才有这样的底气，才敢这么做。

任鸿飞从各个角度搜来的信息里，逐渐拼接出宝驰汽贸的路线图。

在他看来，这个生意里牵扯到的所有环节，似乎并不复杂，无非是从政府拿到地，从银行拿到钱，从有关部门拿到批文，从外面拿来车，再向市场销售掉。但是，这其中涉及的每一个环节，对于一般外贸企业，都是很难完成的任务。但是对于宝驰汽贸，轻轻松松，手到擒来。

几批车生意之后，汽贸中心的贸易规模已经越来越大，销售的品牌也越来越多。

甚至交管部门，都把上牌照的业务搬到宝驰汽贸中心。

随后，当进口汽车批文和海关报关政策更严厉时，宝驰汽贸也能与政策相适应，调整进口渠道与报关程序。

宝驰汽贸将业务迅速拓展至东江省各地市，及周边省市，建立起奔驰、宝马、奥迪汽车的4S店。每家店都是在交通便利、新兴人口集中的地方，单体店面积庞大。

任鸿飞后来到物华天宝后才知道，肖东方李成梁他们在建店之初，已经在考虑第二步。他先赚着眼前的钱，而又把这些地块占住，坐等地价升值。

这一切，让任鸿飞看得目瞪口呆，生意原来可以这么做的！

任鸿飞之前认为，做生意需要资本、需要项目、需要落地，现在看来，这些都不是最主要的。最主要的还是需要眼光、需要头脑、需要人脉。有眼光，有头脑，有人脉，就会将互不搭界的资源联结在一起，就会无中生有，有资本，有项目。

他忽然有一种脑洞大开的感觉。

他认为肖东方绝非等闲之辈，他能把各种资源顺利地黏合在一起，将理论上存在的可能性变为现实，这已经不是一桩生意。说明肖东方对当前政经大势的洞察、对人脉关系的熟悉和调配能力、对资源的整合和运作手段，已经达到了一般人可望而不可即的境界。

这种能力，使他在任何时代都能挺立潮头，做时代的主人翁。只是时势使然，商业为王，肖东方把这些应用到了商业领域而已。

任鸿飞觉得他才是真正的"人中之龙"。

任鸿飞感到肖东方身上包裹着的一团光辉，已经透过他心灵的窗户纸，洒了一地，照得他心里亮堂堂的。他甚至找到了一种跟肖东方心心相通的感觉，虽然他根本不知道这个神龙见首不见尾的人在哪里。

如果有机会，任鸿飞真的愿意跟他切磋切磋。

3.2

任鸿飞心里的种子，经过一年多的浸泡，终于找到了合适的土壤、阳光和空气，开始萌芽，长出嫩叶，他似乎看到了它未来的枝繁叶茂、花团锦簇。

他是时候出手了！

任鸿飞把这些归功于肖东方的启示。是肖东方他们的商业作为，接通了他脑海里的正负极，让他通体透亮，浑身上下闪烁着智慧的火花。

他找到了他一直在寻找的那只耙子。

其实，那只耙子，就在他的手里，只是他脑洞未开时没有看见。

此时，城市化的大潮已经势不可挡，尤其在经济发达地区，拥进城市的人口和居住改善的需求，已经使房地产业处在大爆发的前夜。

但当时，因前一轮盲目投资导致的经济过热和三角债，迫使政府不得不出手降温。为抑制严重的通货膨胀而采取的严厉的宏观调控措施，使不少囤地者和房地产公司陷入困顿，甚至破产。断裂的资金链，使一些烂尾楼矗立在市区各个地方，人去楼空，一片狼藉。

任鸿飞认为，这恰恰是他介入的最好时机。

经与城开集团公司总经理陆无为商议后，任鸿飞提请陆无为召开公司总经理办公会议，商议房地产开发问题。

会上，任鸿飞提出了将房地产业务划出来独立运作的详尽计划。这个计划的核心，是把房地产业务板块从城开集团分拆出来，成立独立法人的房地产开发公司，并按市场化运作要求，进行股份制改造。

房地产业务在城开集团本来是无足轻重，甚至可有可无的小业务板块。目前虽然在建、在售和预售的楼盘、流动资金、土地储备、工程设备、烂尾楼等资产规模超过10个亿，但负债规模亦在10个亿左右。城开集团正为房地产业务陷于三角债里脱不得身而发愁。

副总们都没考虑这个事儿。按"谁主张、谁负责"的原则，陆无为让任鸿飞具体讲讲怎么分拆、怎么操作、谁来操作。

任鸿飞做了充分思考和准备，他提出自己来负责组建并牵头新公司运作，以房地产业务板块的净资产，溢价20%作价5100万，折股占51%，他个人愿意筹措3000万元占股30%，尚余19%股份，由其他高管自愿出资入股，如有不足部分，由他另寻合作伙伴填补。

这一方案，不仅充分考虑了国有资产的保值增值问题，保证了国有资产的控股地位，接走了城开集团困扰多年的烂尾楼和三角债等问题，而且使城开集团业务细分更加清晰，也给各位高管预留了管理层持股空间，符合国企改革方向。

公司其他副总，都觉得这个方案可行，但不理解任鸿飞为什么放着城开集团旱涝保收的副总不做，偏偏去接手房地产业务这个烂摊子。他们之中，有些人甚至巴不得把这块让人大伤脑筋的业务清理出去。既然任鸿飞愿意挑头干，他们都举手表示赞同。

但是，副总们愿意凑钱入股的并不多。这部分股份，也由任鸿飞自己寻找合作方，化缘解决。

大家也不同意任鸿飞辞去集团公司副总经理的职务，他们还需要他兼着副总，需要时去协调市里各方面关系。何况，房地产业务虽然划出去单独运作，但还是集团的控股子公司啊。

这一点，正中任鸿飞下怀。他挂着集团公司副总名义，不仅在分拆时便于协调，而且，今后的房地产业务，也还得靠集团扶上马送一程。

这一分拆计划，上报到市政府国资管理部门，很快得到批准。

不久之后，以地产业务为核心的佳美丰华房地产开发有限公司注册成立。

开张那天，市里主要领导出席并剪彩，相关委办局、相关企业、银行等均出席活动。

任鸿飞显得尤为春风满面，神采飞扬。他终于找准了他的战场，准备大干一场了。

3.3

在任鸿飞前脚刚刚搭上房地产这辆超级列车不久，房地产业已经逐渐越过寒冬，驶入春天。

佳美丰华成立后，立即着手与集团进行资产、财务、人员、设备等方面的切割，然后，开始迅速启动一些在建项目和半截子工程的建设。

经过仔细分析比较，任鸿飞选择的首个项目，是城开集团的一处烂尾商品楼盘，因陷于银行债务和建筑公司的欠款里，结一直解不开，就撂在那儿。任鸿飞将其改名为佳美花园项目，重新启动。

任鸿飞选择这个楼盘作为突破口，主要是看中了这个楼盘的位置、周边交通学校医院等基础设施和建筑设计水准。他只需要继续把楼盖起来，重新包装，销售出去，就能解开这个债务结。

可是，任鸿飞刚想动工，银行和建筑公司两大债主已经听到风声，找上门来，追要欠款。任鸿飞需要先与他们进行沟通。

任鸿飞先去找市建设银行王建设行长，这是最大债主。他在城开集团时与王建设打过交道。不过，去之前，他还是请市里与王建设关系更密切的人，打了个电话。

任鸿飞对王建设说：王行长，我来找您，其实是帮您解套来了！

王建设说：有这种好事？你们城开集团的套儿，都成了死扣儿，愁死我了。

任鸿飞笑着说：我这不送上门来了吗？佳美丰华已经接过城开集团的房地产业务，我们目前正重启佳美花园项目，只要做起来，不就帮您解套了吗。您想，这个项目搁浅在那儿，银行贷款就成了呆账，您就是呼天抢地，也收不回来。

王建设眼睛一亮，说：那你打算怎么解？

任鸿飞说：您也很清楚，硬解是解不开的，手里没钱。只能先把死马医活了。希望您能支持一把，我们暂时需要一笔流动资金来启动项目，只要重新开工，我们新贷旧贷一笔归还。这叫放水养鱼，将欲取之、必先予之，这道理，您懂的！

王建设说：话是这么说，但旧贷未清，再上新贷，你也得有让人信服的理由才行啊。

任鸿飞说，旧贷先搁一搁；对于佳美丰华来说，我们是新公司、新贷款，又有土地和项目楼盘做担保，理由应很充分。只要做起来，就能解决您压在心头的一块心病。这可是送上门的机会啊。

王建设想了想，说：这个项目你觉得真能成吗？

任鸿飞说：王行长，现在房地产市场已经开始有回暖迹象，这块地拿得早，土地成本很低，粗算下利润还是很可观的。何况，您也知道我做事儿的风格，大家都是面上人，这是我的第一个项目，会确保成功。要是做不成，我今后在通海市还怎么混？您放一万个心，不成功，便成仁。

说服了建行，任鸿飞紧接着和公司副总卓越去找建筑工程公司，商量拖欠的工程款的事儿。

卓越在集团公司时就负责地产业务板块，在地产业务分拆出来成立佳美丰华时，被任鸿飞请了过来，担任副总。他一直跟建筑公司打交道。

建筑工程公司总经理高起楼，没想到任鸿飞竟然找上门来，颇有些激动。之前都是他削尖脑袋去找他们要钱。高起楼为工程拖欠款问题，来来回回往城开集团几乎跑断了腿。而高起楼的门儿，也经常被农民工堵着。

任鸿飞诚心诚意地说：高总，您的塔吊工程设备还杵在那儿，风吹雨淋的，您看没看见，都生锈了，再不干就烂掉了。您不如把活儿干完，我来一起结账。

高起楼说：任总，我还以为你是来结算工程款呢。你们的活儿，老不付账，谁还敢干，我工人都招不来！前段时间工人为讨工钱都上塔吊了，要跳，闹出了多大动静，都上电视了，您又不是不知道。为处理这事儿，我本钱都搭进去了。你不先付钱，我是不会干的！

任鸿飞说：高总，扣要一个个地解。如果您不干，我找其他人干，您前面的钱就难保证了！您只要干，新的活儿干到哪儿，我钱付到哪儿，现款现付。完工后，楼盘一开售，我就付前面的欠款。您想想，您即使到其他地方干，还不一定能付您现款呢。何况，佳美丰华公司成立，就是准备要大干快上的，后面还会有很多活儿，我还会找您干下去。您掂量掂量。

高起楼掂量了半天，说：你可别再诳我，再要不来钱，我也和农民工一起跳楼了。

任鸿飞保证，干一笔付一笔。第一笔可先预付。

说服了两大债主，楼盘遂重新开工。

这个率先开工的项目，耗费了任鸿飞大量精力。但他必须做好。赚钱在其次，他要借此机会，树起佳美丰华的品牌和形象。

实际上，当时房地产市场已经开始转暖。加上佳美花园这个楼盘本身质地不错，以及全新的包装宣传，和销售时的大幅优惠，这个项目相当成功。

销售回款一到账，任鸿飞也说一不二，迅速结清银行贷款和建筑公司欠账。让银行和建筑公司信心大增，有求必应。

佳美丰华有了良好开局。

任鸿飞又迅速展开下一个项目的开发建设。

此前，任鸿飞之所以要将房地产公司分拆出，是他早已看清了这块在城开集团里的小业务，其实是龙头和牛鼻子。这是利润伸缩性最大的板块，虽然目前还在低位，但未来最具爆发的可能性；与其相比，基础设施建设和建筑业虽然旱涝保收，但那不过是没有多大伸缩空间的辛苦活儿，拿的都是辛苦钱。他要用房地产，牵动起整个城建的步伐。

在任鸿飞心里，还有另外一个"小九九"：这个小业务板块，其实有一个潜在的核心资产，大家都没放在眼里，那就是无法评估的无形资产，包括土地储备和拿地优势，以及城开集团这么多年在城市建设所获得的品牌、口碑、商誉，城开集团储备了大量土地，几乎涵盖了市里所有的最好地块。而这些，账面上还是当初所支付的微不足道的价款。随着楼市春天的到来，他只要能把楼盖起来，这些资产就将成倍地变现。

更为重要的是，任鸿飞认为他从肖东方那里，悟到了"借鸡生蛋""空手套白狼"的道理。

任鸿飞在每个项目的开发中，几乎都以土地做抵押，从银行那里拿到贷款，除了办理预售证所需的各项税费，以及一些基础的流动资金，他要用这些钱再去拿下一块地。建筑款则由建筑公司垫付，装修由装修公司垫付，等到开售回款，再归还这些借款。甚至有意延缓付款十天半月，在他看来，这些都是生产力。

由于区位、楼盘质量、品牌和口碑，以及任鸿飞经常有意地给些小折扣和小惊喜，佳美丰华几乎所有楼盘的销售，效果非常理想，有的甚至在放号当天即销售一空。

这也是他从肖东方那里学到的，他要快刀斩乱麻，让资金周转速度加快，发挥最大的效益。绝不让个别环节的拖延，放慢公司的脚步。

仅在佳美丰华成立的当年，他们开发的两个项目，销售额就突破了20亿元。

3.4

这个市场太大了，要做的事太多了，公司的业务太忙了，任鸿飞常常工作到深夜。有时太晚了，就在办公室凑合一夜。

苏丹最先敏感地觉察到任鸿飞的变化。

他不再像以前那样，一回到家，就要抱紧她，亲吻她，甚至不分时候地解开她的胸衣、扯掉她的内裤，直接硬邦邦地插入她的身体。她那时总是半推半就地嗔怪他。

可任鸿飞一不这样做，她反而感到身体有些空落落的。

她甚至在任鸿飞回家之前，就准备一些小情调，点上蜡烛，准备点儿法国红酒，刻意营造爱的氛围。她常常穿得更加性感迷人，有时仅在赤裸的胴体外，披一件丝绸睡衣，或仅穿一件刚刚盖过臀部的宽大T恤衫，以便在任鸿飞亲近她时，感觉到她身体的起伏和骚动。

而任鸿飞，却常常视而不见，对于她的暗示、挑逗，甚至渴望而哀怨的眼神，置若罔闻。更有些时候，他还被司机和秘书架进来，满身酒气，倒床便睡。

苏丹知道任鸿飞是个工作狂，但没想到他会狂到这个程度。

她的爱人真的有些太累了！

任鸿飞也恨不得有分身之术。

如果说之前公司尚在草创期，流程和规章尚未建立健全，他必须事必躬亲，那么现在，在公司规模扩大后，他必须做好统帅。那些攻城拔寨的任务，留给那些师长团长连长去做好了。

任鸿飞把公司的地产业务细分成三大板块：面向大众消费群的精品住宅，面向企业家等高端人士的别墅和商业写字楼。三路纵队，各个突进。而他稳坐中军帐，负责战略、规划、布局、督导、检查，统一调动，统一指挥。

他最需要的，还是伙伴和帮手。

任鸿飞专程去东华市，去找在市政府做秘书的同窗好友谭笑风。

谭笑风这个人，肉墩一样胖乎乎的，虽然开拓能力稍显不足，但浑身上下带着一种喜剧演员似的幽默感，很有亲和力，在学校时就是任鸿飞的小跟班。有一次，谭笑风把妹不慎，招惹了外校的几个学生，被逼到墙角，挨了几脚。正好被任鸿飞撞见，他扔下自行车冲上前去厮打。结果，两个人都被打得不轻。从此，谭笑风就成了任鸿飞的死党。他就像任鸿飞肚子里的蛔虫一样，很清楚任鸿飞的那点儿弯弯绕。

两人就在市政府旁边的湘菜馆找了个座位，边吃边聊。

任鸿飞说：谭科长，最近混得还好吧？

谭笑风说：任老板，别看不上，快副处了。你是不是又干不下去了，来找我。

任鸿飞说：哥这次来找你，给你说件正事儿。下海，跟哥干吧。

谭笑风说：任老板御驾亲自来请，说明我还是挺牛的啊，我是不是真要考虑考虑？

任鸿飞说：你考虑个屁！哥早就替你考虑好了。

谭笑风又说：你那有正处的位置吗？

任鸿飞说：就你个破货，早破了身了，还正处呢，副处都算不上。

这是他们之间的笑话，任鸿飞从前在夜总会做侍应生时听到的。有客人问小姐：你是处女吗？小姐说：说不是处女吧，又没结婚；说是处女吧，你也不信，勉强算个副处吧。哥儿俩为这个笑话乐了好一阵子。

谭笑风说：哪有你这样逼良为娼的！

任鸿飞说：那你就赶紧把自己洗干净，准备接客吧。

谭笑风说：那可不行，你这才一顾茅庐，我就跟你走，是不是太掉价了。你赶明儿带着嫂夫人，提着好酒好肉，再雇辆独轮车，三顾茅庐，显示一下我很重要，没有我，你干不成事儿！

任鸿飞踹了他一脚：美的你！

哥儿俩商量妥，给谭笑风一个月的时间，办理离职手续，正式到位。

任鸿飞又说：公司的业务就要进入快车道，规模成倍扩张，急需用人，还有谁合适挖过来呢？

谭笑风说：你没想到老伙计易俊杰吗？

任鸿飞说：唉，别提了，上回我们一起做胶合板期货，他栽了个大跟头，把气撒在我身上，满心怨恨，早就不理我了。我结婚时请他来，都没请到。估计他一时半会儿脑子还转不过弯儿来。不过，你找机会跟他聊聊，但别说我说的。他要愿意的话，装修工程让他做，倒也不错。

谭笑风说：我突然想起来，咱上一级的师兄罗鸣，你还有印象不？前一段到政府来找过我办事儿，他就在东江翠地房地产开发公司做副总，他要是愿意加盟的话，应该合适。

任鸿飞一拍脑袋：嗨，怎么把他忘了！

在校学生会时，任鸿飞和他有过很多切磋。罗鸣在校时也是个风云人物，听说当年还追过苏丹。进入地产行业比任鸿飞还早几年，做得也是风生水起。

东江翠地办公地离市政府并不远。谭笑风这就打电话，请罗鸣赶过来，说：给你引见个重要人物，先别问是谁，你一来就知道了。

罗鸣一见是任鸿飞，哈哈大笑：还以为是什么重要人物呢！听说你小子把苏师妹搞到手了，真有两下子啊。

任鸿飞一拱手：惭愧惭愧，承让承让。师兄要是早下手了，哪还轮得上老弟啊。

罗鸣说：可不是么，来得早不如来得巧啊。干房地产，我倒是下手早，可是，你也知道，前几年市场很不景气，我们东江翠地开了几个盘，拖拖拉拉销了好几年。你小子手气真壮，一上手，就赶上了好时候。

任鸿飞说：这么说，原来是我把房地产从水深火热中带出来的啊。

罗鸣说：你硬要这么厚颜无耻地讲，也不无道理。我早早地看好这个行业，反而快成先烈了！现在市场已开始转暖，本该大干快上，可老板倒好，"一朝被蛇咬，十年怕井绳"，还是小脚女人走路，一步三摇，缩手缩脚，生怕套子刚解开，再来调控，又被套进去了。我多次劝老板加大力度，可他根本不听，我都替他着急上火！

任鸿飞哈哈直乐，说：这个我太了解了，其实，国企有国企的难处，说好听点儿，稳妥；说不好听的，反应慢，跟不上趟儿。这其实是通病，我们城开集团也一样，如果房地产业务不拿出来，还放到集团里，也做不起来。这是体制机制问题。

罗鸣叹口气：真没办法！

任鸿飞说：办法倒是有，不知师兄愿不愿听？

罗鸣不知任鸿飞葫芦里卖什么药，说：愿闻其详。

任鸿飞说：不客气地说，不怪体制，不怪老板，怪师兄自己。换体制难，换老板易。此处不留爷，自有留爷处，你干吗吊死在东江翠地那棵树上。师兄纵有天纵英才，可作用无处发挥，一泡尿就憋死英雄汉。不如加入佳美丰华，我们一起干！

谭笑风说：任老板，我真服了你了，绕了半天，这才绕到正题上。要我就干脆摆出条件，一二三四，再一句话，师兄愿不愿一起干吧？

任鸿飞说：去，这叫话术，学着点儿。

任鸿飞介绍了下佳美丰华正在推进的业务和前景，说：别看现在佳美丰华的规模，比东江翠地小点儿，但目前正在做的几个项目做下来，很快就把东江翠地甩后不知几条街。但我不是跟东江翠地比，要干就干大的。如果我们哥儿几个联手，绝对会在东江房地产市场掀起风浪，干出惊天伟业。

任鸿飞说：师兄，兄弟之间，我也不空口说白话，老弟愿出你目前双倍薪酬，外加一些股份，诚邀师兄加盟。你考虑下。

罗鸣对佳美丰华的异军突起，也早有所闻。一听任鸿飞的宏伟设想和待遇条件，有些怦然心动。略一考虑，遂欣然接受，决定跳槽。

任鸿飞说：我就说嘛，师兄英明。哥儿仨连连举杯。

谭笑风说：刚才我还以为我是臣亮呢，现在又成伯乐了，功劳簿上得记我一笔。

任鸿飞说：这倒是个值得纪念的日子，我们哥儿仨的"桃园三结义"。

任鸿飞很清楚罗鸣具备独当一面的能力，开拓新业务交给他，绝对没错；再有谭笑风掌管行政后勤部门做配合，他自己可以腾出更多时间，放眼八方，行走各处，为公司谋划更大的业务空间。

罗鸣的加盟，还带来了他几位得力的手下。佳美丰华的业务发展更如突突疾驰的列车，在预定的轨道上全速奔驰，动力强劲。

他们以通海为基础，很快将拓展至东华、温江等市，并准备进军沪深等一线城市。

任鸿飞雄心勃勃，为公司制订5年内销售额要到100亿，并在资本市场挂牌上市的时间表。

佳美丰华的突飞猛进，也给任鸿飞带来了更大的声誉。他顺利当选为市政协委员和青年企业家协会会长。他很看重这些荣誉，因为这意味着更大的资源调用能力。

第四章 相会

4.1

世界有时很大，有时很小。

任鸿飞万万没想到，在他心无旁骛、全神贯注地加速他的地产列车时，会再一次遭遇肖东方。

此前，他们离得最近的时候，不过是在有些地方比邻而居。宝驰汽贸的4S店开到了佳美丰华开发的高端楼盘和别墅边上。这其实并不奇怪，他们的客户往往是同一个群体。甚至任鸿飞自己的座驾奥迪，也是从宝驰汽贸中心购买的。

不过这次遭遇并不愉快。肖东方的手，竟然伸到他的碗里来了！

起因是一块地之争。

位于东华市繁华路段的东锦丝绸厂，市里已经计划搬迁至郊外，腾出地方，规划建设一座现代商贸中心。

佳美丰华经与政府有关部门反复沟通，获得了该地块的土地使用权，并预付部分地价款，以尽快启动工厂搬迁。佳美丰华计划在这个地方建设一座集酒店、商场、餐饮、娱乐于一体的综合商业大楼佳美广场，并已经请省建筑设计院设计方案。

可没想到，就在工厂那边正在打包、佳美丰华组织好工程设备准备进场拆迁的当口，突然节外生枝。东锦丝绸厂里打出了一些横幅标语，工人们上访闹事。他们不想搬了。

市里要求佳美广场项目先搁一搁，以后再说。

任鸿飞心里感到非常窝火。这一变动，不仅打乱了他的计划和部署，而且"以后再说"，不知会拖到何年何月，让他心里很没谱儿。

经向市政府和东锦丝绸厂了解才知道，来自北华市的物华天宝投资公司，也看中了这块地，半路杀了进来。而他们提出的方案，更让东锦丝绸厂全厂上下怦然心动。遂到市里上访，要求市里更改规划。

东锦丝绸厂原是家老厂，往前追溯有两百年的历史。其所生产的绸、缎、绫、绢等十几类品种，如花似锦，富丽华贵，尤其是图案，如花卉，则层次分明，如人物，则栩栩如生。解放后，东锦丝绸作为出口创汇的重要产品，远销欧美，并曾作为国礼，赠予外国元首夫人及友人。只是近些年，跟其他老牌子国企一样，由于机制僵化、设备老化、生产制作工艺陈旧，工艺大师退休和流失，产品越来越跟不上形势，反而被廉价低档，但图案新颖现代、花样翻新的旅游产品，冲击得七零八落。厂里生产经营情况每况愈下，陷入恶性循环，连年亏损，人心四散，逐渐呈现衰败景象。

经市长办公会研究，这样一家破败工厂放在繁华路段也不合适。遂决定让他们搬迁至郊区，既可腾出一块商业用地，而搬迁补偿款，也可救工厂一时之急。

东锦厂作为一家老国企，也无可奈何，勉强表示同意。但物华天宝的出现，让东锦丝绸厂又重新点燃希望。

物华天宝提出的方案是：由物华天宝牵头，以东锦丝绸厂的净资产，以及"东锦"品牌和厂区土地等资产为主体，与本市另一家生产企业东华美锦丝织厂合并重组，物华天宝投入现金1个亿，三方重新组建成立新的东江美锦丝绸股份有限公司，重建公司的生产、销售、管理渠道和结构流程，加大设备更新改造、产品研发和创新能力，开拓海内外市场，重振"东锦"品牌，争取在未来3年内在交易所挂牌上市。

按他们的计划，重组后的企业生产车间，迁至东华美锦丝织厂厂区；而东锦丝绸厂的厂区，则改造成丝绸展示和工业旅游景点。

这一方案让东锦丝绸厂厂长周自珍等一帮老员工，心里陡然一亮。周自珍是个老丝绸工艺大师，一直有振兴"东锦"品牌的心结。搬迁本属无奈，若能借此机会重振当年雄风，当然是天上掉馅饼的事儿。

工厂上下坚决拥护这个方案。

而对于东华市来说，也一直存在重振"丝绸之府"的想法，政府还举办了多次国际丝绸博览会，要把"丝绸"这个名片打得更响。物华天宝的方案正中其下怀。

市政府只好和任鸿飞商议，打算收回原规划。

但佳美丰华不同意，他们坚持认为：他们非常理解政府重振"丝绸之府"的决心，但搬迁后并不妨碍这一想法的实施。他们甚至可以在综合商业大楼里为丝绸产品展示、贸易辟出空间。何况，丝绸是本市名片，旅游何尝不是？不能顾此失彼。从产出效率来讲，建设佳美广场，将会给市里带来更大的GDP和税收，物尽其用。而且，他们为这块地已经做了市场调查、规划研究、设计、筹措资金等前期各项工作，一切已经准备就绪，并已经缴了土地价款和部分厂房搬迁费，只等开工建设。现在政府出尔反尔，突然让停下来，不仅打乱了公司部署，让公司遭受重大损失，也严重损害政府的公信力和声誉。这个代价也未免太大。

说得也合情合理。

市里只好再找周自珍做说服工作。

没想到周自珍等工厂负责人前脚刚踏进市政府大门，工厂员工几乎倾巢出动，后脚赶来。他们打出"重振丝绸之路，打造丝绸之府""我们要东锦，我们要吃饭""佳美丰华，滚开！"等标语，到市政府门前静坐。

市政府从维护稳定考虑，只好出面安抚，表示会妥善处理，暂不会强制工厂搬迁。这才劝散工人们。

遇到这种事儿，政府也有点儿犯难。

既然事儿是物华天宝挑起来的，解铃还需系铃人，他们要是撤回

70

方案，一了百了。但物华天宝那边递过来的话，不轻不重，又软中带硬，"希望政府重视民族产业和品牌""不能忽视民生民意，人为制造不稳定因素"，这话摆到桌面上，冠冕堂皇，谁都不敢造次。

遇到这样棘手的事儿，市政府只好先拖一拖、放一放。谁能解决谁去解决，谁着急谁去解决！

当然任鸿飞最着急。他的拆迁机械都已经开到了厂门口。

任鸿飞再去找市政府主管城建工作的副市长安如泰做工作。

安如泰推心置腹地对任鸿飞说：任老弟，你急，我也急，但没办法。物华天宝什么来头，你又不是不清楚，肖东方那边传过来的话上纲上线，谁都担不起。再说了，李成梁这层关系，也不能不考虑。

任鸿飞心里有些郁闷，没想到这个项目又与肖东方、李成梁他们撞到了一起。

他感到遇到了难啃的硬骨头。

思忖再三，任鸿飞决定亲自去拜访一下肖东方，看看有没有解决之道。反正是死马当成活马医吧，真硬不过人家，就放弃吧。

他曾经那么渴望跟肖东方好好交流一下，没想到这个扯皮的事儿，倒成了个契机。

市政府正巴不得他们能把这个事儿圆满解决，遂从中撮合，促成此行。

4.2

任鸿飞带着助理顺藤摸瓜，左拐右拐，才在北华市一片老旧的建筑群里，找到了这所四合院。

这所院子从外面看极其普通，灰墙灰瓦，与周围其他的四合院并无两样，不过修葺一新。

任鸿飞顾不上认真观察四合院这种建筑样式和风格，在门房的带领下，迈进红漆的大门，绕过照壁，穿过院子的青石板路，走进肖东方的办公室。

肖东方正站在厚重古朴的大硬木书桌前，临摹齐白石的白菜南瓜。任鸿飞问完肖老好，肖东方看了他一眼，并未放下笔，示意他稍坐。

任鸿飞就候在一旁，欣赏肖东方画画儿。肖东方画完最后两笔，歪着头仔细端详了一下，看来对自己画的齐白石似乎并不满意，揉搓掉刚画的画儿，扔进废纸篓。自嘲说：白石老人的画看似寥寥数笔，但学其形易，得其神难。

肖东方这才认真打量起眼前的后生，还学着毛主席的口音叫他"小老乡，请坐"！显然，肖东方已经从公司的报告里，了解到任鸿飞的到访之意。他们在一棵巨大的老树根雕成的茶桌前坐下，肖东方叮嘱办公室服务人员看茶。

这句似曾相识的乡音，让任鸿飞克服了最初的紧张，他在心里十分感激。他这才知道肖东方祖籍湖南湘乡，曾国藩的老家。肖东方虽然从未在湖南生活过，但总是以湘人自居。肖老能看重乡谊，倒是拉近了双方的距离。

任鸿飞简单说明来意："感谢肖老拨冗接见，虽然您老不知道我，我却早就认识您。说起来，我还算是您的学生，实际上是您把我领进商业大门。此行不为别的，就是专程向您老讨教。"

这个开场，提起了肖东方的兴趣："哦？说说听听！"

任鸿飞说："肖老，您还记得您那次通海之行不？当时我在通海城开集团做副总，负责基建，叨陪末座，聆听过您老讲话。后来，宝驰汽贸中心的建设就是我负责做的。打那以后，我特别留意宝驰汽贸的运营模式，突然有点儿开窍儿。这才选择了房地产业作突破口，出来单挑一摊儿。这几年，借了房地产市场发展的东风，公司发展势头还不错。若说有所获、有所悟，也全是从您老身上偷学来的。"

肖东方说："那你悟到了什么？"

任鸿飞说："那我童言无忌，说得不对，您老多指教！"

任鸿飞说：我从您身上悟到了三点：重势、借势、造势。势即大局，整体。

经商需"重势"，要顺势而为。目前看，城市化潮流锐不可当，房地产业至少有20年黄金期，还能带动钢铁、建材、家电等20多个产业，对经济持续增长的贡献，必然使其成为国民经济的支柱产业，此为重中之重，此其一；在房地产业之外，制造业必将从目前的"三来一补"、粗加工及散、乱、小，升级为高端、智能大制造，而作为国力象征和未来潮流，民族品牌需要重新崛起和振兴，此其二；全球化趋势必将导致产品、技术、人才、资本的全球范围内配置，贸易和服务将大兴，此其三。地产、制造、贸易服务三者之中，择其一而为，必出巨富大贾。

二要"借势"。从国家角度，要利用"后发优势"；从企业和个人角度，亦要调动一切可以利用的资源，借鸡生蛋，抢占先机，敢为天下先。

三是"造势"。变不可能为可能。比如商学院的经典案例：某一个岛上的人不穿鞋，鞋子有无市场？不同的人看法不同，做法不同，效果亦完全不同。需求能带动供给，供给也往往创造出新需求。

"此三势，是晚辈从您老身上获得的启发。"任鸿飞说。

肖东方一开始以为任鸿飞如其他人一样，不过是奉承客套之辞，听着听着，似有所思，频频点头。他之前从没见过有人能把他的商业思想，说得头头是道。没想到这个不曾谋面的小伙子，仅从旁观察，就八九不离十。

肖东方对眼前这个俊朗帅气的小老乡，不由得多看两眼。他觉得这个外形俊朗、眉清目秀的小伙子，似乎是个难得的明白人。

任鸿飞接着说："在东锦丝绸厂这个项目上，晚辈思前想后，深深领悟到肖老的高瞻远瞩，以及在民族产业和民族品牌上的责任感。让晚辈倍感惭愧。"

"您才是高人中的高人，见人所未见，总是能超前一步。"任鸿飞满心真诚地说，"我这次来，主要是向肖老讨教。如果说还有其他什么目的的话，就是看有没有机会参与到这个项目中来，以便跟肖老进一步学习。"

肖东方对这个年轻人，有些刮目相看。

他拉着任鸿飞到花园里走走，边走边聊。他想听听任鸿飞如何来参与这个项目。

任鸿飞于是趁热打铁，拿出了他认为两全其美、各得其所的方案。

这个方案是：他们四方合作，成立东江美锦丝绸股份有限公司，重振"东锦"品牌，上市计划不变；在东锦丝绸厂的原址上，兴建东江丝绸国际贸易中心，集丝绸的创意、设计、丝绸服装展示、T台及国际贸易为一体，打造中国丝绸新地标。

任鸿飞提出的这个方案，有些出乎肖东方的意料。任鸿飞只移动了一子，就把一盘僵局全盘搞活。这个局不仅更大，而且，物华天宝、佳美丰华、两家丝绸厂等各方的诉求都得到满足，由分散扯皮的四方，化干戈为玉帛，变成利益共同体。

连他之前都没想到这样的方案。

肖东方认真地打量着任鸿飞，他有些喜爱这个面容俊朗的小伙子。

这个小老乡如此年轻，对局势的把握，对资源的整合思维，合作共赢的做事逻辑，都很有高度。如此年轻就能有如此的眼光、境界、决断，果然是"惟楚有材，于斯为盛"。

肖东方若有所思。实际上，他重入商海就是这几年。他在央企中国远通做副总时，既受体制之益，又受体制之累，就时常有一种另起炉灶的冲动。基于对未来经济形势的判断，他有信心开拓出一片自己的商业王国。但只有在退休之后，他才开始把久有的想法付诸行动。不过，真正干起来，他才感到事无巨细的繁琐。

他真正感到棘手的，是缺人。他是个理想家、战略家，但并非实干家。他需要有人来把他的想法付诸实施。他一直在物色人才，也延揽了一批人。但是，他还没有发现像任鸿飞这样，让他初一见面，就眼前一亮的人。

他感到特别需要这样的人才！

肖东方盛情挽留任鸿飞在他家住几天。语气温和，但不容拒绝。

任鸿飞说：那太给您添麻烦了，我们已经在旁边的酒店落脚。

肖东方说：不麻烦，我这里有地儿住，咱爷儿俩好好聊聊。说完，也不等任鸿飞答话，就让门房收拾侧厢房的客房。

肖东方像找到了多年前自己的影子似的，急于洗镜自照。

这回，轮到任鸿飞张大了嘴。他之前很多次想向肖东方讨教，没想到机会就这么来了！

4.3

三天的四合院生活，给任鸿飞留下了终生难忘的印象。

从此以后，他会有无数次机会踏进这个四合院，他会熟悉这个四合院的一切，建筑、花园、槐树，它的主人，以及萦绕在它周围的气场。但第一次走进四合院的惊奇感，一直深深地刻在他的脑海里。

这所闹中取静的三进四合院，面积并不大，正面5间，前后院左右厢房各3间。正堂和厢房由回廊连接。前后各围成一个小院落。这个重新修葺过的四合院，仍保留着原汁原味。二进正堂5间，地面由条石和青砖铺垫，明显比两侧厢房要高。客厅居中，两边为茶室、书房、办公室。两边的厢房，有工作人员办公室、活动室、厨房等，门厅除大门外的4间分别为保姆、司机、助理房等。后院为卧室和客房。

前院院子里有两棵百年老槐树，和几丛翠竹相间，从外地运来的大石头错落有致地堆在院里。后院则被开成花圃，甬道两边的藤萝交织，组成一条花道，中间还夹杂着葫芦丝瓜之类。

屋子里的陈设并不复杂，不过，硬实木的书桌、书架等家具，一看就经过久远的年代，浸润着古色古香的韵味。墙上挂着黄宾虹、张大千、齐白石等人的字画。

书房里最显眼的，还是墙上挂着的及书架里摆放的肖东方军旅生涯的照片。肖东方的戎装照，有一种不怒而威的厚重，与他跟画家等在一起时的慈眉善目，和蔼可亲，俨然两个人。

这个四合院处处彰显着主人的品位、爱好和个性。

肖东方的日常生活，既简单，又有规律。

肖东方早起后要在院子里打一套太极拳，然后摆弄他的花园。上午读书和画画，下午办公和会客。

他的客人有各色人等，聊的也是天南海北。但他小时玩伴儿、同学及战友等的到来，则使整个院落的气氛为之一变，肖东方会留他们一起晚餐。他们会聊些更深入的话题，包括那些常常在电视画面上出现的人物，有时会成为话题的中心。

任鸿飞静静地聆听着，插不上话。肖东方的朋友圈子离他太远了。但他被强烈地吸引着。他知道，他的商业只要继续往前推进，他就有可能会碰上这个圈子。就像这次他和肖东方意外相遇一样。

到了晚上，客人散尽，任鸿飞和肖东方是在下棋、喝茶聊天中度过的。他们聊得非常深入，从商业开始，渐渐深入到国家大势、世界潮流、历史文化、个人心路历程，似乎总有聊不完的话题。

任鸿飞发现，肖东方知识相当渊博，见解深刻。尤其对明清以来中国与世界政治史、战争史了如指掌。从他书架上陈列的和满柜子的书来看，他的涉猎相当广泛，哲学、历史、宗教、艺术、收藏、古玩、字画等等。

这让任鸿飞有些自惭，更生些对肖东方的敬意。

显然，肖东方所展示的，是一种跟他过去所经历、所认识的生活完全不一样的生活。

之前，任鸿飞无论是在贫困中煎熬，还是现在的灯红酒绿、忙于公司事务或应酬，表面上看存在天壤之别，但实际上只是同一种生活，一种被生活牵着鼻子的生活，为生活而奔波的生活，带着生活的镣铐和枷锁的生活，他其实是生活的囚徒和傀儡。

而肖东方，则是自主自在地生活，他才是生活的主人！

　　这几天，任鸿飞逐渐进入肖东方的生活，了解他的日常起居，他的过去，他的精神，他的思想。景仰之情愈发深厚，有如老家的梅雨时节淅淅沥沥的春雨，绵绵不绝，如丝如线，如雨如雾。

　　他感觉自己遇到的，不仅是商业的领路人，更是人生中的导师。

　　一开始，他只是有些好奇，为什么在肖东方的书房里，能看到很多他在各地寺庙与和尚方丈喇嘛等的合影，书架里还摆着各种佛教经典。

　　他向肖东方请教其中奥妙。

　　肖东方说：其实，你说的"奥妙"一词即来自佛典。马克思说得没错儿：宗教是被压迫生灵的叹息，是无情世界的心境，正像它是无精神活力的制度的精神一样，宗教是人民的鸦片。可这句话大家都理解错了。马克思批判的不是宗教，而是形成宗教的"物的制度"。就像我们说，人有病要吃药，而不能讳疾忌医一样，马克思将"鸦片"当成"药"，肯定这个药在人还暂时不能摆脱物的束缚的条件下，对精神和肉体伤痛的缓解作用。对于现实中的人来说，无论到任何时候，只要人还存在"肉身"，物质的束缚就会存在。你在多大程度上摆脱物质的束缚，或者说你能在多大程度上实现对物质的把握和控制，则离"自在之人"有多近。

　　这一番话，让任鸿飞有如醍醐灌顶，豁然开朗。

　　任鸿飞之前一直被生活推着走，并没有时间去想，究竟怎么样才是他想要的生活。他从没有像现在这样清晰自己想要的生活，他要从生活的"物化体"和奴隶，变成物质和生活的主人，他要像肖东方那样，牵着生活的鼻子，而不是被生活牵着鼻子。

　　他忽然有所顿悟"大隐""小隐"之别。小隐隐于野，不过是通过蔽目、塞听、克欲，达到自我澄澈；而大隐隐于朝，遇俗则俗，遇佛即佛，同样臻于化境，无滞无碍。

　　而肖东方，也在随意而不动声色的交流中，细心观察任鸿飞的言谈举止，思想和行为细节。每当谈到一个问题，肖东方总是让任鸿飞先说说怎么看。他要考察这个小伙子的见识、气量、器局，以及待人处世、做人做事的基本态度。

他越来越相信他初见时的感觉和判断。

这个小伙子在没有任何背景的情况下，能独自闯荡出自己的一片天下，没有点儿头脑是不可能的。无论他做贸易、基建或房地产，都表现出了良好的商业嗅觉和做事能力。尤其是，他在胶合板期货中表现出的判断力和当机立断，让肖东方看到了很多商人所不具备的商业敏感和当断则断。很多商人并不是缺少认识，而是被感情等非理性因素拖累和困扰，优柔寡断，反受其害。仅从这件事儿，肖东方就已经看到了任鸿飞的商业潜质，稳、准、狠！

在他看来，这个农家子弟聪慧、好学，见识非凡，但却没有一般从农村出来的孩子，眼神里所经常流露出的胆怯、羞涩、拘谨和呆板，反而有一股肖东方从小从父辈湖南人身上所看到的威武不屈、贫贱不移的浩气、自信和韧劲儿。

他认为任鸿飞是块璞玉。如果放在他手里，他一定会把他打磨成晶莹剔透的宝玉。

当然，肖东方要观察的，不仅仅是这些。更为重要的是，他如果拉任鸿飞加入他们，他必须了解任鸿飞是不是可以信任的人，是不是可以托付的人。他要观察任鸿飞是否会死心塌地跟着他，围绕他预想的轨道运转，而不会偏离轨道。

在肖东方看来，利益、乡谊、血缘、姻亲、同窗关系等画出的轨迹，都不能保证一个人不脱轨，而他和他只有一面之缘、一层虚无缥缈的老乡关系，任鸿飞是不是他想要的那个人？他用什么牵引住他？

几天观察下来，肖东方的顾虑逐渐打消。他似乎洞穿了任鸿飞的精神世界，他认为他有能力拨动任鸿飞的心弦，让他随着他的频率产生共振。肖东方觉得，他无需用外在的绳索扯住任鸿飞，他铺就的时空格局，会牢牢牵引住他。就像悬挂在半空的星球，哪怕走得再远，仍然会接受他看不见摸不着的时空格局左右。

主意已定，肖东方坚定地表示，希望任鸿飞跟他一起干。

而任鸿飞，一开始并没有太把肖东方这话当真，他以为肖东方只是信口一说而已。他愿意留下来住几天，除了好奇心，更重要的还是，他想从肖东方那里获得更多的商业真谛。他感到他已经收获甚丰，不虚此行。

而肖东方则一再语气坚定地表示：希望任鸿飞认真考虑他的想法。

肖东方说：你对四方合作成立东江美锦丝绸公司的想法，我完全接受，你去具体操作即可。但这仅仅是第一步，小之又小的一步。

肖东方说：他们并没有太把这个项目当回事儿，他有更庞大的商业构想。而这些，他需要任鸿飞和他一起干。

肖东方说："鸿飞，从商业机会来讲，你对制造业、贸易全球化、城市化和房地产业的黄金期的判断，都没错儿，这是财富的富矿。我们将会在这些领域大有作为。但是，你忽视了更为重要的方面。"

任鸿飞睁大眼睛，等待他的赐教。

肖东方一字一顿地说：投资和金融。

肖东方娓娓道来："任何实体产业，包括你所提出的地产、制造、贸易等，其实都有周期性和局限性，我们不可能一直寄居其中。我们要通过投资，操盘实体产业，这才是核心的核心，牛鼻子工程。我们要像种庄稼一样种企业，哪个好种，哪个应种，哪个收成大，我们就根据季节、气候、环境和条件去种哪个。这是投资的要义。

"另外，不知你考虑没有，做实业无法回避左邻右舍的竞争和摩擦，商场如战场是也；尤其做大以后，你的一举一动，都将引起世人的关注和议论，这并不利于做事儿；而投资，就如同从井中汲水，你汲走了再多的水，别人也感觉不到你汲了他的水。你即使再花朵艳丽，也淹没在一片绚丽的花海中，不显山不露水，与人无争，你可以甩开膀子干。

"我为什么要强调金融呢？我们的实业投资，需要资本。我们要有自己的银行、保险、信托、证券、基金等金融机构，源源不断

79

地提供血液和动力支持。实业和金融，互相支持，双翼齐飞。这才是大思路。

"以你之才，耗在鸡零狗碎的实体产业之中，就是资源的错配。来我这里一起干吧，这里海阔天空，你心有多大，舞台就有多大。我们蓝图都有了，很需要一位像你这样的人来操盘，付诸实施。"肖东方真诚地说。他毫无保留地夸奖任鸿飞是一只雏凤，但他目前的树林太小了，需要一片森林。

一席话下来，让任鸿飞也有些激动，频频点头。

任鸿飞这才知道，他能和肖东方碰上面，实在是小概率事件。包括宝驰汽贸，以及东江美锦丝绸项目，在肖东方的商业规划里，只是一个犄角旮旯。任鸿飞自认为做得还算成功的房地产，与肖东方庞大的商业构想相比，更是小打小闹，不值一提。

4.4

从四合院出来，任鸿飞感觉受到一次洗礼一样，雄心四溢，他要开始全新的征程。

肖东方给他打开了一扇门，他透过这扇门，看到了一个全新的世界，那是一个流着奶与蜜的地方，被一层光彩夺目的亮光包裹着，就像一个彩虹王国，熠熠生辉，光芒万丈。

任鸿飞被这团光彩夺目的亮光强烈地吸引着，他已经看到了那道通往那个彩虹王国的廊桥，不由自主地踏上去，就像是进入磁场的磁铁，他所有的想法都朝向了那个方向。

肖东方说得没错儿，他以前只看到物，看到实体，没看到在物和实体的背后，资本，才是"牛鼻子"。这其实是马克思的《资本论》早就揭示过的，他怎么就没想到呢！

在学校时，他和同学们一样，热衷于阅读凯恩斯、弗里德曼、克鲁格曼、刘易斯、科斯、诺斯等西方经济学大师著作，而对马克思的老生常谈，提不起兴趣。没想到真正派上用场的，反而还是老祖宗马克思。

"我们可能出发得太久了，以至于不知道起点在哪里。"他想起不知谁说过的话。

从肖东方那儿出来，任鸿飞一直在回味"投资"两个字的意味。"像种庄稼一样种企业"，让他对"投资"的理解提升了一个高度。

此前，他并没有去认真思考实业以外的事儿，投资的事儿。仔细想想，他的第一桶金，其实正是由期货投资而来。不过，也正是这次投资，让他像被蛇咬了似的，心有余悸。

他意识到：他对投资、对资本的恐惧，并非这个领域的水太深、水太浑、水太脏了，而是源于他的器局太小了，可装的东西太少了，他缺乏资本、没有资源、没有底气，他无法掌控这些东西。他不敢贸然跳进这个大海里。

而肖东方则不同，包括他对那次国债期货事件的看法，也与任鸿飞南辕北辙。

肖东方说："金生水最大的失误不是别的，恰恰是缺乏大局观、整体观，缺乏对当前政经大势和商业格局的见识、眼光和掌控能力，而盲目相信市场的力量，逆时而动。正如堂·吉诃德斗风车，他的失败是必然的；如果成功，反而不正常。"

在回程的路上，任鸿飞都在细细回味和肖东方交谈的每个细节。

他的心，已经完全被肖东方所折服。

他越来越坚定自己加盟的决心。他仿佛看到了展现他的商业才华的无限可能性。他感到自己遇到了生命中的贵人。

只有肖东方，才会让他的人生得到极大升华。

任鸿飞回到东江省，顾不上回家和妻子见面，按照他和肖东方达成的初步意见，他要先把眼前的这两件事处理妥当。他要用这种方式，作为正式加盟物华天宝的见面礼，也让肖东方看到他的诚意和作为。

第一件事是佳美丰华的增资扩股。

任鸿飞在城开集团公司的总经理办公会上，提出一份方案：根据市场发展趋势和公司的业务需要，佳美丰华的注册资本，要由1亿元扩大到2亿元，新增的股份老股东有优先购买权。

按照目前公司的净资产2亿元并溢价10%测算，集团公司需要掏1.1亿元左右，才能确保大股东地位和控股权。

集团公司总经理陆无为说：目前市政工程建设，已经常常因为拖欠、拨付不到位等，回款不足，影响到正常开工和工程进度，这些都是"市长工程""书记工程"，显然要排在更重要的位置。集团公司不可能再掏出现金来开发房地产业务。有的副总还提出，干脆趁此机会把佳美丰华的股权全部转让出去，但这个想法遭到其他副总的否定，佳美丰华的效益不错，资产增值很快，何况房地产又慢慢开始热起来。

讨论的结果，集团公司既不转让股权，也不再出资购买新增股份。新增股份由任鸿飞寻找合作方解决。

这正是任鸿飞想要的结果。他提出方案前，已经充分了解了集团公司财务，又私下里摸了摸各位老总的底儿和想法，他需要集团公司让出控股权，同时他也还需要城开集团这个股东的牌子，为佳美丰华"站台"，那样在楼盘开发的路、水、气、电等方面，佳美丰华可确保具有领先于其他房地产公司的优势。

最后确定佳美丰华增资扩股后的股权结构是这样的：物华天宝40%，市政集团公司25%，任鸿飞25%，罗鸣、谭笑风、卓越等高管持有10%。

物华天宝的股权和出资，待任鸿飞和肖东方具体沟通后落实。

任鸿飞提议，增资扩股后的新公司由他任董事长，罗鸣接替他出任总经理。这块业务交给罗鸣，他充分放心。

他给罗鸣开出的新目标是：3年内成为东江省首屈一指的房地产开发公司，并成功在交易所挂牌上市。

第二件事是东锦丝绸厂的重组改制。

这与他一手做起来的佳美丰华显然不同，任鸿飞对丝绸毫无概念。

不过，他已经深刻领悟了"牛鼻子"的含义。他要以资本为纽带，具体落实好他提出的并得到肖东方充分认可的四方方案。

任鸿飞需要先摸清东锦丝绸厂和东华美锦丝织厂的家底儿。他去找物华天宝驻东江的项目部。他们能提出方案，应该已经做好了充分的尽职调查。

这个因项目而设的办事处，在翡翠湖大酒店长租办公，实际上只有5个人，赵本暄为项目经理。果然，他们所做这个项目的前期工作，只是做传递信息、送材料、跑腿和沟通，一切听命于公司总部刘洋洋代总经理的指挥。

任鸿飞只好重返北华市，他需要和物华天宝总部来商议具体方案。

任鸿飞先去见了肖东方，汇报了下佳美丰华的增资扩股情况和东锦丝绸项目的进展，肖东方很是满意，让任鸿飞放手去做。

肖东方拿起电话，准备叫物华天宝的代总经理刘洋洋过来一起坐坐聊聊，但一转念，还是让任鸿飞干脆直接去一趟公司，因为材料都在那里，任鸿飞将要接掌公司，也顺便熟悉一下那里的情况。

肖东方介绍说：刘洋洋刚从哈佛留学回来，她长期生活在国外，对国内情况还不是太熟悉，你多带带她！

任鸿飞点点头说：互相学习吧。

要不是由物华天宝办公室秘书下楼来接，任鸿飞无论如何，也难在这栋挂牌东方保富保险公司的大楼里，找到物华天宝投资公司所在。

这栋大楼位于北华市繁华商业区的一角，楼里每间办公室都挂着东方保富各业务部门的门牌，到处都要打卡，怎么可能有物华天宝的地儿呢？

物华天宝公司位于大厦的顶层，没有挂任何牌子。

总经理办公室位于顶层的东南角。这间办公室太大了，以至于任鸿飞感觉走了很远的路，才走到刘洋洋的大写台字前。

刘洋洋身后的东面、南面，几乎是整面墙的透明玻璃窗。刘洋洋裹在从两面玻璃幕墙透过来的阳光里，浑身金光闪闪，有些晃眼。

任鸿飞问完"刘总好"，刚要自我介绍，刘洋洋从写字台后站起来，说"你来了"，好像和任鸿飞早就认识似的，但并没有伸出手。也许，那张写字台太大了，即使她伸出手，任鸿飞也够不到。

刘洋洋从写字台后走出来，任鸿飞才看清她的模样。刘总原来是个年轻的女孩子，1米65的样子，模样既不能说漂亮，也不能说不漂亮，偏瘦，很有些骨感，胸部好像还未发育成熟，裹在她那身深色套装里，几乎没有凸凹感。她看起来比他小几岁，气质冷静，让人有一种不敢轻举妄动的距离感。一朵由钻石镶嵌的玫瑰形胸针，别在深色套装上，在阳光下一闪一闪的，尤其光彩夺目。任鸿飞记不清这套套装，哪个影视明星穿过。

第一次的见面，任鸿飞对她的印象并不深刻。以至于后来，刘洋洋问起他第一眼见到她时的印象，他都支支吾吾，无从回答。

他印象深刻的，反而是那间巨大的办公室。

他开玩笑说：怪不得在前清时，朝廷要求官员们早朝时要在紫禁城前门下马，然后一溜小跑，三步两赶，过大清门、金水桥、天安门、午门，本已气喘吁吁，一抬头是高大威严的太和殿，再爬上高高的台阶，到了皇帝龙榫之下，还不顿时两腿发软，五体投地，深感自身卑微渺小，而皇权威重，高不可攀。

"我第一次见你，就是这个印象。"任鸿飞说。

刘洋洋让人看茶，他们进行了简单而客套的交流。任鸿飞关心的，是东锦丝绸厂、东华美锦丝织厂以及重组合并的相关情况和资料。刘洋洋让人抱来几大本，全部交到任鸿飞手里。

刘洋洋介绍说：这个项目，本来是通海宝驰汽贸中心的总经理李成梁介绍过来的，可是，这家伙倒好，牵上线后，成了甩手掌柜，说他忙不开。公司只好委托中介机构做了尽职调查，重组方案亦由中介机构提出。不过，佳美丰华一方加入后，这个方案已经不适用了。

任鸿飞"哦"了一声，心里有点儿憎恨李成梁这个官二代不按套路出牌，差点儿抢走了他碗里的肉。不过，这也在无意中促成了他和肖东方的相识，算是将功补过。

新方案只能由任鸿飞去重新设计。他需要这两家企业的财务报表、生产经营情况、土地评估等基础数据。

任鸿飞确认这些材料都拿到后，并未作久留，起身告辞。

刘洋洋伸出手，和任鸿飞握了下，说："任总辛苦了。肖伯伯非常看好你哟，夸得跟朵花一样，还让我跟你好好学习呢。希望你早点儿到位啊。"

任鸿飞觉得，这句话是他见到她以来，最中听的一句话。看来她拒人于千里之外的气质后面包裹的，还是一个年轻女孩的心。

任鸿飞忙说："哪里哪里，刘总可是从哈佛回来的海归哦。今后大家在一起工作，我还要向您讨教呢。"

任鸿飞拿到需要的全部东西，当天赶回东华市。

刘洋洋说她会随后赶来，协调有关事项。

任鸿飞让谭笑风等参与重组工作。

谭笑风在政府做了多年秘书，这次改制，牵扯到国资、土地、城建等方面和政府打交道的事儿，他至少门儿熟、脸儿熟。

他们在翡翠湖大酒店干了几周，并反复和多方沟通。最后的方案，终于拿了出来。

他们提出的方案是：以东锦、美锦的财务报表为基础，折算其设备、厂房等固定资产、土地等评估资产，并作价入股，物华天宝以现金出资，佳美丰华以已经付出的价款和追加现金出资，分别设立两家公司：东江美锦丝绸股份有限公司，注册资本2亿元，东锦、美锦、物华天宝、佳美丰华分别占30%、20%、25%、25%；东江丝绸国际贸易中心有限公司注册资本2亿元，物华天宝、佳美丰华、东锦、美锦，分别占40%、30%、20%、10%。重组后的东江美锦丝绸股份有限公司的生产车间，合并至原美锦厂，搬迁期间也不必停产，主要是重组管理结构、研发和销售。东江丝绸贸易中心则在搬迁完成后即开工建设。

这比任鸿飞原先提出的方案更进一步。

因为两个公司处在不同阶段，业务模式均不一样，分成两个公司，使业务更加清晰，责任更加明确，有利于将来的挂牌上市，而同时又预留了接口，如果将来需要合并，再进行合并。

这个方案拿到市政府、东锦、美锦厂讨论，各方一致认可，只做了些程序性的修改。而对于他们来讲，不仅引入了两个多亿的投资，也解决了企业改制、资产盘活、员工就业等历史包袱问题，还为打造"丝绸之府"雄风注入了活力。

而对于肖东方、任鸿飞他们两家公司，这笔买卖也算是捡了个大便宜，两家丝绸企业历史形成的商誉和品牌，在资产负债表里并无反映，此次亦未作评估，囫囵吞枣进入公司。他们仅以很小的代价，取得了两家公司绝对控股权，拥有了"东锦"等老字号品牌。市政府还承诺在税收、资金等方面，全力支持他们的发展。

而刘洋洋的到来，恰到好处。她此行就是要见证协议签字的光辉时刻。

任鸿飞和谭笑风去机场接机，但并没有接到。市政府相关部门的车辆，直接把她从贵宾通道接走。

任鸿飞和谭笑风去迎宾馆的一栋别墅去见她时，还被两个便衣安保人员盘问了半天。

这让任鸿飞有些生气。她算什么人物啊，这谱儿也摆得忒过了！

刘洋洋匆匆赶下楼圆场。她像老相识似的，挽住任鸿飞的胳膊，连声说"鸿飞哥，对不起啊"，并呵斥了安保人员。她说，都怪李成梁那小子小题大作，出个门儿就弄成这样，并非她的本意。其实她也很不习惯。

李成梁就跟在她身后，笑嘻嘻地应道："这可不能怪我哦，谁让你是格格呢!"

刘洋洋刚要给他们互相介绍认识，任鸿飞和李成梁已经握上了手。

刘洋洋纳闷：你们认识?

任鸿飞说："不仅认识，李成梁其实还欠着我钱呢!"

在市有关领导的主持和见证下，物华天宝、佳美丰华、东锦、美锦四方在协议上签了字。

剩下的合并重组、新公司注册、项目启动、大厦开工等具体细致的工作，由谭笑风、罗鸣、赵本暄、周自珍等具体去操作。

任鸿飞要求他们尽快完成准备工作。

一切落定，任鸿飞终于可以松口气了。

李成梁说：这件事儿算是大功告成了，格格远道而来，在此多玩两天吧，让我也尽一下地主之谊。

他力邀刘洋洋去宝驰汽贸中心，试驾刚刚运进来的法拉利超级跑车。

刘洋洋看着任鸿飞。任鸿飞本来就要回家去，也想顺道去详细了解下宝驰的运作和经营情况，连忙说，好啊好啊。

刘洋洋说：梁子，本姑娘给你个机会，好好表现啊!

他们一路赶往通海市。

在宝驰汽贸展示大厅，工作人员掀掉遮布，两辆尚未上牌的崭新敞篷跑车，一红一黄，造型酷炫，引来很多人驻足，啧啧称叹。

李成梁说：车是两个朋友预订的，开一开没事儿。刘洋洋一开始不敢开，她愿坐在任鸿飞的副驾上，先感受下。

在港区宽阔的柏油路面上，任鸿飞和李成梁驾驶两辆法拉利超跑，发出刺耳的轰鸣声，风驰电掣般竞相追逐，好似在道路上划出两条亮丽的彩带。

刘洋洋像坐过山车一样，发出阵阵尖叫。

任鸿飞让刘洋洋亲自试试手，他在副驾上指导。

刘洋洋刚一踩油门，车子飞一样蹿出。她感觉超爽，几圈跑下来，过足了瘾。

李成梁说："格格，车不错吧？要不，我给你也弄一辆？"

刘洋洋说："我才不要呢，太招摇了。鸿飞哥，你要不？"

任鸿飞说："我要啊。可是，李成梁又不送我。"

李成梁一边打趣道："格格，咱俩认识这么多年，你从来都梁子梁子地叫，任鸿飞才来公司几天，你就张口闭口鸿飞哥鸿飞哥的，太喜新厌旧了吧？"

刘洋洋脸色绯红，骂道："呸，我这就去超市打瓶儿老陈醋送你。"

任鸿飞问：李成梁，为什么你叫洋洋"格格"呢？

李成梁笑道：那还用说，说明人家是公主呗。

刘洋洋说：你听梁子满口跑火车。我妈妈是旗人，格格是给我起的小名。

任鸿飞说：那我也叫你格格。

试驾完，去楼上喝茶。任鸿飞对宝驰汽贸的运营模式很有兴趣。他之前是从外面看，现在有机会看看里子什么样。

李成梁向他详细介绍了宝驰的运作。

宝驰的扩张，似乎完全超越了企业自身原始积累的套路。李成梁用增发股权或吸收加盟形式，吸引各地市的官员子弟或富家子弟参与各地方的4S店建设。他们对这些店统一标识、统一流程、统一采购和售后服务，迅速形成市场规模。

这些人的加盟不仅很快搞定资金、用地等问题，而且，他们的交友圈子对豪车的共同喜好，使宝驰几乎不用囤货，迅速地摸清买主在哪里，市场在哪里。他们后来甚至开始为一些土豪从欧洲专门定制限量版及手工打造的超级品牌汽车。

任鸿飞对李成梁有些刮目相看。李成梁不仅有人脉和资源，重要的是，他有足够的智慧和能力，懂得如何去调配和使用资源。

任鸿飞竖起大拇指：成梁兄，果然头脑不凡。

李成梁也不乏得意，扬扬头，说：鸿飞总这是内行看门道儿，以后是我们领导了，多来视察，多指示。

任鸿飞看来不得不重视他。

他觉得，如果用好了，李成梁会成为他商业版图中的重要干将；用不好，李成梁有可能成为公司另一股异己的力量。

4.5

连续几个月来在北华和东华市之间来回奔波和连轴转，任鸿飞感觉，差不多快一个世纪都没着家了。

两档事儿终于有了眉目，布置停当，任鸿飞放松下来的心情，已经完全被苏丹占据，急匆匆往家里赶。

他恨不得马上见到苏丹。他的船舶，急需在她的港湾停靠、加油、休整。

苏丹对老公回家也是望眼欲穿。最近半年多来，他回家越来越少，有时匆匆回家，和苏丹打个照面，取点儿东西，来不及亲热，就又匆匆离去。

尚在赶往通海市区的路上，苏丹已经给他打了无数个电话，一会儿问他车到哪儿了，催他快点儿，一会儿又说还是慢点儿，安全当紧。

任鸿飞还未到家门口，远远地望见苏丹的淡紫色连衣裙，在微风中飘飘荡荡。苏丹从他进入市区起，一次又一次地跑出来望风。后来，干脆倚在别墅门口的铁栅栏上等他。

车刚一停稳，苏丹已经迎了上来。任鸿飞上前抱起苏丹，她似乎轻盈了许多。这个让他牵肠挂肚的女人，还是那种熟悉的沁人心脾的香味。苏丹已经留起来的长发飘浮在他脸上，拂得他心里痒痒的。

苏丹双手紧紧缠着任鸿飞的脖子，缠得他快透不过气来，不停地亲着他的头发、脸颊、耳朵、嘴唇，给他留下满脸的唇印，仿佛要盖上印戳似的，不让他再跑了。

任鸿飞说："宝贝儿，看你急的，我这不是回来了吗?"

他深深地吻着她。

刚进家门，他就迫不及待地扯掉她的连衣裙，而苏丹也手忙脚乱地解掉他的领带、衣服扣子、皮带，衣衫从门口到卧室，撒了一路。他把几个月来的愧疚化作一股炙热的岩浆，火山一样喷薄而出，炙烤得苏丹喘不过气来，痛苦得忍不住大声呻吟。

一阵狂风暴雨之后，躺在床上，苏丹抱紧老公，还在不停地吻他，幸福的眼泪又流了出来。

他知道，她太想他了。

他不停地抚摸着她，安慰着她。她稍稍红肿的眼睛充满无限柔情、安详和满足。

他感到十分心疼。这个对婚姻生活质量要求极高的女人，现在，能和他多待一会儿就会感到幸福。

他抱紧她，连声说："对不起，宝贝儿，委屈你了!"这是他的真心话，这个他曾发誓要给她幸福、快乐的女人，在她成为他的女人后，反而显得有些忧郁。

他非常愧疚。作为丈夫，他太不称职了。

他发誓一定要多陪陪她。

"我们还是要个孩子吧。"她说。

任鸿飞点点头。这是他一直的想法。在他们结婚后的两年多里，她一直不想要，她还没享受够两人世界。但现在，她决定要生俩。

幸福的时光虽长犹短。

任鸿飞在家里懒洋洋地待了才一周多，刘洋洋已经催命鬼似的来了几次电话催，要他尽快赶回北华市，公司有要事要处理。

任鸿飞这才认真地和苏丹商量去北华发展的想法。回来的这几天里，他们像两块被爱情烤化的糖块，腻腻歪歪地黏在一起，分不清彼此。把工作的事儿抛到了九霄云外，竟然没有时间商议这件大事儿。

之前在电话里，他已经断断续续地和妻子聊了和肖东方交流的情况。这次，他着重讲了他们未来的宏大设想，他们的事业将会呈现的无限可能性。他说肖东方绝对是人中之龙，他的事业，要想达到一定高度，只有和肖东方联合，才可能实现。

"不过，我还是舍不得离开你。"他眼巴巴地看着妻子，好像盼着妻子给予不同意的回答。他相信只要她坚决不让他走，他极有可能改变主意。

而苏丹心里虽有一万个不乐意，但她必须支持他。她不可能因为自己而耽搁他。她太了解他了，他是要干大事儿的男人，他必须要干出一番作为才会心安理得。她知道他口上虽说一切听她的，其实他在心里早已拿定了主意。何况，她愿意嫁给他，不也是欣赏他这种强烈的事业心和执拗劲儿吗？

她必须支持他去实现他的宏伟梦想。

"老公，你其实不用那么拼的。"苏丹虽然支持他，但还是有些心疼。

任鸿飞抱着妻子，说："我有这样一个老婆，何尝不想天天厮守在一起呢。"

他保证，他会每周都回来的，除非有要紧事儿脱不开身。实际上，现在交通这么发达，打个飞的，跟打个的，其实一样一样的。

他故意学着小沈阳的腔调，逗妻子乐一下。

第五章　起航

5.1

任鸿飞没想到，刘洋洋这间100多平方米的办公室，这么快就属于他了。他开始时还有些忐忑，怕他一来就接掌公司，刘洋洋会不乐意。没想到刘洋洋在他来北华市之前，已经为他腾好了办公室。

任鸿飞站在巨大的落地窗前，向窗外看去，细细辨认市区的人民广场、解放碑、松山、镜湖以及花街，一切尽收眼底。在新世纪的阳光照射下，这座不大不小的城市，笼罩上一层金灿灿的耀眼光芒。窗外车水马龙，行人熙熙攘攘，让人顿生登高望远，一览众山小的豪迈之气。

这股气充盈在心中，任鸿飞感觉自己就像胸有雄兵百万的大将军韩信一样，他要在肖东方描画的商业战场，攻城略地，开疆拓土。

当然，这一切，都离不开刘邦。

站在窗前，他曾多次试图分辨出肖东方的那所掩没在一片灰旧的老房子里的院落，但都无功而返。

任鸿飞觉得，肖东方算得上大隐之士，掩没在芸芸众生之中，不显山、不露水，就像他的四合院，掩没在那一带寻常百姓家一样。只有真正接近他的人，才能像任鸿飞那样，真切地感觉到他的存在。就像潜在海里的鲨鱼，所过之处，表面风平浪静，但敏感的鱼类都能远远地感觉到水下的激荡。而一般懵懂之人，即使跟他打个照面，也可能把他当成巷子里、河边上打太极，或者提着鸟笼遛鸟的老头儿，从来不会关心他从哪儿来、到哪儿去。

其实，要不是狭路相逢，在任鸿飞的商业生涯中，他也想象不出这样的商业模式存在。这就如周围存在的空气，看不见摸不着，但只要某处的蝴蝶，一扇动翅膀，就会狂风扑面，扬沙飞尘，周遭的树木无不感到阵阵寒意。

而任鸿飞，正需要借助这样的力量。

任鸿飞接任总经理，其实是刘洋洋巴不得的事儿。

刘洋洋暂代总经理之职，有些赶鸭子上架。可能肖东方觉得，她比公司其他人更靠谱儿些。

她刚回国时，去肖东方家里串门儿。肖东方问她，既然回国了，准备去哪儿工作？她说父母希望她去金融部门、机关、大学或央企什么的。她还没考虑好，也不知道要干什么。

她说的其实是实话，从小到大，还从未考虑自己将来要干什么。虽然她在哈佛学的是社会学，但她从来没想过要去研究社会，也没有想过要像祖辈父辈那样踏入社会，谋个一官半职，他们已经走到了她可望而不可即的高峰。所有的人，包括她的家人和她自己，给她规划的未来，最好是站在男人身后，无论从事商业，还是走上政界。她只需平平淡淡地找个地方挂个名号就行了。

她问肖东方：肖伯伯，您见多识广，觉得我干什么好呢？

肖东方说：你算问对人了。干脆来我这儿吧。我正缺总经理呢。

刘洋洋虽然嘴上说我可干不了，但对总经理这个头衔，还是觉得很受用，她觉得肖伯伯很重视她。

可是她一干才发现，公司的事无巨细的繁琐之事，实在让她有些心烦意乱。尽管她对商业有一定兴趣，但是规章制度、业务规划、财务管理、人员管理等等，简直就像一堆乱麻，剪不断理还乱。她原本以为干公司就是打个电话、打声招呼，轻轻松松就把钱赚了，然后去享受阳光、海滩、旅游、购物、宴会。她这才知道，公司的总经理，其实并不那么好干。

她几次去找肖东方，说：肖伯伯，您还是换个人来干吧，我还是打个下手吧。

肖东方哈哈大笑，说：我正在物色呢，只是还没找到特别合适的。你先挂着，再等等看。

刘洋洋说：我觉得梁子挺行的。

肖东方说：我也考虑过他，但他做事儿仅凭兴趣，说不喜欢北方的天儿，待不住，我觉得他还没玩够。再说了，宝驰正进入扩张期，还离不开他啊。

任鸿飞的到来，其实解放了她。

既然肖伯伯那么看好他，刘洋洋巴不得他赶快把摊子接过去。

5.2

刘洋洋多次催命鬼似的打电话、催任鸿飞从通海市赶回来，是要商量如何处理一件火急火燎的单子。

地处汉原省的一家煤电公司光明煤电，在前几年行业红火时大力扩张，没想到行业景气度遭遇周期性下降，一减产，资金周转不过来，在银行的一笔4个亿的贷款已经逾期，银行催缴不成，将企业告到法院，并提请财产保全。法院已将公司的煤矿开采、发电、运输设备等部分资产查封，准备拍卖。

光明煤电公司总经理温良恭一看事儿闹大了，火急火燎地到处找人疏通。物华天宝公司的一位转业军人马遇安，跟温良恭是亲戚，温良恭也是病急乱投医，跟他提起这事儿，没想到马遇安信口说，不就是缺点儿钱的事儿吗，小事儿一桩，我们公司肯定能摆平。

温良恭允诺，只要资金成本在年利率20%以内，都能接受；若能找到银行贷款也行，按20%扣减贷款利率后的部分，作为佣金。

公司里那位染着杀马特发型、挂着天宝投资顾问公司总经理头衔的侯门海，想都没想，就接过了这个单子。

侯门海的大爷侯立爵，是一家商业银行的行长，侯门海本以为通过这层关系很容易搞定。没想到侯立爵说，如果公司还在正常经营，想贷款，囫囵吞枣也就过了，但现在，公司已经有不良贷款了，且法院又查封资产，哪个银行还敢再贷呢？这事儿谁都不敢办。

侯门海只好把单子推回到公司，看看其他人有无办法处理。

任鸿飞让办公室秘书把侯门海叫过来，汇报下项目的具体情况。这才发现侯门海对光明煤电的状况根本就不甚了了。侯门海本来也没打算去了解。

侯门海一走进任鸿飞的办公室，就大大咧咧地一屁股坐在任鸿飞的大老板台上，轻描淡写地说：飞总，这个单子做不了就拉倒呗，又麻烦，油水也不大，咱们又不缺单子做。

任鸿飞看着侯门海一脸满不在乎的神情和说话语气，心里的火，腾一下上来了。按他过去的脾气，早就一把把侯门海从老板台上拽下来。

但他按压住火气。

任鸿飞知道他还不能发火。他发火，显然并不能让这些愣头青服气。惹急了，这些不知天高地厚的愣头青，可能更蛮横不讲理，火气更大。

任鸿飞心里很清楚，虽然肖东方很认可他，刘洋洋对他也很支持，但在公司，他还没有树立起任何威信。他要让这些人服服帖帖，只有一个办法：他要做成这些自以为神通广大的人做不了的事儿。只有这样，才会把他们的气焰打掉。

他倒要看看，这个单子到底有无文章可做。

任鸿飞面带笑容，客客气气地对侯门海说，门海兄，我们还是认真调研一下，再做决定。

任鸿飞带着侯门海、马遇安等几个人，奔赴汉原，下了飞机，马不停蹄，赶往位于汉章市的这家公司。

光明煤电公司是个坑口发电厂，一进厂区，灰尘扑面，感觉天空都是灰暗的。一股烧焦的煳味儿，四处弥漫，脚下到处是煤渣煤屑，和杂乱摆放的工具。

侯门海一路掩鼻，一路抱怨，煤灰脏了他白色的裤子。后来，他实在受不了了，撂下任鸿飞他们，自己回宾馆去了。

据公司总经理温良恭介绍，他们这家老国企，效益其实不错，尤其前几年，随着电力形势紧张，在政府要求下一直在铺摊子，上马了些新发电机组，扩大再生产。但资金短缺局面一直存在。他们为此除了贷款，还从内部集资，引入了管理层和职工持股，改制成国有控股公司。当时考虑管理持股和内部集资的价格问题，企业的资产和利润均做了低估。现在资金链一断，企业一关停，巨大的设备就要成废铜烂铁，不仅给国有资产造成损失，企业员工的集资款也无法还本付息。政府那边儿找银行协调了多次，也没协调下来。

温良恭认为当务之急是疏通关系，解除冻结，恢复生产。只要钱能进来，不管是投资入股，还是借贷，他们都能接受。

任鸿飞心里有了些底儿。

任鸿飞要到公司的财务数据，表示会尽快提出解决方案，然后，飞回北华市，召集刘洋洋、侯门海等几个高管紧急开会，报告这次调研的基本情况，探讨处理方案。

大家七嘴八舌，莫衷一是。有的说接，有的说接过来又不好处理，油水也不大，不接为好。

任鸿飞听完大家发言，说，我们接不接，如何接，需要考虑的，主要是三个方面：利润会有多大，成本会有多大，处理起来的难度有多大。

从这三个方面分析，我的想法是接过这4个亿的贷款，但不是看中百分之十几的蝇头小利，而是这个项目有可能做成一笔大生意。这4个亿的贷款，我们接过来后，可以要求按管理层持股的价格进行债转股，折成20%左右的股权。如果企业恢复正常生产，按上年度利润计算，市盈率不到5倍，这已经是很难得的一笔投资。要知道，新建一个同样的电厂，并拥有自己的煤矿，恐怕五六十亿是拿不下来的。电力需求虽然目前不在景气周期，但长期看，随着工业化进程加

96

快，用电需求仍有很大增长空间。电力瓶颈会越来越紧，这个项目应该是一块肥肉。公司现在情况紧急，急于恢复生产，趁这个机会，我们可以谈到更高的股权，包括收购一部分内部职工股或者增资扩股。

关于成本问题，这4个亿的贷款，如果我们做得到位，可能并不需要掏4个亿的真金白银。如果银行能将这笔贷款做不良资产处理，按一般15%的不良资产回收率，我们只需要支付6000万元。这样的话，公司两年分红就可回本。我们进入后，可加快公司治理结构改造，在适当时机加速其上市。

所以，综合分析，这个项目非常值得接。

当然，这个方案也有难度：第一，也是最关键的，我们如何找到途径，将这笔贷款转为不良贷款，我们少付些钱，不行的话，请肖老亲自出马。第二，如何说服光明煤电以及当地国资管理部门，多让些股权。第三，资金从哪里出。请大家就此提出些具体操作意见。

任鸿飞分析得非常到位，解决问题的思路也很清晰，让刘洋洋听得两眼放光，连连拍手叫好。她一般不太轻易夸赞别人，但对任鸿飞的这个方案还是佩服得不得了。

她说："我完全赞同飞总的方案。飞总果然厉害，有思路、有办法，怪不得肖伯伯这么看重你哦！"

刘洋洋觉得任鸿飞所说的三个方面的难度，其实并非不能解决。她主动提出，银行那边关于转为不良贷款的事儿，她去找肖伯伯做沟通；至于资金问题，飞总不用操心，由侯门海去找银行贷款来解决，不行的话，从别处拆借。只是，煤电公司那边儿的谈判，飞总比较熟悉，又有经验，请飞总亲自出马比较好。

大家纷纷附和刘洋洋的意见。

这就分头行动。

温良恭火烧眉毛，已经等不及任鸿飞慢条斯理地拿方案，追到北华市。

任鸿飞提出了初步方案：物华天宝接手公司4亿元债权，进行债

97

转股，按之前管理层持股价，折成煤电公司20%的股权，煤电公司再以2亿元向物华天宝定向增发10%的股份，解决煤电公司重新恢复生产后的流动资金不足问题。如果内部职工股份愿意出让，物华天宝也愿意接手。

温良恭虽然看着是个农民企业家似的粗壮汉子，却并不傻，甚至有着农民似的狡黠。他张大了嘴，说："任总，您这是明抢啊。"

任鸿飞哈哈一笑："温总，我们公司也不是慈善机构，总要吃饭。双方可以谈判嘛，您说说您的想法。"

温良恭说："公司管理层持股的价格是为了内部激励，一些资产囫囵吞枣，一些资产没计算在内，何况这还在两年前；这两年，单是煤炭储量，我们重新探了一下，比原探明的储量增长了6倍，还未上报。"他把材料递给任鸿飞看。

任鸿飞说："这个后面再说，先把当前问题解决了。我们可以让一步，股权价格可以按最近一期报表的净资产折算。但是，我们要求必须拿到30%以上的股权，否则，我们进去也没意思，我们既然要做，就是奔着把企业做大做强来的。"

温良恭说："做大做强我们当然求之不得。但你这个方案和价格，即使我答应，恐怕市里不一定能通过。"

任鸿飞说："市里的工作还得您去做。您心里要清楚，过了我这个村，就没下个店。您再去找别人谈，即使谈成，您的设备停工时间太长了，恐怕都要生锈了，资金也难保证像我这样快速到位。我这是替您考虑问题。反正我们是不着急，也不缺项目做，您自己掂量吧。"

温良恭掂量了半天，下不了决心。

任鸿飞说："打开窗子说亮话，我们愿做长期股权投资，并多持些股，其实是从公司长远发展考虑的，利于优化公司治理结构，未来择机上市。您想想看，您现在这个国企一把手，有多少事儿您能做得了主？层层报批，磨破了嘴，好不容易通过了，黄花菜也凉了。何况，您折腾半天，辛苦下来，利益有何保障？恐怕工资都得国资部门说了算，处处掣肘。我也做过国企老总，深知个中三昧。我们进来后，公司改变国有股权一股独大局面，按《公司法》的要求进行管理，您也不用再听上面吆三喝四的。您想想，这是不是对您更有利、对公司更有利？是不是符合当前国企改革要求？"

温良恭点点头。他在思考如何说服主管领导。

任鸿飞说："这个方面，您想想办法，我们做您后盾。您先不用考虑您个人的利益，我们投资后，不干涉具体经营，也还是主张您继续做公司董事长总经理，我们会按我们公司相应奖励办法，给您解决股权激励问题。"

双方最后终于初步达成一致：物华天宝接手4亿元贷款，拆成18%股权，煤电公司再以2亿元向物华天宝及其相关公司定向增发9%的股份，并享有后续增发股份的优先认购权。物华天宝以1亿元收购5%职工股。物华天宝还承诺，如果煤电公司发展需要，可以协调银行提供后续流动资金。

温良恭拿着协议草案，立即赶回去做相关工作。

刘洋洋去四合院找肖东方。肖东方放下手中的笔，到院子迎接，说：我们的小格格来了，怪不得院子里的喜鹊一早就在叫。

洋洋踮起脚搂住肖东方的脖子，说："肖伯伯就会开玩笑。都是您的得意干将给我派的活儿。"

到茶室坐定，刘洋洋介绍了项目的来龙去脉和任鸿飞的方案，夸赞任鸿飞有才，点子多，处事果断，效率极高。当然，也顺便吹捧下肖伯伯慧眼识珠，鸿飞一来，公司气象一新。说得有些眉飞色舞。

肖东方也不乏得意。他说别看任鸿飞年纪轻轻，但见识远非同龄人可比，是难得的帅才。也算是人中之龙，虽然目前还潜龙在渊。如果给他足够舞台，他就能展现多大的能量。你多观察他、学习他。

刘洋洋又开始撒娇，半真半假地说："肖伯伯，您也帮我找个这样的男朋友呗。"

肖东方哈哈大笑：看来我们的格格已经长大了，开始思春了。

刘洋洋撒娇道，肖伯伯说话别这么难听嘛！

肖东方转而又严肃起来："你也确实该有男朋友了。还真别说，你妈妈还给我打电话，让我帮你物色对象呢！你有没有看上的，跟伯伯说说。"

洋洋说：还没遇到呀，要不有劳肖伯伯大驾呢。

"你说要找任鸿飞这样的，还真不多见。"肖东方稍一沉吟，忽有所思，半开玩笑半认真地说，"你不会看上他了吧？"

刘洋洋像内心的秘密被揭穿了似的，脸颊马上变得绯红，露出羞赧神情，不好意思地说："那怎么可能，肖伯伯真会开玩笑！"

肖东方却认真地说："可惜他已经结婚了。不然的话，还真合适。"

说回正事儿。肖东方立即给小时候的玩伴儿金碧辉副行长打电话，说刘洋洋你是见过的，公司有点儿不大不小的事儿去找你，你可得关照下。

肖东方放下电话。刘洋洋有些疑惑地看着他："这样行吗？"

"金胖子没说行，也没说不行。你先去见见，我觉得应该问题不大！"肖东方说。

5.3

车到了银行大楼门口停下，金碧辉的秘书已经在楼下迎接她，带着她走进金行长的办公室。

金行长从办公台后边走过来，拍了拍洋洋的肩膀，显出既亲热又殷勤的样子，满脸堆笑："格格驾到，有失远迎，勿怪勿怪。"

刘洋洋原以为肖东方口里的"金胖子"真是个胖子，一看是个迎风即倒的细高个儿，不禁哑然失笑。她不能确定是否以前见过他，但依然很亲近似的叫金叔叔好。又拉过任鸿飞，介绍说这是肖老新聘的总经理。

金碧辉这才注意到任鸿飞，和任鸿飞握手，说：老肖眼光可以啊，小伙子一表人才。既然跟格格一起来的，那就不是外人！

任鸿飞赶忙说："金行长过奖了，向您学习。"

金行长说：洋洋，都快有十几年未见了吧？当年我去你家给你爷爷拜年，你那时还是个梳两根羊角辫的小姑娘，说着说着就出落成大姑娘了。回来多久了？怎么没打算来我们行工作？

刘洋洋开玩笑地说：您这儿门槛太高，我跨不进来啊。

金行长说：怕是你不喜欢受约束吧。

刘洋洋说：还真瞒不过叔叔。其实我还没想好干什么，肖伯伯让先到他那里干试试，我就去了。这不，有件事儿，还仰仗金叔叔关照。

金行长说：一家人不说两家话。说说什么事儿，叔叔乐意效劳。

刘洋洋示意任鸿飞讲。

任鸿飞说：金行长，那我就直说了。我们公司在汉章投资了一家煤电公司，是家国有企业，最近因经营不善，银行的贷款逾期，无法归还，现已经被法院查封。我们来此，看是否有可能把这笔已逾期的不良贷款，划作不良资产处理，救活这个企业。

金行长说：实话实说，这事儿比较难办。逾期不良贷款划给相关资产管理公司处理，虽然并不违背政策，但是你这个企业，并未资不抵债，还是有能力清偿债务的，划入不良资产说不大通。

任鸿飞说：企业虽未资不抵债，但法院一查封，企业就已处于停产状态，招的煤矿工人都作鸟兽散，企业已经濒临破产，一破产，剩下的资产就是一堆废铜烂铁，拖个一年半载，就很难清偿得了债务。企业着急，政府也很着急。供电是牵扯千家万户的大事儿，不能停。如果这笔债务负担划掉，企业就能救活，这是于国于民都有利的大好事儿。国家处理银行不良资产的初衷，不也是为了让企业减轻包袱，起死回生吗？

金行长说：小伙子，你讲得有些道理，可目前政策如此。

任鸿飞说：我斗胆说个一孔之见，这个时候救比等企业死透了再

101

救，效果要好得多。

金行长沉吟半晌，未置可否。

刘洋洋拖长音，撒娇道：金叔叔，我们知道这事儿肯定不好办，要是好办，也不会劳您大驾不是？

金行长说：洋洋就是会说话。虽说资产管理公司管理权在我们这儿，但划不划得进不良资产，决定权不在我这儿，在债权银行那里，这样，你去找这家银行的刘清白副行长。我这就打电话，看他能否处理。

事不宜迟。刘洋洋和任鸿飞去四合院和肖东方商量了下，这就赶往这家银行。

宾主坐定，任鸿飞说：听说刘行长对玉器鉴定是行家里手，肖老让带来了一个老物件，请刘行长给掌掌眼。

刘清白从抽屉里拿出小电筒和放大镜，前后左右仔细瞅了半天，又放在掌上反复摩挲、掂量，连声感叹：种、水、色均属上乘，自然造化，又兼因色着刀，鬼斧神工，真真世间罕见，定是清代玉雕大师朱永泰先生的作品。

任鸿飞说：行长好眼力，怪不得肖老觉得这个东西非您莫属。

刘清白副行长说：喜欢归喜欢，但这件东西，老肖舍得拿出来？

任鸿飞说：肖老说了，马好不好主要看伯乐。放他手里不过是块老玉，在您手里就是个宝贝。

刘清白说：那我也不敢接。接了，肖东方还不把我给吃了。

任鸿飞说：刘行长，肖老的性子您是知道的。他让我送过来，定有他的道理。不如您先留下把玩把玩。您不要也不打紧，您亲自还回去，我也好交差。

刘清白说：这个可以，那我就先玩几天。若真放不下，我拿东西跟老肖换。

说回正事儿。刘清白说：光明煤电的事情，金胖子已经打电话给我了。只要他那边同意，将这笔呆坏账划到资产管理公司处理，我们行是乐见其成。对于我们来说，核销掉不良贷款，也不是坏事儿，还可降低本行的不良资产率。但是，还有几个细节问题你们要考虑：这笔呆坏账需由省分行报上来，我们来处理，报上去核销即可。只是后续处理，坏账划到资产管理公司后，我们就管不上了。

任鸿飞说：资产管理公司那边儿，我们也想办法去沟通。但是，资产管理公司，也是从您这儿分出去的，人事您都熟，您说句话，胜过我们来来回回跑几天。您想想看，这笔坏账交给谁处理都是处理，交给我们处理，资产管理公司不仅省事儿，也能尽快收回处理款。对于资产管理公司来说，也是天大的好事儿。

刘清白副行长一想，满口答应：这倒也是。

资产管理公司老总金石开是刘清白一手培养起来的爱将。刘清白操起电话，说老金啊，有笔坏账要划到你那儿，你看看能不能交给可靠的人来处理。人家会处理得很快，款项不会少你的，你也落个干净利索。

金石开说：有您这句话，我们照办。反正坏账也处理不完。让他们直接来找我吧。

剩下的主要是程序性工作，跑手续、签协议、盖章，并不难办。

侯门海自告奋勇，说他去具体落实。

5.4

北华市这边的事儿基本办妥后，温良恭来电话说，汉章那边儿的处理也有了眉目。任鸿飞带着人再度奔赴汉章市，和公司签订相关协议。

这些天里，温良恭一点儿也没闲着。一回到公司，连哄带吓，软硬兼施，要求职工尽快办理退股，说现在公司这个情况，拿回本钱最保险，不然过了这个村就没这个店。职工们在公司资产遭遇查封情况下，人心浮动，纷纷要求退股。

温良恭晚上提着一袋子钱去找市主管工业的副市长年富力。对这个顶头上司，他非常熟悉，深知他的爱好和脾性。按当地规矩，逢年过节，他都会奉上礼金。而煤矿事故处理中，需要更多的礼金请领导帮忙摆平。

他随手把袋子放到桌下。说：公司出了这档子事儿，给领导添麻烦了，我向您认错儿。我这些天为了这个事儿，可以说是上蹿下跳，跑断了腿，说破了嘴。现在总算有了解决方案。我们打算从北华引进一家很有背景、实力雄厚的投资公司。他们投入巨资，不仅解决了当下的资金问题，也推进了国企改革，加快股份化改造，也为未来上市奠定了良好基础。说出来，这也算是您作为主管副市长招商引资的成果。

温良恭拿出请示报告，说这是情况汇报，万望领导支持。

年富力简单翻看了一下，说：我明天会同几个部门研究下，如可行，报给市长。

温良恭说：这事比较紧急，请您费心。如果拖的时间过长，物华天宝反悔了，光明煤电就真的垮了。

年富力批示同意后，其他领导圈阅下来，除了原则性话语，亦无异议。

任鸿飞和公司签完正式协议后，催银行撤诉，法院解封。

之后还有一些变更工商登记、召开股东会、董事会增选董事等相应具体工作，双方约定按程序抓紧办妥。

任鸿飞表示，全力支持温良恭继续担任股份公司董事长兼总经理，开展工作，把企业做大做强；而未来改制、引资、上市等，交由物华天宝负责协调来做就好了。

安排停当，任鸿飞才赶回北华。

这笔业务基本大功告成，也让任鸿飞思路大开。

他这才发现资产处置业务原来是这么大的富矿，里面竟会有这么大的利润空间。

当时，很多银行都分别成立了资产管理公司，把数十万亿的不良贷款划过去处理，因呆坏账时间长短、性质不同，无法确定这些不良资产的可回收状况，只能定个大致的回收率标准：15%左右。他们完全可以从这些不良资产中找出一些相对优良的资产，进行各种方式的处置和改头换面。

这个业务可以由侯门海牵头来做。他们迅速注册了家天宝资产管理公司，由侯门海担任总经理，可以拷贝他们处置这笔业务的模式。

回到公司，任鸿飞召集公司几个核心人员开了个总结会。任鸿飞把刘洋洋、侯门海狠狠表扬了一通。他说：光明煤电这一单，除了还有一些扫尾工作，我们几个月就搞定了，应该说是非常成功的。我们付出的真金白银3个多亿，获得了32%的股权，如果我们现在愿意倒手出让，粗略估算最少值20个亿。但我们现在不会出手，未来推进上市的话，说值100亿也不是没可能。若有其他项目需要钱，我们可以抵押股权获得贷款。这个项目，刘洋洋、侯门海等都立下了汗马功劳。按两位付出的辛苦，先分别奖励300万元；未来收益部分，折进该项目的股权激励里。当然，奖励只是个形式，主要想通过这件事儿，表明我们今后做事儿的态度，都将按大家的作为和贡献，给予充分激励。方百计、高自标这次没参与，但后面机会多多，同样会给予重奖。

大家"哦"的一声，似乎夹杂着惊喜、惊诧和惊叹！

刘洋洋、侯门海只是跑了跑腿，并没费多大功夫，没想到这一单竟能做成，还竟然产生这么大的效益；也没想到任总一出手奖励，就是大手笔。此前，刘洋洋代总经理时，各干各的一摊，干多干少混成一锅粥，她自己都没想过如何奖励激励这回事儿！任总果然不一样！

刘洋洋说：其实，鸿飞总的功劳最大，最应该奖励。

她对这个项目的整个过程尤其"门儿清"。这桩本要放弃的烂事儿，任鸿飞从策划到一步步实施，一手主导、操办，上下疏通，并亲自跑汉章，谈判、签合同，他的辛苦最多，功劳最大，但他并没提过一句自己的作用、自己的功劳，更没提自己该拿多少奖励的事儿。肖伯伯果然没看错，鸿飞果然是个做大事儿的男人，不仅能力极强，而且是个心怀宽广、不计蝇头小利的人。

刘洋洋心里对任鸿飞更多的好感，油然而生。这样想着想着，刘洋洋已经听不清任鸿飞下面再说些什么，脸蛋儿竟变得发烫。

而侯门海，一开始时，并没太把任鸿飞当回事儿。他甚至不理解肖东方为什么会让这么个八竿子打不着的乡巴佬儿，来接替刘洋洋，他们根本都不是一路人。要不是他对肖东方、刘洋洋有些忌惮，他根本不想听他的。

但是，这桩他已经放弃的单子，硬是让任鸿飞把死马医成了活马，做成这么大的一单，他不得不承认，这个新来的总经理，做事儿确实有两下子。

方百计、高自标等敲着桌子起哄，让"猴子"请客。

侯门海隆重表态："请就请，飞总既然发红包了，今晚小弟找个地方，大伙儿去乐一乐，请大家捧场，但飞总必须去啊。"

5.5

在侯门海等人的簇拥下，任鸿飞鬼使神差地上了侯门海的法拉利跑车。也许，他在内心里渴望更了解他们、融入他们的生活。

上车前，任鸿飞招呼刘洋洋一起去，刘洋洋鼻子里哼了一声：猴子带的鬼地方，我才不会去呢。你要 HOLD 住啊。她不放心地叮嘱任鸿飞。

侯门海说：格格，看你说的，我们有那么不堪吗？我向毛主席保证完璧归赵啊。

几辆法拉利、宝马一路呼啸，奔向一个极其私密的会所。

要不是有人领路，任鸿飞就是从跟前驶过，也不会相信这里面会有什么好玩的所在。

他们的车从河边的大马路拐下来，开过两边有几排冲天杨树的黑暗通道，尽头处两扇紧闭的大铁门，应声而开。进入院子，灯火通明，一下子豁然开朗。

他们的车在院子里依次泊下。几十辆车，首尾相接，与他们座驾一样，不亚于一个豪车展会。

这个城乡接合部的大院，据说是前清某内阁大学士的私府，面积相当大。假山、花园、喷泉、古树，应有尽有。主楼新建，五层楼高，呈C形，建筑庄重典雅，廊柱、台阶皆巨石砌成，呈现典型西洋风格，倒是屋顶穿靴戴帽，融合复古精神，与花园气氛还算协调。C形楼前的最凹处是用实木铺就的露天舞台，延伸到楼前的人工湖里。说是湖，其实小而精致，与露天舞台连成一体，像极了欧元的符号€。这种设计其实是方便楼上的各个单间，都能从阳台上的不同角度很清晰地看到舞台中央。

侯门海看来是常客，预订的是一楼离舞台不远不近的地方。

任鸿飞走进这栋富丽堂皇的大楼里，里面装修极尽奢华。

任鸿飞此时并不知道，就是从这一天开始，他将在这里度过他无数空虚和繁忙的岁月。他会熟悉这里的KTV包房、土耳其式浴室、SPA间。他将在这里搞定无数的商业伙伴、对手，甚至敌人。他也将把无数的金钱和精力，抛撒在那些混圈子的演员、模特儿身上。

虽然现在，他只是顺水推舟，搭个便车放松一下而已。

他们订的一个大包间，外间是一个圆形餐桌和烧烤台，内间是KTV兼舞池。

他们一行5人落座。帅气的侍应生问清他们的需要，端上拉菲，烧烤师傅一切准备就绪，牛排、龙虾、山珍野味，应有尽有。根据大家需要操作，烤熟，浇汁，切分给大家。

5位极其靓丽的美女陆续到来。她们是侯门海邀请来的。任鸿飞之前也是见过美女的人，但是这几位靓女凑在一堆儿，看着还是有些晃眼。

侯门海一一把她们介绍给任鸿飞。侯门海悄悄对她们说：飞哥是我们的老大，妹妹们，可别放过机会哟。

5位美女一开始还略显矜持，两轮酒下去，一个个开始原形毕露。

那位被大家叫着冰冰的模特儿，长得跟电影明星蔡冰冰极像，甜腻腻地叫任鸿飞："飞哥哥，跟妹妹干一个呗！"

任鸿飞这么多天难得放松，跟她们一个个地干。

主持人阿娇说："飞哥哥，干和干是两回事儿哟。亲姐姐和亲姐姐是两回事儿，长得吓人和长得吓人是两回事儿，别插嘴和别插嘴是两回事儿，爱上她和爱上她是两回事儿。中国汉字博大精深，飞哥哥，你懂不懂？"

这个小笑话，被阿娇抑扬顿挫、轻重分明地读出来，让大家开怀大笑。

侯门海凑到任鸿飞耳边：飞哥，局开得不错，搞定搞不定，就看你了。

任鸿飞笑骂道："一边儿去，哥是有老婆的人。"

舞台的舞曲响起，是一曲慢节奏的布鲁斯。任鸿飞邀阿娇先跳。

任鸿飞带着阿娇跳了几个花样，慢慢地，阿娇的头贴在了他胸前。他觉得这个在电视里看着一本正经的女人，倒有可爱的一面。

舞台节目挺丰富，有民族舞、杰克逊似的现代舞、民歌，都是圈内小有名气的人在表演。

最受欢迎的节目，还是俄罗斯舞和出水芙蓉。

一群俄罗斯美女一出场，似乎就引爆了空气里的热浪和骚动，大家都纷纷奔向阳台。这群俄罗斯美女穿着极其凉快，细细的泳裤只遮挡住小腹下不足两寸的地方，一个个丰乳肥臀，条顺盘靓，杂糅了芭蕾、热舞、艺术体操的舞蹈动作，夸张而柔韧，尽显人体之美，看得人血脉偾张。

任鸿飞一颗心一直提到嗓子眼儿，担心她们泳裤的细带子会突然断掉。

台上表演完毕，美女们又一个个一闪一闪地跃入水中，表演电影《出水芙蓉》的那些水中舞蹈。

身边的美女们也被这群俄罗斯美女的身材和舞姿打动。互相在胸口屁股上比画，如何练得前挺后翘，好把男人拴住。

冰冰的手在任鸿飞眼前挥了几挥，要挡住他视线的样子，打趣地对任鸿飞说："飞哥哥，你眼睛看直了哦。"

任鸿飞说：爱美之心，哥亦有之嘛。

冰冰说："那姐也豁出去了，给哥来一个？"

"来一个，来一个！"大家一起鼓掌起哄。

冰冰扫掉桌上的盘碟，跳上桌，来了一段极具风情的脱衣舞，边跳边把她的衣服一件件地甩到任鸿飞的脸上，只剩下绯红色的无带胸罩和三角裤，眼神直勾勾地盯着任鸿飞，似乎要把他的魂勾出来。

她衣服上夹带着的茉莉香水和体香味，让任鸿飞感到十分口渴。

冰冰敢来这么一段，显然有充分自信，她的身材该丰满的地方丰满，该纤细的地方纤细，而舞蹈，显然也受过专业训练。

一段舞罢，大家欢呼雀跃。

又有人喊："再脱一个！"冰冰瞪了他一眼，娇嗔道："哥，你先脱下看看！"

继续喝酒。大家频频敬冰冰。美女们纷纷取经，这身材、这舞姿，是如何修炼的？

冰冰也不无自豪：姐当年可是学校的舞蹈冠军，你以为姐是地上白捡的啊！

任鸿飞说：哥今天高兴，唱首歌给大家助助兴，如何？

大家齐声喊"好"，侯门海招呼侍应生去和舞台乐队打招呼。

这个舞台可不是KTV那样信口就来。敢上台唱的，可都是小有名气的歌手。任鸿飞敢上去，就让他试试。

乐队伴奏起，任鸿飞一亮嗓子，Elton John 的《CIRCLE OF

LIFE》。任鸿飞极喜欢这首歌的词和曲，常常用这首歌给自己打气：

Some of us fall by the wayside

And some of us soar to the stars

And some of us sail through our troubles

And some have to live with the scars

There's far too much to take in here

More to find than can ever be found

But the sun rolling high

Through the sapphire sky

Keeps great and small on the endless round

In the circle of life

It's the wheel of fortune

It's the leap of faith

It's the band of hope

Till we find our place

On the path unwinding

In the circle, the circle of life

他磁性的嗓音极富感染力。大家目瞪口呆，纷纷鼓掌。歌星原来在此。大家来了兴致，纷纷要求去卡拉OK。

十个人分坐舞池边上，左拥右抱，喝酒打趣。吃着，喝着，跳着，唱着。彻底放松下来。

几个美女还真各有特长，分别展示了几种舞蹈，以及戏剧和歌唱的功夫。跳得好不好？好，那就喝！唱得好不好？好，还喝！

任鸿飞对这些司空见惯。他曾经作为侍应生，多年前就已经熟悉歌舞厅里的一切。

他给大家展示了一手甩骰子的绝活儿。盅口朝下把六个骰子甩起来，骰子并不落地，然后像调酒师一样忽高忽低、上下左右前后地甩出花样，又放在耳边，反复边摇边听，最后扣在桌子上，轻轻拿开骰盅，六个骰子竟然一颗颗摞在一起，竖起一根针一样。大家一片惊呼。

任鸿飞说：一颗一颗拿掉骰子看看。

冰冰说：我来我来。一，一，一，一，一，一，六个骰子，六个一。他们根本无法相信自己的眼睛。纷纷要拜师学艺。

任鸿飞接着卖关子：此乃雕虫小技，虽属毫末，亦足可养生糊口。欲练此技，三年不成，包括冰冰小姐的舞蹈、阿娇小姐的唱念做打，哪个绝活儿不如此？

说得美女们像自身价值被重新发现了一样，更加风情万种、光彩照人。继续喝酒。

任鸿飞先和美女们任意地干杯、合唱、跳舞，渐渐地，他们已经形成固定配对。冰冰自然而然地和他靠在了一起。

跳舞时，冰冰紧紧地抱着他，贴着他的脸，两只鸽子般的乳房像是不按住就要飞走似的紧贴在他胸前，大腿有意无意地摩挲着他，搞得他十分焦渴。

冰冰反而用手刮他的鼻子，笑着骂他："飞哥哥好流氓。"

再几巡酒过去，大家东倒西歪，醉成一地烂摊子。

玩兴阑珊。侯门海、方百计、高自标等和几个美女不知道什么时候成双成对地离开了。

冰冰的头靠在任鸿飞肩上，身体像一团扶不起来的猪大肠一样，黏在任鸿飞身上，呼出的酒气和热气，吹得任鸿飞脸上热辣辣的。冰冰语无伦次："飞哥哥，我要睡觉了。"

任鸿飞说：哥送你回去。冰冰迷迷糊糊地说不清地址。

任鸿飞只好把她像一个婴儿一样抱着，送到五楼的客房。

他把她扔到床上。他替她脱掉鞋子、衣服。忍不住摸了一下她饱满的乳房，似乎比苏丹要丰满些、柔软些。

一想起苏丹，他的醉意消了一半，为自己刚才的冲动感到万分羞愧。安顿好冰冰，叫车把他送回他在公司附近酒店的长包房。

第六章 布局

6.1

任鸿飞需要尽快摸透公司的情况。

在处理光明煤电项目的过程中，他已经在逐步对公司的合同、财务、规章制度和人员状况，进行摸底儿。

公司的状况，有些出乎任鸿飞的意料。

这个从外面感觉实力雄厚、什么样的业务单子都敢接的公司，从内部看，竟然毫无章法。这个还处于发展初期的投资公司，还没有找准自己的方向似的，东一榔头，西一棒槌，没有业务方向，没有主打产品，没有投资规划，也没有规章管理制度，几十号人好像临时拼凑在一起，各搞一摊，各行其是。来了业务时，才指定具体负责人，根据情况搭起班子。

如果不是那些曾经做过的业务单子摆在那儿，任鸿飞根本看不出公司的能量究竟从何而来。

据刘洋洋介绍，公司开办时间不太长，骨干员工大多是肖东方和她拉过来的。有的和肖东方沾亲带故，或是旧属或朋友的孩子；有的是刘洋洋一起留学归来或中学时期的同学和朋友；还有一些管理办公后勤财务人员，是从其他企业挖来的，或从市场招聘来的。

任鸿飞能看得出来，这个公司，实际上是刘洋洋和侯门海、方百计、高自标等骨干人员搭伙做生意的小圈子。但他们个人并不天天来公司上班，来到公司，也并不会老老实实坐在办公室，而是互相招呼着到楼顶天台，喝茶、斗嘴、聊天。刘洋洋似乎也见怪不怪。

任鸿飞在中午吃饭时才发现，楼顶的天台原来是一个装修极有档次的小会所。

这个小会所一半装修成室内酒吧、餐厅，以及健身房、高尔夫室内练习室等，公司自己聘有专业厨师，可根据自己的口味儿点菜。另一半是透明的玻璃房，有假山怪石，小桥流水，草坪绿草茵茵，芭蕉椰林郁郁葱葱，几张沙滩伞和白色的桌椅摆在那儿。

这里倒不失为工作之余吃饭喝茶的好去处。凭栏远眺，群山如黛，低头下看，行人似蚁，好似世界就在脚下。怪不得这帮公子哥一来公司，总是要聚到楼顶天台。

刚来的这几天，刘洋洋总是招呼任鸿飞中午一起到楼顶餐厅吃饭、聊天。但她却只吃水果沙拉，喝一杯咖啡或牛奶，和任鸿飞的大快朵颐，形成鲜明对比。

坐在桌前，任鸿飞的坏劲儿上来了，有意逗一下刘洋洋，省得她老是显得一副拒人于千里之外的冷冰冰的样子，劝她尝一口湖南人常吃的朝天椒。他说辣椒是工作热情的催化剂，连毛主席他老人家都说了，不吃辣椒不革命。

任鸿飞说着夹起一只，有滋有味地嚼起来，说吃辣椒跟茴香豆一样，有几种吃法，大口吃，其实一点儿不辣，不信你试下。

刘洋洋半信半疑，用叉子叉了一只小的放在嘴里，刚嚼两下，连连吸气，浑身哆嗦，鼻涕眼泪都出来了，她哪知道朝天椒是越小越辣。脸上的淡妆，也胡抹成红的白的，儿童涂鸦一般。

任鸿飞笑得前仰后合。

刘洋洋用叉子把儿戳任鸿飞的头，说：要告诉肖伯伯，鸿飞哥不带这么欺负人的！

任鸿飞翻看公司的账本才发现，这里虽然是毫无章法的一群乌合之众，但能量却不小。公司涉及的业务单子非常庞杂，合同金额、来往款项几千万、上亿的都有，做过的项目包括土地、矿山、贸易、股权投资等等，还有几笔直接以中介费或业务咨询费进来的收入。

这里也并非物华天宝一家公司，他们有十几个不同公司的营业执照，亦看不清这些公司之间的权属关系，有的有一些股权交叉，有的只是股东的交叉。像宝驰汽贸，则完全是因项目而设，注册在项目地。

从公司的来往账目上，任鸿飞发现，公司的主要资金来源，是银行贷款和拆借，有几笔大的投资，主要是金融机构的股权，包括东方保富保险公司、联众信托投资公司等。虽然他们在这些机构中所占股权比例均没有超过20%，不过，从财务上看，他们从几家机构获得的借款或过桥资金，已经远远超过他们的原始投资。

显然，在他们找不到资金来源时，会由这些金融机构，通过借贷或发行信托产品等来提供"兜底儿"资金。

刘洋洋告诉任鸿飞，目前公司的项目，有各种来源渠道，有的是找上门来的。只要有好项目，钱都没问题，几个亿都能找得来。

任鸿飞意识到，这显然是个没有一定之规的企业，打一枪换个地方，只要能把钱赚到手就行。财务支出也很混乱，他找财务人员理了几天，都没理出头绪。

任鸿飞这才明白了肖东方极力邀他加盟的真正原因。

这个看似能量不小的摊子，表面看单个项目都很合理，有钱就赚，但整体上没有规划，更缺乏管理。就像一座正积聚力量、酝酿着复活的休眠火山，内部热流涌动，但还未汇聚成炙热的岩浆洪流，喷薄而出。

这个摊子显然无法支撑肖东方的宏伟蓝图。肖东方纵有三头六臂，也拖不动这个沉重肉身。

任鸿飞感到肖东方真的很需要他。

不过，搁在他肩上的担子，其实并不轻松。按肖东方的构想，他必须理顺公司业务框架，做好路径规划，把公司的核心优势的势能，转化为现实的收益。

任鸿飞想让他们看看，他有能力把公司带到一个更高的高度。

6.2

任鸿飞让办公室通知，第二天早上8点，召开公司全员业务会议。

这么早的时间开会，他想检视下大家的时间观念、态度和执行力。

这是任鸿飞任总经理以来，第一次召开全体员工会议。他非常重视，反复酝酿，做好了充分准备。

这些天里，通过认真地摸底和思考，任鸿飞不仅摸透了公司的资产、财务、业务状况等基本情况，也弄清楚了核心人员的来路和想法。任鸿飞的思路也渐渐清晰和明朗起来。

在他看来，公司最大的资源，是人；最大的问题，也是人。

任鸿飞本来从内心里看不惯侯门海他们我行我素、天马行空的行为方式。在他眼里，这些生活无忧无虑的人，整天云山雾罩，飘在天上，落不了地。他们虽然挂着欧美各名校毕业生的牌子，但是不中不洋，既无深厚功底，亦无对基本国情的了解和认知，更无实际动手能力，成天花里胡哨，夸夸其谈，豪车美女，忽来忽去。他认为他们根本就不是干事儿的材料，当然，也没谁会把干事儿认真地当回事儿！

但在参与宝驰汽贸、东江美锦、光明煤电几个项目的过程中，任鸿飞渐渐认识到：是他离他们太远了，他太不了解他们了。所以，才总是感觉不对路。

他们才是真正的金子，只不过在表面的花花绿绿的掩盖下，没有显露出庐山真面目。

其实，这些人拥有他这种人无论怎么打拼，也永远不可能拥有的那些天然优势。他们可能只需要动动嘴、跑跑腿，就能干成他这种人说破嘴、跑断腿都难以干成的事儿。也难怪这些花里胡哨的人，虽然毫无章法，但在任鸿飞到来之前，还是能做一些不可思议的单子。

这些人不愿去认真工作，也是自然而然的。他们不需要像任鸿飞这种人那样，要靠自己苦打硬拼才能闯出一片天地，出身环境的不同，已经让他们可以轻松地过上富足的生活。当然，能像李成梁那样有出息，更是锦上添花的事儿。

让他们去做那些事无巨细的繁琐事务，并按这个要求去看他们，实际上是用汉砖砌猪圈，用元青花瓷碗喝茶，用美元当墙纸糊墙，既不中看，也不实用，无疑是资源的严重错配。

但如果换个思路，只要把他们摆在正确的位置，用好他们，所产生的价值，就是几何级的，远非像任鸿飞这样草根出身的人一点点积累可比。

任鸿飞突然觉得，公司看似一堆杂乱无章、行踪飘忽、各行其是的人，实际上是一个巨大的人才宝库。就像在一个大厨房里，所有的食材俱备。但是能端出来什么东西，能做出什么样的花样，重点不是在这些材料，而是在于大厨！

但问题恰恰在于此。在这个大厨房里，缺少能把各种食材和佐料充分调配、火候掌握恰到好处、烹制出美味佳肴的大厨！

这也是任鸿飞认为的公司目前最大的问题就是人的原因。

确切地说，公司目前的人员结构太单一了，公司既缺少一位眼界开阔、思路清晰而又实际操作极强的掌舵人和统帅，也缺少一些懂经营会管理、能把资源充分调动起来使用起来的操盘手。就像光明煤电这个单子一样，明明是一块满嘴流油的肥肉，但若让他们操作，有些不得要领，吃不到位。

在公司核心人员中，肖东方只是公司的精神导师，他习惯于动口不动手；而刘洋洋，对如何去管理公司，尚缺乏相应的智慧、经验和操作能力，她甚至无法领会肖东方的意图；李成梁算是其中最好的，具备过硬的素质和能力，但在任鸿飞看来，他在骨子里跟侯门海他们一样，习惯于天马行空，高高在上，做不了慢工细活儿，尤其不愿做脏活累活，何况，他还需要在外面开疆拓土，尚脱不开身。

任鸿飞觉得，他就是肖东方认定的那个大厨，那个掌舵人！

这样想，任鸿飞的心中豪气冲天，充满着一种舍我其谁的兴奋。

他其实应该感激肖东方。实际上肖东方已经为他准备好了公司起飞的基础，虽然肖东方并没有告诉他公司目前这些人的价值，但把公司交给他管理，就是看他能不能认清这些人的价值，看他能不能发挥这些人的价值。

任鸿飞相信，他能用好他们。物华天宝有理由成为最牛逼的公司！

在会议召开之前，任鸿飞还是和公司的骨干人员反复沟通，谈他的基本想法和思路。他需要先获得这些核心人员的认同和信任。

在楼顶吃饭时，任鸿飞和侯门海他们凑在一起，满心真诚地说：我才到公司不久，接连着又是处理佳美丰华、东江美锦和光明煤电等几件急迫的事儿，有些着急上火，有不当之处，望大家海涵。

但据我这些天来的初步了解和观察，已经让我耳目一新。我们在座各位，都是牛逼的人。我们已经具备成为最牛逼公司的基础。但是，大家也知道，我们公司虽然有很大的潜能，但是目前还只是潜能，还没有转化为巨大的现实财富。肖老板心里也很着急。他邀我来，就是希望和大家一起，创造辉煌基业。小打小闹是其他公司的目标，但不是我们的目标，要做，就是奔着最牛逼的公司去的。如果大家相信我，我有信心把大家潜在的能量发挥出来，让我们公司，成为真正牛气冲天的公司，让我们每个人，成为真正牛气冲天的人。不知大家是否赞同？

大家都说，只要飞总有信心，我们就有信心！

这次会议，任鸿飞要向公司全体员工展示他的发展大计和施政纲领，解决公司的战略、方向、模式、路径、考核、激励等问题，统一思想，扎实推进，把公司发展的战略构想付诸实施。

在公司会议室，任鸿飞西装革履，坐在台上。他想用这种态度，表示他的郑重其事。

在刘洋洋主持下，任鸿飞开宗明义地讲了几个问题：我们目标何在？机会何在？我们要做什么？我们要怎么做？

他说：这是一个商业为王、资本为王的时代。商业浪潮席卷之下，不仅会改变国家面貌，也将重构国家经济、社会、生活生态。我们有幸赶上这个伟大的时代，风云际会，万象更新。我们在座各位，不管出发点是什么，但选择了从事商业，可以说是一个非常有前瞻性的选择。从大的方面讲，与时代同步，为经济建设添砖加瓦，造福国家和人民；从小的方面讲，安身立命，有所建树，实现自身价值。

时代给我们提供了巨大的机会，我们现在已经进入了地产、矿业、贸易、制造、金融投资等领域，但这只是一小步，与时代提供给我们的机会和我们的潜能相比，何足挂齿。未来我们还要用资本和投资这根绳子，串珍珠一样串起更多产业，我们还要有自己的银行、保险、券商、基金、信托等金融机构，打造出一个光彩照人的商业王国和金融王国，矗立起一个伟大公司的丰碑。这是我们的梦想。

梦想和现实有多远的距离？用毛主席的话说，"它是站在海岸遥望海中已经看得见桅杆尖头了的一只航船，它是立于高山之巅远看东方已见光芒四射喷薄欲出的一轮朝日，它是躁动于母腹中的快要成熟了的一个婴儿"。

其实，我们公司具备成为一个伟大公司的基础。那就是我们的人才优势。我们有肖老掌舵，有在座的刘洋洋、李成梁、侯门海、方百计等有很强的潜在的资源调配、整合、协同能力的人才，也有罗鸣、谭笑风等一些实操能力和管理极强的高手。如果我们的战略、路径、管理得当，将会产生核爆一样的巨大能量。我们都将在公司的伟大发展中，成为企业家、投资家、金融家，不仅实现自身价值，也为祖辈和父辈的荣光，增光添彩。

但是，我们目前的业务架构和管理，还完不成这个宏大目标。我们需要重新厘定公司的战略路径、业务架构、管理模式。

最近就要完成对过去凌乱的业务和部门的归并和整合，改变一盘散沙、各自为战的局面，集中优势兵力，有的放矢，各个击破。重新规划和细分后，在物华天宝投资公司和集团旗下，现有的地产、贸易、矿业、能源等实业，以及投资、投资咨询、银行信托等金融业务，将以现有十几家公司为基础，分兵突进。在控股公司设立财务、规划和综合行政后勤部门，统一调配指挥。

新的业务模式确立后，我们将会为每个岗位确定明确的职责，虚位以待，鼓励大家跳出来，竞争上岗。我们将会把每个合适的人，放在合适的位置上，并制订相应的职责要求和激励计划，包括薪酬待遇和股权激励。你能干什么，你该干什么，你的利益有多大，一目了然。

我也告诉大家，既然我们要成为一家伟大公司，就要有一家真正伟大公司的样子。没有纪律和规矩，公司就是一盘散沙，拧不成一股绳，形不成合力，再好的想法也变不成现实。既然肖老让我来打理公司，我先把丑话说在前头，从今天开始，公司就要加强管理，严明纪律。公司将会制定一系列管理、考核、奖励激励办法。项目用到了谁，必须迅速到位。如果有人说这个我做不到，就请另谋高就。但既然在这儿干，必须懂规矩、守纪律、听指挥。

时不我待，一万年太久，只争朝夕。让我们同心协力，让公司这艘航船乘风破浪，驶向伟大梦想之岸。

刘洋洋一直在认真听任鸿飞说的每句话，不时沉思，不时点头。

她觉得肖东方果然选对了人，比起李成梁，比起她自己，任鸿飞做事儿的视野、思路、章法、能力和严谨认真态度，都是总经理的不二人选。

她想起来为什么她向肖东方推荐李成梁来接替她时，肖东方总是不置可否。她觉得肖东方虽然也很认可李成梁做事儿的能力，但总有那么一点点不满意。如果没有任鸿飞的到来，她也说不清李成梁缺的这一点点究竟是什么。但一对照，她觉得任鸿飞身上有一种热气腾腾的气息，强烈地吸引着她，就像他是咖啡，而李成梁只是加了糖的白开水一样。

她的心，已经完全被任鸿飞俘获。

这样的男朋友、这样的老公，不正是她要找的吗？她千挑万选，没想到不经意间，老天就把他送到她门口。

她认真注视着任鸿飞讲话。任鸿飞俊朗而棱角分明的脸庞，被她在心里蒙上了一层朝霞般金黄而柔和的光泽。

刘洋洋最后总结说：鸿飞总视野开阔，分析到位，定位明确，要求具体，既展示了公司的宏大设想和方向，也提出了实施路径、奖励激励机制、管理模式，既高屋建瓴，又脚踏实地，很是激动人心。我这里要强调的是，鸿飞总的想法就是肖老的想法，鸿飞总的要求，就是肖老的要求。大家要一切行动听指挥，按照鸿飞总的要求和布置，扎实推进，为实现公司的腾飞，做出自己的贡献。

刘洋洋要用她的态度、她的明确支持，树立任鸿飞在公司的绝对威信。

她已经彻底服膺任鸿飞，并甘愿为他打下手。

当然，她心里很清楚，任鸿飞也是为公司打工，为他们打工。

6.3

就在任鸿飞雄心勃勃，准备大干快上的当口，他接到他们投资的联众信托将要清盘的消息。这意味着不仅他们在联众信托的股权，可能要打水漂儿，而且，他们的资本通道断了一条，将给他们的业务开展带来不利影响。

他的船尚未开出去，没想到桅杆断了一根，任鸿飞感到十分郁闷，想起曹丕南伐失意的那首诗，"西北有浮云，亭亭如车盖，惜哉时不遇，适与飘风会。"

他可不想在他刚夸下海口之时，折戟沉沙。

经了解，此时，信托业的整顿，正如火如荼地展开。

与众多信托公司一样，联众信托这家地方性信托机构，亦在20

世纪80年代中期诞生。与其他金融机构不同的是，信托公司似乎从来就没有找到自己的准确定位和业务界限，其他类金融机构敢做的，它都敢做；其他金融机构不敢做的，它也敢做，包括存贷款、证券、投资、实业等等。正因为如此，它的呆账烂账，也比其他金融机构更多。虽然经历过几轮整顿，但是，信托公司仍然像被惯坏了的孩子，从小未教育好，长大了依然恶习难改，改后再犯。天宝投资持有联众信托的股权，实际上就是在上一轮信托业清理时接手的。

这一轮从上个世纪末开始的整顿，已经是第五次了，但这一次，严厉程度前所未有。管理部门放言这是最后一轮整顿，所有公司必须在资本充足率、治理结构、违规业务清理等方面达标后重新批准注册，其他的，一律清盘，或合并重组。

任鸿飞认为他们需要保住信托这个壳。信托公司并不明确的业务界限、通道价值和筹资能力，对于他们这种急欲扩张的跑马圈地者来说，其牌照价值，甚至比其他业务较为单一的金融机构，更具吸引力。虽然他们只持有联众信托不到20%股权，是个小股东，但是，他非常想借此次清理整顿的机会上位，扩大股权，即使不能控股，也要有一定控制力。

任鸿飞的这个想法，肖东方大为赞同，认为可以尝试。他希望任鸿飞亲自出马，摸清联众信托到底有多大窟窿，需要付出多大代价才能将其救活。

调查完，任鸿飞感到十分棘手。联众信托本来注册资本就不实，加上违规揽储和发放贷款，已经形成一屁股烂账。公司总经理已经被公安拘留。

看来，公司很难通过清理整顿这一关。

但是，任鸿飞还有些不死心，抱着死马当作活马医的态度，和刘洋洋一起，再次去拜访金碧辉副行长。

金碧辉说：这次信托业整顿，是管理部门铁了心要做的。信托公司接连出事，让上层十分震怒。在这当口，谁也不敢造次。而且此次清理，信托业要彻底与银行业和证券业脱钩，有关部门还将出台相应法规，对信托业务进行全面规范。目前几百家信托公司，可能最后只能保留几十家，大多数都在被清理行列，甚至一些业绩尚好并未资不抵债的信托公司，都要合并重组。

在这种大背景下，联众信托已经没有挽回余地。

这让任鸿飞在到物华天宝后初次尝到回天乏术的失败感。这也让他更加坚信，要迈入金融业，仅凭愿望是不行的。他们必须紧跟大势、顺应大势，绝不可逆风而行。

刘洋洋说：金伯伯，那还有什么办法吗？

金碧辉说：那得再等等。

金碧辉最后留下口风：等形势稍微明朗，看看还剩下哪些家，如果你们真有心参股，我看看信托公司合并重组过程中有无机会。预料扩大资本规模他们还是乐意的，到时候，我给你们牵线搭桥。

任鸿飞说：我们对参股信托公司愿望很强烈，故请金行长费心。时间窗口期一过，再进入就难了。中型公司最宜，我们控股参股均可，最好控股。当然，其他大小的公司，我们也能接受。拜托您了！

任鸿飞鞠了一躬。

如果信托这条道路走不通，他必须尽快打通其他的资金通道，加快布局银行、证券、保险等通道。

6.4

任鸿飞感到特别需要一位熟悉金融业务具体运作的核心人才，协助他落实金融和投资业务的布局。

正如他所看到的，公司目前这个班底，虽然获得项目信息和调动资源的能力很强，但缺乏强劲的操作能力，浅尝辄止，虎头蛇尾，草草了事。更为关键的是，他们对做金融，都不是行家里手。

任鸿飞的心中，其实有个人，何乐为，但对能不能拉来他，任鸿飞一点儿把握没有。

何乐为是他大学同学，大学毕业后，考进四道口金融学院读完硕士博士，后进入一家大型证券公司中通证券，目前担任公司投研部总经理。任鸿飞初到北华时，他们曾见过一面。几个老同学一起给他接的风。

任鸿飞打电话约老同学再次见面谈谈。

与胖乎乎的谭笑风相比，何乐为面容清瘦，戴一副黑边眼镜，颇显精明。虽然在大学期间，何乐为一门心思要考研，埋头书海，他们之间的交叉点并不多，但任鸿飞认为，同窗之谊仍是值得信任的基础。老话讲"打仗亲兄弟，上阵父子兵"，公司未来将要着重开拓的金融和投资，是核心业务和要害部门，当然需要信得过的人来打理。

在资本市场混久了，何乐为对这个市场有着自己的深刻观察。他认为：中国资本市场是个新兴加转轨的市场，问题非常多，还谈不上"公平、公正、公开"，但是，随着相应规则和机制的逐步完善，未来市场空间将是无限的，其必将直观反映中国经济的长足进展。未来财富的增长，也必定体现在这个市场；任何人想要实现财富的几何级增长，也必须借助这个市场。

这个看法与任鸿飞非常一致。任鸿飞甚至相信，沧海横流方显英雄本色。市场本身的不完善，也是可资利用的机会。如果几年后市场走向正轨，利润率更趋向社会平均化，反而没有很大的腾挪空间。

不过，跟何乐为相比，任鸿飞并不确切知道这个市场的命门在哪里。他需要何乐为这样的金融专家，来替他号准市场的脉搏。

任鸿飞这次约何乐为见面，目的非常明确，邀请何乐为加盟，做公司即将开始的投资业务的操盘手。

何乐为对任鸿飞突如其来的提议，并没有任何心理准备。他还没考虑过要辞掉现在的职位。他目前干得也比较得心应手，他的投研团队40多人，几乎全部来自国内985大学或欧美大学，都有着硕士博士学位，很多人具备证券从业、基金、投资咨询甚至保荐人资格，目前在投研界卖方研究和买方研究，都已经很有名气，经常在财经大报发表相关报告。而公司对他的团队也比较器重，一路干下去，前景可期。

何乐为越是这样讲，越让任鸿飞欲罢不能。他需要的，当然不是酒囊饭袋，而恰恰是何乐为这样的既有理论功底，又熟悉市场运作的干将。

他必须想方设法把何乐为挖过来。

何乐为说：你们公司的事儿，都才刚起步，投资还八字没一撇呢，我来了干什么？

任鸿飞说：乐为兄，我们兄弟之间，不用藏着掖着，打开天窗说亮话吧，我觉得你现在有所顾虑的，主要是两点：一是事业，二是待遇。从事业前景上看，我们并不是想小打小闹，现在，物华天宝旗下的煤电、地产、汽车、丝绸、旅游等产业，都有布局，未来都要上市，你自然有用武之地。但这不是主要的，主要的是公司的潜力，目前只发挥了一点点。我们已经规划好了向资本市场和金融产业进军的路线图。你来了之后就知道，舞台很大，可以说海阔天空，都将是你的天地。只要事业做起来，待遇问题你不用考虑，我都替你考虑好了，百万年薪+业务提成+股权激励，机制也灵活多了。

任鸿飞向何乐为夸下海口：你要加入的话，我有信心在3年之内，让你干上我们自己证券公司的总经理！

话虽然这样说，但此时，任鸿飞心里并不知道他的证券公司在哪里。但他有这个信心。任鸿飞还承诺，他们会给何乐为提供充分的资本，让他在资本市场这个大舞台大展拳脚。

任鸿飞说：你现在在中通证券，按部就班朝前做，虽然看着也不错，但依我看，不过是小脚女人走路，迈着三寸金莲，扭扭捏捏，亦步亦趋，会错过目前资本市场大发展的波澜壮阔的机会。何况，你现在在公司也做不了主，来我这儿，投资这一块儿，交给你来全盘负责，只需向我报告就行了，不用层层报批。

"如果我现在就给你融10个亿，你能不能操作？"任鸿飞吊何乐为的胃口。

124

何乐为虽然还有些犹豫，但颇有些心动。一直以来，何乐为虽然认为自己摸准了这个市场，但多停留在纸上谈兵阶段。他还没有摸过这么多钱，亲手去做几单。

何乐为确实有些手痒。

考虑来考虑去，何乐为愿意接受新的挑战。

"这就对了，这叫弃暗投明。"任鸿飞像学生时代一样，搭着何乐为的肩膀，生怕煮熟的鸭子飞了似的，催何乐为尽快办妥离职、入职手续。

任鸿飞授权何乐为自己组建一支自己的投资团队，若能把现有团队中得力的人一起带过来，他照单全收，薪资条件都超过他们现有职位。

任鸿飞希望何乐为能把公司这棵树苗，植根在资本市场，让其每一根根须，都要像吸管一样，从资本市场源源不断吸取他们需要的养分。

何乐为同意加盟，让任鸿飞大喜过望，一定要喝酒庆祝一下。

何乐为说：那好啊，几位老同学也好久不见了，正好也向大家通报一声，我准备跟你一起混了。要是你把我带进沟里了，到时大家都可饶不了你。

任鸿飞说：那你把嫂夫人也带上，我向她做出保证。

何乐为说：既然这样，就都带夫人或女友吧，苏丹虽不在这儿，你也不能落单哦。

任鸿飞把何乐为准备加盟的喜讯，告诉刘洋洋，他夸赞何乐为作为顶尖的金融学博士，将会用专业化的操作，树起公司投资业务这面大旗。准备这个周末，安排个饭局，喝场酒，就把这事儿敲死了。

刘洋洋也颇为高兴，主动提出愿意参加聚会。并说由她来定地方，洪府家宴如何？

这让任鸿飞颇有些意外，心里甚至有点儿小感动。刘洋洋整天一副大小姐的样子，何时这么细致体贴过？当然，地方就不用她定了，就在公司附近的潇湘菜馆。

晚餐时，刘洋洋穿了身淡绿色碎花连衣裙，颇有点儿邻家女孩的样子，显得可爱多了。不过，她脖子上的大钻石项链和手腕上的翡翠，以及手上的LV手包，还是让她显出明显的不同。

任鸿飞给同学们介绍说：洋洋别看年轻，可是哈佛回来的海归，我来之前公司的总经理，以后和何博士我们几个，就是同一战壕的战友了。

在点餐时，任鸿飞就反复叮嘱说：洋洋不能吃辣，尽量清淡一些。

一开始，大家还比较正经，聊些财经界的大事儿和趣闻。酒过三巡，酒酣耳热，开始海阔天空地漫聊和打趣。

大家说：何乐为这是明珠暗投啊，小心被任鸿飞卖了。

任鸿飞说：我正有此意，准备把何乐为打扮打扮，包装上市，卖个好价钱。到时我们大家都分点儿酒钱。

何乐为说：我就这点儿斤两，就算纯金的，也就百十斤，哪入得了任总的法眼。

刘洋洋听大家互相打趣，话也不多，也不喝酒。大家怕冷落了她，她越说不喝，大家越连荤带素地劝。刘洋洋眼巴巴看着任鸿飞。任鸿飞只好护着她，替她挡酒。真挡不住，就自己端起杯，替她喝。

同学们都比较熟悉，没大没小，互称哥哥嫂子，就他们俩落单，关系又近一层，反正苏丹也不在，就把他俩归在一起，"飞哥、飞嫂"地乱喊。

任鸿飞骂大家不要瞎喊，人家还是小姑娘，占人家便宜。大家起哄道：那你为啥替她喝酒，没准儿人家自己愿意喝呢。任鸿飞一看刘洋洋脸上泛起两朵红晕，并无愠怒，也就任由大家玩笑，岔开话题。

那一晚，大家聊得喝得非常开心。任鸿飞高兴，不仅自己喝，也替刘洋洋喝，彻底放开了。

不知喝了多久，夜色沉沉，意兴阑珊。

任鸿飞浑浑噩噩，彻底断片儿。他都不知道自己是怎么坐上车、怎么回到酒店的。酒店侍应生把他连扶带架地送进房间，扔在床上。

　　沉沉的醉意袭来，酒气一直往喉咙上涌，任鸿飞像一坨经不起推敲的烂泥，倒在床上便呼呼睡去，连衣服都未脱。

　　任鸿飞在迷迷糊糊之中，感觉像是苏丹的温柔的手，为他脱去鞋和衣服，并用热水给他擦了脸、手、脚和全身。

　　在一阵哗啦啦的洗澡声过后，苏丹钻进了他的被窝。她光滑的身体紧贴在他的身上，细腻的手指和湿热的嘴唇摩挲着他的乳头、小腹，一直滑向他的腿根。

　　他感觉他那话儿被反复温柔地包裹着，一股湿热的暖流，从大腿根直冲向脑海、传遍全身。

6.5

　　临近中午的阳光透过窗棂，打在任鸿飞的脸上，像一缕秀发拂过面庞，又像一只温柔的手轻轻抚着他的肩膀，带着温热的体香。

　　意识渐渐漫过他的全身，他感觉到了贴在他背上的胴体。

　　任鸿飞突然睁开眼，转过身来，看着正躺在身边的女人，一下子呆住了！

　　刘洋洋正温柔地看着他，用手抚摸着他的身体，轻轻地说："鸿飞哥，你醒了。"

　　任鸿飞感到一阵晕眩，肚子里咕咕噜噜的响声，直冲向他的嗓子口。他冲进厕所，抱着抽水马桶狂吐起来。

　　他把头深深地埋进坐便器里。

　　他想不起来他是怎么和刘洋洋睡到一起的。他的意识，像断了线的风筝，随风起伏，飘飘荡荡，无依无傍，最后挂在树梢上，掉不下来。

　　他的脑袋嗡嗡作响，出现了短路。

刘洋洋赤身裸体地跟进来，蹲在他身后，轻轻地捶着他的背。他站起身，洋洋的头贴着他的背，从后面环抱着他。

屋子里一片狼藉，他呕吐在被单上、地上的秽物，显然已经被清掉了，但仍留下斑斑驳驳的痕迹。

他用力回忆，依然想不起来他和她究竟是怎样睡在一起的。

刘洋洋似乎看出了他的疑惑，说："鸿飞哥，你喝得太多了，我送你回来，你一直扶在我身上不肯松手，还吐了我一身，吐得到处都是。我都清理干净了，衣服还在外面晾着呢。"

任鸿飞这才意识到，他犯了他有生以来最不该犯的错误！

他蹲在床脚儿，像一个犯了错误的孩子，蜷缩一团，头深深地埋进了膝盖下面。

这个错误太大了，虽然任鸿飞此时还并不知道这究竟意味着什么。

事实上，这个错误的严重性，远远超乎他的意料。多年以后，他仍不得不为这个错误买单。

他想起了妻子，他无法向苏丹交代。

那是他全心爱着的妻子，他无法忘怀她期待的眼光、焦渴而热烈的嘴唇，和棉花床一样温暖的小腹，那才是他的温柔乡。

可是，就因为喝了点儿小酒，他就背叛了她，也背叛了自己。

他感觉自己这副皮囊非常肮脏。

他更无法向刘洋洋交代，无法向肖东方交代。这个并不合他胃口的姑娘，将是他未来事业的重要伙伴，他的布局才刚刚完成，事业的风帆才刚刚扬了起来，就出现这档事儿，会带来怎样的后果？他们会怎样看他？

洋洋不是冰冰，如果是冰冰，他还可以解释为男人的劣根性、他的年少轻狂、酒后乱性，甚至逢场作戏。他们能理解他的一时糊涂。

而洋洋是公司的大股东，算是他的老板，是跟肖东方十分亲近的人，连肖东方都对她非常客气。虽然洋洋从未跟他谈过她的家庭，而他也不愿意主动去问她，但他依然感觉到洋洋的不同寻常。不然，像肖东方这样修炼成精、世事洞明的老江湖，怎么会对这个手无缚鸡之力的小姑娘，如此青睐有加？

也许，她只是想同他玩玩而已？很显然，这个受西方生活方式熏陶的小姑娘，似乎对性见怪不怪。要是那样，他真应该庆幸。

不过，任鸿飞又觉得不像。

他能感觉到这个拒人于千里之外的小姑娘，似乎一见到他，就像被点燃的酒精一样，腾地燃起一团火焰。他从她热辣的眼神里，看到了只有处于热恋之中的小姑娘，才有的火焰。

他是过来人，他知道那火焰意味着什么。他应该离她远点儿才是，不要让她的这团火烧着他，也烧着她自己。

但是，初来公司的这些天里，他不得不和她过多地待在一起，他们有很多业务要交流。任鸿飞反正回到宾馆也没什么事儿，常以办公室为家，而洋洋，有时下班了也不回家，陪他一起晚餐什么的。

他不知道是不是他有什么不当举止，让她产生了误会。

越想，越让他头痛欲裂。

他非常想家，可又不知道该如何对苏丹说。

如果世上有后悔药，他恨不得吃上一大把。

任鸿飞打电话给何乐为，想打探点儿当天晚上的前因后果。任鸿飞说他喝多了，记不清当时是怎么回事。

何乐为说：当时，大家都有点儿高了，各回各家，各找各妈。只有飞嫂喝得少，还清醒，你上了飞嫂的车。飞嫂说她知道你住的酒店，她送的你。落下什么东西了吗？

任鸿飞说：那倒没有。

看来，何乐为尚不清楚后来发生了什么。

不过，任鸿飞还是严肃地告诉他：你马上要到公司上班了，以后千万别飞嫂飞嫂地乱叫！

第七章 变奏

7.1

刘洋洋已经有几天没到公司了。

任鸿飞既有些忐忑不安，又怀疑自己是不是神经过敏。他想找她谈谈，但又不知道从何谈起。

不知道她是不是也在回避他们见面时的尴尬。

他向侯门海他们交代了几件紧要的事儿，给刘洋洋打电话，说他要回通海一趟。

洋洋语气中表露出明显的不乐意，说：我正要找你呢，你快去快回吧！

任鸿飞心事重重地回到家。

苏丹看出了他的疲惫。他像霜打的茄子一样，显得无精打采。

她以为他太累了，不让他干家里的任何活儿。她要用她女性的温柔，抚慰他、修复他、重振他。

她甚至在他走的这段日子里学会了做湘菜。她把家里的保姆换成了湖南妹子苗大姐，并一遍遍地学做湖南菜，毛家红烧肉、油泼辣子、尖椒炒肉等等，然后让苗大姐品尝是否正宗、是否够味。苗大姐连声说好，并感叹：这是哪个湖南伢子，真是修了八辈子的德了，能娶上你这么个又漂亮又贤惠的媳妇儿！

湘菜油腻的重口味和辣椒呛味，常常让她眼泪直流，胃酸直往上涌，忍不住呕吐。

她已经怀孕了。

任鸿飞把脸埋在她微微隆起的小腹上，嗅着他所熟悉和依恋的体香，手不停地摩挲着她光洁的肌肤，突然失声痛哭。

苏丹从来没见过这个一向坚韧不拔的男人，会像孩子一样痛哭流涕。她以为他是想要孩子想的，连忙抚着他的头，像一位母亲哄着孩子一样安慰他："宝贝，好了，早知道你这么喜欢孩子，我早就应该生了。都怪我不好，我一定给你生一群孩子。"

任鸿飞不停地亲吻着她的身体。眼泪和唾沫混杂着，弄得她浑身黏糊糊的。

这才是他所深爱的女人！他的爱已深入骨髓，没有她，就会剜去他的灵魂和心肝。刘洋洋、冰冰都不过是过眼烟云，跟她相比，她们一钱不值。

他含着泪说："我真不想离开家、去什么破北华了。"

她眼睛一亮，随即又暗淡下去。她知道他仅仅是说说而已，他永远不可能放弃他的事业。对于他来说，通海这个地方太小了，他需要有更广阔的舞台。

她已经下定决心：如果他不能回来，她就放弃她在这儿的事业。虽然她已经把她的奢侈品牌的代理和专卖店，扩大到了十几家分店，经营业绩很好。

她实在无法忍受这种两地分居的生活。她要跟着他，为他生一群孩子，相夫教子，过一种其乐融融的家庭生活。

她安慰着他："老公，我知道你想我，我也想你。我最近就把专卖店盘出去，然后就跟你去北华，我们在那儿安家。"

他又一次流下了热泪，连连点头。

过了好几天，任鸿飞仍未打算离开，苏丹虽然满心欢喜，巴不得他在家多留几天，但他真没动静，苏丹还是感觉有些异常。在去北华后的一段时间里，任鸿飞虽然差不多每周或隔周就会回来一次，但每次都基本是过一两夜就走了。

她开始有些担心：他遇到什么问题了吗？

她不太爱过问他生意上的事儿。她知道，以鸿飞的智慧和能力，他会找到解决问题的最好办法。她充分相信这一点。他们本来聚少离多，时间宝贵，不想在感情以外的事儿上，浪费过多的时间。

　　但这几天，她发现他竟然已经学会了抽烟，烟蒂甚至堆满了小花园桌子上的烟灰缸。她发现他还变得多愁善感，甚至为她所做的一点点小事儿，都感动得热泪盈眶。而以前，她有时还嗔怪他忽视了她。她还发现他半夜里会做噩梦，甚至有抽泣的声音，她摇醒他。他会紧紧地搂着她，生怕她飞了似的，搂得她喘不过气来。

　　她轻声问："老公，你遇到什么事儿了吗?"

　　他总是摇摇头。

　　这几天，刘洋洋已经几次打电话催他回去："鸿飞哥，你快回来吧，我都想你了。"

　　趁苏丹去专卖店料理事情的工夫，任鸿飞揪着自己的头发，直往墙上撞。他狠命地扇自己的耳光，骂自己畜生不如。苏丹越对他好，他越无法原谅自己。

　　这个他日思夜想、不惜代价从别人手里夺过来的女人，他就这样背叛了吗? 如果这事儿兜不住，处理不掉，她会怎样? 何况她，还怀着他们爱情的结晶。

　　他不敢想象，也无法想象。

　　他感觉到一锅好米被自己煮煳了，他的人生被煮煳了，连带她的人生。这股焦煳味儿，一直飘荡在他周围，他一呼吸就会闻到，始终无法摆脱。

　　任鸿飞终于待不住了，再待下去，他感觉自己会疯掉。

　　走之前，他想为她做点儿什么。

　　他系上围裙，亲自下厨，为她煎了牛排、龙虾、鸡蛋，熬了山参乌鸡汤，拌了水果沙拉，做了一顿丰盛的午餐，醒上红酒，等着她回来。

132

等苏丹急匆匆从店里赶回来，看到满桌的菜肴，颇为激动。抱着任鸿飞的脖子，连连在鸿飞的嘴上亲个不停。他几乎从来没在家做过饭，偶尔在家做，基本都是辣椒炒肉丝、红烧排骨什么的。他无法按苏丹的口味儿，给她做上她喜欢的那些清淡的东西。

鸿飞故作轻松地说："老婆大人，尝尝，合你的胃口不？"

苏丹一个个地尝了下，连连点头。

鸿飞给她夹菜，看着她吃，说："老婆，虽然你怀孕了，不喝酒，但我还是要敬你一杯。我亏欠你太多了，没照顾好你。你现在又是两个人，肩负光荣使命，多吃点儿，争取在我下次回来时吃胖一点儿。专卖店的事儿先放一放，多休息，不要累着了。你过得好，我就踏实了；你过不好，我也心神不安，没法好好工作。"

苏丹连声答应，说："老公，都老夫老妻了，别弄得跟生离死别似的。工作累了，或者想我了，你就回来呗。"

临行前，任鸿飞紧紧抱着苏丹，不肯撒手。他说："我现在才深切地体会到，我能有你，是我八辈子修来的福分。"

苏丹也是依依不舍："我等你回来。"

车渐渐远去。任鸿飞坐在奥迪后座上，回过头儿，眼睛始终未离开苏丹，似乎要牢牢把她刻在眼睛里、脑海里。他眼睛一眨不眨地看着苏丹的手挥在空中，红色的风衣被风吹起，直到最后剩下一个红点儿，消失。

任鸿飞再也抑制不住自己的泪水，放声大哭起来。

7.2

任鸿飞回到办公室，侯门海拿过来一个项目的方案，请他过目。凑到他耳边说："飞哥，飞嫂在等你呢，你再不回来，她就要去通海把你捉回来。"

任鸿飞很吃惊，这事儿怎么会传得这样快！他一脸严肃，骂道：

"猴子，这玩笑可开不得！"

正说着，刘洋洋已经进来。侯门海朝任鸿飞扮个鬼脸，赶紧出去："说曹操，曹操到。"

刘洋洋今天特意打扮了下，紧身上衣，宽松的裤子，笑盈盈地走近鸿飞，嗔怪道："鸿飞哥，你怎么不提前说声儿，让我去机场接你啊。"

看来爱情确实可以改变人，她情窦初开的样子，让她浑身充满光泽，语气格外柔和。

任鸿飞从桌子后面走过来，并未迎合刘洋洋想要拥抱的要求。而是拍拍她的肩膀，说："洋洋，我正要找你谈谈。"

他真想认真地和她谈谈，承认自己的错误，求得她的原谅。

但他们的谈话进展得很不顺利。

任鸿飞说："洋洋，我对不住你。"这种开头显然预示着情况不妙，"都怪我那天喝多了，犯了错误。"

刘洋洋仍用热切的眼神看着他，说："我知道啊，但我并没有责怪你啊。"

任鸿飞感到有点儿扯不清楚，干脆说："洋洋，我没把我的情况告诉你，我有老婆，我们感情很好。"

刘洋洋似乎有点儿发蒙，脑子里出现了短暂短路。这还是她第一次遇到这种情况。过了好一会儿，她眼里噙着泪水："鸿飞哥，你这话什么意思？你有老婆是我的错吗？"

她根本就未想到，任鸿飞会这么直截了当地拒绝她，否定掉她为他做的一切。

她其实是心甘情愿这么做的。上一次，侯门海他们带着任鸿飞去夜场玩，她对自己没有拦下鸿飞，感到非常后悔。她一想象任鸿飞和那些来路不正的女人，在一起打情骂俏，就感到一阵阵心痛。她不能容忍这样，她不能容忍任鸿飞的身体，被那些脏女人玷污。所以，当任鸿飞说到欢迎何乐为加盟的这次聚会时，她主动提出要跟任鸿飞一起去喝酒。当时话一出口，连她自己都感到吃惊。

送他回酒店时，她一开始，也只是想安顿好他之后，就离开。但看到他一摊烂泥，吐得床上、地毯上、他和她的衣服上，到处一片狼藉，还是有些心疼。她只好留下来，清理收拾，洗掉裙子上的污迹。当她为任鸿飞脱掉衣服，并为他擦洗身体时，触摸到他黝黑、结实而光滑的身体，她再也无法控制自己，忍不住反复摩挲。

她觉得他就是她的菜。她像一个贪吃的孩子，看到自己所喜欢的炸鸡翅，一定要把他拨到自己的盘里，不容别人染指。

而现在，任鸿飞这个乡巴佬，竟然以家里的黄脸婆来搪塞她，把她的爱情不当回事儿，让她感到颜面扫地、无地自容。

任鸿飞说："是我错了，向你真诚道歉。你想让我怎么做都行。"

刘洋洋抱住他："鸿飞哥，我喜欢你，我就是要你，我不要你怎么做，就是让你爱我。"她像一个小女孩抱着自己喜爱的洋娃娃，死死不松手。

任鸿飞推开她的手，推心置腹地说："洋洋，你这么好的条件，一定会找到一个比我更好的人。"

洋洋似乎受到了很大的侮辱，"现在公司的人都知道了，家里也知道了。你让我怎么有脸混，怎么向人交代？"

任鸿飞一听，情况似乎有些转机，就说："洋洋，你不用担心，你是个好姑娘，会有很多人喜欢你，任你挑。可是哥已经有老婆了。哥要是没有老婆，哥肯定也会喜欢你的。"

任鸿飞说这句话，本来是不想让她觉得他不喜欢她，而受到更大的伤害。没想到起到相反作用了。刘洋洋说："那你跟老婆离婚不就行了吗。"

任鸿飞跟她解释不清楚他不愿跟老婆离婚的理由。他直接说："我不能跟她离婚，她已经怀孕了。"

刘洋洋说："那要是她自己提出来离婚呢？"

任鸿飞说："她是不可能的。"

刘洋洋却异常坚决，一字一顿地说："她、会、的。"

任鸿飞吃惊地张大了口，说不出话来。他不清楚她为何如此斩钉截铁。

刘洋洋反而清醒了，用纸巾擦掉眼泪，面无表情地说："鸿飞哥，我今天够低声下气的了，我不逼你，你别不识抬举，惹姑奶奶生气！"

刘洋洋摔门而出。

随后几天里，任鸿飞的脑子里一直一团乱麻，处理不了任何事儿。

实际上，刘洋洋不配合，他也感到有些力不从心。他甚至感到公司所有的人，都以异样的眼光看着他，让他感到非常不自在。他中午到楼顶吃饭时，发现别人似乎都在躲着他。

他不知道怎么解开这个结。

他想到了肖东方。这件事儿不可能瞒得了他。这位经历过大风大浪的人，处理这种棘手的事情，一定会比他更有经验。

任鸿飞相信他会帮助他。

他硬着头皮去四合院找肖东方求助。他向肖东方详细地叙述了事情发生的经过，并向肖东方郑重道歉：公司刚开始步入正轨，就发生这样的事儿，辜负了肖老的信任，错误在他，责任在他。

没想到肖东方对年轻人的这种事儿，很是淡然。

实际上，肖东方从刘洋洋谈起任鸿飞时的语气里，已经预感到将要有事儿发生。他之所以没有提醒任鸿飞，是他没想到会这么快发生。

肖东方说："错误也许并不在你，你被人家姑娘看上了。"

任鸿飞着急地说："可是我有妻子，我们感情很好，她还怀孕了。天下的好男人多的是，干吗看上我呀！"

肖东方说："你看，你这话就没逻辑。天下好女人也多的是，你干吗非得要守着你妻子呢？"

任鸿飞不再说话。他和苏丹的故事，那是他极个人的情感体验，别人不可能知晓。

他想请肖东方点拨的是：他接下来该怎么办？

肖东方说："这事儿也许不在于你怎么办，而在于人家怎么办。如果你没上人家的船，人家也不可能把你生拉硬拽上去；你既然上了人家的船，下不下得来，就要看人家了。你最好自己去跟洋洋讲清楚，求得她的谅解。"

任鸿飞快哭了，近乎哀求："肖老，您在我心中一直像父亲一样，您也知道我的意思，您能不能替我说句话?"

肖东方说："我可以试着劝劝洋洋。但感情这种事儿，由不得旁人，你自己和洋洋沟通，或许比我更有用。"

任鸿飞彻夜难眠，他遇到了有生以来最棘手的问题。

他知道，这个小姑奶奶是不会善罢甘休的。

7.3

任鸿飞想拖一拖再说，也许，刘洋洋过了三天的热乎劲儿，会冷静下来。

而苏丹，自鸿飞离家后，就一直放不下心。从上次鸿飞回家时怪怪的表现里，她预感到可能有什么事儿发生。这种不祥的预感，始终萦绕在她脑海中，让她有些坐卧不安。

但当她电话里问起鸿飞，鸿飞总是说没事儿，工作上遇到一点点小问题。

果然，没过几天，家里就真的出事儿了。

苏丹被父亲苏群叫回了娘家。苏群拉着老伴儿的手，郑重其事地对女儿说：爸爸妈妈叫你回来，是跟你交代点儿事儿，你心里要有所准备。

苏群说，前些天，组织上有人找爸爸谈话，反复问起鸿飞的情况，不知道在调查什么问题。我一生清白，不贪不腐，但在官场上混，有没有人情礼节、迎来送往? 这些说不是事儿，也不是事儿；说是事儿，就是事儿。我们年纪大了，无所谓。主要是鸿飞，有人告诉我，前几天，上面已经有人在调鸿飞的档案，听说还去了东江大学、城开集团和佳美丰华，调查他的情况。具体什么事儿不太清楚。鸿飞生意做得比较大，在本省的事儿，应该比较清楚，但去了北华之后，就不太清楚了。不过，在那里应该是和肖东方一起做，按说，有什么事儿也应该是肖东方顶着。但是，那里水深浪大，会不会牵扯上什么事儿，也不好说。

苏丹安慰了下爸爸，赶紧给任鸿飞打电话，给他讲了爸爸告诉她的那些话。她非常担心鸿飞，怕他牵扯进什么事儿。苏丹说，她这就收拾下，来北华陪陪他。

任鸿飞则千叮咛、万嘱咐地劝她：宝贝，你要陪着爸爸妈妈，不让他们担心。千万不要来北华，你一来，不仅于事无补，反而可能更糟。等我处理完，过几天就会回去，你在家等我。

任鸿飞的话，更让她放心不下。她一刻也不能等，即刻买好机票，直飞过去。再大的雷，她也要和她的爱人一起顶！

苏丹到了东方保富保险大厦楼下，才告诉任鸿飞她已经来了。

她执意要上公司看看。

虽然这栋大楼里出入的美女如云，但任总夫人的到来，还是让公司的人感到惊艳。她的美，散发着成熟女人的光泽和温婉，华而不腻，一开口，就让人如沐春风一般。

在任鸿飞带着她参观公司时，侯门海看热闹不嫌事儿多似的，直对任鸿飞扮鬼脸。任鸿飞瞪了他一眼。

侯门海等人知趣地赶紧圆场。他们让任鸿飞老实交代：怎么把这个如花似玉的美人骗到手的？并对苏丹开玩笑地问："嫂子，你有妹妹没有？有几个，给我们都发一个呗。"

这些不轻不重的玩笑话儿，让任鸿飞的心里，落下一块巨石一样沉重。

不过，幸好，今天刘洋洋不在。

不然，真不知道，这两个女人间会发生什么。

参观完公司，任鸿飞先陪苏丹回酒店的包房休息。

一进入房间，苏丹迫不及待地扑到任鸿飞怀里，他们长时间地热吻，就像陷入泥淖里的牛腿，久久拔不出来。而苏丹，更像一个如饥似渴的瘾君子，需要猛吸几口，才稍微稳住了神儿。

任鸿飞知道，这一次，他必须坦白，沉重的负罪感压得他几近崩溃。他害怕这个他所钟爱的女人，以及这个女人的一切，可能会毁在他手里。

任鸿飞不禁失声痛哭。

他伏在苏丹膝前，抽泣着讲了那一晚上的原委。苏丹默默听着，眼泪像两条川流不息的河水，顺着她美丽的脸庞静静流淌。

他感到她那双紧抱着他头的双手，渐渐松弛，冰凉而僵硬。

他知道这个有着洁癖的女人，可能不会原谅他了。

他起身抱紧她，像抱着一捧花瓣纷纷摇落的玫瑰，他抱得越紧，花瓣落得越厉害。

任鸿飞哭着求她：宝贝，别这样，你打我吧，你打我吧。

而苏丹，始终说不出话来。

等眼泪流干，她坚决要走，她一刻也不能再待下去了。

任鸿飞怕出什么意外，亦步亦趋地跟着苏丹，回到通海的家里。

在家里待了两天，沉寂的气氛，结了冰似的凝重。苏丹似乎没有力气、没有心思跟他说话。他越抱紧她，越感觉她离他越远。

他感到非常难过。他在心里知道，家之所以成为家，是需要充盈着爱的空气的。没有爱，家就会像放掉空气的充气人一样坍塌。

苏丹平静对他说："你还是走吧。"

7.4

离开家回到北华，任鸿飞的魂似乎也丢了。

连日来，他不止一次地梦见他和苏丹正在热吻时，感觉被远处的一双看不清面目的眼睛死死盯住。她突然放出一群恶犬，狂吠着扑向他们。他拉着苏丹拼命地逃跑。苏丹的高跟鞋也跑掉了，碎花连衣裙扯拽着她的双腿，使她难以迈开大步。苏丹突然脚底被绊了一下，跌倒在地上。她推了他一把，让他快跑。他也没来得及多想，一路狂奔，耳边生风，跑进一片茫茫的旷野，四周的雾气模糊了周遭的一切。他像一个迷了路的孩子，寂寞和无助漫上心头，茫然不知所措。他跑着跑着，放慢了脚步。他似乎突然想起来苏丹并没有跟上来，转身就往回跑。他看见在苏丹刚才跌倒的位置上，那群恶犬正围在一起，舔着地上凌乱的血迹，撕扯着一块块碎花的破布。任鸿飞一眼就看出来，那正是苏丹的连衣裙，可是苏丹，已经消失得无影无踪。

他号叫着，喘息着，从梦中惊醒，汗水已经浸透了被褥枕头。他的心口，像堵着一块巨大的石头。

他感到前所未有的恐惧。

他不相信刘洋洋这个受过西式教育的小姑娘，会做出什么伤天害理的举动。但她没轻没重、不走脑子的话，有可能会被一些削尖脑袋想贴近她的人听风是雨，无限放大，甚至脱离她自己原来的想象。

任鸿飞非常担心苏丹。他不停地给苏丹打电话，请求苏丹原谅他。只要苏丹重新接纳他，他会洗净自己，毫不犹豫地回到她身边。

可苏丹那头儿，只有抽泣和沉默。

她很想静一静。可鸿飞的影子无时不在她眼前晃动，她想不清楚，究竟是怎么回事儿，她无法平静下来。

她还无法相信，也无法理解，更无法接受。

这样不死不活地拖了个把月，任鸿飞接到肖东方的电话。

肖东方说：洋洋的妈妈已经找他了，说洋洋这些天情绪反常，莫名地哭，莫名地发火。她妈妈不希望这种状态再持续下去。她想亲自找任鸿飞谈谈，弄清楚任鸿飞到底是怎么回事。

肖东方最后语重心长地说："鸿飞啊，你们不能再闹下去了。再闹下去，局面就不好收拾了。你好自为之吧。"

任鸿飞木然地说："谢谢肖老关心。我会尽快处理好的。"

放下电话，任鸿飞有些心灰意冷。他感觉自己像掉进风箱里的老鼠，两头受风。

他很想找个地缝钻进去，避开是是非非。

任鸿飞必须做出选择。

他在内心里无比渴望重新回到苏丹身边。他给苏丹打电话，表达了他的爱、他的歉意。他想如果苏丹坚决地表示，她不嫌弃他，依然爱他，他会不顾一切地回到她身边，哪怕天塌下来，他都会扛着。

而苏丹，沉默了半晌，反而冷静地说："你自己想好了，自己做主，回来也好。但你想清楚了，你的心能收得回来吗？你会心甘情愿回来吗？"

苏丹的话，像给他发晕的头脑，浇了一瓢凉水。

是啊，即便苏丹再次接纳他，刘洋洋会放过他吗？即使刘洋洋放过他，他的心能收得回去吗？他事业的风帆，刚刚鼓了起来，正乘风破浪，他要在这时跳海逃生吗？

他感到他的人生棋局，像被突然闯进来的疯牛踩了一脚，再也无法复盘。

他如果退缩回去，即便肖东方看出他本来就是一副扶不起来的猪大肠，看错了他，从而放弃他，他将何以自处？

他似乎看到了肖东方温和而又严厉的目光。他觉得自己像被剥掉了外衣的小丑，露出了自己身体里的败絮。他刚刚鼓起来的雄心壮志，他已经触摸到的商业版图的曙光，他自认为在心灵上与肖东方的息息相通，都不过是他装×出来的幻象，轻轻一敲，立刻如糊在墙上色彩斑斓的泥灰，稀里哗啦地掉了一地，仅留下残垣断壁。

他无法咽下这口气。他能承受贫穷和打击，但绝对无法承受肖东方他们看不起他、鄙视他、怀疑他的志气和能力。自肖东方邀他加入时起，他在心底一直在给自己暗暗打气，他一定要让那些高高在上、牛烘烘的人，认可他这个草根青年的作为。正是借着这股气，他才成为真正站立的人。他无法接受自己像充气人一样，放掉这股气，塌瘪下来。

他必须继续往前走，推动他的事业向前，哪怕前面是地雷阵和万丈深渊。这才是他的立身之基、人生之基。

可是，继续留在北华，他就无法摆脱刘洋洋的纠缠和影子。想兼顾他的事业与爱情，只能是一厢情愿。

他感觉自己像是走到了一条幽深的隧道中间，进退失据。他不知道该往哪里走。

但他知道，他不能再拖下去了。继续拖下去，只会让苏丹受到更多的折磨和伤害。长痛不如短痛，他必须斩掉他的爱情，才能解开这个死扣儿。

可一想到要离开苏丹，他就心如刀割。

他为自己这种没有选择的选择，感到恶心。

他非常憎恨自己。他的这身皮囊，有何用处，连爱人都保不住。没有苏丹，他不过是块行尸走肉。他还自认为是成功人士，牛哄哄，实际上狗屁不是，不过是只蚂蚁，能苟活着，是还没入人家法眼，懒得理他，没工夫去踩死他。而一旦进入了人家的视野，他根本没有逃脱余地。

他抽泣着，又狞笑着，一种恶毒的快感，淹没了他的伤痛，充盈于心。

刘洋洋对任鸿飞的回心转意，并不意外。

她知道，他不会拒绝她。她认为没有什么人拒绝得了她。在她的意识里，如果她想摘颗星星，放到屋里当灯泡，可能都会有人前赴后继去摘。

任鸿飞半膝屈地，郑重其事地说："承蒙格格错爱，鸿飞不识抬举，愿打愿罚，请格格随意。"

洋洋拉起他，破涕为笑："鸿飞哥，别文绉绉的了。人家都原谅你了，谁让人家喜欢你呢！"

洋洋把头贴在他的胸前，抱着他。又抬起头说：鸿飞哥，我带你去一个地方吃西餐。

鸿飞说："格格，我现在还不能跟你在一起，请给我一点儿时间，回家去处理掉和她的事儿。"

洋洋要的，其实就是这句话。

但她怕他再节外生枝，无论如何，不放任鸿飞回去。

她说：你家里的事儿，可以交代下面的人去办。至于怎么处理，你拿个主意就行了。"我向毛主席保证，绝对不会出一丝半点儿差错。"

任鸿飞其实也不知道如何面对苏丹，面对岳父和岳母，他根本不敢想象苏丹见他时的眼神。他已经无法再回到通海，回到他的爱巢，回望那些会让他睹物伤情的海上仙山、观音菩萨、茶馆、临海别墅和花园。

有人能代为办理，也算是解救了他。

任鸿飞对律师和办事人员说："我和苏丹的感情破裂，是因我而起，过错在我。如果苏丹提出离婚，一切随苏丹的意愿，你们要全部满足她的任何要求。我愿净身出户。"

而刘洋洋，只想要任鸿飞，对他以前攒的那点儿财产并无兴趣，觉得他这样出来，反而干净，再无瓜葛。

7.5

苏丹并不知道，自她一开始把任鸿飞送上北华，就像从笼子中放飞了鸽子，他已经不属于她的鸽子窝了。

任鸿飞最后一次从家离开之后，她的眼泪似乎已经流完，在家里像木头一样呆坐着。

这个猝不及防的变故，一下子把她打蒙了。她的头脑里杂乱无章，就像堆放了一堆杂草一样，理不清任何头绪。

她还在苦苦思索任鸿飞究竟是如何从她身边飞走的。他的话语、他的笑容，甚至他的味道，都还在他们的爱巢里四处飘荡，甚至他的衣服鞋子都还摆在那里，他怎么可能一去不返了呢？

这些天，她想过用爱把他拉回来，可惜风太大了，她放飞的风筝已经飞得太远了，她用尽力气也无法收回来。也许，她的风筝，本来

143

就属于蓝天，属于那片更广阔的天地。她即使能强行收回来，也不过是收回来失去飞翔姿势的一堆纸糊的竹骨架而已。

她根本无法接受他已经飞走了的现实，但不得不被动承受命运突如其来的打击。她木偶一样被人牵着，接受着刘洋洋手下办事人员给她做出的细致安排。

办事人员礼貌、客气而又冰冷，不容拒绝。他们按刘洋洋的授意，一而再再而三地让她提出任何要求，但条件是她必须提出来离婚。

而她，提不出任何要求，只是想让他回家。

他们告诉她，他再也不会回来了。他们拿出任鸿飞亲笔签名的授权书和给她的信。

她根本没料到她等来的是这个结果，有些心灰意冷。她说：你们写吧，我都同意。

她反反复复地念叨"我要出国"。她只想尽快离开这个旋涡。这些天的牵肠挂肚和寝食不安，已经让她精疲力竭。她有些麻木而迟钝。

办事人员拿出早已准备好的离婚协议书，她颤颤抖抖签上"苏丹"两个字。

这份任鸿飞反复斟酌过的离婚协议，说明因为男方出轨，导致双方感情破灭，男方为此承担一切责任。为此，在财产分割上，夫妻在婚姻期间的所有共同财产，包括他名下在佳美丰华的股权，以及存折、其他房产等，他的那一部分全部划归苏丹。他还承诺关于股权，苏丹随时可以提出变现要求，由公司回购或任鸿飞接手。他在通海别墅的产权，亦为婚姻而置办，转至苏丹名下，由苏丹处置。

他让办事人员给苏丹带去一封亲笔信，说他知道这些都不足以弥补对苏丹所造成的精神伤害之一毫，但他仍希望苏丹能在精神受到巨大伤害的情况下，能不为衣食所忧。他十分感激苏丹在他落魄时接纳了他，给了他无限美好的幸福时光。他对完全由于他的原因，给苏丹本人及父母造成的无法挽回的损失和精神伤害，表达深深的歉意。他不配拥有她的爱。他希望苏丹打掉肚子里的孩子，从此彻底忘掉他。

整个事情办得还算顺利。

三个月后，苏丹在有关办事人员的护送下，登上了去美国的飞机。与上次一样，她形影相吊地离开了这片她热恋的故土和伤心地。只是这一次，她不知道还会不会回来。

她的脑海里，一直回荡着鸿飞最后一次抱着她时撕心裂肺的痛哭声。她深信他一直是爱她的，他只是有难言之隐。

她其实在内心里已经彻底原谅他了，可是他们却再也回不到过去，回到他们相爱的岁月。

她玻璃一样破碎的心，散落一地，再也无法收拾。

而任鸿飞的心，这些天一直卡在嗓子眼儿里。他无法想象这突如其来的一切，苏丹会如何面对。她太脆弱了，就像温室里的玫瑰，给她阳光雨露，就会鲜艳欲滴，绽放出最美的风情；可是一经受暴风骤雨，她的花瓣就会散落一地，坠入尘土。

一想到此，任鸿飞就深感痛心疾首，他糟蹋了这株好花，如果不是他横刀夺爱，这株花也可能会在别人的花园里，盛开怒放。

任鸿飞将烟头摁在自己的手腕上，闻着烤肉般嘶嘶作响的焦煳味儿，来减轻心中无限的痛楚和罪恶感。

她终于离开了。他一直担心的某种不可预期的意外，并没有发生。

他稍微有些安心。他并不指望苏丹能原谅他。但在内心里，他仍无比渴望苏丹能理解他所做的一切。也许时间会修复她的伤痕。

这块在他心中最柔软、最脆弱的部分，从此将可以彻底包裹起来，封存，埋葬。他的爱情已经死了。他只是偶尔在夜深人静时，坐在床头，拿出一把无形小铲，颤颤抖抖地把他爱情的木乃伊，从心灵深处挖出来，拂去泥土，小心翼翼地一层层揭开包裹，把她贴在自己的心窝上。

他狼嚎一样的痛哭声，突然如从斜刺里蹿出的烟花爆竹一般，刺破夜空，坠入无边的暗夜。

第八章　重振

8.1

等任鸿飞把自己从情感旋涡里打捞出来，他已经耽搁了太多的事儿。

离婚后的这几个月来，他像一只不幸掉入水池中的落汤鸡，拼命地扑扇着翅膀，想飞出去，挣脱目前的困境。可是，沉重的心理负荷，铅一样拖住他的双翅。他扑腾半天，不仅没把自己打捞出来，反而折腾得身心俱疲。

他只能得过且过，随波逐流。用放纵自己，来暂时缓解心中的痛楚。

冰冰成了他的一剂镇痛药。

冰冰就像一朵艳丽的罂粟花，香气四溢，悦目醒神。她用她的温柔与妩媚，带着他走进一片清新而芬芳的芳草地，宛若仙境一般。他猛吸一口花草的香气，就像吸了鸦片似的，神清气爽，通体舒泰。

他沉迷在冰冰给他营造的色彩斑斓而又温情脉脉的氛围中，就像用一层鲜艳的纸张，把过去斑驳陆离的时光和伤痕糊住。他把内心封闭起来，像浮萍一样浮在生活的表面，随风飘浮，随遇而安。

任鸿飞宁愿和她以及她的朋友们一起去喝酒、唱歌，大醉而归。他想用这些浮华而表面的热闹，占据他的思绪、他的闲暇时刻。他不敢独自沉静下来，一静下来，苏丹的影子就如影随形地跟过来，淹没他的头顶，噬咬着他的心，让他的伤口一直滴着血。

而冰冰，也像猜透他的心思似的，不会去触碰他敏感的神经。对于她来说，这种多金男花钱如流水的姿态，已经让他显得魅力无限，何况他还如此英俊。她不用去想他光鲜的外表下，究竟裹着一包怎样不堪的臭鱼烂虾。

任鸿飞所需要的，正是这一点。他不用去投入过多的感情。他刚刚结痂的爱情伤口，容不得再受伤害。

在一起的时间久了，渐渐地，冰冰也会有意无意地宽慰他，像是用一泉温暖的清水，清泡、清洗掉他心头的淤血和红肿。

冰冰有时躺在他身旁，抚摸着他的脸，说：哥，我觉得你心里挺苦的。你其实是在自虐，我并不希望你这样。生活有时候挺难的，你以为我愿意跟那些不三不四的男人混在一起吗？我在这个圈子里混，其实比你更难。但还不是要挺起胸膛？

冰冰的话，让他大恸。

他突然像恶狼一样，把她扑倒在身下。用尖利的牙齿撕碎她，蹂躏她，吞食她，把他满腔的愤怒与不甘，统统倾泻在她的身体里。而她，痛苦地扭曲着挣扎着迎合着他，吸附着他。她的手指，在他的背上划出一道道深深的指痕。

他们像两条赤裸的蛇，纠缠在一起。痛苦而欢畅的呻吟声，越过层层花枝和树梢，随风飘散，不知所终。

任鸿飞发现，他已经有点儿离不开冰冰。甚至哪一天见不到她，他就像烟瘾上来却四处找不到烟似的，焦躁不安。

他也有些疑惑，搞不清自己为何会对冰冰如此迷恋。

他忽然意识到，他在她的身上看到了苏丹的影子，她的脸形、身材、气质、性格都像，只是她更加漂亮。这个从滨海小城市出来混圈子的女孩子，在浮华光鲜的外衣下，其实藏着一颗温柔而善解人意的心。

当他发现这一点，他知道他已经陷入了对苏丹的幻觉里。他可能在潜意识里，把她当成了苏丹的化身。

这是一个不祥的征兆。他所希望的对双方有益无害的方式，可能依然会以伤害结束。他无法也不能再陷于这种他无力承受的感情纠葛。

理智告诉他，他必须迅速斩掉这种情愫。

在又一次狂风暴雨般的激情之后，他用十分粗暴的方式，让她走人。他面无表情地说：从此之后，再也不希望看到她。

"飞哥哥，你不喜欢我了吗?"冰冰仍如以往，抱着他的脖子，噘着红润的嘴唇，略带不甘地说。她不相信他说的是真的。

任鸿飞冷冷地推开她，甩给了她一张信用卡。

冰冰十分委屈地哭了。她穿好衣服，头也不回地推门而出。

可是，赶走了冰冰，就像撕掉了那张糊在墙上的鲜亮的纸，再次露出了那堵伤痕累累的墙，苏丹斑驳的影子，又不时地浮现在眼前。任鸿飞心里感到更加痛楚。

他拿到了更多"外围女"的联系方式。

他流连于她们之间，花天酒地，纵情声色。

他这才知道，这个圈子比传说中的更乱。

这些在娱乐圈边缘打食的美女们，游走于官员富商之间，像一只只盘旋在空中的鹰隼，凝视着这块蕴藏着无限可能性的富饶之地，准备随时扇动翅膀，一个猛子扎下去。

如果能逮住机会，抓住个土豪嫁了，当然最好；如果不行，抓个大款傍着，或许能获得在圈子里飞黄腾达的机会；再不济，也能从他们挥金如土的手中弄些钱花。她们有的是青春和美丽，不用也是白白浪费。相反，由于长期浸泡在风月场中，她们反而更加熟悉男人们的劣根性和嗜好，把自己打磨得更加风情万种。她们是驾驭感情的高手，分寸把握和拿捏，恰到好处，不经意地使出一些犹抱琵琶、欲迎还拒的小伎俩，就能让男人们神魂颠倒，欲罢不能。

这种夜夜笙歌的生活，很快耗得任鸿飞精疲力竭。甚至在一场场云雨之后，他的内心更加感觉到无垠的空虚和寂寞。

最后，当她们再次赤身裸体地躺在他的床上，花样百出地挑逗他，他却怎么也挺不起来。

他蹲在地上，抱着头，喝令她们走开。

而刘洋洋，对于这些天里，任鸿飞跟自己在一起时心猿意马、魂不守舍的状态，既痛心，又恼火。她原以为，她能看上他，那是他烧了八辈子高香、祖坟冒烟了。他应该鞍前马后地讨好她、围着她转才是。

可是，这些日子里，无论她怎样对待他，拉他去那些隐藏在私家大院或高楼大厦里的私密会所，品尝不同口味的中餐西餐，聊各种像他那种圈外人永远也无法知晓的圈内奇闻趣事，他似乎都提不起兴趣，"哦、哦"地应着，敷衍了事。他的身体虽然跟着她，但就像一具行尸走肉一样，神情恍惚，了无过去的神采。

任鸿飞甚至从来不主动跟她约会，而对她的提议，有时候还用一些似是而非的理由来搪塞她、躲避她。可是，第二天在公司，她却发现他仍带着昨晚狂欢后残留的酒气。

他有一次甚至无意中顺口叫她"冰冰"，让刘洋洋大为光火。她无法理解，一个好端端的男人，离个婚，就搞得如此魂飞魄散，如此放纵。

她从心底接受不了这样一个黯淡无光、索然无味的男人。

她也有点儿手足无措。就像一个孩子，一不小心打碎了玻璃花瓶，有些惶恐，而又有些无辜。

她开始怀疑自己是不是看错了人。这样的男人，显然并不是她想要的。她不知道她究竟是继续训练着他、引导着他，等他幡然醒悟，还是干脆放弃他。

她也需要冷静想想。

她没和任鸿飞打招呼，突然不辞而别。等过了好几天，任鸿飞忽然问起她为什么没来公司时，才知道她已经在法国意大利观光旅游去了。

任鸿飞这一段时间以来的状态，以及他和刘洋洋之间的别别扭扭，自然逃不过肖东方的眼睛。他相信任鸿飞能从这种状态中走出来，可是，他没想到，时间会拖得这么久。

肖东方不失时机地提醒任鸿飞："鸿飞啊，你的心情我非常理解。但是，好男儿志存高远，事业为先，岂能囿于一家一室，栽在感情的旋涡里不能自拔！人生苦短，脚下路长。你要尽快从中走出来，走过这一程，你就会豁然开朗。"

肖东方的话，让他猛然打了个激灵。

他突然意识到，自己太不像一个男人了，如果仅仅因为一个女人，就把他打趴下了，他的雄心和抱负呢？他的光荣与梦想呢？他的那些跟他一样从湖南乡下走出来的光耀千秋的前辈老乡们，哪一个让女人和情感束缚了手脚？

他既然已经做出了选择，就应该头也不回、义无反顾地往前走，绝不能在懊悔中虚度光阴！

他感到自己已经耽搁太久了！

实际上，公司的状况早就让他无法忍受。

他一松手，大家就跟一群没人照看的羊群似的，自由自在，撒得漫山坡到处都是。公司这么多需要干的事儿，可大家还是有一搭、没一搭的，漫不经心。没事儿就凑在楼顶的酒吧里，喝酒聊天，插科打诨。

而何乐为和他团队的几个人，来到公司后，也不知道到底要干些什么。何乐为找任鸿飞探讨如何启动投资业务时，任鸿飞甚至有些心不在焉，答非所问。完全不像任鸿飞当初挖他过来时，说得那样天花乱坠。

何乐为渐渐感觉到，任鸿飞曾经向他夸下的海口，似乎越来越黯淡无光。他也有些怅然若失。

任鸿飞感到，公司本来尚未完全理顺，又耽搁了这么久，他若再不振作起来，公司将越来越成一盘散沙。他既然已经选择了他的事业，就必须重振旗鼓，迅速扭转这种状况。

任鸿飞每天早晨起来，用凉水浇头，强行让自己清醒一些。

他把谭笑风从佳美丰华抽调过来，帮他理顺公司管理规章、业务架构、人力资源、后勤保障等日常事务，并时时地提醒他。

他要从脱轨状态走出去，让公司这列列车恢复正常运营，沿着既定轨道加速奔驰。

8.2

眼下，在何乐为的团队加盟后，公司位于东方保富保险大厦顶楼的这处办公地，已经成为一个瓶颈。

按照任鸿飞的设想，他们不可能一直在暗处小打小闹。他们终归要浮出水面。目前十几家公司，都要分门别类地开展业务，还要逐渐延揽一批人才，这个地方已经显得促狭。

更为关键的是，东方保富保险公司大厦的顶楼，本是照顾关系的临时借用，做个小投资公司还可以，如果他们真要大规模地开展业务，要与外界接洽，人员进进出出，已经显得不太方便。

因为在一栋楼里办公，任鸿飞经常和东方保富保险公司总经理孙胜祖照面，有时邀他一起到楼顶喝茶聊天。孙胜祖嘴上虽然说，这个地方，你们想用到何时都可以，但又拐弯抹角地说，任总，你们公司规模这么大了，这点儿小地方，是不是太委屈了。

任鸿飞能听得懂他话里的意思。大家都是场面上的人，孙胜祖当然不会明里赶他走，但那是给他留足面子。他自己得有自知之明。

他们急需另寻一处新的办公场所。虽然租一处写字楼可以解决一时之需，但从长远看，他需要有自己的办公大楼。

按照任鸿飞对地产业的理解，他非常清楚，物业增值的潜力非常大。他在通海做地产时，曾经去过韩国汉城考察，详细观察研究过那里的房价走势。汉城在1988年办奥运会时，房价大约在每平方米折合人民币1万元左右，但到目前，已经涨到5万元。而那还是个人口只有4000多万的国度。任鸿飞相信，中国只要有一小部分人先富起来，随着城市化的推进，到中国举办奥运会时，京华等一线城市的房价必然会远远超过这个数，甚至到每平方米10万元、20万元都有可能。而北华市靠近京畿之地，自然也会跟着水涨船高。

而佳美丰华，也不可能永远偏安于东江省一隅，它也需要加快进军全国的步伐。

任鸿飞把这个想法跟肖东方一商量，肖东方非常赞同。

经过寻找，公司在北华市看中了一块地。这块地离一条引水河道不远，既远离闹市，又交道便利，周边已经形成一片成熟的商业区。这块地上一栋废弃的破旧办公楼矗立在那儿，院子里已长满一人多高的蒿草。

公司很快了解到，这栋旧楼之所以撂荒在一片成熟物业之间，是因为一家央企和地方上对这块地的所有权，尚有争议，扯皮了半天，也未扯清，只好搁置在那儿。

这个信息让任鸿飞眼前一亮，觉得有文章可做。如果这块地纯粹属于市里，或纯粹属于央企，他们反而只能按规定的套路走，操作空间反而更小。

任鸿飞让方百计去做些前期工作，详细了解下双方争议的来龙去脉，和可行性操作路径。方百计能够搭上市里主管城建的关勉堂副市长这条线。

经过了解，这个老办公楼，原本属于一家央企的一个下属机构，后来，这家央企内部机构和业务整合，裁减掉了这个机构。作为城市整体规划建设的一部分，经央企和市里双方协商，市里在其他区域划出地块，给央企建设新的办公大楼，而央企则将这栋老办公楼所属地块交给市里，由市里用于商业设施建设。

但是，央企在建设新大楼时，认为市里并没有完全满足他们的用地要求，缺斤少两，于是找种种理由，迟迟不愿交出这块地。

市里对于央企也不敢硬来，而央企亦无法拿到旧楼重建的土地规划使用证。双方僵在那里。

了解到基本情况后，任鸿飞决定两条腿走路，进一步摸清楚市里和央企的具体想法和底线。

央企这边儿，还得由肖东方亲自出面。

这家央企的副总经理钟鸣鼎，是肖东方中学时下两届的校友和部队的战友，后来都前后脚转业到了央企，虽然从事的是不同的生意，但在肖东方退休前，两人曾多有来往。

好久未见，肖东方打电话一约，钟鸣鼎说，他也正想约肖东方喝喝茶、叙叙旧。

央企的新大楼气势恢弘。一进门，大堂四层楼挑高，迎面是人造假山瀑布，顶上一座巨大的灯具，宛如一棵倒悬下来的大树，枝繁叶茂，各色灯具琳琅满目，富丽堂皇。

任鸿飞就像刘姥姥进大观园一样，一进门就被挑高的大堂和巨大的吊灯惊住了，不由得暗暗感叹。

钟鸣鼎已经在大堂迎候他们。和肖东方来了个故作夸张的热烈拥抱，又使劲儿捶了捶肖东方的肩膀："东方兄别来无恙，哪阵风把你吹来的？"

肖东方说："怎么，你小子不欢迎吗？"

钟鸣鼎说："传说你最近在家吃斋念佛，闭门思过，是不是小时候老欺负我，现在追悔莫及了？"

肖东方说："闭门思过是真，我一直在想，你小子是不是哪儿又痒痒了欠揍。"

两人哈哈大笑，进了钟鸣鼎的办公室，边喝茶边聊。

肖东方把公司总经理任鸿飞介绍给钟鸣鼎。

钟鸣鼎刚才只顾和肖东方闲话，这才仔细瞅了瞅任鸿飞，满面带笑地说："东方兄，眼光不错啊！后生可畏，后生可畏。"

任鸿飞说："钟总谬奖！余生也晚，初来乍到，人生地不熟，还请钟总多多关照。"

钟鸣鼎说："我就知道东方兄无事不登三宝殿。听说你焕发第二春，公司做得风生水起，是不是摊子铺大了，缺钱了？"

肖东方说：事儿都是年轻人在做，我不过捧个场，站站台。钱倒是不缺，不过，你要是愿意投钱入股，公司勉强可以笑纳。

钟鸣鼎说：我还在位置上呢，免了吧。再说了，钱给你，还不打水漂儿，让你给糟蹋光了！

肖东方哈哈大笑，说：此次来，还真有一事相求。

肖东方看看任鸿飞。任鸿飞把公司急需一个办公场所，看中了央企那栋旧楼的情况介绍了下。

钟鸣鼎说："那栋破楼的事儿，我知道。但是，决定权不在我们公司这儿，在市里。"

任鸿飞说："我们对贵司和市里的争议，做了些了解，就想听听您的看法，有什么想法，有没有余地。您这儿松口了，我们才好去做市里的工作。"

钟鸣鼎说："实话实说，这个事儿，本来不是个事儿，公司也没想一定能争回这块地。主要是公司跟市里闹僵了，双方有些置气。不蒸馒头争口气，现在突然放弃了，公司上下都不好交代，还以为我们认屃了。"

任鸿飞说："我们可以支付一笔补偿款。"

钟鸣鼎哈哈一笑，说："小伙子，这不是钱的问题。我们不缺钱，缺的是说法。"

肖东方说："这就是贵司小气了。这块地，按理说也不属于你这儿，你占着也没用，办不了证，又不占理。你跟市里杠在那儿，后面若有什么事儿，也不好打交道，毕竟在人家的地盘上，强龙压不过地头蛇，双方抬头不见低头见的。你看看，那块地的周边，该建的都已建好了，颇成气象，就你这一栋破楼还杵在那儿，荒草连天，都快齐楼高了，垃圾成堆，实在有碍观瞻。据我们了解，周边居民都有点儿怨声载道。置这点儿小气，小孩子过家家一般，哪里是堂堂央企的做派啊，像个钉子户一样，说出去我都替你丢人。要我说，退一步海阔天空，有理也让三分，落个顺水人情，也算是支持市里工作。"

钟鸣鼎说："东方兄说得也在理儿！不过，这个事儿不算小，我得跟总经理请示报告后决定。"

肖东方说：你这样讲我就有谱儿了。

双方达成口头协议，如果物华天宝能拿到这块地，央企就放弃对这块地的索取权；如果公司里需要有个交代，由物华天宝补偿给公司5000万元。

钟鸣鼎一定留他们吃个饭，说自家餐厅就在楼里，吃啥都方便。但留不住。

肖东方说：我这没打招呼就来了，碰见其他熟人，也不太合适。哪天你得空儿去我院里我好酒伺候。

钟鸣鼎说："东方兄，听说你院里有不少好东西，我改天一定瞅瞅去。"

肖东方说："鸣鼎兄，好东西有的是。要不，我给你画张齐白石的葫芦。"

钟鸣鼎打趣道："那还不如我去院里摘两只葫芦。"

8.3

央企这边基本谈妥，但牵扯土地的事儿，更重要的工作，在市里。

方百计去见主管城建的副市长关勉堂。

关勉堂算是土生土长的本地干部，从基层乡镇长做起，一步步做到副市长的位置，算是久经沙场的老江湖。他对当官做事儿这一套，有着自己的理解和做法。他知道他管不了央企，但央企毕竟在他们的地盘上，也奈何不了他。他认为这块地迟早还是要到他手里，看谁熬得过谁。

不过，他对物华天宝公司想拿这块地很不以为然。他都没听说过这个公司，他甚至怀疑他们是不是一个皮包公司，跟其他一些号称背景很硬的人一样，拿到地以后，并不准备自己开发，而是转让出去，赚得差价。这样的事儿，他见得多了。何况，现在盯着这块地的人不少，他有什么理由要给物华天宝呢？

方百计说："关叔叔，并非如此，我们公司实力还是相当雄厚的。目前投资项目包括地产、金融、矿业、电厂等等。而且，公司背景您也了解。"

关勉堂哈哈一笑："贤侄这是拿人压我是吧？"

方百计说："哪里，这块地现在也不在您手里，不如做个顺水人情？"

关勉堂说："拿地得有一套程序和规矩，岂是说拿就拿的。还是再说吧。"

方百计交流的结果，让任鸿飞有些憋闷。遇到这么不解风情的主儿，他也硬是没办法。

看来，他碰到了块儿难啃的硬骨头。

不过，即使再难啃，任鸿飞也得啃下。将来佳美丰华要到北华市拿地，迟早也得过关勉堂这一关，少不了要跟关勉堂打交道。如果连这一关都过不去，何谈走向全国。

任鸿飞要亲自去拜访一下关勉堂。

去之前，他们从上面做工作，拿到了有关领导在他们报告上的批示："请勉堂同志酌处。"

任鸿飞在这几个龙飞凤舞的字上瞅了半天，连蒙带猜，才勉强认出这几个字。尤其是那签名，几乎一笔带过。

任鸿飞曾经有过与政府官员打交道的经历，他听说他们的画圈和签名十分讲究，圆圈是否封了口、最后落笔朝左朝右、朝上朝下都有说法。他无法弄清楚这个"请勉堂同志酌处"是否也有什么记号。任鸿飞把批示颠过来倒过去，看了半天，也没琢磨出个究竟。尤其是"酌处"这个词，用得也十分考究，是"考虑办"还是"考虑不办"，他琢磨不透。

不过，上级领导让"酌处"，谅关勉堂这个副市长也不敢不酌处。

任鸿飞想，如果关勉堂硬要按规则办，他们反而免去诸多麻烦。因为他们已经在北华市注册成立了十几家公司，按照其业务构想，未来规模都很大，都将会成为市里纳税大户，按市里的招商引资政策，获得一些优惠也是正常的，市里不会不考虑这一点。反而是关勉堂不按牌理出牌，软硬不吃，倒不好办。

不管怎样，先见见再说。

任鸿飞在方百计的引见下，走进了关勉堂的办公室。

关勉堂人看着还算朴实，但他的热情招呼，一听就像唱了一辈子戏的老生，表情连带唱词，不用过脑子就能脱口而出，毫无破绽。

任鸿飞说：关市长，我知道您很忙，也不想耽误您太多时间。简短向您汇报下，我们公司业务发展迅速，在全国各地都有很大产业，下属公司佳美丰华在东江省的开发规模，想必您有所耳闻吧。我们想把公司总部移到北华，也将为北华市的城市建设和税收，做出我们的贡献。我们将完全按照市里定下的规则，开发建设，请您多多关照。

任鸿飞递上领导的批示。

关勉堂扫了一眼，随手放在一边，接着打官腔：我们非常欢迎贵公司到北华来投资兴业。但不瞒你说，目前这块地还在央企手里，市里目前还拿不出来。

任鸿飞说：如果市里同意将这块地出让给我们，央企那边儿，我们去做沟通。

关勉堂说：现在已经有数家公司看中这块地方。市里即使拿回那块地，也不可能指定你们拿。肯定要进行招拍挂。你们可以参与拍卖，至于能否拿到，还是取决于你们的力度。

任鸿飞说：您知道，领导也很支持我们公司的发展，希望您考虑。

关勉堂哈哈一笑："领导让考虑，我们当然要支持。但僧多粥少，你也要理解市里的难处。"

从关勉堂的办公室出来，任鸿飞越发心里没谱儿。

关勉堂的软硬不吃，有些出乎意料。他搞不清楚关勉堂葫芦里究竟卖什么药。关勉堂说"取决于你们的力度"到底指啥，是暗示吗？

任鸿飞一直在琢磨这句话。

他需要了解关勉堂的确切想法。而这，公事公办，显然不行。

8.4

就在他们紧锣密鼓地和市里沟通的关口，一直在参与银行业不良资产处置的侯门海，提供了一个很重要的信息：一家银行名下的一个酒店准备挂牌拍卖。这是按清理整顿要求，银行业要回归主业，过去涉及的不相干产业必须处置掉。

这个酒店处在一条繁华街道上，有二十来层，3万多平方米，硬件还不错，大楼方方正正，当初定为四星级，在后来众多拔地而起的五星级酒店群中，已显落伍，再加经营管理不善，一直亏损，银行每年还要进行补贴。这一次干脆清理出去。

银行给出的挂牌底价是1.2亿。

任鸿飞带领几个人去实地探查。他觉得这栋楼的位置不错，建筑标准亦很高，墙体厚实，而且，周边绿化不错，还配套有一个地上停车场。重新装修改造一下，完全可以达到五星级标准。如果央企的那块地拿不下来，先把这个酒店改造一下，改成酒店兼办公写字楼，也不错。

任鸿飞让罗鸣带专业团队从东华市赶过来，认真评估一下。如果能拿下，未来的重新装修改造，也需要佳美丰华来做。

罗鸣他们经认真评估后认为，按当前地价、税费及建筑成本测算，如果在这个地块，新盖一个同样的楼盘，成本应该在2个亿。而且，按目前商业地产走势，未来的增值空间非常大。如果能以 1.5 亿左右的价格拿下来，相当合算。

任鸿飞决定先拿下再说。

经与银行沟通，他们了解到，银行确实急于脱手这个酒店。但是招拍挂的前期程序已经走完，如果物华天宝公司想拿，需要参与竞拍。

任鸿飞对银行说："我们公司拿到后，可以马上支付款项。如果其他竞拍者拿到，恐怕很难保证。一拖延，也保不准后面会有什么事儿，对于银行来讲，迅速收回拍卖款，才是关键。"

这话正戳到了银行的担心处。银行也乐于让物华天宝接手，但已经挂出了拍卖公告，程序还必须走。

不过，银行又说：既然我们觉得你们接最稳妥，私下给你透个底儿，请万勿声张。目前经过资格审查，除了你们，还有四家单位，一家央企、一个山西煤老板、一个连锁酒店集团，还有一家民营企业，提交了竞标申请，并缴纳了定金。

任鸿飞如获定海神针。他们认真研究分析了四家企业的资质和实力，请银行在付款时间上提出了新要求，并请银行在适当时机，暗示他们只是个陪衬。

这个新要求，逼退了其中的连锁酒店集团和民营企业。

另两家，任鸿飞他们要一一地去单独沟通谈判。

参与竞拍的央企，是计划经济时代名声显赫的商品流通供应企业中江物贸。近些年来，中江物贸在市场大潮的冲击下，只剩下一地鸡毛，不成气候，但瘦死的骆驼比马大，它在全国大中小城市都有地块，房地产大潮风起时，也介入了地产业。

刘洋洋请她妈妈金一诺打声招呼。中江物贸总经理梁心发当年曾在她手下做过处长。没想到金一诺说：你们生意的事儿，我绝不参与，也不会打这个招呼。

刘洋洋和任鸿飞只好自己去拜访梁心发。

一见面，刘洋洋说：梁叔叔，我妈妈让我向您问好。

梁心发说：我虽然离开机关已经十几年了，但对你妈妈印象很深。听说她老人家退休了，有时间我去问候她老人家。

简单叙旧后，刘洋洋说明来意，说：梁叔叔，您不是外人，我也别拐弯抹角了。我们来找您，是有件事请您帮忙，那家银行酒店拍卖的事儿。我觉得这个项目，对你们来说，顶多是锦上添花，但对于我们可是雪里送炭，我们急需一处办公楼。梁叔叔，您可不可以考虑退出竞拍？

梁心发说：既然都不见外，我也实话实说吧。我们本来只是参与下，也没想一定要拿到，如果没有人接，我们就接下。从决策程序上讲，投标是集体研究决定的，标书已经递上去了，要撤，也需要再次经过集体讨论，我不能搞独断专行。不过，刚决定投标又立即撤标，不好解释。依我看，不如这样，我们只出底价，后面不再应价，价格高了，我们也不想要。这个我可以做主，也好给公司上下都有所交代。

刘洋洋说：还是梁叔叔考虑周全。

任鸿飞说：梁总，你们中江物贸有的是地块啊，我们能不能开展更深入的合作？

梁心发说：你有什么具体想法？

任鸿飞说：你们出地，我们佳美丰华房地产公司来做开发，利润分成呗。

梁心发说：这是好事啊。不知你们有没有这样的实力。能不能提个具体方案，我们研究下，看如何开展深入合作。

任鸿飞说：好，我们尽快对接。

从公司出来，任鸿飞感到心情无比欢畅。除了说服了中江物贸不再竞价，更重要的是，他还看到了与中江物贸合作的更广阔前景。

任鸿飞搂住刘洋洋的腰，在刘洋洋脸上亲了一口，说：到底是格格厉害，办事干净利索，你一出马，马到功成。

刘洋洋说：你知道就好！

另一个煤老板谷满仓，是个有钱的主儿。据说有一年在国际汽车展上，看中了一辆劳斯莱斯，在车前左转右转、摸来摸去。模特儿小姐有些烦了，没好气儿地说：别摸了，你也买不起。谷满仓生气，说我买不起，我连你一起买走，你信不？模特儿小姐哼了声，懒得理他。到了下午，模特儿队队长来劝她：妹妹，你遇到贵人了，谷老板开价年薪50万，请你到他公司做公关，你也不用到处走台了，你去不去？你不去我去了哈。模特儿考虑了一下，还真的跟谷满仓走了。

谷满仓早想弄一处酒店落脚，志在必得，死活不愿退出竞拍。他对物华天宝的人说：目前是市场经济时代，既然竞拍，谁出钱多谁得，按规矩来，我们有什么可谈的？

任鸿飞听完汇报，说：这土豪倒讲起规矩来了，那就按规矩办。

他们找到谷满仓的地方领导打招呼。地方安监部门告诉谷满仓，他们准备马上去他的煤矿检查安全生产问题，请他迅速赶回，配合检查。

谷满仓也不傻，一掂轻重，虽然不太情愿，最后还是知趣地退出竞拍。

物华天宝很顺利地以起拍底价1.2亿元上浮10%，摘取这家酒店的所有权。

在酒店产权过户后，他们以酒店产权为抵押，从另一家银行贷出1个亿，支付掉大部分应付银行的款项。

重新改造装修的活儿交给罗鸣。任鸿飞要求他在半年内完成酒店改造，下面一半作为酒店使用，上面改造成写字楼，由公司自用。

8.5

虽然办公场所已经解决，但是，第一次拿地受挫，任鸿飞还是有些不甘心。佳美丰华未来要在北华房地产市场立足，无论如何也绕不开关勉堂这个堡垒。不管用什么手段，他们必须想方设法攻克他。

公司有人很快探听到更多关于关勉堂的个人信息。这个人从基层一步步爬上来，混迹官场多年，办事儿有一套自己的章法，得顺着捋才行。不过，此人有几个爱好：喝酒、打牌、玩女人。

任鸿飞心里有了谱儿：不怕有爱好，就怕没爱好。有爱好，就好办。

他见过的官员不少，甚至很理解这些官员的苦衷。爱喝酒和爱玩女人，其实是他们的减压方式。他们看着风光无限，在下属面前一本正经，板着面孔，吆五喝六，但在上级面前又得点头哈腰，毕恭毕敬，即使上级放个屁也得连连称是。他们缺少真正平等交流的朋友，内心非常寂寞。因此，一旦离开办公室，沾上酒和女人，内心压抑的冲动，就会充分释放，找回真正的自我。

任鸿飞准备在饭桌上再做一次努力。

但是，他不能自己冒昧去邀请，那样肯定会遭到拒绝。他很清楚官场饭局的讲究，马虎不得。这个层次的领导，不会轻易接受陌生的饭局，而且对地点要求也很有讲究，档次绝不能低，但也不能是土豪暴发户都能去的艳俗场所，人少、高档、典雅之地最合适。

方百计找他们的牵线人、关勉堂的牌友兼酒友、刚刚退休的时境迁，出面邀请并作陪，料关勉堂不会拒绝。

地点最后选在新马会，这是一个会员制的会所。

定下地方和时间，任鸿飞给老相识阿娇和娜依打电话，请她们一起吃饭。有她们在，荤素皆宜，不会冷场。

阿娇说："飞哥，你这有一搭没一搭的，妹妹可不是白请的哦！"

任鸿飞说："阿娇，哥今天请的可是正经八百的贵人，你得替哥把场子打圆了。哥到时哪会亏待你？"

关勉堂那天晚上果然喝得极 HIGH。

任鸿飞开场说："关市长和时主任给老弟面子和机会，老弟感激涕零；两位艺术家的光临，也是满屋生辉。良辰美景，赏心乐事，今天不谈工作，我和百计就是陪两位领导和艺术家喝喝酒、聊聊天，放松一下。"

一开始大家都还正襟危坐，说些冠冕堂皇而又不着四六的面上话。两位美女也摆出淑女状，故作矜持，好似初入殿堂、不谙风情的样子，不温不火。倒是关勉堂久经沙场，见怪不怪，主动挑逗两位美女喝酒。

酒过三巡，任鸿飞一看局面渐渐热乎，遂请两位美女各表演一段拿手活儿，以助酒兴。

阿娇起身，摆好POSE，低头蹙眉，来了一段京剧《霸王别姬》中的虞姬唱段《劝君王饮酒听虞歌》：

> 劝君王饮酒听虞歌，解君忧闷舞婆娑。
> 赢秦无道把江山破，英雄四路起干戈。
> 自古常言不欺我，成败兴亡一刹那。
> 宽心饮酒宝帐坐，待见军情报如何？

这段以小情人自比的唱段，含义丰富。那声音，咿咿呀呀，清澈婉转；那眼神，一颦一蹙，顾盼生情；那身段，千娇百媚，媚而不浪，直看得关勉堂神情荡漾，连声叫好。

阿娇唱完，说：光叫好不行，该不该喝酒？

关勉堂来了兴致，要求也来一段杨子荣的《打虎上山》：

> 穿林海、跨雪原气冲霄汉！
> 抒豪情寄壮志面对群山。
> 愿红旗五洲四海齐招展，
> 哪怕是火海刀山也扑上前。
> 我恨不得急令飞雪化春水，
> 迎来春色换人间！

大家纷纷鼓掌。阿娇说，真没想到关市长也有这一手。遂投其所好，按样板戏的路数儿，再来一段李铁梅《都有一颗红亮的心》：

我家的表叔数不清，没有大事不登门。
虽说是，虽说是亲眷又不相认，
可他比亲眷还要亲。
爹爹和奶奶齐声唤亲人，
这里的奥妙，我也能猜出几分。
他们和爹爹都一样，都有一颗红亮的心。

样板戏果然正对关勉堂的胃口，要求和阿娇合来一段经典二人唱段《沙家浜·智斗》。

两人配合天衣无缝，唱完仍意犹未尽。关勉堂拉着阿娇细嫩如脂的小手，要喝交杯酒。阿娇不愧为主持人，见过场面，极会拿捏火候，扭捏作态，不跟他喝，让关勉堂连端三杯，这才半推半就，跟他喝了。

关勉堂说：跟我喝了，就是我的人。

阿娇娇嗔道："想得美！"

娜依不甘示弱，接着来一段阿拉伯风情舞。这个混圈子的边疆女人，乍一看像极了俄罗斯美女，可在圈子里混了多年，只演了些跑龙套的小角色，更多的是在电影电视里展示异域风情的那些桥段，背景一样露个脸儿。她这段阿拉伯风情舞，流光溢彩，婀娜多姿。跳了一段，她请关勉堂配合，绕着关勉堂，千回万转，尤其是回眸一笑，能勾出魂儿来。

关勉堂在娜依绕着他转圈时，顺手在娜依丰润的屁股上捏了一把。

娜依拖长声音，发嗲说："关市长，您再干一杯，我就跳更好看的舞。"关勉堂看着娜依前凸后翘的身材，心猿意马，连喝三杯。

任鸿飞使使眼色，两位美女轮番敬酒，奉承得关勉堂的心里像熨斗熨过一样，极为舒展贴切。

大家又喝了半晌，有些微醺。

任鸿飞一看火候差不多了，说难得市长今天有雅兴，我们已经在楼上开了两个套房，请大家上楼去喝喝茶、打会儿牌、醒醒酒。两位美女也别急着走，赢了归你们，输了算我的。

两位美女说：还有这好事儿。笑着架关勉堂和时境迁上楼。

方百计拎着两个沉沉的袋子上楼。招呼服务员给大家看茶，把两位美女叫到一边悄悄叮嘱，这是20万，你们先拿着，要不留痕迹地输给关市长。但如果他们要是有非分要求，你们千万要拒绝。

两位美女心领神会。

四人打了一会儿，关勉堂不停给阿娇喂牌，趁阿娇装腔拿调地叫和时，手不自觉地摸到阿娇的腿上。

打到半夜，时境迁赢了不少，正好老伴儿打来电话，约好下周末还在这个地方再打，告退。可关勉堂还意犹未尽。方百计接替上桌，继续玩会儿。

娜依已经输得差不多了，直叫今天喝多了，肚子痛，叫方百计先带她去医院开药。说改日再和关市长打，一定要把钱赢回来。

方百计把一个沉甸甸的袋子交给关勉堂：关叔叔，这是今天未喝完的茅台，您带回去。我先送娜依去医院，您和阿娇喝会儿茶，聊聊天。这是两个房间的门卡，你们在此休息会儿；若要回去，门卡扔前台即可。车都备好了。

关勉堂点点头。

方百计给阿娇递了个眼色，我们先撤了哈。

阿娇并不知道，她进入套房里间卧室的一举一动，都没逃过任鸿飞的眼睛。

他们已经提前在房间几个隐蔽位置，安装了微型摄像头。他们本来以为可能需要几次，关勉堂才可能上钩，没想到他会直接入港。

任鸿飞在电脑上插入U盘，看着画面上关勉堂和阿姣如胶似漆的情节，心里暗骂：一棵好白菜，被猪拱了！

他肯定会给她补偿，不会让她的白菜被白拱。不过，看到阿娇半推半就、半似陶醉的样子，也许用不着。这对男女难道真的对上眼儿了？作为主持人，阿娇自会有手段，让关勉堂拜倒在她的石榴裙下，让她的石榴裙发挥最大效用。不过，那已经跟任鸿飞没关系了。

而任鸿飞，绝不会传播这些儿童不宜的画面。

但他握有底牌，引而不发。

8.6

后面的事儿解决得很顺利。

关勉堂推荐他的一位远房侄子关欣到佳美丰华公司，担任项目经理。并强调说：这个人你们看着合适就用，不合适就算了，绝不勉强啊。

任鸿飞满口答应。关欣很明显是关勉堂的马甲和手套，他们必须满足他的要求。这对他们未来进入北华，拿地拿批文，只会提供方便。

但这么大的项目，让这个从未做过房地产的小伙子来做，未必合适。任鸿飞和罗鸣、谭笑风商议了一下，提议让关欣挂名佳美丰华北华分公司的副总，既给他充分利益保障，又不介入实际业务。

关勉堂在"请勉堂同志酌处"的"勉堂"上画了一个圈，批示道："鉴于物华天宝对本市经济发展和税收的贡献，拟予以支持。鉴于此地块与央企尚存争议，免去招拍挂程序，按相应价格收取商业土地出让金。物华天宝自己出面协调解决该地块与央企的争议。"

这对物华天宝来说，应是最理想的结果。

佳美丰华将由这个切入口，正式进军北华市房地产市场。

他们要充分利用这块地，高标准建设一对双子塔丰华广场，集商场、酒店和写字楼于一体，树立佳美丰华的高端物业品牌和风范。

第九章 驰骋

9.1

资本市场是个巨大而深邃的海洋，湛蓝的海水下面蕴藏着丰富的宝藏，色彩斑斓，耀眼夺目，吸引着一批批赶海弄潮人前赴后继，欲从中攫取珍珠珊瑚、鱼鳖虾蟹。而资本市场又是个波涛汹涌之地，时时掀起狂风巨浪，一不留神让你船倾樯摧，倒贴进身家性命。

市场的脾性谁也不能摸透，谁也不知道它何时春风化雨，又会在何时巨浪滔天。它既是诱惑，又是陷阱，既是艳丽的花朵，又是刺人的毒草，既可能让你一夜暴富，也可能让你一贫如洗，它在时刻考验着你的定力和人性。

但是，市场呈现的无限可能性和不可预测性，让人欲罢不能。就如同悬崖上的舞蹈，越是险绝之境，越能彰显惊艳、精彩、刺激。股市恰恰基于人的欲望和赌性而设计，而又放大人性的弱点。很多人一旦靠近这个市场，就如同飞蛾看到眼前的一团火焰，纵是粉身碎骨，依然奋不顾身。

它的诱惑是如此巨大。马克思说过："如果有10%的利润，资本就保证到处被使用；有20%的利润，资本就活跃起来；有50%的利润，资本就铤而走险；为了100%的利润，资本就敢践踏一切人间法律；有300%的利润，资本就敢犯任何罪行。"

一个半世纪以后，如果马克思天上有知，用他深邃的双眼看一眼中国资本市场，看一看那些还没明白股票为何物的老头儿老太太们争先恐后地一头扎进市场，看一看股票动辄几十倍上百倍市盈率；看一看股指掀起的一波波的滔天巨浪，又迅速瀑布一样跌进深渊；看一看一拨又一拨的羊毛长出来、又被无形的手薅走，又再一次地丰满成长，循环往复；再看一看股评家们口吐莲花，不推荐个号称10倍20倍的股票，都不好意思站上台来的神情，估计他老人家都能气得活过来。不知道他会用如椽之笔，给后世这些孝子贤孙们，写出什么样的文章来。

对于中国这个"新兴加转轨"的市场来说，作为"大胆地试，不行就关掉"的产物，除了具备股市本身所具有的那些不可预测性，这个市场从一落地，便先天地带着巨大的缺陷，同成熟市场相比，振荡幅度更大，充满更多变数。

经济学家吴敬琏先生，曾撰文认为中国股市"连赌场都不如"，因为在赌场，庄家不可看牌，而在这里，庄家可以看到底牌。

不过，在另外一些经济学家眼里，既然它的规模越来越大，既然它的作用不容小视，既然它因路径依赖而不可能推倒重来，虽然问题不少，但不能一棍子打死，还得小心呵护，细心调理，一边发展，一边规范。

学界开出的五花八门的不同药方，加上不同的主治大夫前前后后施用五花八门的中医西医手法医治，这个市场一病既愈，一病又来，虽然整体上逐渐规范化，但问题一直存在。也使市场本身具有的不确定性，反而增加了重重玄机，甚至沦为一些资本寻租、变现、套利的战场。

这个市场的各类参与者，对这个市场也是没什么脾气，既爱且恨，爱恨交织，就像一位家长看一个不成器的孩子，一会儿冲过去扇两巴掌，一会儿又搂着"心肝宝贝儿"地叫个不停。

任鸿飞在匆匆布局他的商业版图时，资本市场的浪潮已经一次次地拍打着他的脚面，激起一朵朵浪花。他无法视而不见。任何一个想在商界有所作为或敛起巨额财富的人，都无法忽略这个变戏法式的存在。

但是，他仍不敢贸然出手。

十几年来，已经有一批批的冲浪者冲到浪尖，又迅速被海水淹没。"眼看他起朱楼，眼看他宴宾客，眼看他楼塌了"。你方唱罢我登场，各领风骚三五年。

在这样的市场，任鸿飞显然不能像个大散户一样，跟风炒作，有一单没一单的，一单赚一单赔的，全凭运气，撞大运一般行事。在他的记忆里，胶合板期货的印象太深刻了，让他有些后怕。

他不想打没把握之仗。他必须在这个不确定的市场，找到自己确定的盈利模式。他期望不战则已，一战而胜。

那么，他的切入口在哪里？他的点石成金的魔杖在哪里？他的葵花宝典在哪里？

这些天里，任鸿飞一直在做准备，和何乐为探讨切入点。

他就像一只游荡在非洲草原上寻找猎物的狮子，跟在一群角马旁边很久了。他似乎嗅到了血腥，但又像初次出猎的狮子，不敢贸然出击，他需要进一步窥探扑过去的最佳路径和时机。

两人关在屋里谋划几天后，路径也渐渐清晰起来。

任鸿飞不想单纯地走哪种模式，他要赢家通吃。他想从二级市场做起，然后拓展至一级市场的PE、VC和并购重组。

如果说之前，他们的实业布局，还是在做进入市场前的各种准备的话，现在，他们就要按照肖东方设定的路线，像种庄稼那样去种企业！

规划完毕，他们甚至有些急不可待，跃跃欲试。

他们有信心让资本市场成为他们的摇钱树和聚宝盆。利用这个市场，实现财富的几何级增长。

9.2

他们准备从"做庄"一只股票试水。

"做庄"在成熟市场是非法的，涉嫌操纵市场。但在中国股票市场，"做庄"一直是个隐晦、上不了台面而又无处不在的词汇，说有则有，说无即无。其实，在民间话语和文本里，做庄一直是这个市场的伴生物，就像稻田的杂草，永远也薅不干净。股民们对庄家又爱又恨，没有庄家的股票，就像一团死水，养不了大鱼，无人问津。而有庄家的股票，又将股民们操弄于掌股之间，时不时掀起狂风暴雨，让整个市场为之侧目。

而监管部门，对于所谓"庄家"，也是睁只眼闭只眼，怕过于严格的认定和画线，导致市场过于死寂和冷清，但在市场过于疯狂时，又不得不出重拳打击一下，以免好事者以"公平公正公开"的三公原则说事儿。

正因为如此，在何乐为看来，只要手法高明，手段隐蔽，他们的做庄，完全可以以合规合法的方式进行，找不出硬伤，从而规避监管。

在何乐为跟踪的股票池里，任鸿飞一眼相中了龙腾实业这只股票。

第一眼看上去，任鸿飞觉得这个公司的名字好听，他做的第一只股票，要具备象征意味，至少讨个口彩。这还在其次，更重要的是，这只股票盘子小，从其历史走势看，似乎从来没有被市场关注过、炒作过。就像一潭沉静的死水，只有狂风掠过，才会微起波澜。这显然是只未引起市场过多关注的"生票"。

但越是这样，任鸿飞觉得越适合炒作，越有信心把它炒熟。在他看来，市场热度已经很高的股票，空间小，跟风盘太多，不利于控制节奏。

任鸿飞的这个选择，有些出乎何乐为的意料。

这只票在他的股票池里，并不起眼儿。何乐为以为任鸿飞刚开始进入市场，肯定要做有业绩支撑、主营业务纯正、发展态势良好、稳健上升的股票。这样的股票买完后，就可放在那里睡大觉。就像股神巴菲特一直拿着可口可乐、吉列刀片等那样，长持不动，静等公司给他送来利润。而龙腾实业业务过于庞杂，业绩不好不坏、时好时坏，很难榨出太多油水。

而任鸿飞，并不想按部就班地等待公司发展，春耕秋收，靠天吃饭。他必须运用超常规的路数，像种反季节大棚菜一样，尽快地把它催熟，摘到甜蜜的果实。

任鸿飞说：乐为，你所考虑的，是大资金做股票的一般思路，要获得稳健而安全的收益。而对于我们来说，这样太慢了。你想想看，一个好人变得更好，最多是添砖加瓦的事儿，如果一个坏人变得好了，那可是立地成佛的事儿。孰大孰小、孰轻孰重？

何乐为点点头。他要思考的，是如何让这个坏公司变得更好。

根据龙腾实业的招股说明书、上市公告书及历年财务报表等公开资料，龙腾实业的总股本2个亿，3家法人股股东分别持有5000万股、4000万股、2000万股，分别占总股本的25%、20%、10%，非常接近，流通盘子只有9000万。更重要的是，这个公司业务庞杂，甚至有些散乱，包括电子通信产品及服务、电子市场、地产、酒店及贸易等等。显然在上市时，就是个拼凑起来、靠包装上市的公司。

公司这种情况，在任鸿飞眼里，反而充满着无限可能性。

后来，等何乐为具体操作这只股票才发现，任鸿飞的选择和操作思路，让他五体投地。正如任鸿飞所预计、所设计的那样，这只股票简直就是一只源源不断下蛋的金鸡。而他这种比较注重公司的基本面研究、循规蹈矩的分析师，只能随波逐流，从市场中赚些小钱，真正的大钱是给任鸿飞准备的。

何乐为从此心甘情愿地给任鸿飞打下手。

9.3

根据何乐为带领研究团队实地调研的结果，龙腾实业不仅印证了任鸿飞最初的感觉，还给他们带来了更多意外惊喜。

这家位于西江省西华市的上市公司，主体是当地的一家电子设备老厂，在上个世纪六七十年代曾有过一时辉煌。但后来因为产品、管理等各种问题，跟不上市场脚步，逐渐没落。当地政府为解决工厂吃饭问题，力促其上市融资。但是，单靠这家工厂的盈利指标，远远达不到上市要求。

经政府出面协调，将其与产业相关的本地一家通信产品贸易公司、一个电子产品交易市场捆绑在一起，打包上市。

但问题是，这3家拉郎配一样生拉硬拽捆绑上市的企业，始终吃不到一口锅里。即使在上市之后，3家公司仍是各自独立的经营主体，各搞各的一摊，只是在做上市公司年报、季报、半年报等需要向媒体披露的财务报表时，才按股权关系在财务上统在一起。而在私底下，3家公司的经理层，谁也不服气谁，互不配合。为争老大位置，甚至互相拆台、互相举报和死掐。官司打到市里，市里也非常头痛。

这种局面也给公司经营、业绩和内部治理造成严重影响。最近这几年，公司几大块业务这儿盈、那儿亏的，整体业绩一直不温不火，每股盈利保持在几分钱，股价也一直徘徊在4元至6元之间。

何乐为了解到，龙腾实业董事长文则喜一直有重振上市公司的想法，苦于找不到解决之道和凭借。

趁着调研的工夫，何乐为还对国内尤其是西华市周边电子设备市场情况，进行了考察和分析，考察的结果让他眼前为之一亮，他认为随着电子通信基础设施建设的大踏步迈进，电子通信产品市场将会出现爆发性增长；同时，电子科技类产品创新速度快，全国各地市场有很多电子科技类小公司纷纷冒出，崭露头角，这将给公司并购重组和未来业绩提供坚实土壤和支撑。

而目前，企业内部面临的扯皮和治理问题，虽然比较严重，但这也给他们低价介入提供了天赐良机。他们介入后，可以协助解决内部治理问题。

何乐为制订了操作这只股票的详细方案，准备用1亿元，在西华市注册一家飞鸿电子科技公司。他们将以此平台，来完成对龙腾实业的改造。

为了保密起见，他们格外小心。相关工作，任鸿飞只和刘洋洋、何乐为他们几个讨论。

刘洋洋说：我哥哥就在西江省那边工作，要不，我先去一趟探探路？

任鸿飞眼睛一亮，说：那我们就更得做好了。不过，目前不需要他出面，我们要做，就把这事儿做得漂漂亮亮，让哥哥也有面子。

刘洋洋还是借这个机会，奔赴西华市，去看望哥哥嫂嫂。不过，她有着另外的目的。

哥哥嫂子对洋洋的到来，非常高兴，在家里准备了一大桌菜。

哥哥刘苏说：格格，最近生意做得怎么样了？当初让你走阳光大道，偏偏不走，硬要走歪门邪道儿。

嫂子廉洁说：你这当哥哥的，哪有这样一张口说妹妹的！谁说经商是歪门邪道？亏你还在政府工作，"以经济建设为中心"这话都忘了？我看妹妹走的才是正道，比干什么都强。谁像你，就挣那点儿钱，起得比鸡早，睡得比狗还晚，忙得跟驴似的，还成天不着家的。格格，嫂子支持你。

洋洋说：嫂子，别理他。我哥那是老正统、死脑筋，跟咱妈一样。你看像我们这样的家庭出来的，有几个不做生意的？

刘苏说，好，好，你是留美生，思想解放。可是，到底做出了点儿眉目没有？公司还是过去那样东一榔头、西一棒槌的？

洋洋白了他一眼：哥小看人！鸿飞来公司之后，公司的地产、汽车、能源、丝绸、投资几大板块业务，都做得有声有色。这不，正要来贵地盘投资嘛。

刘苏说：哦，也是来找我要地的吧。

洋洋说：要做房地产，我们沿海发达城市还做不过来呢，谁到你这荒山野岭、鸟不下蛋的地方做。你当个宝，我们还真看不上。鸿飞说了，我们既然来哥哥这儿投资，就不能给哥添麻烦，还要让哥脸上有光！我们准备投资电子科技产业。

刘苏点点头，说：哦，看来还是鸿飞考虑得周全些。

嫂子说：你俩别斗嘴了。格格，你跟鸿飞处得怎么样了？是不是要结婚了？

洋洋红了脸，说：八字还没一撇呢，我哥不是还没发话嘛。这次，鸿飞本来说要一起来，我没同意，怕我哥不让他进门。

刘苏说：说得倒是好听，你什么事儿等我发过话？我看你是等不及了吧。

洋洋撒娇道：哥，你到底同意还是不同意啊？

刘苏故意拉长声音：我不同意——，洋洋急红了脸，刚要辩白，刘苏接着说，有用吗？

廉洁用筷子戳了一下刘苏的头，嗔怪道：洋洋跟你说正经事儿，你这一大喘气，吓了我们一大跳。格格，我替你哥坚决同意。

刘苏笑道：格格非得要嫁给他，哥能不同意吗？哥哥高兴还来不及呢。

9.4

市里主管工业的副市长岳白风接待了何乐为，甚是热情。

何乐为表达了物华天宝在西华市投资兴业的强烈愿望。市里招商任务很重，当然求之不得，热烈欢迎。

岳白风表示，按照市里的招商引资政策，愿意提供土地和税收方面支持。

何乐为说：非常感谢，但我们的想法，是想以龙腾实业为抓手，通过加大科技投入、整合收购兼并当地小、散、弱的科技电子公司，来做大做强西华的电子产业。

岳白风没想到物华天宝会看中龙腾实业，连连摆手，说：龙腾实业的摊子太烂，不太好整，弄不好你们会陷进去，不如给你们另寻其他项目。

何乐为说：我们既然来投资，也进行了充分调研，就是希望以龙腾实业为抓手，把小、散、弱、乱的电子企业进行整合，做大做强。也帮市里解决龙腾实业的问题。

岳白风说：你们既然有信心做，也好，我们支持。遂牵线他们和龙腾实业进行实质性接触，尽快达成合作。

在市里的安排下，何乐为与龙腾实业董事长文则喜进行了接触。

文则喜原是老电子厂的厂长，技术专家。他对公司目前剪不断、理还乱的状况既不满意，又无可奈何。3家法人股东旷日持久的争斗，让他不胜其烦。他虽然是公司董事长，但对另两家子公司的管理，几乎无权过问。他对号称实力雄厚、具有央企和军工背景的同盟军，并不排斥。

何乐为先对文则喜作为技术专家表达了崇敬之意，说从小看卫星上天就激动万分，对电子科技一直有浓厚兴趣。但也对公司目前状况，以及文则喜的无可奈何，表达了担忧和同情。

何乐为说：这种状况持续下去，公司眼看要烂下去不说，对您的名誉也是伤害。我们既然想投资贵公司，主要还是看重您，想跟您合作。投资完成后，我们强烈支持您作为技术专家继续挂帅，我们全力配合，一起来重振公司，做大做强。

文则喜听着也有些热血沸腾，说市场既然有要求，我们一定要谈好合作。

经过几天谋划，他们做出了让其中1家经常拆台的法人股股东西华电子通信贸易公司退出上市公司的计划，并一起说服市政府出面做工作。

市里对公司三大股东之间三天两头的互掐，也有些不胜其烦。遂听从建议，同意让电子通信贸易公司从上市公司分拆出来的意见。但具体办法由公司股东大会和董事会商定。如果通信贸易公司未来发展好了，再单独寻求上市。

电子通信贸易公司争不到老大位置，经营又处处受到上市公司监控，本来退出也无不可，但真要退出，又开始漫天要价。

龙腾实业和市里联合施压，软硬兼施，通信贸易公司不得不退出。经过反复谈判，最后达成协议，其所持4000万股上市公司法人股股权，以溢价100%即每股2.0元的价格，转让给飞鸿电子，其所得转让款8000万元中6000万元，用于收购通信贸易公司资产，实现从上市公司完整退出，另2000万元资金作为补偿。而上市公司龙腾实业转出通信贸易公司的资产后，获得6000万元现金。飞鸿电子承诺，将为公司注入更加优质的资产。

飞鸿电子成为龙腾实业的第二大股东后，以股权做抵押，从银行贷出6000万元，开始在周边电子通信市场物色、储备项目，显示出要在电子科技领域大干一场的姿态。

在注册成立飞鸿电子，并开始进行实质性谈判，即将达成交易的同时，何乐为指挥手下团队，用几十个表面上毫无关联的账户，在二级市场上从5元以下开始逐步吸纳龙腾实业的流通股。

这才是他们真正的目的。

在他们吸纳到15%的流通股份时，谈判基本达成。上市公司遂停牌公告第二大股东易手为飞鸿电子，以及出售部分资产获得6000万元现金的消息。

市场上已经逐渐觉察到龙腾实业从基本面到走势的异动，跟风盘蜂拥而来，股价已经逼近7元。这离何乐为他们要实现的绝对控股目标，还有一定距离。

他们需要降低吸筹成本。

何乐为对股票走势的研究和把握能力，使他在操作这只小票的过程中如鱼得水。

他们一边通过券商分析师，暗中放出飞鸿电子只是个空壳公司的消息，一边在市场释放部分筹码打压，使股价在一周内重新回到5元左右，跟风盘纷纷割肉斩仓出逃。

他们继续慢慢吸筹，等到股价再次回到7元时，他们的几十个互不相干的账户，已经顺利地从市场上拿到了25%的流通股。飞鸿电子和他们控制的二级市场账户，所持的法人股和流通股，实现了相对

176

控股。他们还可以根据需要随时增持。

飞鸿电子提议召开临时股东大会，并如愿地改组了董事会。

表面上，新晋第二大股东和流通股东不存在任何关联和一致行动人关系，但文则喜非常清楚，何乐为他们已是公司的实际控制人。

董事长职务，何乐为仍提议由文则喜担任，他只担任董事。公司经营业务继续由文则喜全权负责。

这是他们私下的承诺。按照任鸿飞的想法，他们的事业逐渐扩大，必须广揽天下人才为我所用，专业的事儿交给专业的人做。

何乐为在与龙腾实业打交道过程中，也在观察文则喜。他发现，文则喜是个事业心极强且一心要把公司业务做上来的人。他担任董事长正合适，他们需要这样的技术出身的人，支撑公司大局。

何乐为让文则甩开膀子大干一场。何乐为已经为他扫清了股东和管理层中的原来不太配合者，给他更多发挥空间，并提高了董事长的权限和薪酬。这样的新老板，让一直在体制内无从施展的文则喜，信心倍增。

何乐为的目标，当然不是等公司在文则喜带领下慢慢变好。在他们一边进行公司股权层面的动作时，飞鸿电子已经在紧锣密鼓地寻找项目和谈判。不久，即成功收购一家主营光缆等光通信产品的西华光电科技有限责任公司。

飞鸿电子收购的优质资产西华光电，将要注入龙腾实业的传闻，在何乐为的授意下，在市场已经传开了。跟风者已经嗅到了风吹草动，纷纷加入到抢筹行列，股价轻松地上到了20元。

在此过程中，何乐为则不断地口头提醒和暗示各机构投资者里的朋友，迅速加仓龙腾实业，他们未来将会有不断的大动作，并许下未来见100元的目标。

长期横盘之后的股价，涨起来势不可当。机构分析师的推荐也多了起来，并逐渐占据推荐榜的前列。市场里的流通股本来很少，借着这个势头，何乐为控制的账户，只用了很少的资金，就把股价拉高到接近40元。

那些后知后觉的机构投资者和散户们，此时才终于发现了一只大牛股，纷纷入市抢筹。

市场抢的时候，何乐为已经开始有步骤地出货。100元的目标，不过是他故意放出的烟幕弹，他也不会等到这个目标实现，而是借着势头，逐步出掉他们的多个流通股账户中20%的仓位。

这不仅将他们投资龙腾实业法人股和流通股的接近4个亿的成本，全部收回，并且有10多亿元的赢利。而他们仍合并持有25%的股份，牢牢控制着公司。

他们不会就此赚一把就走。他们要让这只现金奶牛，源源不断地为他们提供滋养。

飞鸿电子将转让西华光电所得款项，继续在电子市场搜寻、储备合适的并购标的，这些项目，他们有时会用飞鸿电子去"孵化"一下，随时准备注入龙腾实业；有时则在谈成了之后直接由龙腾实业收购。

这要看他们在流通股账户上的操盘情况。

根据公司基本面的变化，何乐为就像一位手法娴熟的钢琴师，时而低沉，时而激昂，时而气定神闲，时而紧锁眉头，双手翻飞，弹奏出百转千回、波澜起伏的动人乐章。他又像一位超级烹调大师，淡了加点盐、味精和辣子，味重了又放点水。而股票走势图，也在他如椽之笔的绘制下，画出他意想中的曲线。

他总是会在高潮时出掉一些筹码，而公司的一些利空随之而来，公司进入平淡沉寂期，然后他又开始吸纳一些筹码，之后，公司再度并购科技公司的消息随之而来。每一波起伏，他都赚得钵满盆满，都有上亿元的入账。

他就像一位先知先觉者，总是在最该入手的时候买入，在高点卖出。

其实，他不过是握有底牌，并随时可以翻看别人的牌。

龙腾实业的做庄方式，后来被市场不断咀嚼和反刍，成为做庄的一种模板。不过那已经在何乐为洗手上岸之后。市场能感觉到龙腾实业背后有大庄家在操作，但并不知道庄家在何处。

等到市场监管趋严，对操纵市场行为严厉打击时，何乐为已经清空了全部关联账户的流通股，不留任何痕迹。

他们作为第二大股东，用心地做着龙腾实业。这也将成为他们从事科技电子行业的重要平台。

而龙腾实业的原有业务，也在文则喜的带动下，因治理结构的改善和不断的并购，而一改过去不死不活的状况，快速发展。

在何乐为的建议下，针对当地逐渐火热的旅游和地产市场，他们利用企业原有的地盘，盖起了一家四星级旅游酒店，多元化经营进一步拓展。

在不断的并购扩张中，龙腾实业的规模和效益，成为科技电子行业的龙头。

龙腾实业这一战，是一个横跨多年的长庄。不仅让他们在每一波起伏中都有斩获，何乐为甚至把他作为内部培训战例，磨砺队伍，检验团队的实战技法。

不过，对于何乐为来说，这一次操作龙腾实业，并不像外面看到的那样得心应手，手到擒来。他的神经一直绷得很紧。

此前，他已经看到更多做庄失败的案例，他不能重蹈庄家吕梁、德隆系等的覆辙。这些庄家，要么因为公司的并购重组故事最后讲不下去了，要么资金链条绷得太紧，骤然断裂，引起老鼠仓纷纷斩仓出逃，遂一败涂地。

这也让何乐为深刻体会到，做庄是一个庞大的系统工程，需要外在的、内在的各种条件配合。在龙腾实业之后，他自己的做庄更加谨慎，而且更多地参与其他庄家的跟庄与分仓。尤其是盘子超过10亿的股票，他们需要联手。

二级市场进出的便利性，成为任鸿飞何乐为他们堆放闲置资本的池子，他们在资金充裕或闲置时，总是顺手在二级市场薅一把。

天宝投资公司的投资咨询业务，也随着他们业务模式的成熟，迅速扩大。他们不断地通过私募、拆借等各种渠道，拿到更多的资本。因为有成功的操作模式，他们敢采取保本加分成的方式，去运作这些资本。等到操作的资本量逐渐大起来以后，何乐为也会同时考虑安全边际，找到收益与安全的最佳匹配点。

这些资本在他们手里，种子一样发芽，从市场里汲取营养，茁壮成长，结出饱满的果实。他们有时甚至等不及果树的慢慢生长，直接从挂果时开始进场，把这块贫瘠的土地里生长出的不多的饱满果实，收入囊中。

几年二级市场做下来，何乐为甚至体会到了一种抢银行似的获得感。而且，这一切都以合法的面目进行。如果他愿意抛头露面，他还会像股神一样，走到哪里，都受到那些被割的韭菜们的顶礼膜拜。

当然，他心里明白，真正的股神，其实是任鸿飞。而他，只不过是任鸿飞的操盘手而已。

9.5

龙腾实业的一战成功，也让任鸿飞和何乐为更加体会到了法人股的威力。

他们认识到，法人股其实是一根杠杆，只需用很小的代价，就可以去撬动一只股票庞大的流通盘。

何乐为和物华天宝旗下的数家公司，开始把工作重点转向法人股市场，从市场外大规模收购上市公司法人股股权。

这个市场称为一级半市场，因为其作为上市公司股权交易，既不同于非上市公司，又不像流通股那样在二级市场自由交易，只能在场外进行协议转让。

这是一个与中小投资者无缘的市场。但这个市场的风吹草动，却影响着、左右着二级市场。

不过，此时，何乐为他们大规模的收购，并非为了在二级市场做庄，他们已经敏感地察觉到股权分置改革将要到来时的丝丝风吹草动。

这是一个千载难逢的机会！

股权分置作为中国特色的新兴股票市场的产物，其来有自。当初，为解决大量国有企业的融资需求，又不能因巨量股票拥入而冲垮了市场，还要避开"姓资姓社"的争论，中国股票市场的设计者们，采取"曲线救国"的模式，在一开始就将国有股、法人股与市场流通股分割开。国有股、法人股按其当初入资额或资产评估价格，按1元1股折成股权，但不能在二级市场流通。而市场流通股虽然也按1股1元计入股份，但在发行及上市时，采用溢价发行和市场竞价交易，常常被炒高几十元、上百元。因为流动性的差异，国有股、法人股与流通股之间的价格差，达到几倍，甚至十几倍、几十倍，都见怪不怪。

随着市场的发展，监管部门、专家、学者和投资者都已经认识到，这种股权分置，在各个方面都表现出别扭，甚至扭曲，严重拖累了市场发展。同为上市公司股份，在投票决策权、分红送配等方面同股同权，但在投资成本方面，二级市场投资者的投资成本，要超过数倍数十倍，股民们满心委屈，深感市场的不公平。

——其实，即使在股权分置改革完成之后，入股成本的差异在公司IPO之前、IPO之中和二级市场交易的各个时间段，仍然存在。中小投资者不过是为自己的挫败感，找到一个发泄口而已。

正如大家所看到的，在股权分置之下，市场上很难避免"庄家"横行。庄家们用很小的成本，控制法人股权，从而介入公司经营管理，操纵公司的基本面，然后在二级市场薅羊毛。他们即使不介入公司经营管理，也能优先获得公司的相关信息。庄家们用优先获得的信息，甚至散布和操纵消息，再以涨跌停板制度为抓手，动辄用巨量资本封涨停或跌停，中小投资者想进进不去，想出出不来。在这种猫和老鼠的不对称的游戏中，中小股民无处躲闪，一遍遍被玩弄于掌中，挫败感与日俱增。

在专家的鼓吹下，市场普遍认为，这都是股权分置惹的祸！

中小股民的吵嚷声，其实让国有股、法人股持有和管理者们感到窃喜。他们心里都很清楚，如果对股权分置进行改革，谁将是最大的受益者。成本低廉的法人股如果靠拢流通股价格，将是几倍或十数倍的差价。

进行股权分置改革的呼声，其实市场一直都有。但监管部门并不敢轻举妄动。此前几次的改革，为了让国有股、法人股能在市场流通，出台几个方案，但都最后流产。

就像鲁迅先生所言，中国的很多事儿，搬张桌子可能都得流血。并不是说应该这么做，就会实际这么做；恰恰相反，实际怎么做，便会成为应该这么做。

渐渐地，"狼来了"喊了多遍，也不见动静，市场也对这种喊声习以为常，甚至有些麻木。

但在任鸿飞和何乐为嗅到的气息里，他们知道，这回，狼真的要来了！只不过，市场麻木的神经，已经对这样的消息，有些反应迟钝。

确切地说，任鸿飞他们也不是嗅觉格外灵敏，而是，他们获得了更多的信息、暗示和明示，他们把这些不同渠道获得的信息，进行相互间的印证、对证和质证，股权分置改革推进的时间表，已经昭然若揭。

他必须准备好猎枪和子弹。趁市场还未醒过神来，抓紧时间去抢拾那些即将变成金子的石块儿。

任鸿飞要求公司上下从各种渠道，搜罗上市公司国有股、法人股有意转让的信息，哪怕上市公司已经变成了纯粹的"壳"，他们也照单全收。

为推进谈判的速度，任鸿飞让何乐为组建股权收购推进小组。

何乐为从券商等金融机构处四处挖人，迅速把他的团队扩编至50人。一旦获得相关信息，能够立即派出小分队，分赴各地，展开相关谈判。

这些国有股、法人股股份，大多掌握在政府或国有企业手里。因为国企股权多元化改革、收缩战线、获得基础建设资本等方面的需要，只要价格合适，有意转让国有股、法人股股权的，并不少。

何乐为在一些谈判场合发现，市场上并不乏他们这样的先知先觉者。他们一样获得了一些不为常人所知的信息。他们偶尔碰上面，相互打量一番，都装着只是碰巧对这个股权感兴趣的样子，相互客气地会心一笑；但也有时候，对于势在必得的标的，不得不暗地里使出手段相互较劲儿，甚至互相使绊儿。这就看谁更有可动用的资源和路径，将相中的标的拿到手。

何乐为团队花了一年多时间，跑了十几个省市，陆陆续续收购完二十来家公司从3000万股至1亿股不等的国有股、法人股，才算告一段落。

何乐为回过头盘点一下才发现，他们囫囵吞枣收购来的国有股、法人股公司，涵盖了很多产业，包括基建、能源、交运、机械、电子、科技、医药、食品、商业、金融等等。堆在一起，像一个琳琅满目而又布局散乱的杂货铺儿。

任鸿飞说：何乐为就是一个饥肠辘辘的饿汉，饥不择食，一顿山吃海喝之后，抹抹嘴，才算消停。

而何乐为，哈哈一笑，说：你没看我这些公司的产品，能把你从生到死所有用得着的东西，全包了吗？

其实，他们的醉翁之意不在酒。他们对于这些公司究竟是干什么的，并没有特别在意。

为保证公司的现金流，任鸿飞要求何乐为采取滚动的方式，收购一家，接着就把股权拿到银行进行抵押，拿出钱再去收购另一家。如果来不及，他们会通过自有资金或过桥资金解决。

他们所持有的能够进行抵押的股权，几乎全部抵押出去了。但即便如此，这些收购耗费的自有资金已接近10亿元，而公司股权抵押贷款形成的负债，则达五六十亿元。

何乐为也不再狼吞虎咽，转而寻找一些在未来更有成长空间的公司股权。

他们仍像狼一样盯着四面八方的风吹草动，随时扑向下一个目标。

实际上，直到股权分置改革前，他们的收购还在断断续续开展。只是，随着股权分置改革消息逐渐明朗化，谈判也越来越难，收购成本也越来越高。他们要权衡在各种投资中的资金使用效率问题。

9.6

而对于任鸿飞来说，何乐为的收购，就像一个销金窟和无底洞。无论倒进去多少钱，何乐为都一直喊钱不够。

何乐为真正找到了韩信将兵的感觉，他对更多的资本如饥似渴。他说他有办法让资本迅速增值，但没办法无中生有。他需要更多的种子资本。

何乐为一直向任鸿飞抱怨说，眼看着到了金秋时节，千里沃野上稻穗金黄，行将收割，他已经闻到了稻田里飘来的阵阵清香，可是，他的收割机太小了，马力不足，贻误了稍纵即逝的战机。

也正是在这个时候，任鸿飞才深感公司资金链的紧张。

此前，在他还没有大踏步进入资本市场之时，按照实业的发展路径，他们的资金来源通道并不缺乏，只要有业务，他们总是能找到匹配的资本。

实际上，他们的很多以咨询费、中介费名义开出的单子，并不需要付出太多的投资成本，更多的只是人力及沟通成本。

而包括佳美丰华、宝驰汽贸、东江美锦、光明煤电等业务正常发展的公司，都已经和多家银行建立了良好的信贷合作关系，能够顺利拿到贷款，完全能够实现自我滚动发展。

但是，一旦进入资本市场，任鸿飞就感觉到这些资金通道已经很不解渴。他们面对的，不再是原有那几块实业，如果按"种庄稼一样种企业"的投资模式，他们可以进入的实业范围，已经扩展至整个市场。那片广袤无垠的天地，都是他们可能和潜在的责任田。

任鸿飞不得不让何乐为放慢股权收购步伐，控制下节奏。在他心里，公司的资金链，一直如悬在脑门上的剑，让他有些坐卧不安，稍有不慎，剑就有可能落下来。

何乐为收购的国有股、法人股，虽然使用的自有资金不到10个亿，尚在可控范围内；但是，股权抵押贷款所形成的负债，已经形成环环相扣的连环套。

这些长期股权投资，何时才能变现，任鸿飞并不确切地知道。他虽然知道股权分置改革行将启动，但并不确切知道何时才会按下启动键。有关管理部门对这项牵扯面极大的改革，尚有不同意见和犹豫不决。而任鸿飞，也不可能等到改革启动的消息明朗时，才去收购，那时的谈判空间和收益率，变得狭小。

他们只能提前行动。

但是，这些长期股权投资，与他们所惯常使用的一年期流动贷款并不匹配。如果某家银行贷款收紧，他们无法及时接续上贷款，或找不到替代资本，过桥资本还不上贷款，就有可能像多米诺骨牌一样，形成一系列连锁反应。

资本市场上已经发生了很多先例，有些庄家因为战线过长，资金链条断裂，从而导致精心布局的雄伟景象，顿时灰飞烟灭。

任鸿飞不能不警惕。

他大规模的法人股股权收购，其实是一场战线拉得很长，而暂时又看不见收益和资金回笼的豪赌，就像把鱼苗撒进一片湖里，投下去越多，任鸿飞越难以平静下来。任鸿飞虽然觉得自己握有的胜算，比他当年做胶合板期货时，不知要大出多少倍，但时间拉长导致的不确定性，让他备受煎熬。

对于他来说，资金链就像一条越勒越紧的绳索，让他时时感觉到有一种可能会被别人卡住脖子的不安全感。他的资金通道，基本上都掌握在别人手里，并非自己家的银行，说拿就拿，说用就用。紧急用钱时，也很难说想到手就能到手，无论你如何着急，那些必要的流程必须按银行的要求按部就班地走完。

任鸿飞深感公司迫切需要自己的稳定而快速的融资通道，在他需要钱时能提供源源不断的资金来源。但又不能让现金过多地趴在账上，造成资金的效率低下。

任鸿飞这才深刻领悟到肖东方一再提醒他的，布局金融机构股权问题。他不得不佩服肖东方的远见。

按肖东方的设想，金融机构股权对于他们来说，不仅要解决资本融通问题，更重要的是，借助金融资本，还能更方便地分享那些处于景气周期的相关产业利润，又回避掉这些产业漫长的培育、周期性景气度问题。因此，肖东方对银行、证券、保险、信托、基金公司等金融牌照的价值，格外看重。

不过，在此之前，任鸿飞更倾向于先实后虚，一步一步地夯实地基。他不敢一开始就越过实业，直接搭建空中楼阁。

对于任鸿飞的这种思路和走法，肖东方也不认为有什么不对。虽然肖东方有他的偏好和设想，但他其实并不知道现实的路径在哪里。没有实业积累，原始资本从何而来？他也无法变戏法似的变出钱来。事实证明，他的金融版图，也只有从实业起步，一砖一瓦地搭建起来。

但是，棋下到目前，公司面临的资本瓶颈，让任鸿飞已经深感金融机构股权的价值。他需要把收购的重心转到金融机构上来。

不过，收购金融机构股权，何乐为团队显得有些力不从心。仅靠他们从市场上捕捉二手三手信息，很难摘得到想象中的桃子。他们必须走其他路线，从内部拿到第一手信息。

　　任鸿飞跟刘洋洋一商议，决定抽调李成梁上来，专门负责整个集团的融资和金融业务。

　　这其实是刘洋洋早就有的提议。但此前，任鸿飞并未同意。他的理由是，宝驰汽贸跟佳美丰华一样，是集团实业方面的两大支柱，都处在快速扩张期，且都将要上市，非常需要强有力的人来掌控，他们不能像狗熊掰棒子一样，看了这一块而放掉另一块。何况，当时公司融资的迫切性并没那么大。

　　表面上这么讲，但在任鸿飞内心里，觉得李成梁使用起来并不像罗鸣、何乐为甚至侯门海那样得心应手，而金融又是公司未来业务的重中之重，他必须掌控在自己手里。

　　任鸿飞能够感觉到，李成梁对于他担任公司总经理，有些不以为然，虽然李成梁并不像侯门海似的，表现得放肆和缺少教养，但在表面的客气中，任鸿飞能感到他们之间的气氛，并非风和日丽。李成梁极少向他汇报工作，常常自作主张，自行其是。甚至在业务上，暗中和任鸿飞较劲，似乎要让大家看看，他们谁更强。

　　而任鸿飞，并不愿意去和李成梁一争高下，他觉得，自己已经在总经理的位置上，应该有足够的信心和胸怀，去理解李成梁，主动缓和他们之间的僵硬气氛。

　　在任鸿飞眼里，李成梁算得上是精英人才，良好的出身和教育，使他既不像刘洋洋那样智商平庸，也不像侯门海那样因从小的疏于管教而养成浮华傲娇的习气，更表现得成熟稳重，但与生俱来的优越感和骨子里的自信，让他很难附和并听命于人。

　　也许，任鸿飞应该庆幸，像李成梁这样出身而又精明强干的人并不多。不然的话，任鸿飞这样的草根，可能没有任何冒出来的可能。越来越板结化的商业土壤，渐渐如混凝土一般坚硬、细密，阻塞了草根的种子生长发芽和攀升的空间。

187

任鸿飞约李成梁深入谈谈。

任鸿飞说，在公司我们俩是最早相识，成梁兄的能力和作为，当时就相当佩服。目前，宝驰汽贸已经步入了正轨，你也需要有更大的作为，担负更大的责任。希望你能到总部，把融资和金融业务挑起来。

李成梁说，我还是比较喜欢汽车这一块，做得也比较得心应手。金融是不是何乐为或其他人做更合适？

任鸿飞说，非成梁兄莫属，你也知道金融这一块未来在公司的分量，实业投资只是暂时的拐杖。肖老和洋洋也都非常看好你，你做，是不二人选。至于宝驰汽贸，你可以继续留任董事长，具体业务交总经理刘步青打理，他是你一手提拔起来的，也信得过。但你的工作重心要转到金融上来。目前公司的融资需求还是比较迫切，需要你来操持。

李成梁觉得既然任鸿飞主动给了台阶，他再端着架子，也不合适。他并非一定要和任鸿飞把关系搞得太僵。任鸿飞是肖东方挑的总经理，他不顾及任鸿飞的面子，也得考虑肖东方、刘洋洋的感受。

李成梁说，谢谢飞总信任，我听从飞总安排。

任鸿飞很看重李成梁在东江因为爱车而组建的富豪俱乐部。以李成梁的号召力，他在短时间内筹集10亿元没问题。这些可以作为物华天宝投资和金融产业的托底资本和备选资金池。

任鸿飞希望李成梁将下一步的工作重点，转到协助他把融资通道拓得更宽、更畅达。

紧接着，任鸿飞召集刘洋洋、李成梁、何乐为、侯门海、方百计、高自标等，开闭门会，决定成立由李成梁牵头的金融股权投资推进小组，一方面重点推进他们已经介入的两家金融机构的增资扩股，争取取得更大的控股权和话语权，另一方面利用各种渠道，尽可能搜罗其他金融机构牌照和股权，由何乐为团队进行尽职调查，考虑是否进入和具体操作。

9.7

东方保富财产保险公司成了他们加大金融股权投资的首选目标和重中之重。他们已经有合作的基础，这一次的目标，是加大对东方保富的控股权和管理权，为未来将其纳入旗下，做好准备。

东方保富财产保险公司，本是由肖东方原来所服务的央企中国远通主导设立的，最初注册资本只有5亿元，后进行增资扩股，纳入数家新股东，股本增加至10亿元。物华天宝就是在此时进入的。

东方保富成立数年来，业务一直不温不火，年保费收入几十亿元，刚刚有些盈利。

任鸿飞和李成梁约请东方保富保险公司总经理孙胜祖喝茶聊天，先探一探东方保富的想法。

孙胜祖对保险业的未来，大有信心，但对于公司目前业务的进展缓慢，也颇为焦虑。

任鸿飞说：孙总，咱们是老朋友了，说话不用拐弯抹角、遮遮掩掩。对保险我是个门外汉，我说了您也别不高兴啊，说错了，您权且一笑了之。从旁观者角度，我觉得东方保富面临三个问题：一是股本规模太小、实力太弱，竞争力不强；二是业务模式单一，产品老化，如果不另辟蹊径，我们不仅玩不过几家保险巨头，也马上会被一些新晋的保险公司超越；三是公司投资渠道太少，银行存款占了大头儿，利润率太低。

孙胜祖说：你这哪是门外汉啊，针针见血啊。

孙胜祖热切地看着任鸿飞：任总有何解决之道？

任鸿飞说：找出了问题，就不难找出解决之道。咱们加强合作，对症下药。

任鸿飞提议公司进行新一轮的增资扩股，将股本扩充至20亿元，引进两家新股东宝驰汽贸和佳美丰华，不仅增加注册资本，两家公司也将为东方保富的业务扩张，带来很大增量，尤其是汽车保险，那可是块肥肉。

李成梁补充说：可不是吗，我们宝驰汽贸的4S店，大大小小的保险公司都挤破头了，都在争抢汽车保险业务呢。宝驰汽贸若成为公司股东后，肥水当然要流到自家田里，单是这一块，就将给东方保富带来很大业务增量。

任鸿飞继续说：除此之外，从产品线上来说，现在保险产品同质化严重，大家都在拼渠道和人头儿，业务员满天飞，这个方面，我们显然竞争不过那些传统的大块头儿，不如另辟蹊径，多发投连险产品；但要多发投连险产品，投资回报上就要超过那些传统保险巨头，你现在把保费都存在银行，回报率当然没有竞争力了，不如把富裕资本交给我们运作，我给你确保超过你现在投资回报率1倍以上回报。具体多高，咱们可以谈。

孙胜祖说：任总，看来我得让贤了，您虽不搞保险，却是门儿清啊。

任鸿飞说：孙总，您是老保险，只缘身在此山中啊。我们作为股东，当然也很想为公司发展做些贡献，给您提一些建议，做好了还是您的功劳。其实，金融几大行业虽渠道不同、资金来源不同、服务对象和服务领域不同，但无非都是让钱如何生钱。关于这一点，我们公司还是有相当大优势的。

孙胜祖说：您刚才说的这几件事，好是好，但无一不是公司大事，得报董事会和股东大会讨论批准。

任鸿飞说：那是当然。但具体方案还是需要由经理层提出，才能推进相关工作。只要大股东中国远通同意，我们也同意，董事会和股东会，基本就够通过的票数了。

孙胜祖点点头。

没想到问题恰恰出在大股东那儿，中国远通认为再次增资扩股，中国远通的股权稀释得厉害，他们并不愿意放弃控股权。

任鸿飞只好请肖东方亲自出马。

190

经过反复谈判，达成妥协，东方保富股本先增发5亿股，总股本扩至15亿元。中国远通从单一股东来看，仍占据第一大股东位置，物华天宝为第二大股东，但如果加上宝驰汽贸和佳美丰华的持股，他们已经远超第一大股东的股权占比。只是目前，他们还不愿对治理结构进行大的变动，他们还需要扛着中国远通的大旗。

扩股后，物华天宝提议让李成梁担任保险公司副董事长。他们在保险业嵌入了一颗最重要的棋子。

在联众信托被清理后，任鸿飞就一直关注着信托业清理整顿的进展情况。信托牌照对于他们来说，含金量绝不亚于保险。尤其是此一轮的清理后，信托牌照更显稀缺。

金碧辉副行长并未食言，在安华信信托公司保壳已经有了眉目，并准备增资扩股的当口，由金行长牵线搭桥，天宝投资拿到了25%的股权，与第一大股东30%的股权只有咫尺之遥。

这一次，他们的目标是说服其中的一家小股东，把他们持有的8%的股权转让给佳美丰华。

不过，等到他们签订股权转让协议，第一大股东意识到天宝投资与佳美丰华是一致行动人时，他们对控股权的争夺战也就此展开。

而物华天宝不惜代价，志在必得。

后来，在金碧辉副行长的协调下，双方达成妥协，以物华天宝派出董事长和财务总监，对方派出总经理握手言和。

这将在未来成为他们融通资本的一个重要平台。

而进入地方商业银行的选择余地比较大，此时，各省、各省会城市纷纷把城市信用社、农村信用社等联合起来，设立商业银行。趁亨通商业银行增资扩股的机会，他们用旗下的两家子公司参与进来，顺利拿下控股权。等银行发现他们的关联关系时，已经生米煮成熟饭。

在此之外，他们还参股了几家经济发达省份的城市商业银行。他们并不要求控股，先布下棋子，建立密切合作关系。在未来需要时再加大持股。

多年以后，这些最早投资的金融机构，在他们的金融版图中或者已做大做强，或者已无足轻重，但作为他们金融产业的前导，为他们未来的扩张，输送了数不尽的资本和人才。

李成梁也从一个贸易商人，华丽转身为手握多张金融牌照的金融家。

而对于任鸿飞来说，随着对金融机构介入力度和合作力度的加大，他感觉到套在脖子上的绳索，也渐渐松弛下来。他长长地舒了口气，似乎要把他一年多透不过气来的焦虑不安，统统抛撒开去。

在金融业布局暂告一段落之后，任鸿飞把他的工作重点，转向推动几块成熟产业的上市上。他想尽快打通直接融资通道，两条腿走路。

任鸿飞专门设立了上市推进小组，由他总负责，谭笑风协助，何乐为协调投行、会计师事务所和律师事务所，进行改制和辅导，罗鸣、刘步青、温良恭、周自珍作为4家企业负责人进行衔接，分兵突进。需要资本或收购项目，集团全力支持。

任鸿飞许诺，谁先上市，高管奖励1000万元。

接下来，任鸿飞带谭笑风、何乐为等赴4家企业摸底，分析存在的问题，并现场办公，解决企业在准备上市过程中面临的问题，清扫障碍。

一圈走下来，任鸿飞心里已经渐渐有了谱儿。

从这几家企业来看，论业绩，佳美丰华、光明煤电最优，论品牌，东江美锦最佳，论模式，宝驰汽贸最先进。各有优劣，谁先上市都有可能，要看谁的造化大。

任鸿飞要做的，是在4家公司上市前的股改时，如何通过股权转换和安排，把相互间的关联关系排除掉。他必须避免因为过于集中的上市，引起监管部门的意外关注，以及市场上不必要的猜测和议论纷纷。

第十章 花好

10.1

一晃两年多过去，苏丹虽然还会不经意地出现在任鸿飞的脑海里，但身影已经渐渐模糊，变成了一道刻在心上的疤痕。

任鸿飞把自己全身心投入到物华天宝集团的业务开拓中，实业、投资、金融等各项业务均有大的起色，他的商业版图，轮廓已经越来越清晰。

而他和刘洋洋的关系，经过起起伏伏、反反复复，也渐趋稳定和平静。他们的婚姻，也水到渠成。

一开始时，任鸿飞从内心里无法摆脱对刘洋洋的排斥感。他甚至希望用自己的不冷不热，来让刘洋洋主动打退堂鼓。他仍然梦想着有一天能再次回到苏丹身边，和她破镜重圆，重燃爱恋。他多少次渴望能再听一听苏丹的声音，和她不期而遇，就像他毕业后重见苏丹之前的那段时光一样，常常梦中醒来，泪流满面。

他不知道人生为何会如此循环，走了一圈，又重新回到原地。

但是理智的声音又告诉他，那已经是不可能的了。他亲手打碎了她的花瓶，摧残了她的花朵，撕碎了她的心。他已经选择了另外的路，南辕北辙，和她的距离已经越来越远，他永远也无法回头。

任鸿飞只能将痛苦封存在心底，全身心地投入到他的事业之中，希望用他恢弘的商业作为，填补起苏丹离去后的空虚和缺憾。

既然如此，刘洋洋当然就是他最好的选择。

情感和理智就一直这样纠缠着，推着他往前走。

而刘洋洋对任鸿飞的感情，也是一波三折。

自从遇见任鸿飞，她的内心就像干枯多时的荒草地，突然被一场雨水浇透，几乎一夜之间，郁郁葱葱起来。

尘封的爱情的种子，在她心底萌芽、破土而出。这是青春的力量。她这片过于冷清而孤寂的土地，在春风的吹拂下，露出春天般的生机。

她是真心喜欢他的。从见到他第一眼时起，她就被他俊朗的外形所吸引。他就像在她司空见惯的花圃里，突然出现的一株奇花异草，格外吸引她的目光。

但是一开始，她并没有想到任鸿飞会走进她的生活，他们的差距太大了。他最多只能成为她生意上的伙伴，或者不客气地说，是他们的管家，为他们打工的乡下人。

但经过一段时间的交流和沟通，任鸿飞的才华、能力和谈吐，甚至日常细节中自然而然流露出的幽默感，就像一块磁铁一样，越来越牢地吸引着她。他与她惯常交往的同样家庭出身的那些浮华于表面的子弟都不同，他更显得硬朗、底蕴丰富和成熟。

在她20多年的人生经历中，从未有过这样的体验，她也为自己会喜欢这样一个乡下人，感到不可思议。

20多年来，家和学校差不多是她的主要记忆。她跟为数众多的中等生一样，从小学开始，若有若无地在校园里生长。既不像成绩优异的同学那样，会引起同学们的艳羡，也不像差等生那样，经常搞些恶作剧，以引起大家的关注。她像一朵毫不起眼的小花，在校园的一角，独自开着，独自凋零。除了校长，甚至没有人关心她是谁。她眼看着其他同龄的小姑娘，花枝招展地任意生长，有些羡慕，但更多的是冷眼旁观。而更严格的家教，反而让她有意地躲开热闹之地，刻意保持着与他人的距离。打上中学时起，家长就把她送往美国读书，就像把鱼放生到大海里，她即使想大声喧哗，也已经激不起太大的浪花儿。

194

归国以后，她除了跟她为数不多的同学交往，更多的是用弹钢琴、读书或者旅游来打发青春时光。

她其实生活在人群之外，生活在热气腾腾的生活之外。

如果不是遇到任鸿飞，她的一切都将按照早已规划好的路线，顺顺当当，平静安稳，一直到她选中一个门当户对的丈夫，继续过着不为人知而又富足的生活。

但任鸿飞的出现，打破了她心湖中的平静，激荡起无限涟漪。

也许，每个人的心里都藏着凡俗的种子，她在内心里也渴望那种更加市井化、更加生动有趣的生活，她对她圈子外的世界更感好奇，她也需要大排档，甚至无厘头的取闹和玩乐，而不是成天端着架子、一本正经。她渴望自己从上不着天、下不着地的寂寞之地下来。就像七仙女渴望从天上下来，和牛郎过简单的男耕女织的生活一样。既然她的牛郎已经出现在面前，她绝不会放过机会。

她一定要得到他。她想当然地认为任鸿飞不会拒绝。

她从小开始，都是父母的掌上明珠，是家人拿在手里怕摔了、含在嘴里怕化了的宝贝。在她归国以后，不知道有多少人在托各种关系想靠近她、结交她。她妈妈不停地跟她说起过，甚至给她摆出无数通过各种关系递过来的求婚者的照片。她知道，只要她愿意，他们随时都会迎上来，哈巴狗一样围着她转，甚至为她赴汤蹈火，在所不辞。可是，她对那些没有一点儿立体感的照片，毫无感觉，提不起兴趣。

而让她万万没想到的是，任鸿飞会不接受她。在他们发生肉体接触之前，她能感受到任鸿飞对她的呵护和善意，她认为他们在一起时是愉快的。只是，她的爱情经验太少了，她把这些当成了爱情，或者爱情的前奏，她迫不及待地想摘下甜蜜的爱情果实。

她的母亲金一诺最先观察到她的变化。在这一段时间里，洋洋总是以公司有事儿为由不愿像从前一样早早地回家；而一回到家里时，她总是会主动地提起公司的事儿，和任鸿飞到来之后公司的变化，夸赞任鸿飞能干。她话语中流露出的喜悦之情，不仅使自己变得生动，也给这个有些沉闷的家庭，带来一些春风拂柳般的生机。

195

金一诺一再提醒洋洋，不要急于下结论，再观察观察。她根本没想到洋洋喜欢的，是个有妇之夫。她只是提醒她说，你了解他的为人吗？了解他的过去吗？了解他的家庭吗？差距这么明显，你们能走到一起吗？

可洋洋已经沉浸在臆想的幸福中，无法接受母亲提出的任何疑问。金一诺还是不放心，只好动用一些老关系，对任鸿飞进行一些基本的调档查档。她像组织部门考察干部一样，对未来将进入这个家庭的重要一员，进行基本政审。

在任鸿飞明确拒绝之后，刘洋洋就像被抢走了心爱玩具的儿童，哭闹撒泼摔东西。她根本无法接受他的拒绝。她感觉自己就像在一条阳光明媚的路上走着走着，突然掉进一个深不见底的阴沟里，羞愧、悔恨、恼怒、不甘，又无地自容。她还没任何心理准备，去应对这一切。

她理所当然地认为，是任鸿飞的婚姻妨碍了他。她必须想方设法让他离婚。

可是，在任鸿飞离婚之后，事情仍未朝她预想的方向发展。她感觉他的身体虽然跟从着她、顺从着她、配合着她，但是，还是像周围的空气一样，让她够不到、摸不着。他语气虽然客气，但眼神呆滞，一点儿也没有之前神采飞扬的样子。

不过，刘洋洋满腔的热情已经被点燃起来，她并不甘心，还在尝试着训练、引导着任鸿飞进入她的世界、她的生活。即便在她生气的时候，也是过几天，又回到他身边。她相信哪怕他一开始不适应，但他最终会是她的。

过了一段时间，任鸿飞让她越来越感到失望。她很不快乐，也很不轻松。她在内心里非常矛盾。她不想玩了，她并不需要这样的空架子。要不是她从未有过失败感的自尊心，让她心有不甘，她甚至准备放弃他。

她怕自己见到他时，总是控制不住自己的情绪，那段时间里，刘洋洋甚至强制自己不停地出国旅游，来避开和任鸿飞过多的接触。

任鸿飞也逐渐感觉到刘洋洋的变化。

等到他清醒地意识到这一点时，他发现，刘洋洋已经成为他工作和生活中离不开的一部分了。

任鸿飞感到自己太浑蛋了，他为自己的行为感到羞耻。刘洋洋其实是上天派来帮助他完成人生大业的贵人，是他点石成金的手杖，甚至是他行动的腿脚。她为他打通了通往他商业伊甸园的捷径。没有她，他连那些深不可测的大院的门都摸不着，何况还要走进去。公司那些看似轻而易举就达成的交易，哪一个不是靠他们积攒了几代人的人脉和资源，才能完成的？

如果冷静地想一想，他既然想成就他的事业，他们俩走到一起，简直是天造地设。就好比氢气，只有在有氧环境才能燃起烈火，生成水。

任鸿飞甚至觉得，肖东方这个老狐狸，从他们开始接触时并不去提醒他，不去阻止她，可能是有意放任他们的发展。而包括谭笑风、何乐为这些老友，在他离婚后，都劝他尽快和刘洋洋明确和稳定关系，再往前推进一步。

任鸿飞偶尔对两位老同学谈起不知道苏丹现在怎么样时，何乐为、谭笑风甚至臭骂他脑子是不是进水了，都这个时候了，还再为这个事儿拎不清。

在他们看来，他和刘洋洋的爱情发展，将为公司，为那些与公司息息相关的人，也为任鸿飞自己，撑开一片湛蓝湛蓝的天空。

何况，她还这么看好他，爱他，听任他，他应该感激涕零才对。他已经伤害了一个爱他的女人，他不能因为自己狭小的内心，再去伤害另一个。

有了这种不停的自我暗示和朋友劝说，渐渐地，任鸿飞也发现刘洋洋其实并不是那么不可接受。她虽然不是他的菜，并不那么漂亮，但也不是丑八怪。

她其实是个非常单纯的姑娘，甚至她的任性和不计后果，都是由于她的单纯所致。从本质上讲，她并不像很多同样出身的大家子弟一样，沉湎于浮华的生活，慵懒、尖刻、好事、趾高气扬、浑身散发着

197

骄娇二气，反而更多地表现出沉静和识大体。

只是，她太不经世事了，她还没有品尝过爱情的煎熬和酸甜苦辣。她只是按照她自己的一厢情愿，直来直去，过她想要的生活，却从来未考虑别人的感受。

如果不是她的任性，毁掉了他的爱情和婚姻，任鸿飞其实对她并不反感。他甚至会像一个哥哥一样，尽可能地照顾她、爱护她、帮助她。

不过，话说回来，即便她打碎了他的爱情，又能怪她什么呢？她只是疯狂地喜欢他，然后又不顾一切想得到他而已。而任鸿飞自己，当年狂热地追求苏丹时，不也是这样不顾一切吗？他可曾关心过苏丹的未婚夫辛悦诚的伤痛？要怪只能怪命运的捉弄、生活的阴错阳差。只是，不幸的是，这一次他成了其中受伤的主角。

既然他的爱情已经死了，他必须经营好他的婚姻。

这样想，任鸿飞忽然有些回过味儿来。过去对洋洋的冷淡，只好用加倍的热情来补偿。他的理性转化为激情，变着法儿地逗洋洋开心。

这些，对于他这个过来人来说，并不难。

而刘洋洋，似乎又看到了任鸿飞回归到之前她所喜欢的那个样子。对于她来说，他所做的一切，都是新鲜的、可口的、有滋有味的。

她很快就破涕为笑并投怀送抱了。她虽然曾经想离开他，但在内心里，她还是非常期待他的。

10.2

任鸿飞没想到，洋洋父母家的简朴超出他的想象。

这栋老旧的二层小楼，位于京华市的一个大院落里。家里的陈设非常朴素，桌子、书架甚至残存着"文革"等火热年代的痕迹，不过都清理得干干净净。而家里的有些摆设又非常新潮。就像他们极力想跟上时代的步子，而又留恋着上个时代的荣光。

以刘洋洋现在的收入水平，他们完全能够过一种更高品质的生活。实际上，洋洋已经在位于城外的别墅区购置了别墅，那是明星、演员的集中地。但是，他们除了偶尔去帮洋洋收拾收拾，并不愿离开这个住了几十年的地方。他们习惯于旧有的生活。

客厅的墙上挂着洋洋的爷爷、父亲、母亲、哥哥和洋洋自己各种时期照片的大小镜框。洋洋小时候亲着爷爷的脸、爷爷笑逐颜开的照片，放得格外大。

任鸿飞呈上自己的礼物。他给洋洋父亲一块江诗丹顿手表，给她母亲一块翡翠手镯。既简洁明了，又显出高端大气上档次。

此前洋洋一再说不需要，但任鸿飞还是觉得，第一次去拜见准岳父岳母大人，两手空空不甚礼貌。果然，他们礼节性地表示感谢后，就随手把礼物放在了一边。

任鸿飞毕恭毕敬地坐在沙发一角，等洋洋的父母训话。洋洋则显得格外喜庆，她穿了一身鲜红色的套装，给这个沉闷的家庭，带来些鲜活的气息。洋洋挽着他的胳膊，做出小鸟依人的样子，似乎有意在给父母展示他们的亲密关系。

洋洋的父亲，穿了一身洗得干干净净的便装，松松垮垮地靠在沙发上。他臃肿而浮夸的样子，几乎与在京华街头遛鸟的老头儿，没有什么差别。他的话并不多，只是招呼保姆给任鸿飞倒水，简单地问了下任鸿飞身体还好吧，工作忙吧，就不再多说话。

任鸿飞无意中发现，他在说话时，有时会习惯性地去看洋洋妈妈的反应。

而洋洋的妈妈，果然是家里说一不二的绝对权威。这个刚刚退休的老太太，面目清瘦，皮肤保养得很好，衣着虽不是很时尚，但干净得体，脖子上的珍珠项链价值不菲，说话语气干脆利落，一看就是严谨、一丝不苟和对方方面面要求极高的人。

她用挑剔的眼光仔仔细细观察、打量着任鸿飞，似乎在寻找任鸿飞话语中的破绽。

洋洋曾对他说过，她妈妈是个旗人，年轻时可厉害啦，当年她爷爷去工厂调研时，从汇报的一堆人群中，一眼就看重了说话干脆利落、条理清晰的她，然后就娶回这么个儿媳妇。她退休前虽然只是个享受副部级待遇的干部，但威信颇高，上上下下都知道她的为人处世说一不二，从不拖泥带水。

金一诺非常详细地询问了任鸿飞的身世、父母、工作和生活情况，并不时地加以点评、指导、校正。甚至，她还看似不经意地问起他的前妻现在怎么样。

对于这一点，任鸿飞很坚定地表示："从离婚之后，再没有任何联系。"

洋洋听不下去了，嗔怪道："妈，您不是早就调查过他祖宗八辈的情况了吗，别老审问他。"

金一诺瞪了她一眼："你别插嘴，没让你说话。"

任鸿飞觉得，他的一切，逃不过她的眼睛。

她才是他未来婚姻生活中的真正对手。

这一顿饭吃得任鸿飞异常谨慎，中规中矩，不敢越雷池半步。他像心里有鬼似的，显得有些不自在。他不知道如何融入这样的家庭。

但洋洋妈妈对他的谨慎、沉稳和收敛，却似乎很满意。她问道："鸿飞，你们打算什么时候办事儿？"

任鸿飞老老实实地说："伯母，我才到北华没几年，事业也才刚步入正轨，现在一门心思在公司发展上，房子都还没买，目前还未考虑结婚的事儿，怕对不住格格。"

洋洋妈妈表态："房子你暂不用考虑。洋洋也老大不小了，就找个时间办了吧。"

鸿飞点点头：只要伯母不嫌弃，听伯母吩咐。

有了这句话，洋洋放下碗筷，欢快地拉任鸿飞上楼，踩得老旧的木楼板嗵嗵作响。

这里与楼下完全不同，楼上的世界属于洋洋。自从她哥哥去外地任职之后，楼上的三个房间基本上都被她霸占了。虽然她嫌这里太老旧，并不常回这里住。

洋洋给鸿飞一一展示她的世界。

一间是书房，书架、桌椅依然老旧，一架乌黑锃亮的三角钢琴摆在那里。另一间屋子是她的衣柜、鞋柜和杂物。她的各式各样的鞋子摆满了整整一架子，看得任鸿飞眼睛发直。另一个架子上，则挂满了各种款式的爱玛仕、LV、迪奥包包。

而她的卧室，竟然有着儿童般的琳琅满目，两只大的玩具熊摆在床头。古老的硬木床、时尚的布置、现代的摆设，使整个房间显得风格极不统一。

这似乎也在说明它的女主人还未长大成人，还在逐渐改变的过程中。她还不知道如何将自己定位成一个成熟的女人。

不过，这反而增加了任鸿飞对她的好感。

10.3

他们的婚礼，就在公司重新改造完成的佳华大酒店举行。

他们尽可能低调，不事张扬。除了肖东方作为证婚人，以及洋洋的父母、哥哥嫂子、部分亲朋好友和公司同事，他们没有邀请任何人。

任鸿飞的父母并未到场。他们一直无法理解和接受儿子为何离婚。在他们的老观念里，认定苏丹就是生能进家谱、死能进祖坟的儿媳妇。他们也不愿来北华。任鸿飞只好在老家的市里给他们买套房，安顿好他们。以后再慢慢沟通吧。

不过，当天，佳华大酒店仍车水马龙、门庭若市。门前的停车场停满了奥迪、宝马、法拉利等高级豪华轿车。

公司对婚礼现场进行了简洁而高雅的布置。

婚礼台的大背景板正中，是鲜花烘托起来的洋洋和任鸿飞的巨幅亲吻照片，钢琴和乐队演奏着浪漫的曲子。

婚礼现场的主角刘洋洋，身着从巴黎定制的白色婚纱，被装扮得如天女下凡一般，斜倚着任鸿飞，一直微笑着站在背景板前，接受着人们的握手、拥抱、合影和祝福。她对自己的婚礼和幸福，充满着想象和期待。

来客们都在背景板上，写下自己金光闪闪的名字，见证这对新人的爱情和幸福。

几位从京华及其他地方来的贵宾，在随行人员陪护下依次到来，像一阵风似的吹过，引起现场微微的震动和交头接耳。他们和洋洋父母进行了程序式的寒暄，然后拍拍洋洋，或亲亲洋洋的脸蛋，对他们表达了诚挚的祝贺。他们和新人照完合影，并未停留，便匆匆离去。

任鸿飞在事后盘点照片、他们留下的签名时才发现，当天那些他匆匆握手、寒暄之前见过或没见过的人，包括许多很少在公开场合露面的旧族新贵。他们跑那么大老远，又只是露个面即走。

他不知道他们是如何知道他和洋洋婚礼消息的。

任鸿飞目前还没有一一认识他们。但以后，他们少不了在生意或其他场合碰上，他们都在一个圈子里混着，抬头不见低头见的。

实际上，任鸿飞和他们，未来会在很多非公开的场合见面。他们处在一个共同的磁场中，相互吸引，又相互排斥。他们既会在一些项目和资金安排上，相互借力和相互使用，又不可避免地相互打量、猜测和暗中较劲儿。他们各自枝繁叶茂的大树的根须，有时会纠缠到一起。

不过，对于婚姻这样面上的事儿，大家都会给足面子。他们所带来的黄金、翡翠、钻石、珍珠等等礼品和现金，堆满了几只大箱子。任鸿飞一开始并未准备接收礼品，但不得不临时在酒店找间屋子堆放。

甚至在他们婚礼的两三天后，仍有大件的玉石等礼品，从外地源源不断地寄来或送来。

他们事后粗粗清点一下，除掉礼金，光这些礼品的价值，足够他们一辈子都用不完。

10.4

不过，他们的爱情却并不圆满。

他们送走所有的亲戚和客人后，回到他们的临时婚房，一间专门在佳华大酒店精心装饰的套房，刘洋洋挑选的粉红色的色调，刻意营造爱与浪漫的气氛。

洗完澡，他们躺在宽大的床上，准备完成结婚仪式的最后一道程序。

任鸿飞抱起洋洋似乎仍未发育完全、飞机场一样平坦的身体，几次试图进入她，可每次到门口，都无功而返。

她只好亲自披挂上阵，翻过身来，从上到下抚摸他，亲吻他，等他有些起色，硬朗起来，便骑上他，可他又松垮下来，像面条似的软绵绵的，欲振乏力。

她有些失落，背过身去。

任鸿飞从背后抱住她，亲着她的脖子，连声抱歉："对不起，宝贝，可能这几天太累了，休息几天就好了。"

他一开始真是这么以为的。

可接连几天，他欲望的火苗，越来越黯淡无光。他的遥控器像是失灵了似的，根本无法启动他身体那台锈迹斑斑的机器。他感觉自己就像曾经贴在电线杆上的小广告描述的那样，阳而不举、举而不坚、坚而不久，他越是试图进入她，越是力不从心。

而她，每一次，总是满怀期待地配合他，帮助他，可每次都很不顺利。他偶尔能勉强进入她，可还没动两下，又软塌下来，湿滑黏稠的乳白色液体，粘了她一身。

她非常失望。

她根本没想到，任鸿飞看似健硕硬朗的身体，其实是一副中看不中用的臭皮囊。

第十一章 飞跃

11.1

尽管任鸿飞预料到了房地产市场的迅猛发展，但是，发展得如此疯狂，还是有些出乎他的意料。

其实，不仅仅是任鸿飞，许多理性的投资者、经济学家和媒体精英，十几年后再回头看他们当年的预测，都恨不得以头撞墙！

房地产市场出人意料的发展，不仅成为改革开放后经济发展变迁中最亮丽的风景，它甚至把城市和乡村的很多人都牵扯进来，造就了无数喜剧、悲剧，和让人啼笑皆非的悲喜剧。

任鸿飞、罗鸣和谭笑风等有时候凑在一起，会讲起房地产业的无数趣闻。

说一位京华人士在上个世纪90年代初，像《北京人在纽约》里的王起明一样，按当时市价，以50万元卖掉自己家的小四合院，追赶着出国潮流，去美国寻梦。先后干过导游地接、房产中介，开过餐馆，办过加工厂，经过十几年辗转腾挪，终于发迹。揣着百万美元和喜悦之情，衣锦还乡。可回来一看，他当年卖掉的破四合院，已经价值上亿元人民币，他辛苦挣的百万美元，连那个四合院的角落，都买不到了。

还有位德国人，上个世纪末，怀揣300万元到上海从事红酒贸易，用其中200万元作为生意启动资金，进口红酒，另100万元买了个房子作为居所。十年过去后，红酒生意做得一塌糊涂，亏得干净。他准备洗手不干了，打道回府，没想到处理房子时，卖了1000

多万。德国人摇摇头，以他的智商和经验，实在理解不了这究竟是怎么回事儿。

另有个笑话讲，一位内地商人抛妻别子，到南都经商，耐不住寂寞，找了个二奶，为安顿二奶买了套房。几年后两人闹掰分手。他卖掉房产，一核算，二奶的全部开销都冲抵掉了不说，还赚得比他经商几年所得都多。他回家跟老婆如实交代，老婆把搓衣板扔过来，劈头盖脸一顿臭骂：蠢货，才包了一个，你要是包两个三个，不就发了吗！

房地产业，就这样充满着戏剧性和乐趣。

进入新世纪以来，全国各大城市房地产销售的火爆态势，令人叹为观止。

伴随着城市化浪潮，各地都在大规模地开展造城运动，几乎所有的大中小城市都在迅速变大、变高、变靓。

一些城市甚至觉得老城区的改造、动迁费时费力，跟不上发展步伐，会另起炉灶，在老城之外另建新城。到处是一派大干快上的繁忙景象。

这也给佳美丰华的业绩提升，提供了广阔舞台。

这几年，佳美丰华在一二线城市开发的楼盘，行将发售的前三天，就有人开始排队等待。更为夸张的是，有的地方排队竟然提前到一周。一些有钱的炒房客，甚至聘请农民工来排队。到了发售时，队伍甚至超过1公里，有时场面极为混乱。他们不得不采取放号的方式来解决。一些靠前的号，在黑市竟炒到十万、二十万。

他们在一些城市的优质项目，甚至有市里的头面人物，为了亲朋好友能抢到一套房子，亲自打电话、递条子。

短短几年时间，佳美丰华加大开发步伐，业绩也突飞猛进。任鸿飞在佳美丰华成立时确定的5年达到100亿元的销售目标，在第3年已经突破，到第5年时已经接近200亿元，而公司的年利润已经达10亿元左右。

但任鸿飞他们还是觉得，他们的步子远远落后于市场。只有开发不出来的楼盘，没有卖不出去的楼盘。

这个市场的空间太大了。他们虽然加大开发力度，但在全国市场占有率连千分之一都不到。他们需要采取更为激进的办法抢占市场。

他们必须加快步伐在各大城市抢地，只要拿到地，哪怕不开发，放到那儿，都会升值。看着那些郁郁葱葱长满荒草的土地，你都不知道那些价值，是如何生长出来的。

其实，不仅是他们发现了这一点，各路资本都像嗅到了血腥味的野兽，从四面八方拥进房地产市场，加入房地产开发大军。甚至那些并不开发房地产的企业，如家电、医药、煤炭等产业资本，以及掮客、皮包公司和炒房客，也开始汇入抢地、囤地、炒地皮行列，都想从整个房地产价值链中的某一环节，捞上一笔。

房地产业已经开始呈现出准金融产品特性，各路资本对房地产业的投资规模迅速增长。而金融行业的信贷规模，也随之迅速攀升，加速了货币创造和流动性生成。而快速增长的流动性，又像狼奔豕突的洪流，汇聚到房地产行业中来，再进一步推升房价和地价。

如此循环往复，节节攀升，越过了很多产业都要经过的产业周期，甚至成为其他产业周期衰退时的避风港、归宿和最终价值体现。曾有媒体报道，一个上市公司连年亏损，处在退市边缘，每当坎快迈不过去时，总是靠卖一套学区房"保壳"。

甚至连很多学者都难以理得清，到底是货币超发造就了房地产市场的狂飙，还是房地产业的迅速扩张和膨胀，造就了货币发行的超常规模增长，还是两者互为因果。

这种情况，也使房地产行业的发展和竞争态势更加复杂。

11.2

近些年，佳美丰华的拿地成本越来越高。

一开始，他们还能通过各种渠道拿到协议转让的地块，到后来，越来越多的城市渐渐患上土地财政依赖症。土地转让费收入甚至超过税收，成为当地最主要的收入来源。

在有偿划拨之外，一些城市开始进行土地拍卖和招标，尤其是一些热门地块，有些城市甚至会让他们自己所控制的地方国企做托儿，参与竞标，把价格哄抬上去。如果哄抬得太过离谱儿，没人接盘，砸在国企自己手里，也不怕。如果国企自己进行开发，政府可以暗中在很多方面给予补贴；如果不开发，政府过段时间，再找个正当理由把土地收回来，重新拍卖。

佳美丰华虽有物华天宝做后盾，有自己的拿地优势，但要拿到自己想拿的地，就算能把显性成本降下来，隐性成本也越来越高。有时不得不靠预留房子、别墅等等来解决，风险也很大。

他们迫切需要建立一种机制，通过引入人才，来解决拿地以及融资和销售等问题。

他们所说的人才，并非房地产开发流程中的管理、规划、设计、施工、销售等专业人才。在这些方面，佳美丰华已经有相对成熟的开发模式和流程图，可以在每个项目开发中进行复制。他们拿到土地后，几乎都以土地做抵押，从银行那里拿到贷款，办理预售证所需的各项税费，补充流动资金。建筑款则由建筑公司垫付，装修由装修公司垫付。甚至销售，他们在分不开身时，都打包给销售公司或中介代理商。等到开售回款，再归还这些借款。

这个现成的模式，即便刚来公司一两年的新员工，都会对这一流程耳熟能详。他们在熟悉业务流程之后，大多会被派到新的地方负责一些项目的落实，从而实现自己的价值升华和人生飞跃。

但是这一套流程图，能够顺利实施的关键，说到底，仍是项目所在地的人脉。这是他们最需要的人才。

关欣的加盟，他们虽然一开始并不看好，但随后发现，他为他们在各城市的扩张，提供了一个很好的模板。

一开始，罗鸣并未将关勉堂副市长的侄子关欣放在眼里。这个从未搞过房地产的小伙子，实际上对房地产开发流程不甚了了，也不甚上心。他热衷于跟地方上的派出所、街道，甚至工地上的包工头等混在一起，喝酒摆龙门阵、插科打诨。

但是，在公司位于北华市的一个项目动工拆迁时，关欣的关系、浑不吝的劲儿和软硬兼施，让罗鸣有些刮目相看。

这个地块原是一处由村民平房、村办企业、货场以及外来农民工租住的私搭乱建的简易房混杂在一起的村落，环境脏、乱、差，洗头房、按摩店、歌舞厅、棋牌室等藏污纳垢。按照市里规划，他们将在此建设一个超过20万平方米的超大社区，建设10栋住宅楼，以及超市、体育健身、幼儿园等相关配套设施。

拆迁工作让他们有些头痛，但他们不能坐等。如果等市里按部就班做完，成本、时间无法控制不说，且收拾干净后，恐怕来争抢的人会很多，这块地最后能不能到佳美丰华手里，就很难说了。

他们拿到市政府的相关批文后，已经开始介入前期工作。

关欣请关勉堂到现场视察一下，这也是关勉堂主管的一项工作。

副市长关勉堂的到来，从区到街道和村的头头脑脑们，都过来陪同，听候指示。罗鸣他们准备好了未来小区的模拟片、沙盘和图片，向大家展示改造后的美好前景，规划实施的步骤。然后，请关副市长做指示。

关勉堂站在一处高地上，指着这片破破烂烂的平房，高屋建瓴地指出：这一片区域已严重影响了市容市貌，大家都看了佳美丰华展示的未来前景，很值得期待。希望区、街道、村子全力配合拆迁，希望佳美丰华用高标准的建设和绿化，把这一区域打造成模范社区。

领导的讲话定下了基本调子。不过，拆迁队的大型机械仍不时地被挡在现场之外。佳美丰华虽然承诺对村民原来的住房按1：2的比率，原地回迁补偿，但是，仍有部分住户达不成协议，漫天要价。

其中，村里的一位刘老太太，让他们颇费周章。她躺在床上，死活不离屋，他们也不敢硬拆。只好使出缓兵之计，把机械开走，表示达不成协议前不会硬拆。

关欣和村长混成酒桌上的朋友，请村长配合拆迁工作。村里开始频繁地组织老人们参加旅游、参观、看演出等活动，刘老太太觉得可能是调虎离山计，不动。但一看，并无动静，渐渐有些后悔。村里又组织老人免费体检，刘老太太一看并非针对自己，终于不敢错过。

不过，等她体检回来时，村子已经荡为平地。她一哭二闹三上吊，可生米已经煮成熟饭。

拆迁完，佳美丰华按计划开工建设。

这一分三期开发的项目，让他们在北华站稳了脚跟。

佳美丰华决定将公司总部移至北华。这里离京华很近，他们更容易看清全国房地产市场的风向。

罗鸣给关欣开出重重的奖励。他认为关欣的加盟，给他开拓了思路。

按照这个思路，他们在和各地进行项目沟通谈判和前期工作过程中，会首先寻找关欣这样的人。他们会开出非常有诱惑力的条件，吸引与当地官场有关系的人，甚至他们的孩子或亲戚加盟，负责当地项目，而总部则派出专业人员负责开发流程的落实和有效管控。

逐渐地，他们找到了更有效的路径。

在房地产市场发展过程中，各个城市都出现了无数小的房地产公司。这些小公司并不起眼儿，但罗鸣在土地竞拍过程中，发现他们有时候还真竞争不过这些小公司。

他们在汉康省一地级市某地块的招拍挂过程中，就遭遇了这样的一家小公司。他们本来已经做了充分准备，要拿下这块地，但有人递过话来，这块地已经内定给一家本地的小公司华屋置业，他们可能会成为陪衬，最好是退出竞拍。如果真要撕破脸，坚决不退出，他们即便拍得这一地块，后续开发工作也很难做。

罗鸣很清楚这些话的分量。

他知道，房地产开发不仅仅是拿地、盖房、销售的问题，水、电、气、路、消防、垃圾处理等等，要办理各种证件，甚至拆迁和销售中出现的暴力冲突、上访等群体性事件等等的处理，都需要方方面面的过硬关系才能解决。

他们只好退出竞拍。但又有些不甘，一打听才知道，华屋置业与市里头面人物有关系。

罗鸣辗转通过关系，与华屋置业公司总经理蒋少杰见上面。果然，蒋少杰只是想先占住这块地，对如何开发仅有初步想法，规划和资金还没有着落。

罗鸣提出合作方案，收购华屋置业和该项目，现金或股权方式都可。

这对小公司来说，不仅利益得到充分保障，也免去了开发过程中各种琐碎事儿。

这种收购，也让罗鸣找到了介入各地房地产市场的便捷通道。

罗鸣进一步了解到，这样的小公司各地都有。这些公司大多与当地的官场关系密切，他们能在央企以及全国性房地产公司的竞争中活下来，没有点儿某些方面的非常手段，几乎是不可能的。

罗鸣在准备进入一个城市时，都先留心这些小型地产公司的状况，他甚至找到专门的猎头公司，搜罗他们和当地领导的关系图。如果有不错的标的公司或项目，他们通常会用现金、股权或项目分成方式，来收购这些公司以及项目。

对于佳美丰华来说，有了当地这种关系，已经成功大半。即便在开发过程中或者售后出现各种问题，总是好协调解决。

11.3

但公司面临的更严重瓶颈，还是资金方面。

虽然他们采用的开发方式占资最少，或者通过信贷和发行信托产品解决，但是任鸿飞发现依然存在两个问题：一是公司负债率居高不下，公司的整体负债率有时甚至达到300%以上。二是虽然其整体开发速度并不慢，每年全国有几个楼盘发售，但跟市场的迅猛发展相比，如此滚动发展，仍嫌太慢太慢。

他发现市场到处撒满了钱，而他拢钱的耙子仍嫌太小。

他们迫切需要解决直接融资问题。

但是，与房地产市场的火热相比，房地产业的直接融资通道，尤其是 IPO 通道并不十分通畅。进入新世纪后的几年里，股票市场总体形势并不乐观，IPO 有时发、有时停，发发停停的形势，让他们的上市计划一拖再拖。虽然他们公司的业绩和发展预期，要比很多已经上市的公司要强得多。

任鸿飞召集公司高层开会商议融资问题。罗鸣和何乐为建议，若不行，先借壳上市，然后通过配股或增发股份融资，实现曲线救国。

但这条路，任鸿飞坚决不同意。

任鸿飞说：公司为 IPO 已经进行了充分准备，并一直按照这个路数在运作，重新考虑另外的通道也需要周期。何况，我们已经有几块成熟产业，也需要打通 IPO 通道，这个关总得过。不能因为有困难就放弃。这次如果打通了，不仅对于佳美丰华意义重大，也可以为后面几块资产的上市，积累经验。这个硬骨头，必须啃下来！

明面上虽这样讲，但在任鸿飞的潜意识里，佳美丰华是他的亲儿子，是他爱情的结晶和见证。他不仅一手打造出它，用心血浇灌着它，爱护着它，也亲眼看着它苗壮成长，渐渐显露出令人欣喜的模样。

他一定要让它堂而皇之地登上大雅之堂。

这就好比前清时皇帝迎娶皇后，一定要从前门抬进来，过大清门、天安门、午门中间的那道大门和青砖铺地的御道，直入乾清门，拜过大堂后，再进坤宁宫正宫。走的都是中规中矩的正门正道儿，这个不能将就，不能像其他妃嫔那样，只能从后门神武门静悄悄地抬进来，送到皇帝寝宫了事。晚清垂帘听政的慈禧老佛爷，生杀予夺，大权独揽，牛大了。可她当年是以秀女入宫，也是从神武门悄悄进宫的，未能走一趟大清门的正门正道儿。这成了她一生的隐痛。后来，

211

儿媳妇同治帝皇后阿鲁特氏跟她关系处不好，备受折磨，呛了她一句，"奴才虽愚钝，也是从大清门抬进来的"，以示身份贵重和神圣。这句话正点中了慈禧老佛爷的死穴，恨得她咬牙切齿，坐卧不安。后来找个理由把阿鲁特氏赐死，但这个隐痛在心口横着，到死都在。

这说明名分何其重要！

任鸿飞觉得他的亲生儿子，这个名分必须有。他要让自己，更让苏丹为之骄傲。虽然苏丹远渡重洋以后，从来没打探过她在佳美丰华股权的事儿，甚至有可能她在远走他乡的悲愤填膺中，已经不愿和任鸿飞以及佳美丰华有什么瓜葛。但是在任鸿飞心里，他必须完成这份神圣使命。只有这样，他的负罪感才有所减轻。

这个隐秘的愿望，任鸿飞不愿对任何人讲，哪怕对罗鸣、何乐为、谭笑风那些兄弟们。

IPO即使等不及，也得等。

任鸿飞催促何乐为按原计划，推进上市进程。必要时，公司上下一起努力，打通发审部门的关节。

公司的上市辅导，何乐为选择老东家中通证券来做。

何乐为选择中通证券，并不全是因为这是他的老东家，易于沟通。客观地说，中通证券可以说是券商中的佼佼者，它有着无数次海内外市场成功推介上市的经验。在国内市场，通道十分畅通，它不仅自己有发审委委员，而且与其合作的会计师事务所和律师事务所，均有发审委委员。这样的底子，显然比其他券商来推介上市，更有优势。

中通证券组成精干项目团队，对佳美丰华做完基本情况和运营、财务数据的调查，认为公司利润指标完全符合上市条件。项目团队按上市基础性要求，着手股改，以及公司内部治理规范化等一系列前期准备工作。

此前的这几年，佳美丰华虽然每年利润丰厚，但从未进行过现金分红，而是利用利润和公积金转增股本，加上吸收合并的一些小公司。股改前，他们的股本已经扩充到5亿元。

此次上市前的股改，他们要继续扩大股本规模，一是要给公司骨干预留出股份，也为未来引进人才预留出股权期权激励空间，二是为公司上上下下的关系户留出股权，三是引进一家中字头央企作为战略投资者，挂着央企这个羊头，狗肉好卖。

很多央企愿意掺和进来，分上一杯羹，佳美丰华的选择余地比较大。

经过几轮比较和谈判，他们还是选择了中江物贸。他们之前在佳华大酒店项目上曾有过接触，未来的合作空间非常广阔。

任鸿飞对中江物贸总经理梁心发说：梁总，您也是对佳美丰华公司发展有贡献的人，我们不会忘记。期望今后我们用这个平台，开展更进一步合作。

梁心发对过去一次不经意地退出竞拍，获得如此丰厚回报，还是非常满意。虽然商场如战场，但生意人都很清楚，既然都在这个市场混，说不定什么时候就会照上面。给人一条生路，等于给自己一条生路。他们对此都心照不宣。

任鸿飞请梁心发担任佳美丰华董事。

股改后，总股本增加至8亿元，股权结构亦随之发生了些许变化。物华物业35%，苏丹18%，通海城开集团公司13%，中江物贸10%，佳丰职工持股会10%，其他的由任鸿飞、罗鸣、谭笑风、卓越等高管个人持有。

任鸿飞提议罗鸣接替他担任公司董事长，卓越任总经理。他退到了后面。

而事无巨细的内部规范化，花了无数功夫。公司章程、财务管理、行政管理等一系列规范化文件，均要重新制定。

尤其是财务规范，除了补缴税款，还清理了不少白条。他们在与地方要员沟通过程中，一些无法入账的款项，由总经理签字直接提走。这些在房地产企业运行中已成惯例，但这些拿不到明面上的东西，这次都要清理规范。

这是佳美丰华要走上台面必须付出的代价。这样做，任鸿飞认为这是值得的。这个未来将作为他的实业旗舰的公司，只有规范，才能走得更远。

股改等规范性工作完成后，佳美丰华的公司治理结构和财务指标等方面，均达到上市条件，报送到发审部门审核。

但在上市过程中，他们还是付出了2000万元的额外开支。

中通证券总经理钱可通在一次饭局上对他们说，这是内部话，你们既然着急，排队的企业又那么多，地产又不是鼓励上市融资的行业，要想上市，必须得有分享意识。这个额外费用，算是非常正常，毕竟还摸到了门道儿。而有一些门儿也摸不着的企业，提着钱袋子也送不出去。

不过，相比IPO时所募集到的资本，2000万就不值一提了。他们以20倍的市盈率、25元的价格发行了4亿股，扣除发行费用，拿到了近100亿元的资本。加上上市之前最后一轮股改时拿到的40多亿现金和资产，他们储备了充足的弹药。

他们将用此轮募集到的资本，纵横捭阖，将一些同类竞争者甩在后面。

他们也将更有资本，去开拓新的战场、新的领域。

实际上，在他们上市以后，在房价的不断调控过程中，房地产公司的IPO上市已经越来越难。一些公司不得不转投海外市场或借壳。

他们应该庆幸搭上了这班车。在并不成熟的市场环境下，其实，永远是这样的公司、这样的人抢得先机。

11.4

挂牌当天，在股交所，任鸿飞、罗鸣、卓越等公司高管和当年销售业绩最佳的员工，一起敲响了锣声。佳美丰华开盘开出了30元价格，引起场内一片欢呼，当天收在了35元，市场为之一振。他们为几年来一直不死不活的市场注入了新鲜血液。不过，股价的高低，已经是市场投资者之间的事儿了。

任鸿飞心中亦喜亦悲。他这些年的心血，终于修成正果。他只是遗憾苏丹没有见证到这一刻！但他在心里认为，这些都是苏丹的功劳。

他在心里暗暗估算了下苏丹所持股权的价值。他已经为苏丹赚到了足够的钱，让她永远不会再为生活而奔波。无论她现在在哪里，无论她现在生活怎样，他希望这些钱，能稍稍抚平她心底的创伤。

庆功晚宴就在交易所附近的金贸大厦举行。这是他们第一家通过IPO上市的企业，他们都为此费尽心力，希望用一场盛典来开启新的旅程。

任鸿飞偕刘洋洋盛装出席了盛典。他们的出现引起了现场一片交头接耳。

除了他们公司的高管和各地地产项目的负责人，来宾群贤毕至，与房地产开发项目相关的有关地方、部门，银行、保险、证券、基金等相关中介机构和投资者，应邀出席。

公司董事长罗鸣代表公司发表了热情洋溢的讲话，除了一大圈方方面面必要的感谢，他还着重表达了公司要为股东和投资者创造价值和回报，为建设美好城市增光添彩的宏大目标。

他表示，除了目前项目，他们还将用募集资金在京沪穗深等一线城市加大开发力度，让居住和生活变得更加美好！

晚宴的舞台上，一大堆耀眼的明星带来了歌曲、舞蹈、相声等表演，将庆典带入高潮。

趁此机会，任鸿飞和刘洋洋已悄然离开。

等到一大批财经媒体要找他做进一步采访时，已经不见他的踪影。他把这些抛头露面的光荣时刻，留给罗鸣他们。这是他深感荣耀和光辉的事业，将要开始全新的征程，他已经将接力棒，顺利交到了罗鸣手里。

有一些更重要的事情在等着他。

11.5

"手中有粮，心中不慌。"佳美丰华成功上市后，在任鸿飞心里一直感觉绷得过紧的资金链，一下子松弛下来。

除了在地产业的扩张，他已经有足够的资本和底气，去从事任何他想介入的产业，尤其是金融产业。

而直接融资路径的打通，也激发了任鸿飞进一步加快旗下产业上市的决心。

任鸿飞向肖老板汇报了佳美丰华上市过程及募资后的进一步打算。

肖东方点点头，他赞扬任鸿飞的路子走对了。但是，肖东方并没有流露出任鸿飞那样的异常兴奋。他的不动声色，也让任鸿飞发热的头脑，渐渐冷静下来。

肖东方要和任鸿飞商量的，是另外一件重要的事儿。他刚刚从有关金融监管部门的朋友那儿获悉，中江省江州市的一家券商，最近出了些事儿，如果有合适的买家，愿意转让股权。

肖东方一向沉着，不会去催任鸿飞做什么事。但是，他很清楚他们太需要这张牌照了。他认为市场的机会稍纵即逝，错过这个村就没这个店，趁现在券商清理整顿的机会，他们需要削尖脑袋，挤进大门，尽快拿下这个牌照。

任鸿飞听到这个消息，像是一只饿猫看到房梁上悬挂的腌鱼，四处横溢的鱼腥味儿，让他有些急不可待，满口答应，这就安排去办。

肖东方反而揾住他的肩膀，不紧不慢地泡茶。

肖东方说："公司最近的业务发展进入快车道，非常成功。但是，现在摊子大了，你也没必要事必躬亲，具体的事儿交由合适的人去做。"

他能看出来任鸿飞有些疲劳，虽然他很年轻，精力旺盛，但是，他有些过于追求完美和细节了，肖东方提醒他更需注重统筹和规划。

送任鸿飞走出四合院，肖东方拍拍他的肩膀，"鸿飞，洋洋最近似乎不是很开心，你要多关心关心她。家庭是事业的基石、大后方，任何时候都不可偏废。"他提醒道。

任鸿飞点点头，又满腹疑惑。他和洋洋之间的私密的事儿，难道肖老板都看出什么问题了吗？

11.6

与他们事业的红红火火相比，任鸿飞和刘洋洋的爱情，依然没有任何起色。

这一对表面光鲜的金童玉女，出现在任何一个场合，都会被认为是珠联璧合。而他们，也像演技十分了得的演员，把他们琴瑟和谐的样子，演绎得天衣无缝。

可一回到家里，他们的大床成了他们的梦魇。

"你怎么阳痿啊！"在一次费了九牛二虎之力，仍抵达不了幸福的彼岸时，刘洋洋略带厌恶而又气急败坏地说。

"阳痿"这个词从刘洋洋的口中吐出来，就像一根针一样，扎在了任鸿飞的气球上，让他彻底泄了气。

虽然刘洋洋后来再也没提过这个敏感词，但任鸿飞一接近那张大床，"阳痿"这根针就会出现在脑海里，他就像一个已经被刺了个洞的漏气气球，任他使多大的气力去吹，气球总也鼓不起来。他感到非常无奈，而又无助。

他觉得非常丢人。这个词跟说他"太监"一样，甚至连太监还不如。太监是因为本来没有那个气球，而他，虽然有，但却是个漏洞百出的摆设。

任鸿飞也有些疑神疑鬼，他甚至怀疑是不是因为他们的床的位置和风水，甚至他们房子的风水问题。

他们换了几次住所，从酒店，到刘洋洋的别墅，再到他们自己的别墅。床也从席梦思、水床，换成中式红木床，仍然无济于事。

任鸿飞说：咱们去度假吧。结婚以后百事缠身，他们还没出去轻轻松松地度个假。

他和刘洋洋抽出时间，去了巴厘岛海边。任鸿飞每天在海边跑步，游泳，皮肤晒得更加黝黑，身材甚至显出了体育明星才有的人鱼线。

可到晚上，他依然没有办法带着他的气球飞跑。

说好度假半个月，不到一周，他就跑回来工作了。

何乐为、谭笑风等不明就里，都说：任总真是个工作狂！

而刘洋洋，一开始很用心地学着做一个好妻子。结婚后，除了一些场面上应酬的事儿，或者公司需要她不得不出面的事儿，她甚至很少再到公司上班。她知道公司的事儿，任鸿飞能打理好。

她待在家里，专心钻研夫妻生活有关的学问和门道儿，给他做各种调理。她甚至让保姆柳如花煲各种各样的滋补汤，熬各种奇奇怪怪的汤药，海马、海狗、牛鞭、虎鞭、蚂蚁，甚至洋葱韭菜，那些传说中所谓壮阳的东西，她都抱着宁可信其有的态度，让柳姐做出来，或者泡酒，让任鸿飞尝试，哪怕她也并不喜欢那些东西的气味。

任鸿飞不是很乐意接受，但为让刘洋洋开心，还是极力配合。

过了一段时间，鸿飞的身体滋补得水润丝滑，红光满面，可是下面并没有任何起色。

他想起了谭笑风饭桌上讲的笑话。

谭笑风说，有个人出差外地，准备晚上去夜场玩，晚餐时当地人递烟劝酒，说烟是苁蓉烟，酒也是苁蓉酒，苁蓉这种东西知道不？能在沙漠里生长，老厉害了，公驼吃了，母驼受不了，地上种多了，地球受不了。于是，不带劝的，这老哥不停地抽、不停地喝。第二天早上，大家都问他昨晚玩得是不是非常尽兴，他骂道：狗日的，下面没什么变化，倒是搞得我舌头硬邦邦的说不出话来！

218

大家乐不可支。

谭笑风开玩笑说：飞总，你这新婚燕尔，要不要给你弄点儿？

任鸿飞说：呸，我是需要用那玩意儿的人吗。

不过，他在心里有些嘀咕，幸好刘洋洋不知道苡蓉这个玩意儿，不然，肯定少不了要让他试试。

刘洋洋从国外弄回了些蓝药丸儿伟哥。果然有些效果，但刚入港，还没动几下，他便一泄涂地，败下阵来。

刘洋洋很不尽兴。

刘洋洋把头靠在他胸前，说：老公，咱们要不要去看看医生？

任鸿飞不愿意，家丑不能外扬。他很怕这个丢人现眼的事儿，让人知道，让人笑话。

他在内心里认为，是刘洋洋把他的那根神经扯断了。他以前并不这样。刘洋洋虽然极力表现出温柔体贴，但似乎总也不得要领。她还不能调动他的心弦，使他产生强烈的冲动和欲望。

当然，他不能把这话说出口。毕竟，问题在他。

他们夫妻之间的这个难言之隐，像山一样横在他们中间。今后的一段很长的日子里，他仍将为羞于启齿的痛苦而挣扎。

任鸿飞只好把他的业余时间，都挥洒在高尔夫球场上。

一开始，他并不觉得这项运动和篮球、乒乓球、跑步等其他运动有什么高下之别，不过都是为了出一身臭汗而已。而且，他太忙了，他很难抽出半天，甚至更长的时间去下场打球。

渐渐地，他发现他所接触到的金融界、企业界，甚至政界的朋友都在打。有时候，他有要紧的事儿去找他们，不得不到球场的会所，等他们打完。更多时候，有些商业和金融圈的朋友约他去打，对他竟然不打球、不会打球，非常吃惊。

这项在国外十分普及，甚至公园里都有的运动项目，到国内，已经摇身一变成为富贵阶层圈子里的运动。甚至李成梁、罗鸣、何乐为、谭笑风他们，有空聚到一起的时候，都会先约到球场去玩儿。坐到饭桌上，谈的也离不开抓了鸟儿啊鹰的，眉飞色舞，甚至会为某一杆争得面红耳赤。他们谈老虎伍兹、米克尔森、加西亚、麦克道威尔、李维斯特伍德，比任鸿飞过去打篮球的时候，谈起乔丹、奥尼尔、科比，更加兴高采烈。

任鸿飞插不上话，他怀疑自己是不是落伍了。

谭笑风说：那还用说吗，你都落伍半天了！

何乐为说：鸿飞，打球其实是工作的一部分，你在这个圈子里混，不打球，就是圈外人，和圈子有距离，建立不起来更广泛的朋友圈。

任鸿飞对这个说法半信半疑。不过，有空儿去活动活动，他还是乐意参与的。

实际上，佳美丰华的别墅项目有些就在球场边上，甚至他们自己都为别墅项目配套球场。但他从未下场去走一走。

何乐为、谭笑风一定要拉他下水。

在高尔夫球场，走在如缎子般平整开阔的绿草地上，空气里充满熟悉的青草气息，那是他熟悉的味道，任鸿飞像回到久违的村庄，深呼吸一口，有些远离尘嚣的轻松，神清气爽，脚步轻快。

只是，任鸿飞没想到，这个看似不起眼儿的小球，会这么难打。他常常击不中球，或者击中也打不远，忽左忽右，打得乱飞。而谭笑风，稍微屈膝塌腰，潇洒一挥，小球画着弧线，远远地落在球道正中。这反而激起任鸿飞强烈的好胜心。他过去经常嘲笑谭笑风这个胖子运动能力极差，到篮球场上只配给他干抱衣服、递水递毛巾的活儿，任鸿飞不相信他这副身板，连谭笑风都打不过。

谭笑风说：别不服气，你先到练习场，打5万颗球，再和我比。练习卡我都给你准备好了，还给你预约了位美女教练，保证你练球愉快。

任鸿飞的球瘾，就这样渐渐被勾了出来。它果然像"绿色鸦片"一样，让他欲罢不能。

任鸿飞一开始是跟自己较劲儿，一有空就到练习场打200或300

颗球。刚打完2万颗时，有些急不可待，奔向球场，但下场打起来，感觉完全不是练习场那么回事儿。他只好回炉，重回练习场找感觉，反反复复。一年以后，他已经可以把总杆数降至100以下，已经与谭笑风互有输赢，不过，与李成梁、何乐为比起来，还有很大差距。

这时，他已经彻底陷了进去，如果几天不下场，他就浑身痒得难受。他甚至让人在办公室里辟了块球垫，放松时挥一挥。

从此开始，他不仅和何乐为、谭笑风他们打，他甚至把部分工作搬到了球场，常常约那些官员、金融家、企业家一起打，尤其是刚结识的朋友。他发现去球场打球，远比约他们去夜总会消费，来得更加自然，更张得开口。他们常常在大自然的美景中，边打边聊，自然而然地增加了相互了解和友谊，甚至在办公室等不易开口的问题，在球场都能轻描淡写，迎刃而解。

正如何乐为所言，任鸿飞在球场扩充了他的朋友圈。他们甚至在打球的过程中，就达成一些项目和资金的意向性合作。

怪不得情侣们卿卿我我，一定要选择花前月下。实际上，衔山傍水、杂花生树、绿草如茵的高尔夫球场，简直就是商业的催情剂、催化剂。

当然，这并不妨碍他们有时也还会相约去夜场消费。这就如同处在爱情的不同阶段，球场好比眉来眼去，而夜场才会酣畅淋漓。商场、夜场、球场，一时间成为商业人士的一种标配。

这些基于人性或者说人的劣根性而设计的场合，与赌场一样，永远有其存在的理由，除非人已彻底脱离肉身，升格为神。

谭笑风说：到那时，人都成了神，连人都不是了，人活在世上，还有什么意思呢！

第十二章　蝶变

12.1

拿下一家券商，是任鸿飞在准备挺进资本市场时就有的想法。只是，他一直没找到恰当的介入机会。

他知道，券商是他在资本市场辗转腾挪的最好入口和通道。实际上，他并不十分在意券商的经纪业务收入，他更看重券商的投行业务和自营投资业务的牌照价值，以及打通产业和资本的能力。

而何乐为对兼并一家证券公司，更是摩拳擦掌，他已经等待这个机会很久了。他仿佛看到任鸿飞当初拉他入伙时许下的诺言，露出曙光。

江州证券这个机会送到面前，他们要不惜代价拿下。

何乐为即刻带队奔赴江州市，对公司情况摸底儿，并了解公司股东们的意见。

江州证券这家地方证券公司，其实是家地域性的小券商，在资本市场开始风云激荡时，由人民银行及支行在原证券营业部的基础上设立，后来人民银行职能转变，遂将股权转给地方财政，目前江州证券的股权由省市财政部门、国有资产投资管理公司及当地几家国企持有。在江州及周边一些地级市开有几十家营业部。

经过股市几轮牛熊转换、起伏跌宕，券商行业一直逃脱不了财经媒体总结的"一次牛市要消灭一两家大券商，一次熊市要消灭数家小券商"的魔咒，十几年来，券商行业已经经过几轮洗盘和整顿。

这次从新世纪开始以来的几年熊市，已经让一些中小券商吃不消。

江州证券亦不例外，不少营业部交投清淡，门可罗雀，只有一些老头儿老太太在交易大厅打牌，甚至打瞌睡。

江州证券本来投行业务少，就靠经纪业务吃饭。交投一清淡，公司的成本压力巨大，不堪重负。总经理吴可非遂铤而走险，挪用客户保证金跟庄押宝一只股票，想借此一搏，打个翻身仗。没想到天有不测风云，炒作失败，翻身不成，反而翻了船，公司亏了一个大窟窿。

股民们一看自己放在营业部的钱没了，打着标语，喊着口号，闹到政府及监督部门。公司遂被勒令清理整顿。如果整顿不好，还有被吊销执照的危险。

吴可非也被公安机关以挪用、侵占资产罪名拘押，立案侦查。

何乐为团队轻车熟路，一周内已经搞清了公司的股权结构、资产情况、客户情况、财务报表、涉诉情况等一系列基本情况，其中周边一些地市的营业部不过是"加盟"或"承包"形式，由加盟或承包人按总部要求进行人、财、物管理，场地是租赁的，利润则分成。

何乐为也分别和几大股东做了交流沟通，弄清了他们的意向，尤其是几家国企，当初就是应财政部门的要求入股的，所占股份都不大，退不退都两可，多数表示听财政部门和国资委的。

何乐为无暇游览中江省的名山大川、风景名胜，收集完基本资料，未敢久留，即赶回北华市，把情况向任鸿飞等做了详细汇报。

任鸿飞召集李成梁、何乐为、谭笑风等高管开会，研究收购江州证券的可行性。

何乐为测算，按公司净资产、收益情况等，公司总体估值不应过高。但考虑到牌照的稀缺性，以及大股东们可能借机漫天要价的可能，总体估值应在30个亿左右。但是，我们并不需要拿下全部股权，拿下51%以上的绝对控股权即可。

何乐为分析，收购的难处，主要在于作为公司大股东的地方财政部门，他们并无太大资金压力，退不退出并不是当务之急，他们更多地会从政绩考虑，需要持有这张牌照，保持地方金融市场的完整性。

如果上级行业监管部门认为公司治理太烂，他们感觉有可能保不住牌照，转让股权的可能性会高些。

李成梁认为，关于资金方面，按乐为的分析，需要15亿多些，我们可以自己掏一部分，也可以通过发行信托产品计划拉一些合作伙伴，或者用他们的资金过桥，拿到股权后再质押贷款。资金问题应不太大。

任鸿飞听完汇报，心里大致有了些谱儿。他认为从方向上来讲，地方财政持有证券公司并不合适，转让股权是大势所趋。在目前券商综合治理整顿情况下，他们应该愿意转让股权。但是，当地肯定会想方设法把牌照留在当地，倾向于在省内转让。我们按他们的这个想法准备相应方案。

公司研究了可能出现的各种问题，准备了几套方案。如果是公司间股权转让，反而好办些。可这件事，牵扯到地方国资管理和政府部门，反而手续繁琐，拖拉和扯皮。

不过，任鸿飞认为他们有充足的理由，可以说服当地。

任鸿飞安排李成梁和监管层进行些沟通，看看监管层面对券商治理的宏观思路和意见，做到心中有数。而他自己，则准备带领何乐为几个人再赴江州，与当地政府沟通。这是公司的大事儿，他要亲自出马，确保成功。

任鸿飞最后扫了一眼大家，问有没有谁可以和中江省或江州市那边搭上线。他知道，有人牵个线可能更好些，否则，自己贸然送上门去，政府的门不一定好进。

没想到在公司里一直表现不太突出的高自标站了起来。他说那是他的老家，确切地说是他的祖籍地。他爷爷还在世的时候，与老家来往比较密切。他问问有没有关系可用。

高自标回去跟父亲一打听，果然，当地一位领导高风亮是他家远房亲戚，他或许能牵个线，提供一些帮助。

准备好预案和材料，任鸿飞带领何乐为、高自标等，不敢耽搁，赶赴江州。

他们先在政府宾馆住下。然后，任鸿飞和高自标二人先到高风亮办公室报到。

高风亮对高自标他们的到来，表现得很是热情。

简单介绍寒暄之后，高风亮说："贤侄，好久没回老家了吧。你爸妈身体还好吗？近年也回来少了。你应该常回来看看，这里毕竟是老家，是根儿啊。"

高自标说："叔叔说得对。爸妈走不动了，但我还算是中江子弟啊。以后肯定会经常回来，也少不了麻烦叔叔。"

高风亮说："哪里话，你能回来，求之不得。不然，就越来越生疏了，根儿就断了。"

高自标说："最近，我们公司正要和江州谈合作，我和任总一起来，主要还是洽谈这个项目。项目成了后，少不了来回跑。"

高风亮来了兴趣："哦，贤侄果然有大出息了。什么项目？"

任鸿飞把江州证券出事儿的情况，以及物华天宝有意接盘改造的情况，简单做了汇报，并表示，只要他们接盘，将能确保江州证券在此次券商清理整顿中顺利过关。

高自标说："叔叔，咱们省里的情况，我们不是太了解，您给分析分析，关于江州证券的事儿，我们如想接手，您认为有没有可能？"

高风亮说："这个事我了解。但我想，牌照是稀缺资源，省里不会撒手，还是希望能把这个牌照留在省内。"

任鸿飞说："我们非常理解省里的想法，也考虑了这个情况，并没想把这个牌照拿走。我们只是希望参与进来，双方合作，共同保牌。"

高风亮说："如果省里想自己清理整顿呢？"

高自标说："江州证券捅出这么大的娄子，清理整顿由省里自己来做，监管部门可能会不认可，弄不好还是有可能丢牌。据我们了解，前几次券商清理整顿后，有的券商又旧病重发，监管部门也心有余悸，这次下决心关停并转掉几家。"

高风亮问："你们想参与，实力怎样？物华天宝是个什么公司？"

任鸿飞把物华天宝的情况做了下汇报，说公司有央企背景，旗下金融和实业均已成规模，实力雄厚，目前旗下上市公司有两家，拟上市公司和金融机构有多家。

高风亮点点头。

任鸿飞说："如果我们参与进来，不做则已，要做，就把江州证券打造成全国一流券商。这才符合券商清理整顿要求。"

高风亮说："你们若能把江州证券改造好，当然是个大好事啊。省里也是乐见其成的。但是具体问题，我不方便介入，你们需要与财政和国资具体去谈。"

任鸿飞连忙点头，说这个我们知道，来找您就是想先听听您的意见。具体问题，我们再去跟财政等部门谈判。不知您是否方便，牵个线？

高风亮说："这没什么不方便，又不是什么见不得人的事儿。"

这就让秘书给财政局长万全策打电话。

当天来找高风亮汇报和办事儿的人非常多。鉴于公务繁忙，高风亮邀请高自标他们晚上到家吃个便饭，一起拉拉家常。

晚上他们几人一起到高风亮家里做客。

高自标给高风亮带来一幅明人唐伯虎的字，和肖东方的一幅画，顺便介绍了下肖东方是何许人。

高风亮说：这个人，我倒是早有耳闻。

高风亮混迹官场多年，深知利害关系。眼前的这几个小伙子，个儿顶个儿都不一般，他们能凑一起做事儿，再有肖东方这样的老狐狸在后面主持，难怪做起这么大事业。

虽然是家宴，但菜品相当丰富，都是当地的特产和新鲜时令菜品，家里的厨师，本地菜做得也是一流。大家边吃边喝，也越来越放松和活跃，从高自标他爷爷当年的故事，一直到京华、北华和当地政经动态，相谈甚欢。

12.2

有了高风亮秘书的电话，任鸿飞他们第二天去找财政部门沟通。在财政局的会议室里，他们进行了开诚布公的交流。

财政局长万全策说：你们既然是奔江州证券的事儿来的，说说你们的想法。

任鸿飞说：江州证券目前的情况，财政部门作为大股东应该最清楚，我们也做了认真调研。按上级监管部门的要求，公司只有彻底重组，才有可能保住这张牌照。否则，此轮清理很可能出局。丢掉牌照不说，而且面临股民闹事儿、诉讼等一系列后续问题。我们愿意投入巨资，参与江州证券的重组改造，一是保住这个牌照，二是把公司改造好。

万全策说：目前看，公司是得进行彻底的重组改造。我们财政部门作为企业股权持有人，又无法介入公司具体管理，不是特别合适，也有意转让股权。但是地方有地方的考虑，主要还是想把公司留在省内，从省内引进企业参股，进行改造。

何乐为说：这个，万局长有所不知。我从事证券行业多年，对这一行业比较了解，我认为还是要放开眼界。从未来发展趋势上看，局限于一地的小券商，将来都会淘汰。就像汽车市场再火，并不是每个省上马汽车，都一定能成功。这是个人才密集型行业。

任鸿飞摆摆手，让何乐为打住。

任鸿飞说：省里的想法，我们充分理解。但您考虑没有，目前的这个窟窿，省内未必有公司敢接盘；即使有公司接盘，也未必愿出钱堵掉公司目前亏掉的这个大窟窿，可能旧账还需要财政背着；如果由财政资金来堵窟窿，恐怕你们财政部门，甚至领导个人都要担责。即使省内有公司愿意接盘、愿意出钱堵这个窟窿，最关键的是，据我们得到的内部信息，监管部门未必同意你们自己重组的办法，认为你们换汤不换药。

万全策说：你们说的也有道理，我们可以达成合作。你们可否只参股、不控股？

任鸿飞说：参股对于我们来说意义不大。不瞒您说，我们有很多参股的标的公司可选，质地都比江州证券要好得多。何况，仍由省里控股，未必能解决公司后续发展、治理和人才问题，未来也保不准会再出什么窟窿。这是个长远问题，不知您考虑没有？

万全策说：这个，你们也不能打包票啊。

任鸿飞说：我们愿接这个烂摊子，已经做了充分准备。以我们的资本、人才实力，有这个信心。既然我们要砸钱进去，当然也不会希望这笔投资打了水漂儿。退一万步讲，打了水漂儿，我们自己承担，也不会成为政府的包袱。

万全策说：如果你们控股，怎么样确保公司还留在省内？

任鸿飞说：我们的重组方案充分考虑到了这个因素。省里想把牌照留在省内的目的，无非是从税收和省内金融市场完整性考虑，我们可以在协议里承诺：在收购后，证券公司的注册地仍留在本地，税收仍在本地，公司仍是本地企业。重组后仍然立足本地，站稳本地市场，再面向全国发展，解除本地缺少证券公司的担忧。另外，还可以给省里保留部分股权，分享未来发展成果。我们接手后，有信心把江州证券公司打造成国内一流券商，这对于省里也是了不起的政绩。

万全策说：你们的想法基本能满足省里的要求。但这事儿，我说了不算，这样，我们明天约请其他股东一起谈谈，然后给高风亮同志打报告。

第二天，财政局约请国有资产投资管理公司及当地几家国企股东继续商谈。

任鸿飞说：我们这次是非常有诚意地来谈合作。如果我们不介入，其他公司介入重组，未必有我们给出的这样条件。

国有资产投资管理公司说：你们有没有这个实力来重组啊？

任鸿飞笑了：没有这个金刚钻儿，我们也不会揽这个瓷器活儿，自讨苦吃。我们作为央企背景的大公司，半个月内即可付清股权转让款，也可以先交纳定金。其他收购人不一定有这样的实力。

万全策说：价格你们怎么考虑？

何乐为说：公司会计报表相信你们都看了，股东们多年来也未分到一分钱红。如果是非金融类公司，可能就值不了几个钱，从国资保值的角度考虑，一般是在净资产基础上，做些适当溢价。

国资公司说："你们没考虑牌照价值？"

何乐为说：当然有考虑了，溢价主要来自牌照，实际上，目前公司净资产不高，公司价值，主要是牌照稀缺性。这个属行政许可，无法进行资产评估。如何溢价，其实市场已经有券商股权转让的多个案例做参照，这个大家心里其实都有数。

万全策仔细听完，问国资部门和其他股东的意见，大家都说：我们虽然是几家不同部门，但都是国有资本主体，同一个婆婆，财政部门完全可代表我们表态，省里怎么批，我们就怎么执行。

谈到中午，万全策请他们在厅食堂用便餐。

任鸿飞说："万局长，我们所有问题都谈透了，但怎么重组，主意还得省里拿。说句不该说的话吧，我们做成做不成关系不大，还可跟别家谈。但对您来说，再拖下去，这个烫手山芋砸在您手里，可能越来越烫手。万一丢了牌儿，鸡飞蛋打，责任落在您头上，您也不好交代啊。"

万全策果然像被点中了要害似的，面色有些沉重，他说："我们会按程序跟政府报告，由省里来定吧。"

财政厅和国资部门联合给省里提出了书面报告。

跟任鸿飞向万全策所分析和提议的那样，这份报告描述了江州证券面临的问题，提出了转让和重组改造的必要性，如果不转让对省里也是个鸡肋，还将要面临为此背上一个大包袱的问题，而如果转让给省内企业，也可能面临保不住牌照的问题。因此，通过与物华天宝集团的谈判和达成的初步意向，报告主张把江州证券公司部分股权转让给物华天宝，至于转让价格，以资产评估为基础，参照市场原则适当溢价。

省里各相关主管领导圈阅下来，拟原则同意财政部门的报告，由财政部门牵头国资部门，对接和落实，确保证券市场稳定，和国有资产保值增值。

随后，财政和国资、几个国企组成工作小组，对证券公司进行清产核资，然后和物华天宝集团一起，对股权转让的细节进行磋商，主要是哪些股权转让和具体价格问题。

经过几轮讨价还价，双方草签股权转让一揽子协议。财政部门和两家国企的全部股权及另一家国企的部分股权，合计60%的股份转让给物华天宝。另外40%股份，由国资投资管理公司和剩下的3家国企持有。

任鸿飞跟何乐为一合计，决定在当地注册由佳美丰华等几家下属子公司以及何乐为、高自标等个人名义持股的江州通宝投资公司，来持有江州证券60%的股份。总价款20亿元，并按同样价格向江州通宝定向增发了5亿元股份。财政局承诺，将股权转让款中的10亿元，拨付给江州证券，用于处理公司挪用亏损掉的投资者保证金。

任鸿飞觉得，给省里留一些股份，反而更有利于未来发展。既可少花些钱，也能享受诸如税收等诸多便利，为未来处理各种事务，留下方便。

谈判完成后，任鸿飞赶回北华市，和李成梁商议安排资金事宜。

而何乐为、高自标等则需要继续留在当地，组成江州证券工作小组，进行具体而细致的股权交接，以及变更工商登记，向相关部门报批等工作。

这些基础工作完成后，迅即开展公司内部清理和治理整顿。

何乐为把天宝投资的一半人马抽调到江州证券，开展相应工作。

清理完人、财、物及挪用客户资金等问题，重新规划了业务发展模式、完善治理结构，重新组建公司管理团队，并对各地营业部进行了归并，砍掉和合并了一些可有可无、盈利能力差的营业部，制定了分支机构的管理目标责任制和相关细节。这些事无巨细的工作，耗费了何乐为等大半年时间。

不过，经过整顿，公司已经达到合规性要求，这是各方都乐意看到的结果。

何乐为建议把公司名称改为通宝证券。他们不可能囿于一地，他们要走向全国，必须抛开地域名称的限制。

至此，任鸿飞当年拉何乐为加盟时，承诺3年之内让何乐为干上证券公司董事长，虽然有所延迟，但终于就此实现。

12.3

不过，拿到证券公司牌照，只走完了半步。他们的目标是借这个平台，汇集资本、人才和投资通道。要达到这个目标，他们必须扩充资本，扩大营业规模和利润，尽快完成公司上市，从一堆小券商中挤出来。

作为布局金融行业的一揽子方案，任鸿飞在准备收购这家券商时，已经在谋划这一步。他们不打算加入IPO的排队队伍。

他们都很清楚，通宝证券才刚刚走上正轨，按常规的路径，在激烈的竞争中，IPO之路将会非常漫长。

通宝证券需要借壳，尽快完成上市。

其实，他们有个半现成的"壳儿"。

这一点，何乐为仍不得不佩服任鸿飞。

不过，何乐为在口头上还有些不服气，开玩笑说，这是任鸿飞瞎猫撞上死耗子，歪打正着。

在何乐为收购的二十几家上市公司的法人股里，有一家叫北华日化股份有限公司的上市公司。原本是计划经济时代做塑胶产品的日用化工老国企。随着不锈钢产品的崛起，日用塑料产品市场日益萎缩，公司连年亏损，员工象征性地发点儿钱，在家待岗。北华日化的股票也被交易所戴上"ST（特别处理）"帽子，进入垃圾股行列。

但是，这家企业随着城市的扩张，随时有搬迁可能。

何乐为说任鸿飞是歪打正着，也不算太离谱儿。当时任鸿飞真正看中的，并不是ST日化的壳儿，而是公司的那块地。

任鸿飞看到了那块地的巨大升值潜力，让何乐为无论如何，想法拿到了5000万的法人股股权，成为公司第二大股东。何乐为还担任了公司董事。

任鸿飞当时的想法是，如果其他人再想拿走那块地，也都将绕不开他这个硬钉子，他可以坐地起价。而他，也不怕砸在手里，即便公司破产，那块地还可以收过来，由佳美丰华来开发。他们进可攻、退可守。

任鸿飞在拿到ST日化的股权后，一直在琢磨，如何将公司的那块地，置换到自己手里。他也曾设想，如果宝驰汽贸或光明煤电IPO不顺利，也不排除借这个壳儿。

只是，目前他还不急，他在等着ST日化一天一天地烂下去。

但这家上市公司，肯定会越来越着急。

果然，最近一段时间里，ST日化的董事长马是瞻急得像热锅上的蚂蚁，四处转圈儿。

连日来，他急得嘴上都起泡了。最近几个月，员工的工资有上顿没下顿，时不时三五成群地到市政府门前静坐、上访。对于政府来说，稳定都是压倒一切的大事儿。三天两头把马是瞻叫去训话，说再不把你的人领回去、安顿好，提头来见！

市政府的态度也很明确，公司必须找到转型之路，搬出商业要地，由市里重新规划。但公司这块土地的转让款，可以优先解决下岗员工安置、工龄买断及补偿问题。

公司目前的这种状况，老的银行贷款还不上，新的银行贷款根本没法办下来。马是瞻只好到处求人化缘，勉强借点儿款发到员工手里应急。但下个月，员工工资又没着落。

马是瞻也是病急乱投医，他想到了公司第二大股东天宝投资和公司董事何乐为，亲自跑上门来，看看何乐为能不能想想办法，借点儿

232

钱，以解公司燃眉之急。

何乐为看马是瞻擦着脸上的汗，反而更不着急，不紧不慢，给老马泡功夫茶。

何乐为说："老马，看你急的！您这点儿事儿，对于我们公司来说，都不叫个事儿。既然我们是一家人，借点儿钱应急，那还不是很正常。"

马是瞻紧紧握着何乐为的手不放："救星，救星，我就知道您不会见死不救。您洒点儿水，就够解决我们吃吃喝喝的问题。"

何乐为继续不紧不慢地说："既然是借钱，那您考虑没有，您拿什么还我们？您这个月撑过去了，下个月怎么办？"

马是瞻有点儿傻眼。他眼前的坎儿都过不去，只想先把眼前的事儿解决了，给工人发放点儿工资，别闹事儿，哪还有心思去考虑还钱的事儿、以后的事儿。

何乐为说："我们公司可不是慈善机构。"

马是瞻眼巴巴地看着何乐为，感觉到热腾腾的鸭子就在他嘴边儿，散发着诱人的香气，可他就是够不着。

马是瞻说：何总，公司眼前的这个关过不去，您也是公司董事，您给出个主意。

何乐为说：您如果信任我们，我们想办法来给您解套儿。保证您满意，员工满意，上级满意，投资者也满意。

何乐为故意卖了个关子，等老马上钩。

马是瞻说：老何，何大爷，我求您了，您老就别在这儿卖关子了。您快说说怎么办吧。

马是瞻抓着何乐为的手不放。

何乐为说：一句话也说不清楚。我们研究一下，争取在一周内，帮您拿出一揽子解决方案。但你先不要走漏任何消息。

马是瞻说：您可不能诳我，这事儿要泡汤了，我死的心都有，我即使不死，员工们也把我吃了。

何乐为说：你放心好了！

送马是瞻下楼，何乐为一再告诫：老马，这事儿千万不可走漏任何风声。这个消息非常敏感，透露出去，你我都吃不了兜着走。我可以不承认跟您讲过这话，但贵公司后面的事儿就没法再干了。您作为上市公司董事长，可逃不了责任啊。

马是瞻说：我们都是老上市公司了，信息披露的事儿，我懂，不会乱说。不过，您得快点儿拿出方案啊。

马是瞻仍不放心似的，连连回头叮嘱。

何乐为摸到了马是瞻的底儿，对借壳儿的事儿已经了然于胸。

何乐为真正要琢磨的，是如何把相应的利益，不动声色地分配给那些将要为通宝证券借壳上市发挥重要作用的相关人。

他要在借壳之前，给已经为公司出力或将要在重组中出力的人，做出一些安排。他让手下人悄无声息地收购一些流通股备用，也暗示那些关系户，购买些股份。更重要的合作伙伴，他将会在通宝证券的股权中拆出一些。

在紧锣密鼓的安排和二级市场操作的过程中，ST 日化的股价，也有了些异动的苗头。

何乐为为避免引起市场和监管部门关注，及时告知马是瞻："老马，您得把股票马上停牌了。"

12.4

何乐为找到老东家中通证券老总钱可通，说：老钱，这回我又给你们带来个大单子，够意思吧。

钱可通说：老何，有那等好事儿？有好事儿你会想到我？

何乐为哈哈一乐：这说明我是个高尚的人、纯粹的人，毫不利己、专门利人的人！有好事儿都先紧着您哪。

钱可通说：得了吧你，我还不知道你是吃肉不吐骨头的主儿。你现在都是通宝证券董事长了，有好事儿还不紧着自己来？

何乐为说：说的就是通宝证券的事儿，我们总不能自己做自己借壳上市的保荐人吧？

老钱喜出望外。双方本来就熟，已经有合作基础，沟通起来很容易。

他们迅速组成个班子，开始紧锣密鼓地做方案设计。何乐为让马是瞻和ST日化的财务人员参与进来，随时咨询公司的财务报表等情况。

几方面的人加班加点，通力合作，反复谋划修改相关细节。在ST日化停牌两个月后，拿出了借壳方案。

方案的要点是：ST日化以近30日平均价4元作为基价，向通宝证券定向增发15亿股股份，以增发款60亿元，购买通宝证券的全部资产。ST日化的原有资产，主要是土地，由原大股东北华日化厂收购，清理出上市公司，但北华日化厂出不起钱收购ST日化的资产，由佳美丰华出钱过桥，再将资产倒手转让给佳美丰华。日化厂获得的转让款，主要用于支付ST日化资产的收购和解决员工安置问题。佳美丰华还承诺，在收购该块土地后，帮助解决员工再就业问题。

这显然是个多赢方案。

公司召开董事会和股东大会，股东们都赞成这个方案。其实，北华日化厂和天宝投资两家股东合计持有的ST日化股权已经超过70%。只要他们达成协议，其他的，都是上市公司例行性的程序性问题。而流通股东，对公司主营业务，由原来的日用化工，转为证券业的投行、经纪和直投业务，无不欢呼雀跃。这可是ST日化乌鸡变凤凰的机会。

不过，通宝证券置换进来后，公司业务已经彻底转型，且江州通宝投资一方已经成为公司第一大股东，马是瞻就已经不再适合担任这个公司的董事长了。

何乐为请马是瞻理解。

马是瞻连连表示理解理解。他很认可这个方案。这两年来，他这个董事长的身份，把他架在火上烤一样，让他十分煎熬。甩掉包袱，他反而感到解脱。他将在新公司里，以原公司国有股股东代表的身

235

份，做个董事就行了。

他们估算，按照目前上市券商的平均股价，保守估计在10元左右。控股股东虽然换了，但解决了公司里的国有股份的保值增值、投资者利益以及员工安置等问题。

不过，这个重组方案，公司虽然通过，但牵涉到国有资产，必须要向市政府和国资主管部门报告，征得同意。

市有关部门对公司重组并无异议，但提出桥归桥、路归路，一码是一码，工厂原有土地为工业用地，若转化为商业或住宅用地开发，需变更土地用途，补缴相应款项，还得走招拍挂程序。

何乐为怕节外生枝，对马是瞻说：老马，我们提出的一揽子方案，是帮您解套儿！我们可以不做，也没啥损失。但您心里最清楚，公司的资产，就剩那块地，其他的破铜烂铁，送人都没人要，没啥值钱的。这是公司能重组成功的关键。现在市里要把土地收上去拍卖，收益是政府的，与您无关；但员工安置问题解决不了，就会去堵您家的大门，找您要吃要喝，睡您家床上。要我看，您这后半生，恐怕都拔不出爪子来，逃都逃不过。你听明白我说的意思吧？

马是瞻也是个老油条，一点即通。回到厂里，把重组卡壳儿、有可能泡汤的消息，透露给公司员工。员工们本来对佳美丰华提出的高于规定标准的工龄买断和再就业大抱希望，这一听，重组要泡汤了，群情激愤，呼啦啦就聚了一片，这就要到市里上访，说政府不能置员工利益于不顾。

马是瞻赶紧给市里报告，说员工们要上街了，已经聚在厂门口了，他正拦着。但他安抚不了，都快拦不住了，请市里紧急派人协助。

市里派秘书长和区政府相关部门一行人赶到厂里，安抚工人，保证会尽快解决问题。

相关情况报告到关勉堂副市长那里。他虽然不管工业，但主管城建工作，涉及土地的事儿归他负责。

关欣和方百计再次约请关勉堂去会所打麻将。

关勉堂说：市长办公会已经进行了研究，招拍挂程序还得走。这块地是块肥肉，盯的人太多，直接给佳美丰华，也说不过去。但鉴于目前的实际情况，员工安置和社会稳定也是硬任务，经济问题就放在其次了。佳美丰华真要想拿到地，就去参与竞拍，出多高价都可以，然后拿解决员工安置问题，和政府讨价还价。这个问题双方就可以商议了，政府对高出部分，再给予相应补贴。不就圆满解决了吗？

关欣和方百计一听，赶紧奉承，到底姜是老的辣！有您这句话，得嘞！

这个折中办法，各方都能接受。

那边解决了，更重要的是，这是个借壳方案，必须过监管部门重组审核这一关。

中通证券详细审查了公司重组牵涉的所有细节，根据他们多年从事IPO和并购重组保荐工作经验，他们认为重组方案和材料毫无问题。

剩下的问询、质询以及反复补充提交材料等，都是必要的例行程序。除了保荐商，通宝证券自己，也必须多进行些沟通。

何乐为和他的高管团队必须应付得来。通宝证券作为一家将要脱胎换骨的证券公司，将要在证券市场这个江湖里打拼，开展各方面的业务，何乐为和他的团队，必须像浪里白条一样，彻底摸清水深水浅。

当然，他们也少不了对那些提供帮助的相关人士，表达他们诚挚而实实在在的谢意，包括股份，以及一些人员安排，甚至证券公司的副总经理位置等等。这些规矩，何乐为都懂，他都考虑到了，并已经做了充分准备。

这些诗外的功夫，将成为何乐为未来的最重要工作。在深入资本市场的过程中，他们的通道业务、投行业务、投资业务、基金管理业务等等，都要不断地接受各种问询和审核，都少不了反反复复地与监管相关的各个部门打交道。

何乐为亦需要反复奔走京华。他会熟悉业务中更多的流程和规则，认识更多的相关人士，他还会物色那些在监管部门里关键岗位上待过的人，加盟公司。当然，他也会由此熟悉金融街的每个角落，尤其是咖啡厅、餐馆、会所、购物中心。

就在公司紧锣密鼓准备借壳上市过程中，任鸿飞接到一个自称叫赵家驹的人的电话，亲切地称他为任老弟，好像十分熟悉似的，想找他谈谈。

任鸿飞就在他位于佳华大酒店顶层的办公室里，接待了他。

任鸿飞和他似曾相识，但想不起来在哪儿见过。赵家驹说任鸿飞结婚的时候，他是陪他家公子赵公生一起去的，打过照面，只是当时人多，未能细聊。

赵家驹有些自来熟，有和人拉近关系的本领。任鸿飞从言谈之中感觉，赵家驹对自己的情况掌握得不少。包括任鸿飞、刘洋洋和肖东方的关系，以及通宝证券借壳儿的事儿。

两人云山雾罩地闲扯了半天，赵家驹终于透露此行的目的，他们也看中了ST日化的那块地，希望能和任鸿飞进行合作。

任鸿飞无法判断赵家驹的真实身份，既不能答应，也不敢轻易拒绝。任鸿飞说："有钱大家赚，若有机会进行合作，我们非常乐意。只是ST日化这件事儿，目前借壳方案都已经报上去了，无法撤回来。看看将来有什么项目进行合作？"

赵家驹似乎看出了任鸿飞的勉强。他说："任老弟，这个不勉强啊。合作是对双方有益的事儿。对你们借壳上市还是能起作用的，我敢肯定地说这个话。当然，合作不成也没关系，山不转水转嘛。请老弟再考虑下。"

他的话，不软不硬，绵里藏针。任鸿飞有如芒刺在背，他似乎听到了弦外之音。他们既然敢肯定让他借壳上市，当然也敢肯定让他上不了市。要知道，要帮人做成事儿很难，但要坏人一件事儿，甚至一个电话就能搞定，分分钟的事儿。

任鸿飞非常客气地说："赵兄放心，我们会认真考虑，看看什么合作方式最好。"

赵家驹说："那好，我等你回话，合则双赢。当然也不勉强啊。"

送走赵家驹，任鸿飞心里有些窝火。在这个节骨眼儿上，不明明是来敲他竹杠吗？可是，他既然敢来敲他，说明他有这个本钱。

任鸿飞四处打探，还真有这么个人。但是，他所说的合作，真是赵公生的想法，还是赵家驹不过是打着他的旗号，干自己的勾当？任鸿飞无法搞得清楚。

大家都劝任鸿飞慎重考虑。至少不能得罪。

这还真让任鸿飞有点儿犯难。他给肖东方打电话，询问如何处理。

肖东方不置可否，说：你看着办吧。

任鸿飞只好咬咬牙，打算从ST日化股份里拆出2000万股，以4元的原始价格给赵家驹。他知道，这些股份，足以让他赚到1个亿以上。

经历了这档事儿，在重组方案待批的漫长过程中，任鸿飞心里仍不免忐忑。

他坐不住，请肖东方亲自出面，邀请了一个重要饭局。

席间，肖东方并没太多地提ST日化重组的事儿。

但在他们谈天说地的高谈阔论中，任鸿飞感觉压在他心里的石头，渐渐落了地。

高手的交流就是这样，谈笑间，樯橹灰飞烟灭。

半年之后，垂死挣扎中的ST日化，终于凤凰涅槃。通宝证券踩着它的尸体，脱胎换骨，闪亮登场。

通宝证券将披着ST日化原有的证券代码和壳儿，开始另外的征途，向市场展示它另一段起伏跌宕的故事。

沉舟侧畔千帆过，病树前头万木春。这也印证着天生万物，生死相继、循环往复、生生不息的道理。

所有的人、所有的事，都在时间的永恒流淌中，如烟花闪耀，如过眼烟云。

第十三章　织网

13.1

通宝证券的借壳上市，是资本市场的一个不大不小的热点事件，引起了财经媒体的广泛报道。

作为上市公司，在指定信息披露媒体上做公告，是法定要求。但何乐为根本没想到，他似乎永远接待不完如此众多的媒体。指定媒体不算，其他的，报纸、广播、电视等传统媒体，网站、互动社区、移动互联网等新媒体，从全国到地方，一茬儿又一茬儿，蜂拥而至，前前后后竟有几十家。

何乐为应接不暇，不得不找公关公司去应对。

公司办公室找到了国内知名的财经公关公司风行公关，何乐为给他们提出的唯一要求，就是这些媒体如果要广告，就给点儿广告，但是，不希望也不需要做任何报道。公司才刚刚脱胎换壳，刚步入正轨，实在没啥可报道的。他建议媒体不如去关注那些更有意义、更有价值的新闻。

最后，光打发媒体这一块儿，以及公关公司的费用，就花了近1000万元。何乐为感到这些钱花得不大值当。钱花了不说，风行公关最后收集到的信息里，发现还是有大量文章刊登出来。

在这些报道里，有一些文章仅仅立足于公司脱胎换骨后的市场分析，尚无伤大雅；但也有一些报道，似乎对通宝证券的经营发展和市场价值并不感兴趣，而是将报道触角伸到了他们借壳上市的背后，挖掘从江州证券更名通宝证券，再到借壳上市的过程和来龙去脉，并对大股东江州通宝投资公司的背景进行梳理，试图找出一些因果关联关系。

何乐为觉得这就有些不怀好意了。

何乐为让风行公关把相关文章进行了梳理，写出分析报道，然后向任鸿飞做了汇报。

任鸿飞也觉得这事儿非同小可。不过，他所关心的，并不仅仅是这件已经过去的事儿。

任鸿飞认为，通宝证券从重组到借壳上市，完全遵从了当前市场的游戏规则，并无太多问题，否则也不可能通过越来越严格的重组审核。但是，他在心里也很清楚，在一个商业规则并不完全透明的市场，他无法打包票说自己干干净净、一清二白。这就好比一个农民在一个浑水池里劳作，无法保证腿上不沾上点儿污泥。

任鸿飞在心里甚至觉得，也许只有在淤泥地里，才能生长出又粗又壮的大萝卜。这是大自然化腐朽为神奇、生生不息的道理。不然的话，废物将永远成为废物，越积越多。只有转化，才能变废为宝。

当然，这只是他内心的想法，摆不上台面。他知道，他们的发展离不开人脉、资源、资本的配置和使用，而这是物华天宝的核心竞争力，也是他们最大的秘密，他却无法讲出去、讲得明白。

而一些媒体，看热闹不嫌事儿大，他们并不真正了解现实情况和企业经营的难处，习惯于用想当然的、不切实际的标准，去给企业的经营行为画线，说三道四，指手画脚，进行道德拷问。甚至把属于企业经营环境的问题，归结在企业头上，他们并不清楚，如果按照严格的标准，很多新生事物都将在还未长成时就已经被扼杀在摇篮里。而实际上，任鸿飞认为，任何人、任何企业，都难以经受得了媒体旷日持久的挖掘、追问和添油加醋。

任鸿飞有一种鸡同鸭讲、无可辩驳的郁闷。他对媒体报道，感到有些撮火儿，可又无可奈何。他们掌握着话语权，爱不得，疼不得，也打不得。他如果去辩驳，反而可能落入他们设定的议题之中，永远也走不出来。他实在不想去费这种口舌。

谭笑风曾给他讲过一个笑话，说克林顿才下飞机，记者问：你对三陪小姐有何看法？克林顿很吃惊：东京也有三陪？记者第二天登报《克林顿飞抵东京，开口便问有无三陪》。第二天，记者再问克林顿：你对三陪问题有何看法？克林顿说：不感兴趣！记者第二天登报《克林顿夜间娱乐要求高，本地三陪小姐遭冷遇》。第三天，记者又问克林顿，你对三陪小姐没有看法？克林顿很生气：什么三陪四陪五陪的？不知道！记者第二天登报《三陪已难满足克林顿，四陪五陪方能过瘾》。记者后来再问克林顿，克林顿不敢回答，记者第二天登报《面对三陪问题，克林顿无言以对》。克林顿大怒，对记者说，你再这么乱写，我去法院告你！记者第二天登报《克林顿冲冠一怒为三陪》。克林顿气急之下，将记者告到法庭。媒体争相报道《法庭将审理克林顿三陪小姐案》，克林顿看后泪流满面。

实际上，任鸿飞还没有找到同媒体打交道的经验。

但任鸿飞知道，公司未来的很多工作，将不得不面对媒体。

在互联网已经非常普及的情况下，媒体似乎已经无孔不入。如果是一朵花摆在那儿，肯定会招蜂引蝶；就算你是一堆狗屎，也一定招来苍蝇臭虫，绕来绕去地嗡嗡叫。何况，他们既然要上市，将不可避免越来越多地进入公众视野。他不可能像鸵鸟一样把头插进土里，认为别人也看不见。

任鸿飞去找肖东方商议如何应对。

肖东方也没有充分预料到，媒体尤其是互联网媒体的发展，会如此之快。毫无疑问，信息技术的发展，将使整个社会生活，越来越透明化。他们公司也不可能永远沉在水面之下，不可能永远躲在暗处，闷声发大财。

肖东方说："合法依规仍是企业立足之根本。但是，在当前时代背景之下，缩头缩脑，亦步亦趋，一点儿风险不敢冒，永远做不成大事儿。我们需要逐步洗清自己腿上的泥，在悄无声息之中，完成自身蜕变和华丽转身。在此之前，我们必须尽量避开媒体，行事低调，不

242

露声色，不事张扬，耐得住寂寞。"

任鸿飞点点头。

13.2

任鸿飞在规划、财务、投融资和人力行政后勤等部门之外，在总部另设公关部。他知道，这个部门与前者一样重要。

任鸿飞指定谭笑风统领公关部，协助他处理相关事务。

谭笑风虽然开拓能力有限，但执行力绝对不差。更重要的是，谭笑风形象好，肉乎乎的，不温不火，不急不躁，能给人一种心无城府、诚恳实在的亲切感，插诨打科绝对有一套。行事风格深得太极柔术精华，即便你朝他打来一拳，也像打在棉花床上，让你打不出力，当即泄气。

这一点，正是任鸿飞需要的。

任鸿飞甚至开玩笑说：你不去外交部门当发言人，真是大材小用了。

他给谭笑风的任务，是找到一条路径，将公司的商业作为和商业秘密包住，不要让外人在他们聚精会神、心无旁骛地干事儿时，横插一杠子，说三道四搅浑水。他们目前还不需要大张旗鼓地声张。

他要求谭笑风迅速拉出自己的核心团队，处理相应事务。至于具体如何做，由谭笑风去考虑。

谭笑风迅速从一家财经媒体挖过来一位高管魏雨绸。

谭笑风之前在佳美丰华时曾经跟他打过交道。魏雨绸供职的这家财经媒体，其实创办时间并不十分长，但其深挖商业内幕的报道理念，使它在一大堆财经媒体中迅速脱颖而出，声名鹊起。在财经媒体圈中颇有号召力和影响力。

谭笑风在佳美丰华时，其开发的楼盘，需要在媒体上做广告，但

243

根据消费群体和客户需求，他们一般都只是在当地日报、晚报或都市报上打广告，很少在综合性财经媒体上做。但谭笑风不得不给魏雨绸分一块儿。

谭笑风既害怕这家媒体找事儿，更看重魏雨绸这个人。

魏雨绸作为创刊元老之一，在财经圈也算个颇有影响的人物，熟知各个财经媒体的运作方式和风格。他自己也是个财经专栏作家，行文见解深刻，而又嬉笑怒骂，如行云流水，颇独树一帜。这个人也很有个性，行事老辣，说话风趣，经常能在口头语中夹杂些之乎者也，半文半白，这些话如果从别人的口中说出，让人很不适应，但从他口中吐出，反而增加很多文采、幽默和趣味。

谭笑风开出的条件有足够的吸引力，几乎是魏雨绸现在薪酬的10倍。而且事儿并不多，就是与媒体打交道，他还有充分的时间，搞他的专栏写作。

魏雨绸考虑了一下，同意一试。

魏雨绸加盟后，开始搭建媒体朋友圈。他在尝试了召开座谈会、单独约见投放广告，以及组队参观访问、出国考察等多种方式后，建议谭笑风组建起高尔夫联谊会。他发现，有不少媒体老总对这个财经圈里兴起的运动方式，表现出了浓厚兴趣。

谭笑风觉得，这是个不错的公关平台。

他们这个球队组织很松散，目的也很单纯：以球会友，切磋技艺。一开始，魏雨绸逐个拉进来20多人，这20多人又逐步介绍来其他媒体高管，后来主动加入的媒体高管越来越多，魏雨绸要求秘书处，采取严格的准入措施，以防规模过大，引起过多关注。

这个球队，在搞了半年多的活动之后，竟然有其他企业找上门来，不少企业都有自己的球场，他们愿意安排活动，甚至赞助一些球具、奖品之类的。夏天他们会安排到长白山、青海湖，冬天里他们会像候鸟一样转战滇池、观澜湖和海棠湾，甚至把战场开拓到济州岛、冲绳、夏威夷和新西兰。

魏雨绸在和媒体、企业的亲密接触中，听到更多的财经界奇闻和趣事儿。他的写作有了更多的料儿，甚至比他在媒体时，有更多的东西可写。当然他绝不提物华天宝集团旗下的相关企业。

一些媒体老总开始时不明就里，还以为物华天宝组织这个活动，当然有自己的公关宣传目的，他们对魏雨绸说：魏总，有需要我们做报道的，你吱一声，我们安排人做。

魏雨绸哈哈一乐：您还是饶了我吧，别害我，这是纯公益活动，我们大家一起图个乐。我们公司真没什么值得报道的。如果要做，我们会主动联系您。若真想要文章的话，我给您开个专栏吧。

而谭笑风、何乐为和罗鸣，如果有时间，也会陪同参加活动。他们作为上市公众公司的高管，需要和媒体打交道。

渐渐地，这些媒体老总也不再提报道的事儿。当然，他们的媒体，也很少出现物华天宝集团相关公司的报道；若有报道，也是无足轻重的老生常谈。

他们的友谊，在高尔夫纯粹的乐趣中，得到升华。

不过，对于地方上数不胜数的小媒体，谭笑风仍不敢大意。

此前，地方媒体的事儿，都交由公司的合作伙伴风行公关负责。谭笑风觉得目前这种合作模式还不够，他需要与风行公关建立更密切的合作关系。

谭笑风找风行公关老板程风起，商谈增资扩股一事儿。

谭笑风不想自己另起炉灶去搞一个公关公司，尽管他们有这个实力，但事儿太琐碎了，效果未必好不说，这也不是他们的重点。而风行公关，已经做得有模有样，聚起了100多人的队伍，公司的客户有上百家，并且和地方媒体等建立起了广泛的联系。

程风起对物华天宝集团愿意投资入股，感到非常意外。

他认为能靠上物华天宝这样的大树，是他借势起飞的机会。之前的合作，他已经感受到物华天宝的大手笔，甚至激起了他在资本扩充和业务规模扩大后，启动上市的打算。与他同样商业模式的公关公司，已经有在资本市场挂牌的捷足先登者。

不过，程风起并不愿意放弃对这个自己一手创立的公司的控股权。双方商谈的结果，风行公关仍由程风起控股，其以增发和转让一部分股权的方式，转让给佳华物业管理公司40%股权，这个佳美丰华的子公司成为第二大股东。

谭笑风能接受这个格局。他本来就不想陷入无尽的琐事里面，他要用风行公关，去应付那些无孔不入的媒体。

而程风起，对于新来的投入巨资却既不要求利润、也不介入经营管理的股东，心存感激。他向谭笑风保证，他们对牵涉到自家股东及关联企业利益的事儿，不遗余力。

谭笑风认为，这两个平台，基本上可以囊括本公司的大部分媒体公关活动。但魏雨绸并不满足。

魏雨绸虽然已从媒体出来，但仍然有着严重的媒体情结。他力劝谭笑风，是不是可以自己搞一家或投资一家财经媒体。

谭笑风在政府里做过秘书，他知道媒体并不是谁想做就可以做的。他不知道有无可行性，如何下手。

魏雨绸说：你只要有决心，就能找到路子。

魏雨绸说：你说得对，毫无疑问，媒体行业不是谁想进入就能进入的。但是，这主要指传统媒体。主管部门管得了的、管得严的，也是传统媒体。但是，从整个资讯市场分析，传统媒体，已经成为了明日黄花，现在占全部信息传播渠道的信息量，还不到三分之一。更大量的信息，其实是通过网络新媒体传播的。在这一块，敏锐的资本，其实早就已经捷足先登了。你看看那些有名的门户网、专业财经网站，哪一个不是有着民营或外资背景，而且大量在海外上市。这些网媒，虽然没有采编权限，但是通过自媒体、博客、微博客等，早已经绕过管制，自己生产内容了。而传统媒体，虽然新闻采编权还由相关主管部门控制，但在传统媒体不断走向衰落的大背景下，其经营性业务亦被剥离出来，开始走向市场化，有的还在资本市场挂牌上市，其他资本和个人都可以进入。你想想，你如果参与进经营，等于把人家的饭碗攥在手里，虽然形式上采编和经营两分开，内容还是由相关采编部门说了算，经营方不能插手，但是，马克思早就说过，经济基础决定上层建筑。有奶的才是娘啊。

谭笑风有些恍然大悟，他让魏雨绸抓紧寻找合适的标的。

魏雨绸说：其实我们熟悉的媒体里，有好几家老总正为过日子发愁呢。

魏雨绸看中了易家言所掌管的那份纸媒《一品财经》。他和易家言是老相识，对他和他的媒体很是了解。易家言也是华大中文系毕业的才子，算是他的师弟，很有点儿传统媒体人的新闻理想，报纸上经常发一些引起轰动的文章。但是经营上不见起色，艰难度日。上级主办部门又不愿投钱，一文钱难倒英雄汉，人才流失严重，他想做的事儿也做不了。

魏雨绸极力向谭笑风推荐易家言和《一品财经》。

谭笑风说：这个你比我熟悉，我授权你去谈。

魏雨绸找易家言商议，看有无可能、有无路径重新打造这张财媒。

而易家言，早就有引进资本的想法，但是，他对能否获批并无把握。

经过反复商议，他们首先要考虑方案批准的可行性，既符合上级对于媒体管理的要求，又要紧跟文化产业改革方向和市场化趋势，能有所作为。

他们设想的路子是：易家言把广告和商业活动经营权拿出来，他们共同成立一家一品财经传媒股份公司来负责纸媒的广告运营，可以由《一品财经》控股51%；然后物华天宝再和一品财经传媒公司合作成立一家新媒体公司，来运作网络和新媒体，这个公司由物华天宝控股，并适当地由媒体高管以集合形式持有部分股权。因为媒体转型融合发展需要，把未来主攻方向放在网站和新媒体上。

这个方案符合相关政策，又是新的改革尝试，经易家言和上级主管部门反复沟通，获得了批准。

注资到位后，两家新成立的一品财经新媒体发展有限公司，迅速创办了财经新媒体《财经圈》网站和移动新媒体平台《新财汇》。网站用新的算法，可以迅速抓取财经界动向，实现实时监测。而《新财汇》的目标，则是做成财经要闻的集散地和财经记者的圈子，实现新闻线索、新闻产品的分享。

双方都对这个结果表示满意。对于易家言来说，可获得进一步发展的资本和保障，把媒体做大做强；而对于谭笑风来说，他们借由媒体公司实现了对物华天宝集团舆情的实时监测，及时采取相应措施。

任鸿飞对谭笑风建立的三道防火墙很是满意。

他没看错谭笑风，他一直觉得，只要放对位置，任何人都是宝。

13.3

在通宝证券借壳上市引起的一片喧哗过后，物华天宝集团及旗下各个子公司、关联公司的真面目，从此再度沉于水底，归于寂静。

不过，在谭笑风建立防火墙的时候，任鸿飞思考得更为深入。

他觉得谭笑风所做的这些，虽然必不可少，但其作用只是防漏和堵漏，是西医看病，头痛医头，脚痛医脚。这也从另一方面说明，他们还有经不起推敲的漏洞。他们更要考虑的，是如何滴水不漏。

他一直在思索肖东方的提示：逐步洗清自己腿上的泥，安全上岸，把自己置于阳光之下。

任鸿飞仔细权衡公司的商业模式，他其实最担心的是两个方面：一是肖东方、刘洋洋在公司的身份，虽然他们从商并无法律障碍，但是，目前的社会阶层结构和贫富分化，使他们很容易成为公众关注的焦点，陷入舆论旋涡。二是公司发展如此迅猛，也易引起世人的好奇和关注，并使人产生他们可能利用非常路径、人脉和资源，甚至官商勾结的联想和猜疑。

而他们公司，这两点叠加一起，任鸿飞无法解释清楚。他也不想陷入这种议论之中。

任鸿飞认为需要针对这两个方面，重新设计公司架构。

任鸿飞在思考过程中，忽然意识到，他刚到物华天宝公司时，当时堆放在办公室的十数家互不搭界、杂乱无章的公司牌照，简直是个天衣无缝的架构设计，那样，其实更易于将自己泯然于众人之间。

难道这是肖东方有意为之？

如果真是如此，任鸿飞不得不佩服肖东方的远见。肖东方不仅看到了第二步，甚至看到了第三步、第四步。可在当时，为了理顺业务架构，便于管理和集中优势兵力，任鸿飞不得不进行了一次重新架构改造。但也正是这次改造，使多家公司打上了物华天宝、天宝、物华的印迹。

在任鸿飞看来，他当时这样做是必须的。如果没有这次改造，物华天宝公司也不可能走到肖东方设想的第二步、第三步、第四步。在公司业务刚起步时，他必须集中公司的人、财、物，打歼灭战。这是打仗的常识。兵力过于分散，他也不可能攻陷一个个的堡垒。

而肖东方，对他的这次改造，也并无异议。实际上，他当时并未考虑这么多。公司草创时设立的这些众多杂乱无章的公司，主要还是因为资本、业务单子的来源不同，因人而设、因事而设。

但在目前来看，在公司做大之后，这种集中，已经很不利于隐蔽和藏身。

任鸿飞需要再一次进行分散。在他看来，分分合合，也许吻合事物螺旋式前进规律的必然要求。

任鸿飞决定再次对公司的架构，进行顶层设计。

他此次重新架构的目标，一方面必须让肖东方、刘洋洋等核心人物隐身，避开公司政商关系的猜疑。另一方面，他又要保证肖东方、刘洋洋这些公司创始人的股权、利益和最终控制力。

但是，这个目标看似容易，实际上很难操作。既在实质上有，又要形式上无；既要分散，又要集中，这两个南辕北辙的目标，统在一起，让任鸿飞大费脑筋。

这是公司的内核，核心竞争力和商业机密，不能让外人知道。在这个层面，他只能同肖东方、刘洋洋反复商量。

而肖东方对任鸿飞重新架构公司的想法，非常赞同，但是，他对具体路径也不甚了了。肖东方让任鸿飞去设计具体方案，报他点头认可即行。

经过苦苦思索，任鸿飞脑海里灵光闪现，眼前出现一张"网兜"。他的目标是用所有权的经线和管理权的纬线，织出一张网。

任鸿飞决定在顶层设立两家公司，东方星空投资公司和复利达丰投资控股公司，分别赋予其所有权和管理权，作为提拉整张网络的提手，以此来完成他的整个布局。

东方星空注册在北华市，注册资本只有5000万元，混迹在成千上万家投资公司里，既不显山，亦不露水。这家籍籍无名的小公司，将不开展任何业务，但它是他们庞大商业集团和各层级公司的最终控股者、内核和枢纽。

而复利达丰，和东方星空一样，对物华天宝旗下庞大的商业网络和各层级公司，持有部分股份，但主要的，是作为东方星空的镜像、替身和出市代表，具体实施对整个集团的管控，拖拽起后面成百上千倍于自身的庞大肉身。

这个架构如此精妙，肖东方和刘洋洋都表示非常认同。

按照设计，复利达丰投资控股公司，将是未来浮在水面之上的主体。任鸿飞作为法人代表、董事长和总裁，将以这个平台，实现对旗下所有公司的业务，进行实际运作和管理。

任鸿飞将其注册在南华市，刻意和东方星空保持距离。

而在东方星空这个以肖东方的名字命名的公司里，肖东方亦不愿意出面持股。他的司机、保姆、助理、亲戚等等成为代持人，而刘洋洋作为法人代表。

按照这个整体设计，任鸿飞在未来的一段时间里，将逐步把物华天宝集团及旗下一系列子公司、孙公司的业务和资产，通过系列股权转换和交易，将所有权和控制权，拖拽进东方星空和复利达丰。

为隐藏股东身份，他们在全国注册了无数公司，包括电子、信息、地产、能源、科技公司、投资公司等等，这些公司的持有人，除了李成梁、何乐为、罗鸣、谭笑风、侯门海、方百计、高自标等核心高管及其代理人，他们的球友和朋友圈，包括土豪新贵、电影明星、主持人等亦被拉进来，友情出场。

任鸿飞用股权及人际关系的丝线，织出一张庞大的网，网上的无数个节点，是无数个旗下公司，包括他的那些实业和金融类公司，这些网络节点蛛丝相连，血脉畅通。任鸿飞通过财务和人力调配，实现各个网络节点需要时的重兵集结，打歼灭战。而平时，严格的考核和奖惩，让每一个节点都不敢怠慢。他将利用这张大网，捕获目标猎物。

这一系列让人眼花缭乱的股权架构安排，并逐步付诸实施，花了任鸿飞差不多近一年的时间。

经过这次整理，任鸿飞实现了他最初的设想，在内部，这个结构逻辑缜密，保证了肖东方和刘洋洋的股权和控制力；而从外部看到的，肖东方实现了悄然隐身。

而任鸿飞，他这个毫无背景的草根，成为公司的代表和象征，他所取得的任何商业成就，都将成为时代快速发展的又一佐证。

任鸿飞和李成梁、何乐为、罗鸣、谭笑风，担任复利达丰控股公司董事，5人组成核心经营决策小组，对旗下所有公司和业务进行整体掌控、布局和实施。

一切安排停当，任鸿飞让罗鸣牵头，在南华市寻找合适物业，或建或购。

他计划将复利达丰移师南华，他将在那里，让他的商业火箭以一个崭新的姿态，在不知不觉中，完成从水底潜射升空。

13.4

　　近一年的内部梳理和重构工作，让任鸿飞感到比他阔步迈进时还要累。

　　他时常感到像在闷热天气里出不出来汗似的郁闷，他无法卸掉身上的负担。

　　他感到自己的激情封冻在身体里，鼓胀、淤结、血流不畅。他非常需要一场大汗淋漓的畅快发泄，来疏通他堵塞已久的血管和神经。

　　但他只能用跑步、打球来让自己出汗。可是，出完汗后，还是为自己指鹿为马似的不得要领而懊恼不已。其实，他需要出的，并不是身体上的汗，而是精神上的。

　　沉重的挫败感压抑着他，他很怕接近他和刘洋洋的大床。

　　越到后来，他越来越喜欢出差到外地，每个周末，他都喜欢背着球包去外地，把他过剩的精力发泄到球场上。

　　甚至在北华，除了应酬之外，他也常常在灯光练习场耗到筋疲力尽才回家，以此来回避床上的尴尬。

　　而刘洋洋，似乎理解他似的，也不再试图触碰他那根神经。他们越来越习惯和接受彼此客气而互不干扰的生活。

　　任鸿飞被肉体和精神上的挫败感，折磨得痛不欲生。在这种挫败感面前，他有时甚至觉得，他再大的商业成就，都不值一提。他宁愿用他所有的商业成就，换回一次酣畅淋漓的身体表达。

　　任鸿飞有时候不免憎恨自己，憎恨肖东方和刘洋洋。他们成就了他，也彻底毁了他。他不知道他现在的样子，是不是他自己当初想要的样子。

　　这时候，他都非常想念苏丹。他实在不甘，可又无能为力。

　　他难道就像太监一样废了吗？

他听说，男人一生中有些刻度是有限定的，比如酒量，比如做爱次数。难道他那时的放纵，才造成现在的无能？

任鸿飞十分渴望找回男人的雄风。

他时常想起冰冰她们那一张张妩媚的脸。他只好借助她们，来回味那些旧日时光，回味他那时的阳刚和激情。

借周末到大理打球的机会，任鸿飞谢绝公司其他人的跟随，尝试着给冰冰打电话，约冰冰一同前往。他认为他是从她们那儿跌倒的，他很想从那儿爬起来。

这是他再婚以来第一次渴望出轨。他私下说服自己的理由，是为洋洋着想。洋洋的不开心，像一层浓重的雾霾一样压着他，需要用一场狂风暴雨来拨云见日，澄清玉宇万里霭。

断了联系这么久，冰冰对再次接到他的电话，感到有些吃惊，"飞哥，好久不见了，你怎么想起给我打电话？"

任鸿飞说："哥要是说想你了，你信吗？"

冰冰说：我才不信呢！她似乎对任鸿飞当初赶走她，仍耿耿于怀。

任鸿飞说：哥这是实话。哥想见你，周末去云南打球，你愿不愿意陪哥去？

冰冰有些犹犹豫豫。她说自己早不在圈里混了，目前已经在一家投资公司上班。老板你应该认识，他说起过你。

任鸿飞说，那更得见见了，说不定哥能帮上你。

已经几年没见了，但在机场，任鸿飞还是从一大堆行色匆匆的行人中，一眼就看见了她。她出现在他面前时，下身着一条紧身牛仔裤，上身是宽松的蓝缎碎花套衫，用一条细细的腰带束着腰，一副大墨镜顶在头上，像发带一样挽住长发。这身轻松随意的装扮，既显得她凹凸有致，又不失妩媚和严谨。那张脸蛋，在白天里更显细腻白嫩。

她并无太大变化，还是他所喜欢的那一款。虽然一开始时他们都想保持下矜持，但是，彼此熟悉的味道，让他们很快就越过那些客套和繁文缛节，自然而然地靠在一起，好像他们是久别重逢的恋人。

男女之间的事儿，有时就这样很神秘、很神奇，好比一堆打散了的拼图，无论怎么拼，总有一张可以严丝合缝地拼在一起。

在海景球场打完了一场球，冰冰似乎并无太大兴趣。她更喜欢让任鸿飞陪着她去逛那些旧迹斑驳的老街道。

苍山洱海的风光着实浪漫而迷人，老城墙、碎石板路、随处可见的客栈、酒吧、昏黄的灯光和音乐，弥漫着一种让人欲罢不能的暧昧和饥渴味道。

任鸿飞内心的骚动逐渐被激发出来。他想在这个谁也不认识他的地方，放下一切伪装，放肆一把，重新找回爱情，或者更准确地说，找回爱情的秘籍和形式。

而冰冰，似乎猜透了他的心思。她要让他认识到，她才是称职的女友，他应该后悔放弃了她。

冰冰不愧是修炼成精的调情高手，她很清楚仅有小女生的羞涩，或者夜场女人的放荡，都调动不起来这个久经沙场的老男人的胃口。她在不同场合、不同情境，和他玩起初恋情人般的欲迎还拒，老情人的麻辣诱惑，或者恩爱夫妻的温柔体贴。一颦一笑，回眸百媚，机巧暗设，而又浑然天成，不留痕迹。

任鸿飞感到身上有一团火苗逐渐燃烧起来，越燃越旺。

他急不可待地拥她回宾馆。

可是，等到她赤身裸体地扑到他身上，亲吻他时，他感到他身体里的那团火，已经像燃烧殆尽的柴火，逐渐黯淡下去，变得如豆大小，最后黯然熄灭。仅留下一堆灰烬。

冰冰有些吃惊："飞哥，还没开始呢，你已经泄了？"她掀开床单，洁白的床单上已经洇湿了一大片。

她还不死心，继续亲吻他的嘴、他的身体。可是，他的身体就像漏气的气球，再也充不上气。她不知道在任鸿飞的脑海里，又浮现出那根针，他的气球早已被扎得百孔千疮，漏洞百出。

任鸿飞有些惭愧，用枕头蒙住自己的头。他不仅对自己的无能感到失望，更感觉自己的内心很无耻、很卑鄙、很龌龊。

但冰冰，仍趴在他身上，爱抚着他，安慰着他："哥，没关系，你太累了，以后会好的。"

任鸿飞摇了摇头。

冰冰抚着他的脸，温情脉脉地说：飞哥哥，你不觉得还是需要我吗！当初我想去你公司，你偏不同意。

任鸿飞偷鸡不成，反而被冰冰的善解人意，显衬得十分肮脏下流，他说：你不理解，你到哥那儿，哥会分心，你不觉得哥还是很喜欢你的吗？

冰冰说：那你也不能不管我啊。

任鸿飞其实也有些后悔。说：你现在那家公司干得怎么样，不行就过来吧。你说老板我认识，是谁？

冰冰说：赵家驹啊。

任鸿飞沉默无语。刚才还满心的歉意，忽然烟消云散。他觉得眼前这个女人，一下子离他非常远。

第十四章 华彩

14.1

老话讲，"有心栽花花不成，无心插柳柳成荫"。任鸿飞没想到，他一直耿耿于怀的光明煤电和宝驰汽贸的上市工作，起了个大早，赶了个晚集。反而在他心目中要排在后面的东江美锦，赶在了前面。

这更加让他觉得，路径选择，其实比努力更重要。

东江美锦丝绸股份有限公司在他们重新整合之后的第二年，已经开始扭亏为盈。实际上，他们的丝绸产品既不缺乏品质，也不缺乏市场，更不缺乏品牌。只是，他们以往传统、过时、落后的设计理念，束缚了他们，跟不上时代的步子。经过生产线重新归并、业务流程改造、设计人员重聘、销售渠道打通等一系列必需的整合改造之后，他们把重点放在产品设计和开发上。

在刘洋洋的建议并带领下，周自珍等在国际时尚之都巴黎、米兰、伦敦考察了一圈，眼界大开。他们发现，他们原来把丝绸产品定位在丝巾、被面、内衣、装饰品、旅游纪念品等上，简直是用美元糊墙，用元代青花瓷碗喂猫。既不经济，也不实用，更不好看，不客气地说简直是暴殄天物。

他们必须从高端、前卫、时尚、一流的高度上，重新定位丝绸，树立起丝绸的软黄金概念，并以此撑开丝绸产业的空间。

在大股东的大力主张和支持下，东江美锦花重金前前后后从国外邀请了十几位国际一流的服装设计师，来为他们各自完成一组以丝绸为面料的时装设计。经过近一年的工作，十几组丝绸时装，相继设计制作完成。他们随后奔赴巴黎、米兰、纽约，在国际著名时装T台进行展示。

这一系列时装，在质地上，突出丝绸如肌肤般丝滑光洁的性感；在图案上，刻意营造"人比烟花寂寞"的欲说还休的中国韵味；在设计上，用流畅的线条，彰显随风摇曳的律动感。这次系列展示，大获成功，随着模特的走秀，将东方含蓄的性感、暧昧和婀娜多姿，展现得淋漓尽致，勾起现场观众无限联想和欲望，引起一阵阵惊叹。没想到丝绸产品还可以这么做的！

这一趟展示下来，在欧洲时尚界引起轰动，甚至掀起了一股中国丝绸风。东江美锦收获了无数订单，甚至一些国际一线女星都纷纷定制。这股风吹到国内，国内女星们亦如发现新大陆似的，没想到丝绸才更能彰显东方女性曼妙身姿和东方韵味。越是民族的，越是世界的，在国际电影节等聚光舞台上，更是以性感夸张的丝绸服装亮相。

这次成功展示，也使东江美锦思路大开。之后，他们聘请国际设计师主导，在面料、图案、产品理念和设计上摒弃传统路线，继续大刀阔斧地革新，使"东锦"品牌像老树发新芽一样，重现春天般的生机。

而当地政府，对东江美锦的重振，亦给予极大支持。从税收、政府产业基金等方面给予更多的补贴。他们亦希望以东江美锦为龙头，带动整个丝绸产业的发展。

东江美锦把创意设计部门移到了香港，贴近和跟上国际时尚气息。

在任鸿飞看来，真正能代表中国的东西，并不是很多，有一些太传统了，上不了台面，或者外国人比较难以接受，有一些无法标准化和工业化生产，譬如中餐、中医、风水、打卦之类的；而新的科技产品，目前大多数还只能跟随西方走，真正独创原创的东西并不多。而丝绸，既传统，又时尚；既是民族的，又是世界的，是个不可多得的好产品和载体。他希望借政府打造新"丝绸之路"的时机，把他的商业触角伸向海外。

既然东江美锦要走国际化道路，他们把东江美锦的上市地点，选在了香港。

大摩瑞信等几家国际投行作为上市保荐承销机构，对这个项目投入了很大的热情。

这些投行早早就踏入了中国市场，希望从这个新兴经济体的快速发展中，分得一杯羹。但因为行业准入门槛限制，以及水土不服等原因，他们在国内投行业并不起眼儿，只能拣些残山剩水，边边角角，小打小闹。但一到海外市场，他们就像久闷在船舱里突然被放归大海的活鱼，扑腾腾地跃入水中，激起无数浪花。

他们更熟悉海外市场的运作，并参与到银行、证券、电信、能源等超大型国企的海外上市。也因此，他们开展投行业务的重要方式，是鼓动企业赴海外上市。

大摩瑞信等保荐商的保荐工作，程序化、规范、刻板而又按部就班。虽然前期工作流程比较复杂，但是，与内地上市不同的是，在香港上市并不需要排队，等保荐、承销商按交易所的标准化流程要求，做完各项改造、材料准备和提交之后，离挂牌上市已经不远了。

在这些国际投行的建议下，东江美锦在开曼群岛注册离岸公司作为上市主体，合并打包进东江美锦丝绸股份有限公司和东江丝绸国际贸易中心有限公司两家公司，并重新对公司业务进行架构设计，形成丝绸产品设计、生产、贸易、商业、展览、酒店服务等全产业链条，避开同业竞争。

在路演及募股过程中，何嘉梓等香港生意场上的数位富豪及多家证券投资机构、基金，对这个"红筹"公司，表现出了极大兴趣，认购倍数远超他们的预期。东江美锦不得不采用"绿鞋"机制超发15%的股份。

而对于任鸿飞来说，他乐意将公司股权，派给那些耳熟能详的富豪和基金经理。他已经计划移师南华市，他希望通过此次发行上市的机会，加深彼此印象，为公司未来重心南移，做好充分铺垫。

上市庆祝酒会，他们以一场别开生面的丝绸时装秀，来彰显他们的品位。

任鸿飞和刘洋洋、李成梁、何乐为、周自珍等公司高管，参加了庆祝酒会。这将是他们迈向海外的第一步和桥头堡。

何嘉梓等数位富豪，都前来捧场。他们对任鸿飞和他们横跨金融和实业等多个领域的产业格局，早有耳闻，并产生了浓厚兴趣。

任鸿飞穿梭于他们之间，亲切交流，举手投足之间，既谦逊低调，又神情自若。

酒会后，任鸿飞分别与何嘉梓等几位富豪做了深入交流。未来，他们将会有更多的机会展开合作。他们的目光也不会局限在服装、丝绸领域，更多会在金融、资本和产业等其他项目上深入合作。任鸿飞也将有更便利的通道，安排大量资本的进出。

东江美锦上市之后，香港也将成为任鸿飞重要的落脚地。他将经常出入南华市和港澳之间。甚至他的座驾，也悬挂起两地车牌。

只是此时，任鸿飞还不会想到，香港会成为一座他想离开也无法离开的城市。

他在未来，也会像许多内地富豪一样，不得不在风声过紧的时候，来到香港暂避风头，等待未知的命运。

这一切，似乎在冥冥中已经注定。

而光明煤电和宝驰汽贸的上市进程，却无法控制。

实际上，在佳美丰华挂牌之时，光明煤电和宝驰汽贸已经在紧锣密鼓地进行上市辅导等相关工作，随后申报了上市材料。但是，他们不得不在发行节奏的调控中，开始漫长的排队等待。

在这个过程中，他们也开始与金融监管部门上上下下建立更密切关系。

任鸿飞更需要的，是在各个监管部门有实操经验的人。他们要获得的批文，必须走完每一个必经的流程。这些具体而缜密的操作，不仅需要熟透规则和流程，更需要与上述部门有密切关系的人，在一些相应环节来具体推动。

何乐为、李成梁他们在与相关部门打交道过程中，也在留意和物色中意的人选。

经过反反复复沟通，他们从几大金融监管部门挖过来令起炉、何海清、赫立群等几位部门主任和副主任，以及数位处级、副处级人员。令起炉是何乐为在四道口的师弟，何海清是华大博士，赫立群则是位海归。金融的圈子说大也大，说小也小，他们常常在各种会议、研讨甚至球场、饭局中见面。

李成梁、何乐为他们开出的薪酬及奖励激励条件，让这些手握权力而又不得不忍受清贫的人，无法拒绝。来到公司之后，他们只要在未来操作成一单，就可以从之前并不起眼儿的局级、处级干部和办事员，顺利晋级百万、千万甚至亿万富翁行列。他们在权力无限而又在清苦煎熬中混出来的熟脸儿，终于有了大放异彩的时刻。

在他们的协同配合下，光明煤电和宝驰汽贸的上市只差临门一脚。

不过，对于任鸿飞来说，上市过程中的质询和应对等程序性工作，已不是他考虑的重点。他在思考下一步。

在他看来，这些从金融监管部门挖过来的人才，并不仅仅是为了公司产业上市需要。未来，他们要在金融领域开疆拓土，需要储备这些人才。以便未来在资本汛期来临时，为这些庞大的资本，匹配上有能力让资本产生更大效益的人。

在复利达丰控股公司成立之时，他们已经开始大量招兵买马，除了从金融监管部门，他还从其他金融机构中挖来大量高级管理人员。

这些人，都将在他未来的金融版图中，扮演重要角色。他们的各个金融业务端口，也将随他们不断的加盟，开足马力，进入紧锣密鼓的筹划和扩张。

14.2

在紧锣密鼓地推动光明煤电上市过程中，光明煤电一处矿井的透水事故，节外生枝，再次把任鸿飞从云端拉回到现实中来。

这也让任鸿飞深切感受到，不少传统企业虽然看着是块肉，但身上包裹着太多的不确定因素，其走上现代化的转型之路，其实相当艰难。

在这个节骨眼儿上，光明煤电出现这种事儿，确实让任鸿飞有些着急。他准备亲自赴光明煤电，协调公司处理事故。

谭笑风拦住他说：你不能什么事儿都冲到最前面，我先去看看情况再说。

谭笑风紧急奔赴汉章市。

谭笑风赶到公司现场时，嘈嘈杂杂，一片混乱，警车、消防车、救护车闪着灯，摆开了架势。省的、市的，电台电视台的，各色人等，跑前跑后，手忙脚乱，反而给现场增添了不少混乱。

市里已经成立事故处理指挥部，市长石铁兵亲自挂帅，协调公安、消防、安全、环保、医院等部门，进行紧急救援。

石铁兵头戴安全帽，脚穿齐膝橡胶靴子，在救援现场，对着地方电视台大声表示：人命关天，市里将全力以赴救援，市里已经调来4台大型抽水设备，先抽掉水，救人要紧，再进行后续相关处理安置工作。

电视采访完，石铁兵布置了几句，即离开现场，处理其他公务去了。留下副市长年富力坐镇现场指挥。

温良恭倒是显得比较有经验，指挥几台挖掘机和厂里的工人们开挖完导水渠，安装好抽水设备管道，等4台机器启动抽水，现场才稍稍安定下来。

据井下各班组分别清查，当时，这处矿井井下有二十来人在作业，开始透水时，已经有几个人跑了出来。经过清点，还有 14 人留在井下。

温良恭非常担心，如果这么多人都死了，公司巨额赔偿不说，特大事故责任，他是跑不掉的。

在现场指挥部，温良恭指着地下矿道图，对年富力说，井下有 3 个开挖平台，不在一个平面上，其中一个地势较高，这也是安全措施之一，如果他们在刚开始透水时，跑进这个平台，用煤将口子堵上，等待救援，应该可以支撑 24 小时。他们之前做过安全演练。

随着抽水的进展，一名工人的尸体已经漂了出来。他显然是在往外跑的中途，精疲力竭被水追上。这让温良恭有些不安，心情越来越沉重，不祥的预感挥之不去。其实，往外跑是跑不掉的，堵住口生存的概率更大些，只是当时工人们突然遭遇紧急情况，来不及思考。

主巷道的水已经快抽完，几处开挖平台逐渐露了出来，并未见到更多尸体。救援人员打开那处从高处开挖的平台，救出了他们，送上救护车。他们的衣服全部被煤水浸透，每个人都浸泡成黑乎乎的一团。

井下矿工虽然堵上了这个巷口，但浸水已经快要淹没他们的头顶，仅留下头部上方的一点点空间。其中一位精神已经崩溃，在行将被救出时，心脏病发作猝死。

这种情况，虽然已经够得上重大安全事故，但比预想的要好得多，这也让温良恭和年富力等松了口气。他们已经两天一夜没睡觉了，撑不住时，在指挥部和衣打个盹儿。

接下来是工人安抚、赔偿以及恢复生产、清理安全隐患等工作。

温良恭提出对两具尸体先行火化，避免家属抬尸闹事儿。经公司研究，决定以每名死者赔偿 50 万元、其他井下工人每人支付抚慰金 1 万元为基本标准，请家属来到厂里，与家属进行谈判。

谭笑风将情况向任鸿飞做了报告，任鸿飞交代，说服温良恭尽量满足死者家属的要求，尽快消除影响，不要因为这些枝节问题，影响公司上市大局。

不过温良恭说，这个标准已经突破了市里相关井下事故处理的上限，再往上加，以后都会以此为参照，造成更高漫天要价的可能，也不好给市里交代。

最后与死者家属达成协议，以每人60万元进行赔偿。

处理完事故，生产逐步恢复。谭笑风回北华向任鸿飞详细报告了经过。说此次事故对公司的生产经营影响并不大，很快就能恢复生产。但说起两位死者家属，有一家印象比较深刻。一老一少两位农村妇女，抱着骨灰盒不离手，也没提出什么特别要求，不像另一家，来了不少人，大吵大闹，誓不罢休。这娘儿俩只是哭得昏天黑地，劝都劝不住，让他这个外人从旁看了，也有些不胜唏嘘。

任鸿飞听完，说：我去厂里看看。

任鸿飞不想光明煤电再出什么事儿了。另外，谭笑风讲的两位村妇的事儿，让他的心里始终有块儿疙瘩。他从小在乡下生活过，知道一个男劳力对家庭的重要性。

任鸿飞和谭笑风、顾东阳等人，踏进事故后的光明煤电，厂区已经恢复平静，到处散发着煤电企业大干快上的焦化味儿。只是矿井处，临时开挖的沟渠旁，还堆放和残留着救灾时煤水淹过的凌乱痕迹。

任鸿飞看见煤矿工人们从井下出来时，除了两只活动的眼睛，几乎像从地洞里钻出来的鬼影一样，浑身黑乎乎的，看不清面目。

任鸿飞要求温良恭改善工人的工作、生活条件，加强安全生产措施。

温良恭说：任老板，你在高楼大厦待久了，其实不懂煤电生产，也不懂农民工的心理。这次事故其实是个意外，也并非特别不正常。矿井里塌方、瓦斯爆炸、透水事故，防不胜防，百密一疏，所以，煤电生产都讲事故率，而不能说绝对杜绝事故。我们厂的安全生产措施，比起很多小煤窑，其实相当完备，很多小的事故，我们都及时避免和排除了。倒是有些农民工，愿意多出煤，多加班，多挣些钱回家，反而忽略了很多基本操作规范，譬如该打支柱的地方少打，不看

263

各种检测表，甚至还有人井下抽烟。我们以后多做些井下检查。

任鸿飞说：煤电虽然是个传统产业，但我还是希望厂区干净、生产安全、管理规范，有点儿现代工业的样子。等上市后募来钱，生产条件还是要逐步现代化。

温良恭说：我何尝不想如此啊。安全重于泰山啊，幸亏这次处理及时得当。如果死亡3个人，就属特大事故，我这个公司董事长，也甭想干了。

谭笑风问清死者刘大汉的地址，随后，他们直奔大别山市的一个小村落。

这个小村位于起伏绵延的群山脚下，山上种着茶树，漫山遍野的红杜鹃，彰显出这一带的风光无限。村子里新旧房子夹杂，层层叠叠，有二层小楼，也有砖瓦房，还有土屋，显示出贫富差距，已经洒遍城市乡村的每一个角落。

刘大汉的媳妇，对任鸿飞他们的到来，颇有些意外。她还未从悲伤中走出来，丈夫死后，丢下的两个三五岁的孩子和公公婆婆两位老人，让她有些茫然不知所措。本来，公公婆婆虽有50多岁，但尚能操持农活儿，照看茶园；丈夫在外打工，除贴补家用，还准备拼上几年苦力，盖上新房。她在家照看两个孩子，操持家务，倒也收拾得利利落落。生活虽不富裕，但日子尚有希望。丈夫的意外死亡，让家里的顶梁柱，突然塌了下来。

司机给他们卸下一后备厢的米面油等生活用品。

任鸿飞说：人死不能复生，我们说什么，也不能挽回你的损失和悲痛。我们只想来看看你和老人孩子有什么需要，我们尽全力帮你。

刘大汉媳妇的眼泪，顺着她尚显俊秀的脸庞，静静流淌。她说：公司已经做了赔偿，说已经是最高标准。我们怨不了天，也怨不了地；要怨，只能怨我们托生于穷苦人家，命不好。日子刚有些希望，一阵风就吹灭了。

说着说着，她又忍不住抽泣起来。

任鸿飞眼圈也有些发红，他说：你也不用这么悲观，生活还得继

264

续，家庭还需要你撑起来，一双儿女还要依靠你。有孩子就有希望。我们愿意资助两个孩子长大，直到他们工作为止。能上大学更好，上不了大学，也可以进我们公司做工，希望你好好培养他们。

从小山村出来，任鸿飞并未感到轻松一些。刘大汉媳妇不多的话语，让他的心情，反而有说不出的沉重。

14.3

正如任鸿飞、何乐为预见的那样，股权分置改革如期到来。

这项牵动市场神经的改革，市场已经做了充分的预热，从监管部门到更高管理层面，一直在做舆论上的造势。

市场上所有的参与者都感到，解决股权分置问题，将重塑股市金刚不败之身。中小股民们希望借机翻身，而大资金大机构，更从各方面的吹风中，捕捉到政策面的动向和暖风，他们绝不会放弃这个机会。

而对于国有股和法人股持有者来说，他们这些非流通的股权，如果获得流通权，并重新估值，无疑是把同为碳元素的石墨淬变成钻石的天赐良机。他们摩拳擦掌，翘首以待。

很多人都没想到，这场为期一年多的股权分置改革，竟会因为从上到下各方预期一致的合谋，造成一场股市上前所未有的集体狂欢和盛宴。

那些真正左右市场趋势的大资本，本着内心的驱动，又像是听到号令似的，推波助澜。在股权分置改革开始之前，已经开始预热，股指开始逐步小幅上扬，随着股改的渐次展开，股指已按捺不住久蓄的激情，开始狂飙突进，形成一轮波澜壮阔的大行情。

迄今为止，这拨行情所摸高的沪市6124点，仍是中国股市再也无法攀登的可望而不可即的珠穆朗玛峰。蓦然回首，这段行情，好似人生中的一段刻骨铭心的爱情，让无数市场参与者回味无穷、欣喜若狂或扼腕长叹。

那是一段激情燃烧的岁月。

一开始，何乐为也没有预料到这拨行情如此之大。

此前的几年间，他已经储备了20多家公司的法人股，但他那时想到的只是，法人股与流通股差价的抹平，将是资本增值绝无仅有的机会。他虽然确信股权分置改革，必须在牛市环境下进行，但对这个牛市究竟有多牛，心里并没谱儿。

作为经济学博士，何乐为从经济学的基本供求理论出发，认为股权分置改革后，会带来股市流通股的超量供给，将超过市场现有存量资本的承受力，给股指造成极大压力。因此，尽管政策面支持一轮牛市，但从资本面、技术面等综合权衡，牛不到哪儿，会是一个平稳向上、波澜不惊的小牛市。

根据这个判断，一开始，他在率先进行股改的几家公司渐次进行股改后，就逐步将所持法人股卖出，落袋为安，回笼资本。他已经有了几倍的收益，成果丰硕。

但行情的发展却有些出乎他的意料。何乐为在卖出所持的一些法人股股权后，行情仍在节节攀高，迅速越过了他的卖出价格。

市场的热情，似乎已经完全被激发出来，场外源源不断的资本，从各个渠道汇入市场，形成不可阻挡的汹涌澎湃之势。

何乐为对市场技术面走势的观察，与他对市场基本面的判断已经产生分歧。他也有些疑惑，找任鸿飞商议下一步的策略。

任鸿飞说：老何，你这个博士，虽然懂经济学，但不懂政治经济学。中国股市属政策市，这个基本特征未变，炒股必须紧跟政策走。因为有了前几次国有股流通改革不顺利、减持不成功的教训，这一次的股改，只能成功，不能失败。有关方面会动用一切手段、调动一切力量，甚至不惜用货币大放水等超级大杀器，推动股市水涨船高。谁都知道，中国社会的动员力量是无可比拟的。只要社会各路资本意识到政策取向，看到机会，就会从四面八方的涓滴细流，汇聚成扫荡一切、吞噬一切的汪洋大海。你想想，一两千家公司的股改，非一日之功，又不允许中途夭折。因此，可以初步判断，这次行情，将会是一次时间跨度长，而顶部不可预测的大行情。牛市既然来了，就不要测顶。

何乐为说：你意思是说，等等再出？

任鸿飞敲敲何乐为的脑袋：何博士，你是不是被起伏不定的行情打蒙了？你是市场派，何时进、何时出，如何进、如何出，是你的专业，还用问我？要问我，我的意见是该进的进，该出的出。需要收缩一下战线。市场是不可测的，但只要胜算概率大，就可以一搏。即使错了，全流通后，撤退通道也很通畅。

一句话点醒了何乐为。作为市场派和技术派，何乐为本来会根据市场变化随时调整自己的投资策略，顺势而为。何乐为按照他的投研团队的分析，对于所持的不同的股权，做出减持或者增持的决定。

他长期历练出的市场感觉和机会把握能力，使他在这一轮超级牛市中，顺利登峰。

何乐为在股改过程中，从5000点开始，把他能够出手的仓底，逐渐清空。

长期的市场感觉，已经让他对后面的行情感到越来越烫手。此时，市场上高涨的情绪已经被完全激发出来，很多人开始相信沪市要上10000点的传言。何乐为知道，这不过是大资金的合谋，他们要把场外资金赶进市场接盘。如果场外资金不进入，他们可能会继续抬位股指，直到场外的钱潮水一样朝里涌。在行情的激荡下，实际上，不少在5000点左右已经清仓的人，又按捺不住，在6000点上方，反而开始反手做多。

而在何乐为看来，5000点以上的行情，都已经是在刀口舔血。同可能的收益相比，巨大的风险，让他嗅到暴风雨到来之前，黑云压城似的气息。他知道，如果下跌趋势形成，在股改过程中形成的流通股洪流，将会产生一拨溃堤似的倾泻，这是没有任何力量可以阻挡的。他们手握的已经不再是小资本，随时都可以奔逃。他必须提前做好准备。

清仓之后的何乐为，像看一幕大戏一样，坐观其变。

大盘在攀高6124点之后，果然如瀑布一样倾泻而下，比上涨时更加惊心动魄。瀑布在飞流直下三千尺之后，形成深潭，似乎喘了口气，然后缓缓地奔涌而出，继续向前流动。

很多投资者在这个地方，再次急不可待地汇入洪流，准备抢反弹。没想到河流在流过一段波澜不惊的行程后，就在不远处的前方，又一次倾泻而下，形成二次瀑布。这一次的瀑布，落差更大，也更加壮观，震耳欲聋，泡沫飞溅。甚至旁观的人都感到雨水湿衣的寒意。而被洪流裹挟的投资者，心情也随着洪流跌落到谷底，更是欲哭无泪。

经过大半年，股指一直下落到了股改开始前的山脚，才逐渐稳定下来。

股改前后波澜壮阔的上涨和汹涌澎湃的下跌，也给何乐为的市场经验里，增添了永难忘怀的一笔，使他更加畏惧和谨慎。

在何乐为看来，爬得越高，跌得越深，从哪里来，还回到哪里去，似乎是中国股市不变的规律。

只是，没有人确切知道，这其中有多少资产，像肥皂泡一样蒸发到空气里，没留下半点儿痕迹；又有多少资产落入他人口袋，拱手让给他人。很多人在此轮行情中实现华丽转身，也有很多人被脱光华丽的外衣，打回原形。

何乐为认为，股市就像一台巨大的甘蔗压榨机，裹挟着富人、中产、穷人以及他们的梦想作为原材料，从一头进去，出来时一边是晶莹剔透、饱含甜蜜的晶粒，而另一边，则已经是榨尽汁液的残渣。这是一台搅拌机和分配器，你送进去的，与给你送出来的，并不相干。有人奥迪车进去，奥拓车出来，有人奥拓车进去，奥迪车出来。

有人说中国股市像个赌场，其实也不全是。你不知道对手在哪里，你看不清他的面孔。但你知道，你放进去多少筹码，它都会接着。你只能在赚了一把之后，像一不留神捡到块金砖似的在一旁暗笑；或者在输光之后捶胸顿足，像一条被打断腿的老狗，躲在一个角落里，静静舔舐自己的伤口。

中国股市实际上是一条宽广的，融汇了政经大势、资本流动、信心向背的超级洪流，每一位裹挟进其中的人，既处于漩涡之中，无力掌控、左右自己，又成为裹挟他人的巨大洪流的一部分。

何乐为作为证券投资专家，有时在通宝证券营业部里，经常被投资者拉着追问对一些股票的看法，他也经常看到一些人范进中举似的欣喜若狂，但更多时候，他看到投资者们眉头紧锁，低头不语。他曾经看到有一位老大爷突然晕倒，让营业部一片混乱。

何乐为曾经去过很多国外的交易所参观，很少看到像中国这样，一些老头儿老太太会在买完菜后，提着菜篮子到证券营业部买卖股票。何乐为只好让工作人员在营业大厅里，准备上氧气瓶和急救包，以防万一。

何乐为对于这种场景有些无语。他在内心里认为，对于大多数普通投资者来说，无交易，就无伤害。

多年以后，何乐为仍在细细回味这一轮超级行情的寓意。每个人的一生中，经历这种尖峰时刻并不多。

这一年多来，何乐为一直感觉他是在资本的洪流里游泳，无处不在的金钱像洪水一样一浪又一浪地激荡着他，没过他的身体，他挣扎着昂起头，尽力不让洪水淹没他。四周荡漾着钱的味道，既让他无比亢奋、激情四射，又让他倍感茫然、乏力、无凭无依。

14.4

任鸿飞自己都不知道，他们在这次股权分置改革的滔天行情中，究竟赚了多少钱。那已经是激不起他任何感觉的一串串庞大的数字。

实际上，他在未来，再也未遇到过这种下雨一样撒钱的机会。

不过，对于他这种早已准备好大布袋的人，这一次机会已经足够。

他过去几年在法人股市场这个大湖里，赌博似的撒下的那些鱼苗，已经成长长大，白花花地跃出水面。他曾经为这次豪赌恐惧过，生怕资金链的断裂，让他血本无归，永世不得翻身。现在，这些赌注变戏法似的，让他的资本核裂变似的剧烈膨胀。他已经从一个实业家，变成一个手握巨额资本的人。

在这个惊人的数字面前，任鸿飞在短暂的狂喜之后，甚至感到有些恐慌。他不知道如何去安放这个过于庞大的数字。

任鸿飞甚至觉得，这些钱都不是他赚的，而是时代送的。

就像有一个超级魔术师一样的慈祥老人，从他的魔术袋里变幻出无限金币，不停地向外抛撒。而任鸿飞，机缘巧合，正好有幸挤到老人的旁边，用他早已准备好的大布袋，接住这些无穷无尽的金子而已。

其实，跟他一样，在这个老人的四周，已经围起了里三层外三层一圈圈等待幸运降临的人。那些跟他一样挤到里圈的人，一个个提着的大口袋，像一张张张开的大口，吞进这些抛撒下来的金子。由里圈向外，越到外围，获得金子的机会越少，幸运的话，偶尔有零星的金子砸在头上，抢到一块两块。而那些更多的在外围挤不进来的人，只能眼巴巴看着，等着圈内的这些人的口袋装满后，遗落一些金块，或者等他们装满口袋之后，随手拿出一些，抛撒给外面的人。不过，外圈的人，永远无从知道，圈内这些人的口袋，何时才会装满，何时才会良心大发。

任鸿飞在与上上下下各色人等打交道过程中，这种感觉越来越强烈。

任鸿飞偶尔会到佳美丰华的建筑工地视察，这时，他总是会拒绝公司为他精心准备的特别招待，而愿意和那些从农村来打工的农民工一样，蹲在堆满各种材料的工地上，就着白菜馒头，和他们聊天。他并不是想作秀，而是想找回一些踩在大地上的真实感觉。

而老板到来，工地上的简易厨房，会特意在大锅白菜里，添加一些半肥半瘦的五花肉块儿。这让农民工们颇为激动，饱含感激，夸赞老板人好。

任鸿飞有时觉得对不起他们。他们出的汗、流的血更多，但是只有靠卖力干活，才能勉强养家糊口。他甚至想象，他如果不是碰巧挤到了散发金币的老人身边，接到了源源不断撒下来的金子，他可能也会跟他们一样，成为一名从乡村出来的农民工。甚至，可能他还没有他们的力气和勇气，去工地搬砖，或者下井挖煤。

但是，他也是这种机制的受益者。他无法对散发金币的老人和他散发金币的方式，说三道四。他也更无法像有些挤到了内圈的超级富豪一样，洋洋自得。有的富豪在口袋装得满满之后，对着最外圈挤不进来的人，经常灌输一些迷魂汤似的说教：今天工作不努力，明天努力找工作！

任鸿飞认为这些话很扯淡，很无耻。实际上，一个人最大的努力，只能决定你买多少彩票，而从来不能决定你是那个幸运的中奖者。中奖，有另外的机制和程序。

任鸿飞只能以提高这些农民工某些方面的待遇，来抚平自己内心的不安。

后来，任鸿飞大量不留名义的慈善活动，也是从此开始的。

不过，公司高管李成梁、谭笑风、何乐为他们，甚至陪同他到基层去的秘书和保镖，都对他去工地和现场很不满意。他们不认为一个堂堂的大老板，应该去这些地方，他应该而且只应该待在那些富丽堂皇的场所。

何乐为甚至开玩笑说：任老板，你依然是个农民。

而任鸿飞要视察的那些子公司孙公司的管理者们，也很怕任鸿飞到来，因为他随口提出来的给工人提高待遇的说法，为他们完成上面压下来的利润指标，又增加了难度。

271

14.5

在此轮超级行情的展开中，IPO的批文发放，也加大了力度。

宝驰汽贸更名为宝驰汽车，顺利地通过了IPO，迈入资本市场。它将募集资金投入的方向，除了定在加大汽车销售网点的布局，更把业务从汽车贸易，延伸至汽车维修、汽车租赁和汽车金融领域。

刚成立不久、以互联网为基础运营平台成立的神州租车，借鉴国际成熟市场成功的汽车租赁模式，颠覆了国内繁琐的传统租车方式，迅速占领市场。这一新模式引起了他们的强烈兴趣。在神州租车新一轮的增资扩股中，经过多次谈判，他们顺利加入成为股东之一。很快，神州租车就成为国内市场的领跑者。

而他们更大的计划，是在新能源汽车领域，从新能源电池、汽车零部件做起，寻求与外资品牌合作的机会。

任鸿飞已经不用再为缺乏资本担忧。他最担忧的是，他将如何调配这些庞大的资本，为它们找到真正的用武之地。

第十五章 转战

15.1

复利大厦几乎在悄无声息中，矗立在南华市南江大道上。

这幢本来叫港澳财富中心的写字楼，原属于香港富豪何嘉梓的物业，何嘉梓后来战略重点转移，回撤香港、布局欧美，遂清理资产，有意出让。

任鸿飞在东江美锦赴港上市过程中，和何嘉梓有过多次接触，双方几经商谈，最后达成协议，顺利接盘，更名为复利大厦。

这幢写字楼是座成熟物业，会聚了无数的金融机构、各类投资公司和办事处。

佳美丰华下面的装修工程公司，按要求把大楼顶部的31—40层进行重新装修改造，作为复利达丰控股公司的南方总部。

移师南方，是任鸿飞两年前就开始的规划。复利达丰控股公司早已在南华市注册，他要在这里建立新的中枢机构和作战指挥中心。

比起北华市，任鸿飞更喜欢南华这个城市。这里的气候与他的老家更为接近，而不似北方的干燥、粗粝。在他的印象中，北方的天空永远是灰头土脸的，北风一起，飞沙扑面，打在脸上，整个心情都变得冰冷而僵硬。而这里，四季常青，又不似广州深圳那些超级大都市的人流滚滚和热浪滔天。

甫一抵达南华机场，任鸿飞走下飞机，就感觉到神清气爽，不由做了下深呼吸。几个小时前还是北方的冰天雪地，雾霾沉沉，而这里已是阳光明媚，空气清净，绿草如茵，繁花生树。强烈的对比，让他顿感暖风拂面。

任鸿飞感觉自己在北华阴霾天气里，淤积在心底的压抑、冰冷和沉重，在明媚阳光的照耀下，如江面结上的厚厚冰层，逐渐从外到内，一层层破裂、化冻。

这种寒意，其实早就笼罩在他的生活中。

他和刘洋洋的关系，在他们都试图做出改变而终于失败之后，渐渐冷却。久而久之，他们都已然失去再做努力的冲动。

任鸿飞感觉他们之间的气氛，在无形的寒流侵袭下，仿佛能沁出水来，化成一团水雾，渐渐包裹住他身体的这台机器，结成一层浓厚的冰霜，侵蚀进他的肌体、骨骼和心脏。他无力回天，他感觉他的机器，渐渐变成一堆弃于废物堆里的废铜烂铁，锈蚀、腐烂。

而刘洋洋，对他们无性的婚姻生活，也已经感觉麻木，失去再试一把的兴趣。她才真正理解了"强扭的瓜不甜"的朴素真理。

他们一开始还都在找些理由，工作啊，出差啊，出国啊什么的，避开双方在一起的尴尬和不适。后来，似乎都忘记了对方的存在，回家或没回家。他们在不同的住所，过着各自独立的生活。甚至有时候偶尔碰到一起，也是相敬如宾地打个招呼，问候一声。他们已经不愿睡到一张床上。

刘洋洋对任鸿飞执意要移师南方，抱着无可无不可的态度。天要下雨，娘要嫁人，她也感到无可奈何。

她其实已经回到自己原有的圈子，找到她更适应的生活和兴趣所在。也许分开过，对双方都是解脱。

但他们谁都不愿主动开口提出离婚。他们心里的不甘、长期在一起的习惯，或者相互间仪式感的需要，还在形式上暂时把他们捆绑在一起。

回到南方，任鸿飞有一种虎归山林似的期待。

任鸿飞站在复利大厦顶层的办公室里，朝窗外望去，感觉几乎像站在山顶上，整个市容市貌一览无余。街道上飞驰的车玩具般大小，行人恰如一个个黑点。

他感到人生的渺小，就像楼下那些无数的行人在他眼中，只是一个个黑点一样。而这些黑点似的人，当然更不会知道他正站在那里看他们。他对于他们来说，同样是飘浮在空气中的一粒灰尘一样，无足轻重。

也许，这种谁也不知道谁的境况，正是他的生活，也正是他想要的生活。

在南华这个城市，背靠南方腹地的强大产业集群，又毗邻港澳，整体成长的速度和光辉，掩盖了任何一个企业崭露头角的奇迹。这是一个梦想和现实交融的地方，似乎所有的奇迹，只要有可能性，都终将变为现实。那些突然冒出来的传奇，马上会被另一个传奇所取代，似乎所有的传奇，在这里都显得平淡无奇。

这是一个足够大的池子，甚至可以用大江大海形容。这里本来就是资本和富豪会聚之地，就算复利达丰集团有翻江倒海之力，也腾不起多大浪花。

任鸿飞觉得，这里正是他洗脚上岸、继续开疆拓土的理想之地。

实际上，肖东方之所以同意他移师南方，也是看重这一点。

在股权分置改革完成后，他们已经不再是一个名不见经传的投资公司，放在哪儿都不显眼。他们的资本已经足够庞大。他们无法继续在水底潜行。

现在，他们旗下的上市公司已经有四五家，参股的金融机构已经有数家。虽然他们在股权设计上给这些公司套上厚厚的马甲，但是往前一追，还是能看清关联关系。在未来，他们还要在金融机构股权上展开大踏步的动作，这些动辄数亿数十亿元的交易，要想不引起市场关注和猜测，几乎是不可能的。

任鸿飞不想他的商业行为，落入人们对他们公司迅速崛起的猜疑之中。那是他说不清的东西。

但是，在北华这个靠近京畿的城市，京华浓厚的意味和氛围早已飘荡过来，四处渗透，让任鸿飞有些躲避不开。触手所及，随时随地都可能碰到在各种圈子中游走的人，他们总是能从各种商业活动中突然冒出来，让他感到世界太小。

在任鸿飞、刘洋洋交往的朋友圈中，他经常会参加一些大大小小的豪门富贵的各种饭局。一开始，任鸿飞对这种局，满怀热情。他既然要在这个圈子中混，这是必不可少的交际和应酬。他也希望这些关系，能给他的生意带来更多的便利。他有时甚至会主动设局，去加深一些关系。

在这些饭局中，他结识了来自方方面面的人士，包括来自官场、企业、金融机构甚至娱乐界的有头有脸的人物，还有一些虽然并无显著头衔，但派头很足、口气很大的人。

任鸿飞渐渐发现，这些朋友圈中的饭局，也并不单是吃个饭，或沟通下关系那么简单，他们会牵扯出一大堆背后的人和事儿。一些看着根本不搭界的人，会因为某种久远的藕断丝连，或现实的猫鼠关系，织成密密麻麻而又错综复杂的蛛网，盘根错节，互相依赖又互相钳制。

这种关系，让任鸿飞越来越有些头痛。

他很难搞清楚这些关系，他更不愿把精力花费在这些方面。他不想在那种云山雾罩、欲擒故纵、吞吞吐吐、欲说还休的氛围中，消耗太多的时间。他更想简简单单一些。甚至在关系到项目、土地、资金通道等方面，他也愿意按公司的受益程度、按他们所提供帮助的程度，直接出钱了事。但是，这显然是犯忌讳的。

这些明摆着是利益，这些人看中的也是利益，但又不能明说利益的事儿，让他们交流起来颇为费劲，既不能说得太明，又不能说不到位。双方只能兜着圈子，在不动声色的拐弯抹角中，完成暗示、揣摩、讨价还价和双方合意后的会心一笑。

这种朦朦胧胧的氛围，氤氲在权力、资源和商业之间，让任鸿飞无处可逃，不得不小心应对。

越到后来，任鸿飞越感到他的生意，已经和这张蛛网纠缠在一起，有时甚至摩擦起火。他们都已经无法绕开这张网，找到自己独自的腾挪空间。就像在丛林中各自生长的参天大树，在地底深处的根须，会都向水源的地方伸展，最后绞在了一起。

两三年过去，任鸿飞至今仍清晰记得赵家驹的那次造访。任鸿飞到现在还是无从弄清赵家驹是不是拉大旗作虎皮，但赵家驹打着的旗号，让他无法脱逃。他不得不切割利益给他。他害怕万一真的碰倒了人家的坛坛罐罐，后面就不好收拾了。

了解得越多，交往得越深入，他越觉得这个海洋太大了，水太深了，他感觉自己无依无傍的恐惧，就像是包裹着一身厚重的衣衫在水里游泳，稍一犹豫，海水就会没过头顶。

他觉得肖东方、刘洋洋这些人，也更懂得收敛和低调，有所顾忌，尽量避开碰撞。只有那些不知天高地厚的土豪和愣头青，才会以各种名头招摇过市。真正厉害的人永远不会抛头露面的，或者他露了面，走在你身边，都不会引起你的注意。他们不需要任何形式上的张扬，他们更需要也更懂得如何泯然于众人之间。

但越是这样，任鸿飞越感到脊背发凉。他害怕自己在不知不觉之中，触碰到他们这种不该碰的人。

在他参加的一些饭局中，大家天南海北地扯完闲篇儿，也往往聊到官场的一些话题，一些隐秘的传闻常常流传出来，从饭桌上的一端流传到另一端，并经过每一个人咀嚼和回味，化为一阵阵惊讶、疑惑，以及叹息，散落在谁也摸不着底细的空气中。

而任鸿飞总是以自己只是个商人，只知赚钱、不太懂其他为由，一笑了之，他怕他的随口一说，造成不必要的误会。

从他的内心来讲，他真的想离得远点儿，心无旁骛地布局他的商业版图。他不想沾染太多的是是非非。

任鸿飞有时也会和肖东方聊起这些饭局，聊起复杂的关系谱和他的担心。肖东方亦认为任鸿飞的担心不无道理。实际上，目前的格局，已经经过数代变迁，恩怨是非，重重叠叠，早已不是铁板一块，谁也无从把握。

肖东方对复利达丰移师南方非常赞同。他希望他们在那儿上岸时，积极、健康、向上，像一个阳光而灿烂的大男孩一样。

15.2

任鸿飞迅速对南方指挥部进行了重新架构。

按总部扁平化、下属企业垂直化的管理原则，除设立管理日常事务的总裁办、财务部、人力资源部、公共关系部几个常规职能部门外，任鸿飞按未来业务方向和重点，设立了市场投资和研究部、金融机构管理部、实业管理部。他和李成梁、何乐为、罗鸣、谭笑风组成5人核心决策小组，负责重要事务决策，并调整分工，由李成梁负责金融机构的投资及管理，何乐为负责市场研究、二级市场投资及更前端的PE及VC，罗鸣负责下属各实业公司管理，各司其职。以这三大块业务作为前锋，分兵突进，而谭笑风负责行政后勤、公共关系、人力资源等日常事务协调和后勤保障，任鸿飞负责起全面统筹，集团财务名义上由刘洋洋负责，实际上他不得不代劳。

任鸿飞把金融板块业务管理和扩张，交给李成梁，这是未来的重心。

任鸿飞很认可李成梁的能力和作为。这几年来，按照公司整体规划，李成梁已经在金融领域迈开了步子。

任鸿飞一开始时也思考过肖东方为何看中自己而不是李成梁来打理公司全面业务。他觉得李成梁不仅有这个能力，而且和肖东方、刘洋洋他们更早相识，他们相似的家庭背景，也更易于沟通。任鸿飞觉得，肖东方这个阅人无数、洞若观火的人，也许看到了更远的未来。相比能力、见识和智慧，肖东方可能更看重他从不服输的进取精神、胆略、吃苦耐劳和坚忍不拔，这是做大事业必备的条件。

不过，多年以后，在任鸿飞深刻反省他的人生经历时才知道，肖东方考虑的，其实远远不止这一点。肖东方用他，有更深刻的智慧，或说本能。只是此时，任鸿飞根本没有想到这些。他反而在心里一直认为，他就是肖东方心目中的那个人。他也为此而更加雄心四溢。

在他们都很熟悉之后，任鸿飞甚至开玩笑地问刘洋洋：你和李成梁挺门当户对的，在哈佛时，远隔万里重洋，又孤男寡女的，怎么没在一起谈场恋爱呢？

刘洋洋嗔怒说：我们要在一起，哪还有你问这话的时候啊！

后来，李成梁娶了个长相十分漂亮而事业不温不火的女演员，和刘洋洋反差很大。任鸿飞这才知道，他的玩笑话，真是乱点了鸳鸯谱！这就像他和刘洋洋，别人都看着像金童玉女一般般配，只有他们自己知道鞋子到底硌不硌脚。

李成梁似乎天生适合金融圈这些高大上的场合。

在金碧辉副行长退休后，李成梁曾打算邀请金碧辉做公司高级顾问。

李成梁问肖东方，我们金融产业要进一步发力，请金行长来做董事或顾问再合适不过了，不知道他愿意否？肖东方说，他可能会避嫌，毕竟在金融部门搞了这么多年。不过，董事可能比较扎眼，但挂个顾问应该还是可以的。你去沟通沟通，他帮过我们不少，对他也有个交代。

李成梁和何海清、令起炉等，迅速组成团队，对公司前期已经介入的金融机构进行梳理，重点推进。

他们现在的目标，已经不再是为了融资而参股金融机构，而是尽量拿到金融机构控股权和牌照，让金融机构成为他们容纳巨额资本和分享产业利益的最佳容器。他们为此已经储备了足够的资本和人才，可以随时接管。

目前，复利达丰集团旗下的证券公司，已经有通宝证券，并参股了另一家，按"一参一控"要求，已经顶格。但这个可以打擦边球，如果有合适的标的，他们可以设立没有股权关系的公司，来达到合规性要求。

公募基金公司有通宝基金一家，规模可以做得更大。更多的资本管理需求，他们更愿用私募基金方式解决。

信托公司有安华信信托，信托公司牌照难得，他们还需再物色合适标的。

银行业金融机构，他们已经控股和参股了亨通商业银行等几家，还需要进一步加大力度。

他们最看重的还是保险业牌照，他们对保险公司把涓涓细流汇聚成大江大河的敛集资本能力，垂涎欲滴。他们控股的东方保富财产保险公司，尚需进一步扩张。趁目前保险牌照发放力度加大的时机，加快组建东方保富保险集团。

而小贷、担保、金融租赁等其他类金融公司，注册比较容易，他们可以根据资金运作和人才状况，随时设立。而尤其是刚刚兴起的互联网金融，他们需要密切关注。也许，那里潜藏着后发制人的路径。

李成梁团队详细分析了目前公司金融业务的状况后，提出了进一步开拓的路线图。经过讨论后，开始像矗起一座庞大的建筑一样，精心施工。

任鸿飞交代，金融业是政策性很强，而极易引起社会关注的行业，务必按规范性要求，谨慎从事。

而投资业务的空间会非常大。

何乐为的投研团队，已经将二级市场的研究和投资，延伸到一级市场，甚至更前端的PE、VC端，加大上市公司增发、并购重组业务。他把投资业务细分为二级市场投资、一级市场投资（PE和VC）、定增业务、并购重组业务部门，以投研部做后盾，分类展开。

实际上，二级市场上的投资，已经面临越来越多的监管要求，信息技术的发展，让监管部门掌握了更多的利器，对个股异动的情况了如指掌。做庄变得异常艰难，甚至可能面临刑事责任。

而他们庞大的资金规模，已经使资本进出，变得越来越不容易，尤其是短炒，即便炒上去，出来的难度也比较大。他需要找到更稳定的投资标的。他们在二级市场，也逐渐倾向于大中盘绩优股，以获得更加稳定的收益。

何乐为认为他们必须转移战场，开辟新大陆。他把投资目标转向了股权投资：PE和VC。

此时，国内已经诞生了天上星星般为数众多的投资公司，大家都奔着公司上市后股价暴增的机会。一些手眼通天者，则专注于PRE-IPO业务，在公司上市前的最后一轮股改时，拿到股权，上市后变现，既避免时间过长公司可能出现的变故，又能确保资本在不确定的环境中，避免在外滞留太长时间。

但与小型投资公司碰到一个算一个相比，何乐为的创投部门，逐渐建立起庞大的上市资源后备库，跟踪观察项目超过1000家，并随时增减。他们在企业逐渐向好过程中，寻找恰当介入的位置和节点。

何乐为认为，这才是真正的聚宝盆，就看他有没有眼光去发现它们。他把目光聚焦于周期性相对较弱的行业，尤其是互联网+、新经济模式、医药、通讯、文化、金融等领域。

如果这些项目，能够单独上市，他们将在获得丰厚利益后顺利变现。如果单独上不了市，他们会打包好，寻找相关上市公司并购重组。

何乐为知道，经过十几年股市的大发展，各行业各地域可圈可点的项目基本已经上市，或已经走在上市路上，剩下传统行业的一些边边角角。而细分领域和新兴产业，将大放异彩。这是他关注的重点。

他判断上市公司的并购重组业务，将超过IPO，成为未来资本增值的最佳通道。这些项目打包给上市公司，既能满足上市公司不断提升的业绩追求，又使这些创投项目注入上市公司后，获得新的发展机会。他必须把并购重组业务作为未来重中之重，并以此作为立足点，连接起二级市场和PE投资。他把这些作为他在法人股投资一役之后的又一战场，他的又一个水草丰美、牛羊成群的大草原。

罗鸣则着力于旗下实业的谋划和扩张。在复利达丰旗下，房地产、汽车、矿业、能源、电子、丝绸、旅游等产业，都已经有一定积累和规模。在进行充分调研后，他们决定以几家上市公司为龙头和依托，把产业扩张点聚焦在旅游、汽车、服装、光电上。

佳美丰华在城市住宅开发和土地储备过程中，逐步加大商业地产、养老地产和旅游地产项目的开发，开始有意整体收购一些非著名、但文化含量或自然景观潜力巨大的村落、景区，做整体规划、改造和布局。

而汽车业，则从汽车贸易和销售出发，延伸至汽车信贷、汽车配件领域，他甚至有意参股国外高端汽车厂家，布局新能源车。

任鸿飞告诉罗鸣，产业扩张的基础，还在于做好上市公司业绩，以业绩为支撑，通过并购重组，实现产业扩张。至于资本和项目匹配，由他来协调，和李成梁、何乐为进行协同作战。

15.3

李成梁、何乐为、罗鸣如三驾开足马力的马车，在各自领域纵横驰骋。任鸿飞和谭笑风则集中精力做好战略规划、统筹协调、财务和后勤保障。

任鸿飞来往穿梭于北华、南华，以及京、沪、深、港等地，穿针引线，为他的事业撑开更大的空间。但更多时候，虽然没有特别安排，他也不得不在这些场合，刷一种存在感。

在他的心里，总有一种狼来了的恐慌感。他也不知道这种恐慌感从何而来，但这种感觉，就像氤氲在他四周的空气里一样，无处不在。

是资本的急剧膨胀，让他有些力不从心？抑或是他的业务模式，包括土地、金融、批文等，总也难以划清的官商关系，使他处在刀锋边缘？还是因为他过于敏感？

好像是，又好像不是。他很难说得清哪笔业务、哪个做法、哪个步骤存在问题。

任鸿飞无法把这种弥漫在他脑海中的恐慌感，告诉任何人，甚至不敢流露出一丁半点儿不安情绪。他无从诉说，无处诉说。作为公司掌舵人，他必须镇定自若，指挥若定。

但这种不安全感，使他不得不经常竖起耳朵，倾听一些风吹草动。他对生意场的消息格外敏感，一个个富豪接连出事的消息，常常让他如惊弓之鸟。他不得不加强一些关系，去增加一些安全感，而加深这种关系，反而又增加了他新的不安全感。

这似乎已经成为一个无法逃脱的怪圈。

与在外面表现出的镇定和光鲜相比，任鸿飞回到家里，脱掉外衣，常常感到格外的焦虑、空虚和无所适从。

钱对于他来说，已经成为一连串空洞的数字，很难再提起他的兴趣。他在内心里觉得这些都不是属于他的。可是，除了赚钱，他感到他的生活，就像漂浮在水面的纸片儿，他无法沉到生活的水底下去。他已经很难像一个普通人那样生活，沉浸于日常的喜怒哀乐。

他有时候甚至怀疑自己的路，是否走对了。

但是，他不得不按照惯性往前走。实际上，他的船已经太大了，有了自身的方向、动力和行为逻辑，他无法轻易地改变它的轨迹。

在空虚和寂寞中，任鸿飞喜欢上了宇宙和星空。他用观察夜空来打发时间。

在他的记忆里，他小时候的天空，密如米粒的繁星，汇聚成宽阔的银白色长河，从南到北悬挂在头顶，甚至如月光似的明亮，常引起他无尽的遐想。他后来在城市里，再也难见到这些情景。任鸿飞在南华市远离市区的山上，购买了一栋别墅，在露台上，他架起了一台巨大的天文望远镜。在晴空的夜晚，他走上露台，仔细辨认那些遥远的星座。

宇宙的历史，像一幅平板画一样呈现在天空中。那些缀在夜幕上发出红色、黄色、蓝色光芒的星星，其实呈现的是不同的时间和空间。他总想在天空中搜寻那些偏红色的斑斑星光，但是，他的望远镜太小了，他根本看不到它们，他只能在电脑上借助哈勃太空望远镜等发回的太空图片，想象它们。那些红光，实际是宇宙年轻时发出的光芒，那时还没有人类，甚至没有地球。宇宙中后来的那些极大的物体，包括地球、太阳、银河系，实际是从那些微弱的红色光斑开始的。而从量子力学的尺度看，宇宙吹气球似的不断膨胀，并不是必然的，而是非常不确定的，有选择的。就像薛定谔的猫，你打开盒子之前，无法知晓是否有猫。只不过，人类目前的智力，还搞不清楚为什么是这种选择、谁做的选择。

任鸿飞在那些只有靠思维和推理才能抵达的地方，放开思绪，想象宇宙最后散射面的那道"墙"，和作为大爆炸余烬和灰尘的人类在宇宙中的位置，及其何去何从，并从中获得一种缥缥渺渺的思维乐趣。

实际上，对于星空的观察，使任鸿飞经常陷于一种哲学的迷思、困惑和冥想，不仅使他摆脱了日常的烦恼和恐慌，获得暂时的平静，也让他对人对事的看法，在不知不觉中，悄然发生变化。

就在这个时候，任鸿飞遇到了林丹妙。

他从第一眼见到她时，就感到她是一个对的人，出现在对的时间。

她的出现，像是给他灰蒙蒙的生活，带来一股温暖潮湿的气流，让他心中的绿意逐渐萌发。他感到了身体的喧哗与骚动。那一片枯枝败叶覆盖着的荒地，重新有了春意满园的希望。

第一次见面之后，他听从身体的骚动和暗示，开始试探着礼貌地约请她吃饭、喝茶、聊天。渐渐地，他发现，他越来越沉醉在她所带来的那种清新而舒畅的氛围里。

林丹妙年轻而富有光泽，她的光芒恰如雨后彩虹，五彩缤纷，明亮而不耀眼。任鸿飞感觉他的心弦，仿佛被她温柔而细腻的手指轻轻抚弄着，产生了强烈共鸣。

她有说不完的趣事儿，网络流行的一些新词汇，天衣无缝地镶嵌在她的话语中，如一颗颗珍珠，让任鸿飞感到草莓一样的新鲜味儿。甚至她工作生活中一些平淡无奇的事儿、一两句话语，在她的描述中，都似乎充满着无限乐趣。

　　林丹妙对她在电视台的工作和当前的生活，感到十分满意，并充满着热情。虽然她100平方米的小房子，还面临还贷压力，但她并不特别在意。她的理想是出版两本书，记录她所经历的一些凡人琐事。她并不把她所遇到的那些商界精英，视为高不可攀的庞然大物，她更愿意从他们不同寻常的经历和生活琐事中，分享他们不一样的人生。

　　这让任鸿飞惊为天人。她能恰如其分地融进她的平常日子、她所经历的生活，但又从中跳出来，超凡脱俗。她就像是在庸常的土壤中生长的一朵美丽的花，干净、芬芳、自然。让周遭的一切，也变得明朗、洁净、美丽起来。

　　任鸿飞听着她甜丝丝的声音，感觉他身体的那台锈迹斑斑的发动机，像被她的光芒重新火烤、解冻、打磨、抛光、注入了润滑油一样，重新发动起来。

　　但他不敢轻举妄动。他压抑着身体的冲动，将他身体里的那团火包裹起来，等着它自然熄灭。他害怕他的火太大了，会把这朵美丽的花儿，烧煳了。

　　他在等待水到渠成的那一刻。

　　而林丹妙，能从他的眼神里，感受到他对她的欣赏和喜欢，能感受到他的激情与渴望，更感受到他的理性与克制。她从他的故事里，听到了更多她所认为的那些传奇与精彩，也体会到他的挣扎、痛苦与不甘。她还从未如此真切地深入到一个富豪真实的内心。

　　熟悉之后，任鸿飞说：丹妙，你有没有感到，你是上天派给我的贵人？

　　林丹妙故意开玩笑，说：贵人吗？我还以为贵妃呢。

　　任鸿飞说：只要你乐意，皇后也行。

　　林丹妙说：那我得考虑下。

任鸿飞突然抱紧她，狂热地亲吻她。他已经无法抑制内心的冲动与激情，他感到他的身体就要爆裂开来。

林丹妙抱紧他的脖子，迎合着他。

他又突然停下来，连声说：对不起，我太冲动了。

林丹妙反而堵住他的嘴，继续吻着他。

他无法控制自己。他身体的那台机器，已经发动起来，发出电闪雷鸣般的轰隆声，马力十足、激情澎湃。

他郁结在心头、堆积多年的泥石流和堰塞湖，终于奔涌而下，一泻千里，让他感到前所未有的欢畅与轻松。

在任鸿飞心里，林丹妙就是他的一服灵丹妙药。

后来，任鸿飞干脆直接称呼她为"药儿"。

她不仅是他生理的，更是他心理的药。他对她了解越多，越无法摆脱对她的依赖。

他从她的眼中，看不到他过去经常所见的那些演员、主持人，对富豪们急于投怀送抱而投过来的热辣辣目光，这些人俗艳的美丽，就像是在生活和物质的染缸里浸泡得过久一样，一揸就能渗出油来。而林丹妙，反而对任鸿飞保持一种随性和淡然。她更愿意从他的人生中，看到有趣儿的一面。

任鸿飞认为这个出身于知识分子家庭、小他10岁的姑娘，不经意中，直接抵达了生活的真谛。

他想起一个故事。

一位富人在一片海滩上，对一个无所事事晒太阳的流浪汉说：你躺在这儿，怎么不去干活儿挣钱呢？

流浪汉说：挣钱干什么？

富人说：在海边买房啊。

流浪汉说：买房干什么呢？

富人说：想想看，蓝天，阳光，椰林，海滩。你躺在沙滩上，晒晒太阳，抛却一切烦恼，生活多么惬意啊。

穷人说：你看我现在在干什么呢。

任鸿飞认为他过去的一切，包括他的事业、工作和生活，目的性太强了，他就像一列奔向目标的高速列车，忽视了沿途的风景，忽视了他旅途中遇到的那些人、那些事，忽视了生活本身。

他突然意识到，他高速列车的终点站，其实是死亡。那他奔驰的意义何在？他赚钱的意义何在？他人生的意义何在？

这样想，他反而有些羡慕林丹妙的生活，期待林丹妙那样的生活。仿佛她的出现，就是为了提示他，生活其实可以更加丰富多彩些，可以更加有趣些。

他甚至觉得，他过去全力打造的商业版图，其实无足轻重。反而是他浮光掠影、一笔带过的生活，才是他真正应该倾注心力的。

15.4

任鸿飞虽然很想多跟林丹妙待在一起，听她说话，听她讲那些有趣儿的事儿，但她却要离开他一段时间了。

根据单位的安排，林丹妙要到汉南省玉屏县支教。这个地方是南华市电视台的扶贫点，轮流着安排干部去挂职。林丹妙虽然并没有轮到，而且她的节目也离不开她，但经不住她的软磨硬泡，领导还是安排她去支教一年。

而林丹妙也不愿待在县里的宣传部或电视台等对口单位，她直接一竿子插到底，到了乡下一个学校里，当课外辅导老师。

过了一段时间，等任鸿飞跋山涉水找到她时，她正在一所祠堂改建的年代久远的小学校里，和孩子们玩耍。任鸿飞并未打扰她，而是远远地看着她。她在孩子们堆儿里，依然光鲜照人，不过，看得出来，孩子还是喜欢围着她转。

这个场景让任鸿飞的思绪回到了童年。

到了晚上，这所小学校显得非常安静，能听见不远处的蛙叫虫鸣。林丹妙依偎在任鸿飞身旁，向他展示了她拍的无数图片，有村庄、竹楼、河流、油菜花、梯田、老人和狗，但更多的，还是孩子们的脸蛋儿。

林丹妙说，一开始时，孩子们见她时，总是怯生生的，但后来，还偷偷往她兜里塞熟玉米棒、红薯、鸡蛋等。她说，这些孩子们怯生、敏感、不善于表达，但是，善良、坚韧、吃苦，如果你是他们的朋友，他们非常真诚，每个人都有很多丰富的故事。

林丹妙说她越来越喜欢这个地方，甚至有点儿不想回电视台了。

任鸿飞说：你在哪里，我就会跟到哪里。

任鸿飞说他小时候就生活在这样的村落。他的老家湘西与这里的气候、风物、人情，颇有相似之处。他小时候也与这里的孩子一样，上山砍柴，下河摸鱼，在山上常常不经意就会踩上大蛇，一定要手疾眼快，抓住蛇颈部分；河里的各种鱼，他都可以摸到。尤其是甲鱼，他用木盆往水面上扣出砰砰的声音，看哪个地方冒泡，一个猛子钻下去，一抓一个准儿。但在离水之前，一定要抓甲鱼两只后腿的凹处，否则它会咬住你的手指不放。这时，你要把手伸到壳里，甲鱼就松开嘴了。

任鸿飞说起小时候的生活，有些神采飞扬。他说：现在想想，大城市光怪陆离的生活，远没有童年的记忆真切。

林丹妙搂着他的脖子，说：真没想到，任大老板还有这样的底色。

任鸿飞忽然想起什么，故作神秘地说：你知道我小时候最怕什么吗？

林丹妙摇摇头。

任鸿飞凑在她耳边，压低声音说："鬼。"

林丹妙说：这你也信，你心里有鬼吧？

任鸿飞说：你难道没听说过赶尸吗？听老辈的人讲，常有人用鞭子赶着死人走路，死人有一人半高，浑身黑衣黑鞋黑袜，步伐僵硬，亦步亦趋，狗见了都不敢叫，就像这样。任鸿飞模仿着死人走路，突然停下来，"嘘，你听听，后山上是不是有鬼哭？"

林丹妙紧紧地抱着他不放，捶着他说："你真坏，都吓得我晚上不敢出门了。"

任鸿飞说：鬼、巫、卜、祈等，是楚越文化的重要部分，是心灵之约啊，信则有，不信则无。你要进入这里孩子的内心，要熟悉这些啊。

林丹妙半信半疑。

任鸿飞说：其实，乡村的更多记忆，是贫困，让人急于逃离的贫困，只有在城市生活的人，才会有闲心去欣赏乡村的山川风景。实际上，我如果不是后来走出大山，可能也会跟这里的孩子们一样，清苦、木讷、认命，对山川河流的壮丽视而不见，更多操心的，是如何填饱肚子。田原并非牧歌，时间久了，你也会逃离。

林丹妙说：那你现在，没想过要对乡村，做点儿什么吗？

任鸿飞说：想过啊，我来这儿给你当助教吧。任鸿飞捧着林丹妙的脸蛋儿，看似非常真诚的样子。

林丹妙说：飞哥哥，我说正经的呢，这里的学校、教育，很需要投入啊。

任鸿飞说：我也说正经的啊。

任鸿飞来之前，已经准备拿出1000万元，赞助玉屏县乡镇学校的建设，也算是对林丹妙支教的支持。不过，任鸿飞看了那些山川、河流、湖泊、村落、城镇，心中突然产生了更大的想法。

这里虽山川相接，但在历史上也是湘楚瓯越通衢之地，蓝天如洗，山川秀丽，既有自然风光，亦会聚了历史、文化、民族、人文景观。在这块底板上，只要加大投入，就能打造成彰显自然景观、历史文化、民族特色的旅游、居住、养老、生态产业自足循环的升级版现代城镇和乡村。

林丹妙说：任老板，再好的东西，到你眼里都成了生意。

任鸿飞说：生意其实让生活更美好。咱们俩做法虽不同，但目标一样。实际上，单纯给钱，扶不了贫。现在很多地方都在搞新农村建设和小城镇建设，其实就是建房，但过一段时间，房子旧了，又恢复原样，因为没有形成新农村的造血机制和产业循环，更没有形成与外界融会贯通的新生活方式。包括许多地方搞招商引资，厂子虽建在当地，但自成系统，两头在外，未融入当地，搜刮尽当地的资源，留下些破铜烂铁。这都不是乡村建设所需要的，新的模式，必须是既能融入当地、带动当地形成自足循环的生产生活方式，又接通外界，内循环系统与外循环系统交会融合。

林丹妙摸了摸任鸿飞的头，任总高啊，我还以为你从山里飞出去，再也不会回去了呢。

任鸿飞说：这其实是你给我的启发。我不过是进行了放大。别小看你和孩子们的玩耍，你其实是外面新世界的使者，让孩子们亲身感受到外面有更精彩的世界，这会对他们的人生观产生深刻影响。说实话，如果我小时候，遇到你这样一位女老师，我一定也会喜欢你，会往你口袋里塞鸡蛋。

林丹妙亲了他一下，说：飞哥哥，我要吃。

任鸿飞从林丹妙对他的不同称呼里，感受到林丹妙对他的爱憎、赞扬或揶揄。

任鸿飞说，现在湘皖苏浙很多乡村里，遗留下来的一些明清的院落，多是开缺回籍的封疆大吏或通江达海的富商大贾所建，其实给乡村带来了城市文明的气息。我小时候，去湘乡看曾国藩故居，当时给我的刺激和想象，还是很大的。

林丹妙说：还真是如此，我曾去过徽南西递、宏村等，感觉到明清时代的城乡差别，好像并不如现在这样明显割裂。

任鸿飞说：不瞒你说，重回乡村、重建乡村一直是我的梦想。现在城市是中心，人流、物流、资本、技术等拥向城市，是发展的必经阶段，但随着城市空间越来越逼仄，乡村的自然和宁静，会凸显出价值。未来，会像欧美等发达区域一样，城乡交融和城乡差距的抹平，将是中国整体现代化的必由之路。可做的事儿很多，空间巨大。我之前还不知道路径在哪里，如何着手，经你一启发，我仿佛听到了梦想落地的清脆响声。

林丹妙抱住任鸿飞的脖子，说：飞哥哥，我越来越爱你了耶。

任鸿飞抱紧林丹妙，说：我很期待和你在这样的地方终老。

任鸿飞在想象中，回到了小时候，在湛蓝的天空下，他和林丹妙手拉着手，在一片金黄色的油菜花田里奔跑。

任鸿飞和林丹妙花了近半个月时间，跑遍了数个乡镇、村庄，拍了无数图片，看到了山川的美丽，也看到了当地致富的渴望，以及短视和急功近利所造成的对河山的破坏。他的思路也渐渐清晰。

他想在这里开辟一个新战场。

在林丹妙的带领下，任鸿飞和县委书记陈醒木进行了深入交流。

陈醒木是省里派下来的干部，工作重点就是带领当地脱贫致富。他为修路、建设学校、配对定点帮扶单位、发展当地产业费尽了心力。但这是个长期而艰巨的工程，也让他常常感到力不从心。

任鸿飞全面改造的宏大设想，让他为之一动。不过，任鸿飞这个过于宏伟的想法，有点儿吓住他了。

任鸿飞说：其实这样的模式，国内早已经有过实践，如烟台南山等。不过，整体改造和提升，是个千秋万代的伟业，一家企业肯定做不了，主要要看县里的想法和决心。我们可以起个头，找块地方做个样板，逐步带起来。我看了本地的自然条件和资源禀赋，可以先以仙女湖百里湖区为中心，打造现代旅游设施和景观、文化小镇和民俗村落，以旅游产业为龙头，建立商贸流通、教育、医疗、养老、服务等设施，再通过引入茶、果、生物医药等相关产业，逐步将分散的村落集中成片改造，推动新型城镇和现代农村建设。

陈醒木紧紧握住任鸿飞的手，连连说：县里全力配合，这回，我们绝对不会让您跑了。

任鸿飞说：这只是个初步设想，可不可行，尚需做详细沟通和评估，我回去后，安排我们佳美丰华董事长罗鸣与你们接洽。

15.5

还未等罗鸣等赴玉屏县考察，陈醒木已经和市、县的大队人马，造访复利达丰。这个有可能是州里有史以来的最大项目，让他们有些迫不及待，急于对接落地事宜。

按照陈醒木和任鸿飞初步商谈的设想，县里已经做了大量准备工作，带来了当地山川、地理、水文、物产、民俗、文化等各种详尽资料和项目目录，他们可以将仙女湖四周百平方公里范围，划出来重新规划。他们希望借复利达丰之力，打造出又一颗高原明珠。

罗鸣正在全国各地四处寻找尚未开发的民族风情、民俗文化古村落，拟做整体打造，遂从各地分公司抽调精兵强将，组成项目组，赴玉屏进行可行性分析和项目评估。

两个月后，罗鸣提出详细评估报告和规划方案。

任鸿飞召集李成梁、何乐为、罗鸣、谭笑风等开会，研究可行性。

罗鸣做了个PPT，对方案做了详细说明。他说：我们以前着重于一二线城市的商品房，但商业地产和旅游地产、养老地产，也是个重要方向，我看了一圈，此地天朗气清，河山壮丽，各种文化交融，尤其是水电开发形成的仙女湖四围方圆百公里区域，未来将是旅游、度假、运动、休闲、养老的好地方，值得做整体开发。

罗鸣说：如果按当地设想，还希望借助我们的力量，打包进扶贫开发、商贸流通、教育等多个产业和小城镇建设，整合当地零散的健康、医药、食品等相关产业。这是个庞大的工程，宜按优先秩序，分多期进行。

李成梁说：如果水、电、路等基础设施，由当地配套来做，单算我们的投入，景观打造、旅游设施建设、村落改造和小城镇建设、产业整合等等，没百亿投入，恐怕做不下来啊。我们有更好的项目要投，是否有必要做？肖老的想法怎样？

何乐为说：成梁兄说得对，从投资效率来讲，投资回报率可能不高，且回报期过长。

任鸿飞说：大家考虑的问题都很好，也很实际。短期来看，投入大、回报期长，但是否值得做？需要进一步放宽眼界。

我一直在想，我们复利集团终将以何种面目立于世人面前？它仅仅是一个赚钱机器吗？我们要浮出水面，需要配合国家西部开发和扶贫战略，做一些拿得出手、上得了台面的东西，借以提升公司形象和社会价值。我想通过这个项目，给当地也给我们自己，留下一个梦想成真的机会。这可能是复利集团的丰碑，也是我们每个人人生的丰碑。这一片山水经过我们的手，更加美丽；这一地方的人们，走向更加现代化和富裕的生活。这是我们真正想要的回报。也请大家放心，肖老站位比我们高，他一定会支持这个项目。

谭笑风说，若从这个角度考虑，太值得做了。我们之前做事，总是担心舆论的质疑。我们要逐步阳光化，也可以通过这个项目彰显我们的理想和社会关怀。大家说是吧？

大家似是而非地点点头。

任鸿飞也看出了李成梁和何乐为的犹豫。他知道，这是个牵扯面非常大的工程，光有罗鸣干不成，还需要李成梁所主管的金融和何乐为主管的产业投资做跟进。

任鸿飞说：当然，我们作为投资公司和上市公司，需要考虑投资回报问题，可以排个优先顺序，做好规划、融资、项目落地等前期准备，请罗鸣总负责总体规划和项目对接，成梁总负责融资问题，也可借机关注当地商业银行、基金、信托等的介入机会，乐为总关注当地产业的机会。等时机成熟，一步步推进。

任鸿飞希望用这个项目，让公司堂堂正正地浮出水面。

第十六章　浮出

16.1

在任鸿飞谋划如何堂堂正正地浮出水面的时候，李成梁的金融布局，取得重大战果。在新一批保险牌照的发放中，东方保富保险集团顺利过关。

很多人以为这只是东方保富财产保险公司的变脸和规模膨胀而已。只有细心的人，才发现其中质的变化。除了原来的财产保险，东方保富人寿、东方保富资产管理、东方保富保险经纪公司已经悄然位列其中。

这是李成梁一年多来跑上跑下的成果。李成梁和何海清、令起炉等，上上下下，反复奔走谈判，终于修成正果。

东方保富财产保险原来的控股股东中国远通，并不希望让出名义上的控股地位，李成梁也希望继续挂着他们的名义，最后达成一致，财险公司的股权关系基本不变，但经过增资扩股、分拆和重新架构，新申办下来的几家保险类公司，复利达丰集团旗下的子公司、孙公司，以及新设的孙孙公司，成为了控股股东。

他们在东方保富的牌子和壳下，已经对这些公司的股东结构、治理结构、发展规划等进行了脱胎换骨般的改变。在增资过程中，他们还吸收了中江物贸等央企，还有互联网物流网精英、房地产巨头等企业的加盟，为下一步的扩张奠定了坚实的基础。

他们将东方保富保险集团以及几家新的专业保险公司，注册在前海，掩没在成群结队注册的金融类、投资类公司中，并不特别显山露水，亦未引起市场过多关注。零星的媒体报道，都把焦点放在了几家身份显赫的央企、互联网精英身上。而作为主导的佳美丰华，反而因为司空见惯而被忽略。

实际上，近些年，上市公司尤其是房地产类上市公司，领衔设立保险机构并不鲜见，它们在房地产业近些年几乎跨越周期的上涨中，赚得钵满盆满。而作为资本密集型的行业，房地产开发不仅需要充足的资本，而且从建筑开始到物业管理，覆盖着保险业发展的庞大基础人群和潜在客户，因此房地产公司申领保险牌照的积极性一直高涨。在保险监管部门门前排队的长龙，甚至像企业排队IPO一样，蔚为壮观。

也正因为牌照难得，任鸿飞对李成梁的工作成果，给予充分肯定。复利达丰集团为其未来的金融版图，画上浓墨重彩的一笔。

经李成梁提议，安排何海清、令起炉、赫立群等分别牵头担纲3家新公司的运作，迅速拉起队伍，筹备开业。

任鸿飞跟他们3人分别进行了谈话，委以重任。

任鸿飞说：你们都是金融业内精英，集团也非常看好。但做保险，我们是后起者，要想杀开血路，必须要有新思维、新路径，我们搞不起人海战术，像别的险企那样业务员满天飞，代销渠道挤破头。但是，大多数人买保险，并不一定是业务员的软磨硬泡，也并非代销渠道的偷梁换柱，看的主要还是回报和分红，这恰是我们的优势，投资渠道更多也更丰富，我们有能力使投资回报超过那些巨头们。所以，我们的保险产品设计非常关键，我们可以在投连险、万能险上多下功夫，销售渠道上要着重开拓互联网的新渠道。实现弯道超车，迅速扩大规模。

何海清、令起炉、赫立群连连点头，他们摩拳擦掌，准备大干一场，开拓人生的又一高峰。

这3家新的保险类公司，就像含着金钥匙出生一样，一开始就表现出与众不同。既有庞大的股东作为传统业务支撑，又有新的业务发展模式，起步非常迅速。

正如任鸿飞所预料到的一样，在未来的几年中，附带着保障和投资功能的万能险，急剧膨胀，迅速超越了传统保险业务的规模。这也使东方保富集团，在不知不觉中后来居上，跻身于保险巨头之列。

不过，急剧膨胀的资本，也使他们原来的比较自信的投资渠道，显得过于狭窄和单一。

16.2

庞大的投资规模，让他们有些顾得了头，顾不住尾，一不留神，就腾起一朵朵浪花，将自己暴露于公众的关注之下。

何乐为在二级市场的操盘手石点金，对上市公司安家地产的一次不慎操作，达到了必须公告的持股限制，形成举牌。

何乐为把石点金臭骂一通，但错误已经酿成。

按照任鸿飞的要求，他们此时的投资策略，仍希望潜行在海底，避免引起市场过多的关注。他们即便在二级市场发现值得买入的标的，仍喜欢在集团内各个子公司间分散仓位，在快要触及5%的公告线下潜行。

根据这一策略，何乐为的侧重点仍在一级市场，放在PE、VC和并购重组上，尽量避开二级市场的人多嘴杂。

但二级市场也是他安放闲置和过路资金的重要池子，他必须为他庞大的资本规模寻找出口，蚊子的腿也是肉，即使油水不大，也总比放在银行，吃那点儿可怜的利息强。

在何乐为看来，中国股市在由股权分置改革推动的山呼海啸般的浪潮过后，已经逐渐归入平静，虽然有涨有跌，但总体上波澜不惊，起伏幅度并不大。不过，在整体的下跌浪过后，真正有投资价值的个股，已经开始水落石出。他们可以开始进行长期战略布局。而从短线上讲，何乐为对他们团队对局部结构性行情的把握能力，满怀自信，他也将此当成考验自己是否真正具备投资眼光的时机。

挑来挑去，按照行业、龙头、成长性、稳定性、周期性等指标，他们在1000多家上市公司中，所精心筛选出的股票池，其实也就100多只股票。而其中，那些虽然前景良好、但已经高高在上、空间有限的个股，他们还要暂时放弃，等待最恰当的介入时机。这样，他们可选择的标的，其实也就50家左右。加上从资本的收益和效率出发，他们还多选择右侧交易，这与他们要操作的资本并不太匹配，腾挪空间很小。

他们虽然给单个股票投资的额度画出了红线，但石点金这次不慎操作，使旗下天宝投资的持股越过5%。而他们以为还在安全区内，竟然忘记了公告。

交易所的谴责下来，引发一些财经媒体的关注和报道。

安家地产在接受交易所问询时发现，有3家持股在5%左右的新晋股东，都出自通宝证券在南华市江南大道的同一营业部，介入时间都在近期，这引起了股权高度分散的安家地产管理层的高度警惕，3家公司加在一起的持股数量，已经逼近第一大股东的位置，他们也搞不清楚这几家公司背后的目的。

安家地产要求天宝投资做出说明，他们是否存在关联关系。

何乐为分析后认为，他们必须否认一致行动人身份，否则，他们已经多次触及了必须公告的红线。幸好，这3家公司注册地，非常分散，股东身份也并不交叉，算是救了他。

不过，一些财经媒体似乎看出了端倪，并不嫌事多，追问他们继续举牌的可能性。他们如果继续买入，将会有一场股权之争的好戏看。

谭笑风从一些媒体发来的采访提纲中，闻到了一丝丝风吹草动。

幸亏魏雨绸他们及时沟通灭火，这些报道并未发酵。交易所谴责完，公司补充公告了事。

任鸿飞要求他们吸取教训，操作更加谨慎。

东方保富集团大功告成，李成梁把他的并购目标瞄向银行业，四处搜罗合适的城市商业银行标的。中西部地区成为他考虑的重点。除

297

了东部发达地区的谈判难度大、他要跟着西部大开发趋势走的考虑之外，他还要为集团准备进军当地旅游、地产等产业，开拓进一步的金融通道。

有一些地市级的小型商业银行项目报上来，但李成梁觉得规模太小。他在寻找更有基础的标的，最好是省一级或几个地市联合的商业银行，更有搞头儿。

李成梁自己也在主动打探搜寻。

趁去汉川省的机会，他专程拜访了河川市副市长余正己。

余正己曾是他爸爸的同事，余正己的儿子余良还是李成梁小时的玩伴儿。几年前，余正己从东华市调任河川，主管的正是金融等产业。

余正己一听李成梁的想法，说：你现在还没有具体目标是吧？你来得太巧了，根本不用舍近求远。我们这儿，就有家城市商业银行通汇商业银行，正想增资扩股，你们考虑不？反正银行都不会嫌自己资本多、规模大，你们若愿意注资，我们求之不得啊。

李成梁说：我们主要还是考虑汉南省那边，准备在那儿做旅游地产等项目。

余正己说：贤侄，看来你还不如叔叔思想解放啊。我们这儿的旅游资源也非常丰富，要做也可以啊，大的项目，我们也可以给予各方面优惠。再说了，银行又没地域限制，开在哪儿不行啊，即使你在那边有项目，分支机构开过去，不就行了吗？

李成梁说：叔叔说得是，那我们先跟通汇银行接触下，谈谈试试。

余正己说：不过，我们有个要求，这家银行注册地不能变，总部还是要在河川，首先要服务好本地。至于入股的价格和由谁控股，倒好商量。

李成梁拿不定主意，向任鸿飞做了汇报。

任鸿飞说：这是好事儿啊。余市长若大力支持，将为我们的进入，减少很多不必要的繁文缛节和沟通谈判成本。我们可以考虑先收购通汇银行，在河川布下局。如果汉南那边还有合适标的，继续谈判，我们不嫌多。如果那边没有，我们也可以考虑以通汇银行为基础，做大规模，把通汇银行，做成业务跨越省区的西部银行。

李成梁说：还是任老板有气魄！那我们就按这个思路往前推。

李成梁和何乐为等组成包括券商、会计师、律师在内的专业团队，对通汇商业银行进行了摸底儿和尽职调查。这家由原城市信用社联合改制而成的商业银行，改制后主要由财政、政府投资平台以及几家国企出资，资产规模已经做到千亿级，但注册资本和净资产规模并不大。

他们对通汇银行的价值，从资产规模、质量、经营效益、人员和管理等方面进行了详尽评估，评估报告认为，市净率若在 1.5 倍以下，价格在 2 元以下，值得介入。

经过多轮谈判，复利达丰控股一方和通汇商业银行各股东达成协议。由复利达丰控股公司牵头，用定向增发加收购部分股东股份的方式，投入 80 亿元，控股 80%。

这对当地来说，也是一件大事儿。80 亿股本金的引入，不仅使通汇银行的资本充足率得以大幅提升，改善了银行质量，而且实力股东的引入，也为未来通汇银行的腾飞，插上了翅膀。通汇银行一下子从龟缩一隅，鸟枪换炮，在一众城市商业银行中脱颖而出，显得格外熠熠生辉。

而汉川省和河川市，也将此当成当地招商引资的重要成果，签字仪式自然安排得张灯结彩、喜气洋洋。

作为通汇银行新晋第一大股东复利达丰控股公司的董事长，任鸿飞在当地政府的邀请下，出席了签字仪式和庆典。这种场面他必须出席。但他的发言极其低调、收敛，又表现出十足信心。他表达了服务当地经济的强烈愿望，并再次承诺，通汇银行将立足本地，面向西部，走向全国，未来即使飞得再高，河川也是永远的家。

第二天，当地媒体和一些全国性的财经媒体，都对此事做了报道。除了文字，还引用了他在签字仪式上发言，以及接受采访的照片。

任鸿飞在后来财经媒体的无数报道中，被引用最多的照片，也出自这一次。他看起来俊朗、儒雅，面带微笑，从容而淡定。

对这个当地精心安排的集中统一报道，他无法拒绝。

不过，这一次的集中报道，基本上全是当地文宣部门提供的通稿，十分积极、正面。其中，对于复利达丰控股公司的介绍，也仅到"南华市实力雄厚的投资集团，旗下有金融、地产、汽车等多个产业"为止。

在复利达丰集团逐渐浮出水面，并引起媒体关注的过程中，谭笑风召集魏雨绸、程风起、易家言等开会，商议在新的形势下，他们对于公共关系、媒体关系的应对之策。

但是，大家的意见并不一致。

魏雨绸说：南方是国内财经媒体的又一大高地，且靠近香港澳门，派驻记者也多，他们狗仔似的刨根问底的报道方式，也影响到这里媒体的报道风格。我们很难摆平。就是我们这边摆平了，港媒也有可能把消息出口转内销。如果我们老想着捂着盖子，不让媒体报道，好像我们有什么不可告人的秘密似的，反而引起记者和读者的好奇心，媒体可能越来劲儿。我以为，只要不触及核心问题，还是让这些报道自生自灭为上策。

易家言说：目前来看，媒体对我们的报道都是例行公事，只要不添油加醋就行。从网络监控来看，主流网站还没引起额外关注，我们自己的网站和新媒体平台可以设关键词，做些屏蔽，但是，网吧、社区、论坛等自媒体，人多嘴杂，说什么的都有，不太好控制。

程风起说：我们已经移师南方了，还是要进一步加强与媒体主管部门、南方媒体的合作力度，加紧建立我们的媒体朋友圈。

谭笑风总结说：大家的意见都很好。我们公司正走向正规化和阳光化，并不是怕上媒体，但是，树大招风，我们公司产业多、发展快，本来就容易引起猜测和忌恨，再加上萝卜快了不洗泥，一些地方难免带有当前经济结构的一些印迹，若照顾不周，可能就会引起一些不负责任的媒体胡乱联想、添油加醋和泼脏水，故意找碴儿炒作。甚至可能被我们的对手加以利用，给我们专心致志做事儿造成被动。所以，我们还是要在主流媒体那儿加强事前沟通，边边角角的地方，也没必要严防死守；但出了状况，需要加强危机公关，迅速化解，不能让火势蔓延。我们几个人成立一个公司舆情应对小组，加强应对。

谭笑风将大家讨论的结果，向任鸿飞做了汇报。

任鸿飞点点头，仍强调不接受采访，不招惹媒体。

16.3

谭笑风此时并没意识到，媒体这时开始的对于他们公司零星报道的涓涓细流，正逐渐汇聚，最终汇成了不可阻挡的洪流。

谭笑风后来分析、反思时才发现，他们被集中暴露在聚光灯下，正是从这些鸡零狗碎的报道开始的。

这些零敲碎打的报道，就像是在他们建立的防洪堤上出现的细微裂缝，逐渐渗漏出细流，形成管涌，最终喷薄而出，冲垮了他们的堤坝。这股洪流裹挟的巨大能量，挟带着泥沙、枯枝败叶，从溃口倾泻而下，已经使他们无法再次修复。

此时，《蓝财》已经指派谈何容，在做复利达丰控股的全方位调查。

魏雨绸像回应所有媒体的采访要求一样，对他们的采访要求礼貌地进行了拒绝，但并没有太放在心上，他们以为《蓝财》会跟其他媒体一样，碰了钉子后，也就不了了之。他们想还是沿用过去的老办法，事后进行一些沟通，花些钱做些广告应付一下了事。他们对这个在南方影响力已经不小的媒体，还不甚了解。

魏雨绸也在加紧建立在南方的媒体朋友圈。之前，他曾经通过其他媒体老总，约请过陈不染一起打球交流沟通。但当时人比较多，他并没有特别关注他。他也记不清当时陈不染是否提到过采访调查的事儿。不过，即使陈不染提出来，他也一样会随口拒绝，或打马虎眼过关。在魏雨绸看来，这是互相给面子的事儿，大家都心照不宣。

但是，魏雨绸没想到，陈不染会是如此不通人情的老滑头。

《蓝财》的那篇《起底"黑马"复利达丰》封面报道，让他们有些措手不及。这篇大型报道，把他们的所作所为、前世今生翻了个底儿掉，包括公司收购、举牌、上市、借壳、并购等等新事儿旧事儿，一股脑儿地端了出来，并追溯到公司前身物华天宝。

类似的这些事儿，在资本市场都并不鲜见。如果单个看，也许见怪不怪，但如果集中在一起，一家公司所为，无疑像是在平静的水面上投下一块巨石，激荡起轩然大波。

《蓝财》显然非常熟悉如何制造轰动效应，吸引公众眼球。

魏雨绸给陈不染打电话，说：陈总，您太不给我们面子了。能不能先撤了稿，其他事儿都好商量。

陈不染也不客气，说：魏总，不是我不给面子，你看报道有什么问题吗？

魏雨绸说：问题当然不少，文章很多地方牵强附会。但我们也不想去纠缠这些细节问题了。我们任老板想约您一起聊聊，吃个饭、喝个茶什么的，您看何时方便？

陈不染说：这个时候不太方便吧，以后有机会。如果报道有什么问题，请贵公司发个正式函件过来，我们可以更正。

魏雨绸和谭笑风商量，他们并不想发函要求《蓝财》更正。因为一些细枝末节的更正，不仅不能解决问题，反而会为他们进一步的炒作提供材料。

魏雨绸搞了多年媒体，很清楚马克·吐温的故事。马克·吐温说"美国国会中有些议员是狗娘养的。"这话见诸报端后，引起国会议员的强烈不满，要求马克·吐温公开道歉，否则将向法院诉之以诽谤罪。马克·吐温于是在全国各大报章刊登了道歉声明："日前我说有些国会议员是'狗娘养的'，此言甚是不妥，故特登报声明，把我的

302

话修改如下：美国国会中的有些议员不是狗娘养的。"

谭笑风对陈不染的软硬不吃，很是愤恨。他自己苦心建立的防火墙，没想到就这样被一篇文章击溃，气不打一处来。

别看谭笑风平常嘻嘻哈哈的，但这个时候，他觉得他应该站出来。他必须全力维护集团利益和任鸿飞的形象。你陈不染既然撕破脸，也别怪我不客气！他一定要给这样不讲情面、惹是生非的媒体一点儿厉害尝尝。

不过，出乎谭笑风意料的是，他们对《蓝财》报道问题的处理，虽然让《蓝财》吃了官司、陷入泥淖，一时难以自拔，但也把自己再一次推向社会舆论的旋涡。

他们不仅没有阻挡住网络舆论自此开始的对于复利达丰控股商业模式的无限兴趣，也阻止不了此事在网吧、社区、论坛等自媒体中，掀起一浪又一浪的高潮。舆论从任鸿飞的婚姻、物华天宝公司的背景等各个方面，进行了充分挖掘，并把刘洋洋和肖东方抖搂了出来，在各式各样的评论中，把复利达丰控股描绘成只是借助了背景和关系，才迅速崛起的。

那些无所顾忌的任意猜测和添油加醋，按起葫芦浮起瓢，把他们描抹得越来越黑。

谭笑风的危机公关小组，到处求人删帖子，但是，在不断涌现的网吧、论坛、博客等自媒体空间中，这些或真或假的信息，仍像电脑病毒一样，四处扩散。

肖东方也坐不住了，只好借媒体采访之机，发出几点声明：1. 本人只是复利达丰控股公司的高级顾问，也是顾而不问，从未在公司拿过薪水；2. 从今天起，他也不再挂名顾问之衔；3. 他之前虽然在物华天宝投资公司挂过名，但也是在其退休之后应朋友之约为朋友站站台而已，而且，物华早已成了空壳儿，他早已洗手不干了；4. 他目前醉心于写字画画，参与些文化及公益活动，基本与商业无涉。

但进一步的挖掘和质疑声仍不绝于耳。网络上唾沫乱飞，迅速淹没了他的声音。肖东方也感受到了众声喧哗和无处辩驳的郁闷。

而传统媒体，也开始有所松动。他们例行的高尔夫联谊活动，也不似之前的红火和热闹。当他们要举办早就安排好的一场活动时，不少媒体高管，也以各种借口，有意无意地婉言推脱。

这些媒体，似乎从他们对《蓝财》过于生硬的态度和打击中，琢磨出一些唇亡齿寒的意味。

他们和媒体之间的关系，渐渐罩上一层难以描摹的雾蒙蒙的冷意。

16.4

任鸿飞火急火燎地赶回北华市，直奔肖东方的院子，和他商量目前公司面临的困局，以及如何解套儿。

任鸿飞感觉遭遇到了从未有过的危机。这种危机感，就像红薯发酵的霉味，有些发甜、发酸，充满着腐败的气息。这种有毒的气味，悄无声息地氤氲在他的周围，让他有些气闷。他不知道如何吹散它，也不知道如何避开它。

他知道，公司本来没有事儿，但被这些媒体炒着炒着，也许真的惹出事儿来。这些媒体看热闹不嫌事大，迎合着大众的口味和社会普遍存在的仇富心理，煽风点火，似乎不把他们搞臭誓不罢休；而各级部门也不得不重视舆论的动向和民意。公司如果被盯上了，一举一动都会被放大，被发酵。这是很不好的兆头。

任鸿飞还从未感到这个事情会这么棘手。

任鸿飞在心里认为，他所走的路径，不过是每一个迅速发展的企业都必须走的路径而已。这个路径其实是预设好的，无论是土地、矿山，还是资本渠道等基础资源，还是批文、牌照等审批资源，都摆在那条道上，就看你有没有能力、有没有机缘巧合去走上那条道。能走上那条道，就是灿烂辉煌的阳光大道；走不上，就只能在一些小路上拐弯抹角，小打小闹。而他们，只不过是抄了一条捷径而已。即使有问题，也不能全归结在企业头上。

他心里有些有理无处说的窝火。

任鸿飞的焦虑写在脸上，肖东方反而安慰他说，其实没有什么大不了的。这可能是我们媒体应对经验不足造成的，猝不及防地突然被亮在聚光灯下，有些不适应而已。

肖东方给他泡上茶，说：我最近也一直在关注和思考这个问题。从媒体报道来看，除掉看热闹的、无端猜测的和泼脏水的，核心问题主要有两点：一是关于公司与政府关系，很显然，重要的批文、项目、土地、矿山等等资源都集中在政府手里，任何企业完全撇开、斩断与政府的联系，根本是不可能的，也没必要。同样，政府也是要抓经济搞建设的，不可能不与企业打交道。我们过去在获得这些资源的时候，走了一些捷径，但那是普遍性的问题，我们也不可避免地带有这些结构的烙印。这主要还是双方的边界并不清晰造成的，政府和企业都有责任，但还是得由政府来解决企业公平竞争的环境问题。不过，这件事儿出来，也在催促我们在边界内做事儿，目前公司布局已经基本完成，也到了正规化的时候，你要按这个路子走下去。二是企业背景问题，我已经做出了声明，撇清了与复利达丰控股的关系，而复利达丰控股移师南方，已经对股权架构进行了重新设计，自身是干净的、合法合规的。话说回来，背景也并不是罪过，就如企业与政府打交道也不是罪过一样。即使媒体炒作我和洋洋持有股份，那也是不偷不抢，合法所得，不是什么大不了的问题。

任鸿飞说：关键是媒体不分青红皂白，添油加醋，让人不胜其烦。

肖东方说：现在想来，我们过去对媒体报道严防死守的路子，也许错了，这么大企业，一下子冒出来，公众反而有些不适应。我们今后，要通过公司的合规合法经营，逐步消除媒体和公众的疑虑。

从四合院出来，任鸿飞稍稍把心放到肚子里。

他不能因为这件事儿的节外生枝，而让他们的列车停止飞驰。

305

任鸿飞有些疲惫地回到家里，想和刘洋洋照个面、打声招呼，已经有几个月不见了，他既然回来了，基本的程式还得走。

刘洋洋并不在家。任鸿飞换鞋时，无意中发现了鞋柜前摆放着几双男人的鞋子，以及院子里晾晒的男人的衣服。这些东西并不是他的。而保姆柳大姐也似乎意识到什么似的，慌慌张张地收藏和遮掩，让任鸿飞哑然失笑。

任鸿飞摆了摆手。

看来刘洋洋并没让自己闲着，她就像他一样，不可能把自己的那块地，永远地荒着。

任鸿飞站在客厅里，怔了怔。突然感到自己回到家里来，实在有些多余，他不过是这个家的匆匆过客，他在这栋别墅里的痕迹，已经被一阵既在意料之中又出乎意料的北风，悄无声息地抹去。

一丝不快掠过心头之后，任鸿飞的心里，反而有些释然。

第十七章 转折

17.1

人生际遇中充满着无数变数和偶然性。你自以为天大的事儿，其实无足轻重；而那些不经意的小事儿，甚至跟你八竿子打不着的事儿，可能成为你命运转折或转机的开始。

很多人在很多时候，都想扼住命运的咽喉，掌控人生的方向，但实际上，就算你手握真理、权力和金钱，可以翻云覆雨，颠倒世界，到头来，却发现连自己的口水和大小便，都掌控不了。你只能躺在床上，等待自然规律把你收走，分解，腐化，重新归入泥土。

任鸿飞一直耿耿于怀的突然被曝光，在一阵喧哗之后，归于平静。网上的热情，迅速转移到其他的事件上。它就像猝不及防的山洪一样，呼啸而来，势不可挡，留下一些断壁残垣和枯枝败叶，又迅即消退。

任鸿飞清理完山洪泻下的淤泥，继续把他的精力投入到他的商业大厦的构建中，加固，夯实，浇筑，他似乎看到了他的商业王国将要封顶的宏伟景象。

但是，他没想到，一件跟他隔着十万八千里的事儿，像推倒了多米诺骨牌一样，引起一连串反应，最终导致他商业大厦工地上的脚手架，哗啦啦断裂。

任鸿飞回想起小时候，他和小伙伴们蹲在地上，饶有兴致地观看那些忙忙碌碌的蚂蚁，在一个土堆前来来回回搬运东西，眼看着快要堆起来一小堆儿，突然之间，一个小朋友看得烦了，说有什么好看的，飞起一脚，把整个土堆儿踢没了。

大家一哄而散。

任鸿飞历经人生波折后，才逐渐领悟到蕴藏在其中的深刻意味。

事情是从汉章市副市长年富力的情人白璧微开始的。

汉原省纪检监察部门在对地方的监督执纪过程中，收到了自称年富力情人的白璧微的举报信。这封错别字连篇的举报信，称年富力贪污受贿、有多处房产，生活腐化、乱搞女人。据她所知，除她之外，还有不止一个的情人和孩子。

这封实名举报信，让纪检人员眼前一亮。他们从她歪歪扭扭的字里行间，看到了足以让他们为之一振的几条重要线索。

他们要求市纪检部门，迅速开始就举报信的内容，进行暗中摸底。

在市区的一处公寓里，他们见到了白璧微。

当他们走进这处两居室住房的客厅时，白璧微正抱着一个一岁多的孩子，给他喂奶。她看着不到20岁，头发蓬乱，衣衫不整，在她还算漂亮的面孔上，能看出曾经的风尘和现实的疲惫。她刚要把孩子的嘴挪开，孩子就哇哇大哭起来。看来，她还很不适应做一个母亲，孩子弄得她的生活手忙脚乱。她只好继续让孩子含着她的乳头，一边晃着他，一边回答纪检人员的问话。

纪检人员查看了她的身份证，核实了她的身份，问举报信是不是她写的，内容是否属实。

白璧微说是的。

纪检人员问：你所说的年富力，是哪个年富力，你有他照片吗？

白璧微说：就那个年富力，我手机里有他的照片，有我们的合影，还有他在这张床上呼呼大睡的照片。

纪检人员一瞅照片：没错儿，就是副市长年富力。

纪检人员问：你是怎么认识年富力的？

白璧微说她原来在"皇家乐园"夜总会做服务员，俗称"公主"，不是"小姐"，也不出台。她在那儿上班的时候，有时会见到一个人称"力哥"的人，被一群人簇拥着来玩儿。一来二去就比较熟了，力哥总会照顾她的生意，出手也很大方，会多给她些小费。力哥三番五次挑逗她，说要带她出去消夜什么的。她一开始没敢答应。后来，也怪自己太年轻了，禁不住诱惑，就跟着他出去了。

她这才知道原来他是副市长。

她说力哥一开始时对她很好。第一次做那事儿时，他发现她还是处女，就给了她很多钱，也不让她再去夜总会干了，他说他养她，不仅给了她这个房子住，还一直给她钱花。

她一开始并不知道自己怀孕了，知道时，肚子已经逐渐隆了起来，他一直要她把孩子打掉，对她的态度也明显转变。她开始时也没当回事儿，心里又害怕，就一直拖着。等到再去医院时，大夫说已经晚了，再打胎会有生命危险。她只好把孩子生下来。生完孩子后，他就不爱来了，最后一次见他是两三个月前。她攒的钱也花完了，孩子的奶粉钱都没着落。她给他打了多次电话，他来过一次，说给20万让她回老家，不要再烦他了，她没同意，带个没爹的孩子回去，不被她爹打死，她自己也都没脸见人。后来，年富力就不来了，电话催得烦了，他竟恶狠狠地对她说，不要再找他，再找就弄死她。再后来，连电话都打不通了，他的手机号也换了。

她通过夜总会的姐妹了解到，年富力在她怀孕期间又找了个情人，在一个叫桃园丽景的别墅里住。

她的哽咽声引起孩子的共鸣，孩子也跟着哇哇地哭了起来。

她说她去过市政府找年富力，可门卫根本不让她进去。说上访的人，总是找一些乌七八糟的理由，他见得多了。他还威胁她说，她要是再这样栽赃陷害领导，小心把她抓起来。

她说她没办法，只好给她能想到的部门写信反映。

纪检人员问，你说孩子是年富力的，有什么根据？诬告是要负法律责任的。

白璧微发誓说，她还没男朋友，只跟过年富力，没跟过其他任何男人。听说医院可以鉴定。

纪检人员问你这个房子有房本吗？是你的，还是年富力的？

白璧微说她曾见过房本，被年富力拿走了，但房主名字不是她，也不是年富力，是另外一个什么人的名字，她记不太清了。

两位纪检人员相视一笑，他们预感立功的机会来了。

仅这些线索，就已经足够立案！

他们痛斥白璧微年纪轻轻不学好，犯糊涂。又有些不太忍心，掏了几百块钱放在桌上，说给孩子买点儿奶粉，别让孩子饿着。

他们赶紧向省纪检部门汇报。说这回有可能逮住了一条大鱼，年富力这种败类，混进党内，身居高位，生活糜烂，腐化堕落，不清除不足以正风肃纪。

上级部门要求先不要打草惊蛇。省市联合组成专案组，继续在不动声色中，收集材料、核准事实。

当他们感觉收集的证据已经足够了，遂开始突击行动。

一路人马，分赴年富力的几处住所，果然搜出了不少现金、存折、房本、名酒等。

另一路人马，在公安检察机关配合下，堵住了年富力正在开会的会场大门。

年富力当时正在市工业发展工作会上讲话，正一二三四头头是道地慷慨陈词，不时引起阵阵掌声，声音传到会场外，听着颇为激动人心。

办案人员没等他讲完话，直接将其从主席台带走，宣布对其"双规"。

此时，温良恭正坐在台下，一看这阵势，感觉既惊愕，又十分震撼。他扭头儿望望周围，大家都默默低着头，好像有满腹心事儿。会场里鸦雀无声，现场空气仿佛凝固了似的，几乎能拧出水来。

温良恭在心里盘算：年富力究竟出了什么事儿？他出事会不会牵扯上其他人？

这些年，他没少给年富力上供。可是，这几乎是当地官场的潜规则，不仅他，和他一样坐在台下的这些搞企业的人，哪一个敢对主管部门领导不孝敬？怎么可能不孝敬？现在这世道，当官的但凡手中有些权力，哪有不贪的理儿？不抓也就罢了，一抓一个准儿，一查就是一串。

但愿，这个家伙别乱说！温良恭心里嘀咕。

不过，等温良恭协助调查时才知道，年富力不可能不说。

可是，过了一段时间，也没听到什么动静，温良恭这才把心渐渐放在肚子里。

温良恭心里想，贪官是抓不完的，也不可能都抓起来，事儿总得还有人干不是？让谁干，还不都一样？

他心里虽然还有些不踏实，但渐渐地，也就放到了一边儿。公司大大小小的事儿，已经够他忙活的了。

这几年随着工业化的推进，电力市场形势很好，光明煤电的效益，上升势头很猛。他们早就上报了IPO申报材料，等待过会。要不是上回煤矿透水事故，又补充汇报了一大堆新的材料，来来回回有所延误，也许他们早就挂牌上市了。他们目前正按保荐机构的要求，不断接受监管部门函询。

而光明煤电迟迟不能过会，也引起了任鸿飞的疑虑。其实，煤矿透水的事儿，并没太影响公司业绩，而且，公司已经就事故原因、影响及后续整改措施，做了详尽报告和说明。此事按说影响有限，不知道究竟是什么环节出了问题。

问询保荐机构，保代称发审部门问询的重点，仍在各种材料的真实性、合规性上，这些都是常规要求。只是，最近，他们也感觉，相关工作似乎有所停滞。他们也闹不清楚，究竟出了什么状况。

任鸿飞让李成梁、何乐为等从内部渠道，看看是否能打探到一些口风。令起炉从内部打探得知：发审部门的主管领导，已经口头通知相关审核人员，暂时搁置光明煤电过会的相关流程。

据令起炉分析，一般来说，出现这种情况，既可能是收到了举报信，出现重大待核实问题，也可能是某些部门和领导的叫停。具体情况不得而知。

任鸿飞召集李成梁、何乐为、罗鸣等开会，商议对策。

他们分析后认为，光明煤电公司的治理结构、业绩、成长性、拟募集资金用途等等，经过反复核实，应该不存在什么问题。要出问题，也许出在温良恭身上。

这个看似农民企业家的粗壮汉子，本来就是个农民，承包煤矿起家，因经营有方，承包期过后，被市里正式任命为煤电公司老总。其身上仍时时流露出暴发户似的中气十足、胆大和狡黠。听说他私底下还娶了个小老婆，并且是个大学生。世风如此，似乎也没什么太值得大惊小怪的。让人忍俊不禁的是，这个小老婆居然是大老婆的亲妹妹。据说在此之前，温良恭被大老婆发现，他老是在酒店跟一个前台小姑娘厮混，她很气愤。一哭二闹，温良恭后来就娶了这个小老婆。

谭笑风、何乐为他们还将此作为饭后谈资，分析温良恭和姐妹俩，在一起时3个人各自的心理，笑了好一阵子。

罗鸣分析，温良恭是不是处事过于霸道，在厂里说一不二、独断专行，得罪了什么人，引起厂里职工举报？

可罗鸣电话询问温良恭公司最近情况怎样，温良恭说目前公司一切正常，今年效益尤其好。他还说企业这么大，又是传统老企业，员工成分复杂，不打打骂骂，不好管理，所以有个别举报也属正常。这种事儿，他见得多了。

不过，温良恭透露，市里主管工业的副市长年富力，前不久被抓了，不知对公司的上市工作有没有影响。

这句不经意的话，引起了任鸿飞的担忧。

他让何乐为继续关注发审部门过会情况。然后，安排罗鸣尽快抽空去一下光明煤电，具体了解下相关情况。

任鸿飞有一种不祥的预感挥之不去。他担心光明煤电上市的事儿，会夜长梦多。可又不知这种预感来自何处。

17.2

根据屡试不爽的墨菲定律:凡事若有可能向坏的方向发展,则总是会向坏的方向发展。好比你端着盘子,不幸滑了一跤,发现盘子里的西红柿炒鸡蛋,总是扣在地上。

任鸿飞的不祥预感,正在一步步地坐实。

只是,他没想到,年富力出事儿,竟然波及到他。他根本连见都没见过这个人。

罗鸣带着天宝矿业投资公司总经理冯化吉等几个人赶到汉章市,刚到光明煤电厂区,正好看到公司办公楼门前围了一大群人,异常热闹。楼门口旁停着数辆警车,一队警察正准备带走温良恭,他们还搬走了几大箱子材料。罗鸣看着他们鸣着警笛,呼啸而去。

紧接着,市领导召集公司中层以上干部会议,宣布免去温良恭的董事长及总经理职务,由市工信局副局长吴功绥领衔,组成工作组,接掌公司,确保公司安全生产和平稳过渡。

会后,吴功绥接待了公司第二大股东代表冯化吉和罗鸣。

冯化吉问:老温到底出了什么事儿?

吴功绥说:"具体情况,我也不是特别清楚,案子是省里负责的,可能跟副市长年富力被抓有关。"

罗鸣关心地询问公司下一步工作怎么办,上市工作怎么办。

吴功绥说:"市里派工作组来,就是要维持公司正常运营,确保安全,维护生产,稳定人心。所以,也请你们放心,经营管理工作一如既往向前推进,至于上市工作,公司也是市里确定的拟上市重点扶持企业,会按相关要求继续做好。但董事长总经理被抓了,事情还未了结,可能会有所耽搁。"

罗鸣仍不放心,接着去拜会了汉章市长石铁兵。双方进行了简短而客气的交流。

石铁兵对天宝矿业参与本地的工业发展表示感谢，但并没有透露其他任何额外有用的信息，他只强调两点：一是市里会确保煤电公司一切正常运营，二是年富力和温良恭的违法违纪问题，尚需等待相关部门的调查结论。在结论出来前，他不好表态。

罗鸣把情况向任鸿飞做了汇报。

任鸿飞感觉问题果然有些严重。他不知道事态会发酵到什么程度。

他让谭笑风等密切关注当地媒体和网络舆论动向，尤其是与光明煤电、温良恭和年富力相关的情况，判断当地反腐走势。并及时灭火，切断火势蔓延到复利达丰公司的路径；其他人继续从有关内部渠道探听案子的具体进展。

温良恭被带到郊外一个他从未听说过的地方"监视居住"。

这个地方好像是一处招待所的三层旧楼，被临时改造，作为监视居住的场所。温良恭原以为"监视居住"是在自己居所被人看管着，只是出门什么的不太方便。被带进去之后，才大吃一惊。

这间完全封闭的屋子，除了厕所和过道，一张硬板单人床，一张桌子和两张椅子已经占去了大半。屋子里什么都没有，显然是为了防止发生意外而专门拆除了。6名办案人员分三班倒24小时轮流看护着他，包括上厕所。

温良恭戴着手铐，进来后刚要坐在床上，被喝令面对着墙站着。他们呵斥道：你以为是住招待所呢？这是限制人身自由措施！

温良恭问：这究竟是怎么回事儿？你们是不是搞错了？

专案组人员并不理睬。

温良恭说：总得跟我家里人报告一声吧。

专案组人员训斥道：不说话能闷死你啊！有让你说话的时候。

温良恭感到有些无所适从。他不知道究竟出了什么事，如果是行

314

贿年富力的事儿找他协助调查，也不用对他采取如此强制手段啊！只要他们问他，这个事儿他可以讲啊。

一连几天都这样待着。他被告知，在问题交待清楚、正式批捕之前，他都将在这里，听候指令。

温良恭感觉自己的腿有些站立不稳。他甚至期待专案人员早点儿问讯他。

半夜里，温良恭正神情恍惚，迷迷瞪瞪，突然被带到讯问室。

强烈的灯光打在他脸上，他看不清桌子对面问话的人。

"知道为什么带你来吗？"对面的声音说。

温良恭说："不知道为什么，我正想问问你们呢，到底为什么啊？"

"嗬，还嘴硬是吧？我们既然敢抓你，就是掌握了确切的证据。识时务者为俊杰，我劝你还是主动交待，早交待，早主动，争取组织宽大处理。"对面说。

温良恭说："我交待，我交待。您提示下交待啥，是年富力的事儿吗？"

"你就竹筒倒豆子，有啥交待啥，一五一十地。"

温良恭并不知道年富力到底坦白到了什么程度。

他在心里盘算，年富力既然敢收他的钱，也敢收其他老板的钱，实际上，不少老板在私下交流时都觉得这个人有些贼胆，什么事儿都敢干，什么礼也都敢收。他觉得年富力不可能全盘交待，他有不止一个情人，肯定花出去不少了，即使有些钱被办案人员揭出来，年富力也一定会以想不起来搪塞，尽量缩小受贿范围和数额，以便减轻罪过。

温良恭交待说：这几年逢年过节时，我给年富力送过几次礼，每次都是1万元。您知道，这些人情往来，是不太应该，我也不想送，但确实没办法，大家都如此，我一个做企业的，您说不送行吗？

"还有呢？"对面问。

"没有了。"温良恭说。

"没有了？看来你是不见棺材不掉泪。煤矿出事故那回呢？"对面说。

温良恭感觉被灯光照得有些闷热，汗流了出来，心里直打鼓，看来年富力可没少交待。他赶忙交待说：看我这记性，你们一提醒，我就想起来了，去年煤矿矿井出了透水事故，死了两个人。年富力一直现场指挥救援，跑前跑后，比较辛苦，处理完，公司为感谢他，事后送了一捆，10万元。

"还有呢？"对面问。

"再真没有了。"温良恭说。

"我看你真是不老实！好好想想。"

他们都不说话，呆坐了一会儿。办案人员喝茶倒水，也让温良恭感到十分口渴。

温良恭问他能不能喝口水，办案人员用纸杯给他倒了一杯。

"想出来了吗？"他们问。

他摇摇头："我该交待的都交待了。"

他已经打定主意不能交待上次和物华天宝合作时，送给年富力的30万。这笔钱，用人情礼节不好解释，也会让他罪加一等。更重要的是，会扯上公司股改和天宝矿业投资合作的事儿，这就扯得没边儿了，没完没了。

办案人员拿走水杯，说："水白给你喝了。你再这样顽固不化、死扛硬顶拒不交待，就没你好果子吃了！我们就再提示你一下，公司股改和引进投资的事儿呢，交待吧。"

温良恭吃了一惊，看来这回，他想瞒是瞒不过去了。

温良恭说：那是好多年之前的事儿了。我能不能回忆下？

办案人员递过来纸笔：能交待的，先交待吧。

温良恭简述了当时公司经营状况不太好，贷不上款，搞了一次内部职工集资，以债券计息，也可转股。后来银行一笔4个亿的贷款还不上，他几乎跑断了腿，才从北华市引进了一家实力雄厚的投资机构。这次引资，解决了公司的大问题，公司此后才步入发展的快车

316

道。这两次股权改革，都报请上级主管部门批准，批文都有，符合国有企业改革方向。且股改后企业还被市里省里作为国企改革的典型案例，屡受表彰，并积极推出上市。

温良恭写了几页纸。写完，天已大亮。

接下来的几天里，办案人员没有再讯问他。

温良恭反而感到有些百无聊赖。他已经被允许坐在床上。他茫然地盯着天花板上细小的裂纹，脑子里一片空白。

17.3

任鸿飞一直担心温良恭和盘托出天宝矿业入股光明煤电的事儿。

这是他进入物华天宝后，最为得意的一笔投资。

事实上，果如他所料，随着工业化进程的推进，电力需求快速增长，光明煤电不仅自己的发电机组全速运转，他们的煤炭开采也迅速扩大生产规模，销售给其他发电企业。公司业绩也随之节节攀升。光明煤电这几年的分红，让他已经把他的投资大部分收回。如果上市顺利的话，他们所持有的股权价值，按同类上市公司相比，将超过100亿元。如果资本市场好的话，达到200亿元都未可知。

但是，他心里也非常清楚，他们虽然为这个项目花费了大量精力，注入了资本，让这个企业起死回生，但从另外的角度，他们趁光明煤电之危，确实捡了一个大便宜。

为此，这些年，他们也做了大量弥补工作。一是要求公司不再钻空子避税，对市里的税收贡献年年增长不说，甚至对市里额外的捐资助学、文体建设、城市绿化美化工程、社会公益等赞助要求，都尽量满足，他们甚至年年被评为市利税大户、重点扶持企业；二是在上市前最后一轮股改时，专门增加了管理层和内部职工持股，让员工分享企业增长的红利，消除内部的失落和不平衡感；三是他们将天宝矿业所持光明煤电32%的股权，私下将原来计划给温良恭的1%，承诺增加至2%，作为对温良恭的股权激励，以使温良恭尽力配合完成天宝矿业投资的整体目标。

其实，任鸿飞在物华天宝和复利达丰控股公司内部，一直都是这么做的，既为了激发大家的积极性，也把大家捆在一起。他一直觉得，既然从事商业，就得讲利益，相比利益，所谓事业、情怀、实业救国之类，都不过是利益满足之后的花边和点缀。很多企业做不好，或走不下去，恰恰就是把两者颠倒了位置。

任鸿飞这样做的效果很明显，他要不这么做，公司这些年也不可能取得如此突飞猛进的发展。

前两年，任鸿飞在对物华天宝进行重新架构设计并将管理权移至复利达丰控股公司时，已经把天宝矿业的股权，转让给了另外两家临时设立的持股公司，而这两家投资公司，均以内部自然人的身份在外地注册。从而撇清了它们与物华天宝和复利达丰控股公司之间的关系，并为天宝矿业重新聘任了总经理。

任鸿飞认为，这一切设计，天衣无缝。

不过，温良恭是关键的环节。他如果将他通过天宝矿业持有光明煤电2%股权的事儿交待出来，就避免不了国企内部人员利用改制之机内外勾结、合谋侵吞国有资产的嫌疑。这种做法，虽然在当时国有企业改革中普遍存在，但会不会出事儿，则要看关系和造化。

任鸿飞不知道温良恭这个硬朗的粗壮汉子，能否扛得住。

任鸿飞认为他应该扛得住，而且必须扛住。否则，温良恭作为国有企业负责人、组织上管理的干部，责任更重，处理也会更重，有可能涉及刑事责任。

不过，从内部渠道打探来的消息，让任鸿飞有些不安。

据称，年富力已经全盘招供了他受贿的事儿，并承认在光明煤电引进天宝矿业时，收了温良恭的30万元，推动了双方达成合作。

消息还透露，对于这一案子，相关方面的关注重点，已经不是年富力和温良恭受贿行贿的事儿，他们已经把眼光盯在了这一块巨大的国有资产流失的问题上。

这让任鸿飞如坐针毡。

谭笑风向他报告，当地的媒体已刊登出消息：市原副市长年富力因涉嫌渎职、滥用职权、受贿等罪名，案子已经被移送司法，听候判决。

任鸿飞觉得，这一事件的发展趋势，已经超越他原来的预想。

任鸿飞把情况向肖东方做了报告。

他详细叙述了他的判断，想听听肖东方的想法，可不可以通过内部渠道，不让火势蔓延到物华天宝和复利达丰控股公司身上来。牵扯国有资产流失问题，罪名本已不轻，如果再扯上与之相关的不良资产处理的问题，那就会扯出更多的人。后面的局面，恐怕就难以控制了。

肖东方说：现在反腐的态势，已然泰山压顶。牵扯到国资流失的事儿，找谁谁都不好说话。不过，国资流失应是国有企业和主管部门的事儿，与外部投资者关系不大。如果我们主动找人疏通，反而有可能落下把柄，更可能把火势主动引到我们这边来。

任鸿飞说：可我们这样等着，也不是办法。

肖东方沉吟了一下，说：我看不如这样，你先出去躲一下，暂避风头，等待事情稍稍明朗一些，风头过去，再回来。至于公司后面的事儿，交他们几个处理。光明煤电的事儿，我亲自过问下。让冯化吉直接向我报告，我会相机处理。

任鸿飞点点头，觉得这样也好。

他没想到，这个他最为得意的投资，竟给他惹出这么大的麻烦。

任鸿飞叮嘱李成梁、何乐为、罗鸣等，继续一如既往，推动各大板块业务发展。而他，要去香港待一段时间，一方面是想休息休息，另一方面做些考察，会见一些港商，寻找走出去、加大海外投资合作的商机。

17.4

在监所待了三个月，温良恭似乎感觉他已经在里面待了无数年。他开始有点儿分不清白天黑夜，分不清今天是哪一天了。

他的身体和情绪变得很坏。他没办法让自己好好休息，他不知道办案人员会在何时提审他，他摸不准规律，在他刚想和衣躺一会儿时，也许正是办案人员的工作时间。而最让他受不了的是一日三餐，一成不变的馒头和咸菜，彻底败坏了他的胃口，让他无法下咽。

他的精神渐渐开始有些恍惚。感觉空虚和寂寞，像蛆虫一样爬上来，爬到他的背上，钻进他的身体。他常常感到蛆虫在他嘴里蠢蠢蠕动，从他的胃里往外拥。他蹲在便坑边呕了半天，把胃里半消化的馒头和咸菜全倒了出来。

他坐在床边，浑身无力。他的身体，已经像年久失修的老屋，看似架子还在，实则一晃动，就听到吱吱嘎嘎的响声，扑簌簌地直掉土渣儿。他甚至感到他的膝盖和腿上，已经悄悄地长出青苔，就像他小时候在丛林里看到的那些朽木。他就像一只生长在黑暗潮湿中的仓鼠，半夜里黑屋子的灯突然打开时的亮光，让他双眼无法睁开，而看守人员的喝令声，更让他浑身哆嗦，惊恐万分。

他从讯问人员透露出的信息里，知道厂子里的员工已经开始积极行动，举报信像雪片一样飞到相关部门，甚至他过去提拔起来的、他认为很忠实的一些部下，也开始倒戈，纷纷联名举报他勾结投资方，把职工持股强行收走，侵吞员工利益；并隐瞒、低估公司煤炭储量，造成国有资产大量流失的问题。

他体会到了人走茶凉和世事险恶的意味。

办案人员对他说："早交待，早了事。我们能等，你要在这儿顽抗到底吗？"

温良恭鼻子一把泪一把，像一个女人似的哭得昏天黑地。"你们让交待啥，我就交待啥，说啥都中，你们写，我都认了。"

他已经熬不下去了。他在内心里期待，等他交待完，他们把他拉出去枪毙算了。

按照温良恭和其他人员的交待，办案人员顺藤摸瓜，果然追到了天宝矿业在北华市的办公地点佳华大酒店的写字楼，询问了相关情况。

总经理冯化吉不在公司。电话打过去，回说正在外地寻找项目，过几天才能回去，他说他是职业经理人，才接掌公司不久，对公司之前的事儿不甚了了。在他的吩咐下，办公室和财务人员提供了天宝矿业的股东变更情况，以及出资入股光明煤电的相关账目，银行对账单等等。

办案人员虽然没见到公司总经理冯化吉，但得到了想要的东西似的，满载而去。

17.5

任鸿飞一行悄悄在港岛中环附近的一处国际品牌酒店里落脚。

这个酒店背山靠海，曾接待过不少国家的总统首相国王王子。他们包下带总统套房的整个酒店一层。推开总统套房的大窗户，外面是维多利亚港的繁忙景象和迷人风情。

公司副总裁谭笑风、总裁办主任顾东阳、秘书文质斌、保镖王铁男和厉无双等随行班子十多人跟着他。他们并不知道在这里会待多久。但任鸿飞是公司首脑，他走到哪里，需要在哪里安排处理公司的有关事务。

实际上，随后的一年多时间里，任鸿飞的多数时间都将在这里度过。

他不得不等温良恭和光明煤电案子的尘埃落定。

不过，除了公司的几位高管，公司的其他人并不知道任鸿飞是躲事儿来的。一开始，他的日程依然排得很满。

他也有更多的时间，约香港和内地来的那些超级富豪见面，聊天、吃饭、打球，甚至去赛马场赌马，去澳门赌场试把手。在比较随意的交流中，寻找可能的投资合作机会。

他的姿态也让他们确信，他移师南方，并长住香港，更多的是看中整个大湾区的投资机会。

这些生意场上的大佬，在东江美锦在香港上市挂牌前后，有一些已经和任鸿飞见过面，大家都有进一步开展合作的意愿。此时，任鸿飞更需要与他们在香港和内地的项目投资合作方面、在资金进出通道方面，达成实质性协议，互相提供便利。

任鸿飞有意在香港的金融、商贸、服装和奢侈品、地产领域有所作为。在他的安排下，复利达丰控股在香港设立了全资子公司复利达丰（香港）投资公司，已经开始做出实质性的动作，准备参股一些金融机构和实业的投资。任鸿飞想借助香港丰厚的资本和贸易中心优势，把他在内地的产业进一步推进。

过了两三个月，任鸿飞渐渐适应了新的环境。

这里的气候、环境与南华并无太大差别。相隔也并不十分遥远。高管和员工需要两边跑时，路上不堵时，开车一天都能来回，对公司业务的开展，并无滞碍。

而李成梁、何乐为、罗鸣负责的各个板块，继续按公司发展规划向前推进。他们都有足够的经验和能力，应付处理日常事务。大的项目投资和资金安排，则会及时来港沟通。他们5人决策小组会议，也经常移至香港召开。

不过，他无法回到内地，只能隔靴搔痒似的听他们讲，让他有些郁闷。他感觉自己就像踩在棉花上，无法着地。他一直有意推进的仙女湖项目，进展也很缓慢。

虽然离得这么远，温良恭仍像卡在任鸿飞喉咙中的一根鱼刺一

322

样，让他拔不出来，吞不进去。时间拖得越久，他越感到难受。

他无法放下心来。虽然光明煤电的事儿，肖东方已经在接手处理，他比他更老练，更有经验，但任鸿飞仍难以放下心。如果温良恭扛不住，肯定会咬上他。

香港不乏消息灵通人士，任鸿飞不知道他们是从何渠道获得消息的。他在和各种人士的接触中，也从外围，侧面探听光明煤电和温良恭案的进展。可是，探听来的信息常常互相矛盾，让任鸿飞有些无所适从。有的说是光明煤电的事儿马上结案了，也有的说是已经提交上级纪检监察部门，上级正准备进一步顺藤摸瓜，找出后面的"老虎"。

任鸿飞也是病急乱投医，想给赵家驹打个电话。犹豫了半天，先打给了冰冰。

冰冰说：飞哥你回来了吗？你们的事儿，大家都很关心哦。赵总还问起你呢。

任鸿飞对赵家驹说：赵兄，我们光明煤电的事儿，您也都知道了，不知有没有办法处理？如果您有时间，我想约您来港，咱们好好谈谈。

赵家驹不置可否，说：我们先了解下情况再说。

如果任鸿飞有双透视未来的慧眼，他应该为他的这个电话后悔终生。他并不知道，赵家驹对这块优质资产觊觎良久，他正愁找不到机会下口呢。

光明煤电案子的不确定性，如同香港的炎热天气，让任鸿飞有些烦躁。

每到周末，他总是非常期待他的药儿到来。

林丹妙从汉南支教回来后，已经重新回到电视台上班。但林丹妙通常只在没有任务的周末，才来港陪伴他，有时隔周，有时个把月。她并不愿放弃她的工作，任鸿飞也不愿强拗她。

林丹妙每次来时，总是挎着大照相机，她像一个对一切事物都感

323

到新鲜的玩心未泯的孩子，更喜欢去闹市，去大排档，去酒吧，凑各种热闹。她不愿坐在任鸿飞的豪车里，而更愿坐双层巴士或地铁，她说那样才能和生活面对面。

任鸿飞只能按照她的意愿，尽力跟随着她，呵护着她。这也让他的保镖感到紧张。

任鸿飞也只有在药儿在跟前时，才暂时忘却心中的烦恼，沉浸在另外一种氛围里，体验回到初恋时的感觉。

林丹妙说：香港最大的风景，其实是人，行色各异的人，所以要混在人堆儿里。要看自然风光，去非洲南美洲才好。

而任鸿飞，却想避开人多嘴杂的热闹之地。他说：我们还是去非洲吧。

这也是林丹妙的想法。林丹妙多次跟他提起过，她很向往去一趟非洲大草原，看动物迁徙时的震撼和生命律动的节奏，她觉得那是上帝撒向人间的音符。

任鸿飞也非常向往。正好趁着现在闲着，他鼓动她一起去，就看她何时能放下工作，他好来安排行程。

这次一个多月的非洲之行，给他也给她，带来了终生难忘的印象。

他们从埃及金字塔开始，经东非大峡谷，直到好望角。任鸿飞感受到了天地无垠和大自然的壮阔。他们在非洲大草原，乘坐直升机，看到成群的角马野牛像黑压压的蚂蚁一样，腾起遮天蔽日的烟尘；他们也在封闭的越野车内，近距离地观看狮群围捕角马时的血腥；他们还在接近原始状态的部落，看他们的祷祝和舞蹈。

任鸿飞感受到人真正面对天地自然、回归自身时的样子。这就是自然的生命状态，有血腥，也有温情。

躺在大西洋海岸的海滩上，蓝天白云无比纯净。他们仍在回味这一路风尘、一路感慨。

任鸿飞说：从生物的、物质的循环圈来看，我们人类和我们个人，都不过是大自然循环中的一环，一切似乎都在冥冥中决定。

林丹妙说：人本来就是从非洲草原走出来的。若以上帝之眼看我们，也许正同我们看着狮子角马。

任鸿飞说：这样看人类，是不是过于悲观？好像我们所做的一切，意义并没有我们想象中的那么大。

林丹妙说：认识到人的本质、生命的本质，才会更加热爱生命，珍惜生活。

任鸿飞若有所思，说：所有绚丽都将归于平淡，如同泥土上生长的花朵，最后归于泥土。

林丹妙笑道：你快成诗人了啊。我给你唱首歌吧，《Colors of the Wind》（风之彩）：

You think you own whatever land you land on

The earth is just a dead thing you can claim

But I know every rock and tree and creature

Has a life has a spirit has a name

You think the only people who are people

Are the people who look and think like you

But if you walk the footsteps of a stranger

You'll learn things you never knew you never knew

Have you ever heard the wolf cry to the blue corn moon

Or asked the grinning bobcat why he grinned

Can you sing with all the voices of the mountain

Can you paint with all the colors of the wind

这首歌从林丹妙嗓子里飘出来，让任鸿飞如闻天籁一般。他是第一次听到这首歌，就被它的旋律和歌词打动，百听不厌。

歌中唱道：你觉得你拥有所驻足的每一方土地，可大地只不过是你能占有的一方死物。但我知道一块石头、一花一草，都有生命，有

325

灵气，有名字。别一厢情愿以为是人上人，可知道天外还有天更高。要尝试跟着别人脚步前行，慢慢了解很多事情在当中。你会感到黑夜孤单、分外寂寞吗？让春风柔柔轻抚作回答。就让风声化作歌声围绕山头，在风中涂上色彩化作云烟。走进丛林不会觉得疲倦，来看看这大自然的果园。来享受一切丰富的阳光资源，这自然张开双手的怀抱。有河川山脉日夜跟我聚首，水獭和飞鸟做我朋友。这些都让我们手牵着手，就在这里找到我们的源头。你猜树能长多高？如果砍掉它永远不知道。你会感到黑夜孤单、分外寂寞吗？让春风柔柔轻抚作回答。就让风声化作歌声围绕山头，在风中涂上色彩化作云烟。你会慢慢发觉，你所拥有的一切在风中，涂上色彩化作云烟。

任鸿飞感到自己的灰蒙蒙的心灵，像被林丹妙的清凉而甜丝丝的歌声，漂洗了一样，洁白而干净，一尘不染。

他情不自禁地抱紧林丹妙。

他对她的爱与日俱增，他愿沉醉在这样的生活中，不愿醒来。

一个多月后，任鸿飞回到香港，看到了刘洋洋给他发过来的提出离婚的律师函。

任鸿飞知道这是他们的必然结局。这虽然是他想要的结果，但真正看到了离婚协议书，心中还是打开了五味瓶。

他想不清楚这场婚姻对于他的意味，对于刘洋洋的意味。他从这场婚姻中得到了很多，但也失去了很多。他不知道他所得到的，是不是他想得到的；也不知道他所得到的，与他失去的相比，孰轻孰重，是否可以相抵。可是婚姻的价值，无法用某种客观标准衡量；人生也是如此，他只能选择一种，永远也不可能重新再过一遍。

他觉得刘洋洋跟他一样，也是这场婚姻的失败者。她从一开始，就把自己的幸福挂在一个虚无缥缈的气球上。可是，这个气球并未带着她飞向幸福的蓝天，而且，这个气球从来就没有鼓起来过。

任鸿飞为自己难过，也为刘洋洋难过。他们越想走近，心却离得越远，就像互相排斥的磁场。她并没有得到她想要的，而他，也在这种没有夫妻生活的婚姻生活中，成为被抽去灵魂的一根朽木。

任鸿飞默然无语。他在协议书上签了字。既然刘洋洋已经有了新的归宿，他愿意祝福她。

他让律师亲自送过去，并带去了给刘洋洋的一封信。

任鸿飞在信中诚恳地表示，他充分理解刘洋洋的感受，并感激刘洋洋一直以来对他的错爱，以及在他们婚姻期间付出的巨大努力和牺牲。解除婚姻关系也许是对她、对他和对他们的解脱。他希望她能找到情投意合的伴侣，开始新的幸福生活。他们的婚姻虽然结束了，但亲情永在。他会一直记着她的好，只要她需要他，他仍会随时随地，像哥哥一样，为她赴汤蹈火，在所不辞。至于双方财产的分割，主要是各自名下在公司的股权，完全遵照刘洋洋的意见，由双方律师协商解决，该划转划转。

其实，钱对于他们来说，那些过于庞大的数字，只具有形式上的意义，它早已超越了他们实际的需要，让他们没有了感觉。

任鸿飞还沉浸在婚姻的反思中，并没有意识到，一个巨大的阴谋，正像蛇一样爬到他的床下，探出舌头，试探他鲜血的温度和味道。

第十八章　事发

18.1

多年以后，任鸿飞仍清晰地记得他再次走进北华市肖东方的四合院的那个阳光刺眼的下午。

在北华市居住多年，任鸿飞的印象中，北方城市总是灰蒙蒙的，城市上空像被一口巨大的铁锅盖着，乌黑、混浊、沉闷，让人无处可逃。他很少能看到如此明媚而耀眼的阳光，这让他感觉十分的快意。

当天下午，他一走下飞机，就似乎感觉到别样清新的气息，天空如洗，格外湛蓝，像是彩排过的迎接他回归似的。任鸿飞像多年浪迹天涯的游子一样，一踏进这片他所熟悉的土地，倍感亲切和温暖。一路上，草木郁郁葱葱，鲜花似锦，惠风和畅。任鸿飞打开车窗，任风拂面。他在心里仿佛要喊出声：我回来了！

一年多在香港的等待和煎熬，任鸿飞终于等来了事情的转机。

两天前，肖东方亲自打电话告诉他，光明煤电的事情，已经调查核实清楚了，他们的那笔几个亿的投资，是实实在在的，并无什么问题；至于温良恭，作为国有企业负责人，在引资过程中存在过错，可能会因渎职罪什么的，被提起公诉。

肖东方语气中透露着兴奋。他说：鸿飞，你在外面待了这么长时间，也该回来了！

肖东方希望任鸿飞尽快赶回来，细谈后续问题处理，以及推进公司下一步的发展。

任鸿飞丝毫未怀疑肖东方的说法。他在内心里，早就盼望着这一刻。这种迫不及待的心情，让他忽略了去仔细琢磨肖东方话里的漏洞。

任鸿飞的心已经完全充盈在将要回家的兴奋之中。接完肖东方的电话，他甚至还对谭笑风说，还是肖老有办法，别看肖老平时对公司的事儿很少过问，但到了关键时刻，还是他有办法。

任鸿飞安排好手头的几个紧要事务，吩咐顾东阳他们做好重新搬回南华的准备，并给他和谭笑风等几人，订好后天上午10点的机票，直飞北华。

他们的车子一路畅达，在四合院门口停下。任鸿飞和谭笑风一行走进四合院。院子里一如既往的安静，两棵大槐树绿意婆娑，翠竹青青。

肖东方已经站在客厅门口迎接他，他拍了拍鸿飞的肩膀，招呼他们进茶室喝茶。

任鸿飞将从香港拍卖行拍回的一对清代彩绘珐琅瓷碗呈上。肖东方反复把玩，爱不释手，说这应是乾隆时期宫廷御用之物。

他们的谈话刚刚进入正题，外面出现了熙熙攘攘的喧闹声。数名从汉原省来的办案人员，在当地派出所的配合下，已经堵住院门。他们走进院子，亮明身份和证件，以协助调查的名义，将任鸿飞和谭笑风等人铐上手铐，全部带走。

任鸿飞扭头看了看肖东方。肖东方面无表情，静静地立在那儿，任鸿飞看不出他是何种心思。

数辆警车，闪着警灯，押送着他们风驰电掣般地离去。

任鸿飞坐到车上，还一直没回过神儿来，脑海里一片空白。他弄不清楚这是肖东方和警方合谋下的圈套，还是肖东方不过是个诱饵。

18.2

肖东方一开始也没想到，反腐的态势愈演愈烈，已经超越了他的预期。

以他过去多年混迹商业江湖的经历，他知道腐败与反腐败，此消彼长，消消长长。在目前的商业、金钱、资源和权力之间斩不断、理还乱的商业结构中，腐败就如同混杂在稻田里的稗谷种子，一遇合适的空气、水和阳光，就会随稻种一起生根发芽，茂盛生长；而反腐风暴，就像锄草剂一样让腐败的稗谷迅速枯萎、归入泥土，但稗谷种子并未从此绝迹。遇到合适土壤，又会开始新一轮的茂盛生长。如此循环往复，年复一年。

不过，这一回，愈演愈烈的反腐态势，已经超出了他过去的经验，让他感觉到严冬将至时的寒风凛冽。

这一段时间以来，他在政界和商界的一些朋友和熟人，已经有越来越多的人"进去"了，有的协助调查，有的双规，有的移送司法。而大家对此似乎也已司空见惯。

有时候老朋友相约见面，或者不期而遇，一边握着手，拍着肩膀，一边开玩笑地打招呼："哟，老肖，还没进去呢！"肖东方也会随口笑着回应道："嗨，老赵，您都还排着队呢，哪轮得上我啊！"好像谁不进去，反而显得无所作为似的。

不过，玩笑归玩笑，肖东方觉得他必须认真对待。

实际上，从温良恭被抓时起，肖东方就一点儿也不敢掉以轻心。

但他在一开始，并没有认为会牵扯出他们多大事儿。他们作为投资方拿出的这笔几个亿的投资，其实是实打实的，即使在投资过程中占了些便宜，但那是商人无利不起早的本性所决定的，要说有问题也出在对方。他让任鸿飞出去暂避风头，一方面是想等风头一过，事儿就撂在一边了；另一方面，他还是希望能保住任鸿飞，公司还离不开他。

肖东方心里很清楚，他并没有看错任鸿飞。任鸿飞的领导能力、判断能力、决断能力和操作能力，不仅超越了包括李成梁在内的他同龄的很多人，甚至在很多方面，超过肖东方自己。而且，任鸿飞对他忠心耿耿，从来都是把他放在最重要位置考虑。在任鸿飞准备移师南华、重新架构公司股权时，他在心里曾掠过一丝担忧，怕任鸿飞脱离

330

他的控制。但是，任鸿飞所设计和设施的方案，并未给他自己留下暗门。有这样的人来打理公司，他其实非常省心。

如果不是这一关过不去，肖东方并没有考虑这时候去动任鸿飞。他相信在任鸿飞的带领下，再过两年，他的商业帝国就将基石稳固，巍然屹立。

但是，光明煤电事态的发展，就像被遗落的烟头儿不经意中点燃的山林火势，不仅没有熄灭的迹象，反而有越烧越猛之势。肖东方已经感受到火烧到门口的炙热。

根据天宝矿业投资公司总经理冯化吉的报告，汉原省来的办案人员，已经对天宝矿业进行了多次核查，并追查到了作为天宝矿业股东的两家投资公司，向公司追要两家股东的资料，然后又从两家投资公司，追查到个人股东，任鸿飞、刘洋洋、侯门海、马遇安等该项目的参与人，和肖东方的司机程门立都在列。办案人员还追问了他们投资光明煤电的全过程和资金来源，以及如何将4个亿的银行债权转股的事儿。

肖东方了解到，当地已经将此案作为重点关注案件上报，上级机关已将此案件作为督办案件，要求查个水落石出。

肖东方感到，这件事情的走向，不仅超出他的预料，而且滑出了可控范围。他的心里，蒙上了一层浓厚的阴影。

以前，遇到这种事儿，有关方面还是不看僧面看佛面，网开一面，点到为止。就算查问，也会顾及到屋子里的坛坛罐罐，公事公办地象征性过问一下，做个结论，就囫囵放过了，不会穷追不舍。

但这回，内部反而告诫他，这件事儿可能兜不住。肖东方不仅不要再插手过问此事，而且，最好还要像他之前在声明中所说的那样，及早撇清和复利集团之间的关系，躲得远远儿的为好。

朋友的告诫，肖东方不能不重视。

肖东方感到，如果光明煤电的案子再追下去，就会拔出萝卜带出泥，牵扯出更多的人、更多的事儿。办案人员追到程门立，实际上已经追到了他的家门口。而4个亿债转股的事儿，可能把他那些在金融界的提供过帮助的老朋友，都牵扯进来。

肖东方越想越不安。既然火势已经越来越烈，他必须果断采取措施，迅速切断火势烧向自己的路径。

想来想去，肖东方不得不把任鸿飞推出去。只有这样，才能斩断火势的蔓延。

肖东方打电话让刘洋洋过来商议一下。刘洋洋和任鸿飞虽然分居已久，但任鸿飞毕竟还是她名义上的丈夫。肖东方必须考虑她在面子上能否接受的问题。

肖东方向刘洋洋详细分析了这件事儿的可能后果，让刘洋洋心里有所准备。他说，虽然目前办案人员还没有找刘洋洋和他本人问询相关情况，但照这个趋势下去，可能会牵涉到他们，牵涉到越来越多的人。

肖东方分析说：我看他们的意思，这件事儿，必须要揪出人、要有人担责才肯罢休。思前想后，任鸿飞是当事人，只有他来承担，才有可能把这件事儿就此打住。别的人，都无法替他担这个责。洋洋，你是什么看法？

刘洋洋也没想到这件事儿会这么发展。这个项目的全过程，她都参与了，一起策划、一起跑下来的，最后还拿了奖励。其实，也正是这件事儿，让她对任鸿飞打心眼儿里佩服，并产生了爱意。她也难脱干系，如果有个人能把罪责担下来，当然最好。

不过，刘洋洋还是有些犹豫。她并非想袒护任鸿飞，她真正有些担心的，是让任鸿飞扛了这个雷，任鸿飞会不会把她扯上。

刘洋洋说：必须得这么做吗？不管怎么说，鸿飞为了公司发展，立下了汗马功劳；这件事儿，也是为了公司。

肖东方说：所以，我找你来商量商量。说实话，我心里也很犹豫。如果不想保住鸿飞，也不会安排鸿飞去香港躲一躲。但是，照目前的趋势看，我们保不住不说，再查下去，不仅鸿飞作为当事人跑不掉，有可能你也跑不掉，我们大家都跑不掉。我也曾想过其他人来担这个责行不行？找不到这个人不说，即便找到了，他也会把鸿飞扯上，任鸿飞终归难逃脱干系。如果鸿飞担了这个责任，虽然保不住鸿飞，但至少能保证公司和大家的安全。两害相权取其轻，我们只能壮士断腕，求得转圜机会，再作打算。

刘洋洋终于说出了她的担心：如果我们把他推出去，他进去后，会不会反咬一口，把我们也扯上？

肖东方说：洋洋，看来你们在一起生活这么多年，还是不太了解鸿飞。据我判断，他的价值观和做事风格，决定了他做不出来。而且，我认为，他不仅不会扯上你我，还可能会把事儿都揽在自己头上。扯得越多，他自己要担的责越大。当然，任鸿飞也不傻，不能让他看出来，是我们主动牺牲他的，要让他相信，他进去，是我们控制不了的，我们一直在想办法搭救他。

刘洋洋看着肖东方，觉得到底还是肖东方老谋深算。

但刘洋洋还是不放心：万一他要咬我们呢？

肖东方说：跟你说实话吧，即使他反咬一口，也并不妨碍大局。主要的事情都是任鸿飞经手的，银行不良债权处置的事儿，也是鸿飞去办的，内部朋友虽然帮了些忙，但手续都是按标准程序做的，合法合规，查不出太大问题。

肖东方已经从内部了解了些情况，办案人员也不想拖得太久，他们也急于结案。这件事情的来龙去脉，已经了解比较清楚了，是温良恭和任鸿飞勾结，利用国有企业改制机会，侵占了国有资产，造成国有资产流失。只要肖东方能配合相关方面，把任鸿飞抓回来，案件就基本可以移送司法判决。

刘洋洋点点头，说：既然这样，我听肖伯伯的。

刘洋洋已经下定决心，要和任鸿飞脱离法律上的夫妻关系。

近些年来，她和任鸿飞的关系，就像过夜的茶水，越来越寡淡无味。他们之间的爱意，已经荡然无存。越到后来，她越感到，任鸿飞的心和身体，离她越来越远。也许他的精神和他的身体，从来就没有属于过她。尤其是任鸿飞移师南方之后，她更加认识到，他们的婚姻，根本就是个错误。她还隐隐约约地听说，任鸿飞到南华市后，与一位电视台主持人打得火热，她都懒得去过问一下。

刘洋洋已经重新回到她原在的生活轨道和圈子。在她身边，永远都不缺乏围着她转的人。而她在任鸿飞身上无法释放的压抑已久的情欲，就像休眠已久的火山突然复活一样，热流四处流淌。她像是要把过去这些年浪费掉的青春损失夺回来似的，已经找到了更多让自己快乐的方式。她甚至喜欢与那些高高大大的白人、黑人玩各种爱的游戏。这也使她更加喜欢出国旅游。不过，爱的滋润，反而让她逐渐丰满和性感起来，使她更显得像一个成熟女人的样子。她也由此更加厌恶和任鸿飞在一起时的沉闷、压抑和不快乐。

要不是觉得结婚证这张纸，对她的生活并无妨碍，或者她觉得在形式上，还需要用这张纸把任鸿飞拴住，她早就提出离婚了。

刘洋洋对肖东方说：我和任鸿飞的婚姻，其实早已名存实亡。干脆现在就跟他提出离婚，彻底划断关系。

肖东方说：既然这样，也好。

不过，肖东方最担心的，是任鸿飞进去之后，公司还能不能控制住，业务能不能稳住。虽然公司从股权上讲，他们通过代持方式，最终占有多数股权，但从管理权上讲，任鸿飞和他的那帮兄弟，一直在主导着公司，而他们所引进的那些子公司、孙公司的高管和经理人，更愿意听任鸿飞的。

肖东方让刘洋洋把李成梁叫过来，他们要一起商议下。

肖东方说：鸿飞看来是保不住了，但公司不能因为鸿飞进去，产生大的震荡。成梁，你是自己人，你看有什么办法让公司能平稳过渡？

李成梁说：目前来看，鸿飞若进去，震荡肯定会有，但估计也不会太大。鸿飞已经把控股公司的业务条块都理得比较清晰，金融、投资、实业三大业务板块，目前金融业务，是我在主管，这是大头儿；

334

实业这一块儿，罗鸣在管，各公司股权关系和治理结构也比较完善，维持运营也没问题；投资这一块儿，何乐为具体运作，比较灵活。公司财务和印章人事统筹规划等，还在任鸿飞手里；任鸿飞去香港后，谭笑风具体掌控着合同和印章之类的。要接管的话，得首先把他们这3个人摁住，只要把他们3个人控制住，二级三级公司的高管，就不会有太多问题。

肖东方说：那你觉得他们3个人能否摁得住？怎么摁住？

李成梁说：具体分析来看，罗鸣主管的实业板块，包括上市公司，治理结构较为完善，也比较透明，他即便不配合，有公司三会（股东大会、董事会、总经理办公会）牵制着，也掀不起多大风浪；何乐为的投资一块儿，自由度会大些，也不太透明，但这个人，说得好听点儿是职业经理人，说不好听是墙头草，跟谁干都行，只要把投资审批和财务控制住，他就会乖乖就范；倒是谭笑风，是跟任鸿飞穿一条裤子的兄弟，会死心塌地地紧跟任鸿飞走。所以，我考虑，要把他们控制住，还是得您和洋洋出面为好。但目前，肖老出面不太合适，我觉得由洋洋来接管，可能更稳妥一些。洋洋是公司大股东，又是鸿飞的夫人，对其他人也更有说服力。如果他们不听话、不配合，要考虑逐步清理掉。

肖东方看着刘洋洋，说：洋洋，你的意见呢？

刘洋洋说：我很久都没过问公司的事儿了，尤其是公司总部移到南方之后。现在公司规模这么大，我怕接不住、接不好。何况我和任鸿飞正办离婚。还是梁子接吧。

李成梁说：我接，业务上没问题，但洋洋更名正言顺。你以前就做过公司总经理，接管是顺理成章的事儿。具体的事儿，你挂帅即可，我来帮你。

肖东方说：我看就这样吧。鸿飞被抓后，我会在适当时机，召集他们开会，由洋洋先接过鸿飞的职务，具体工作由成梁协助。何乐为、罗鸣、谭笑风他们3个，先要稳住，不要着急换将。他们负责的业务和资本市场关系密切，弄不好又引起一拨震荡和炒作，反而不好

335

收拾。先把他们稳住，能争取就积极争取过来，等公司稳住了，风头过去之后，再根据情况，逐步清理门户。当然，你们也要做好他们不配合的准备，做好预案。

3个人商量妥当，开始分头做准备。

肖东方着重提醒那些与处理4个亿不良资产有关的老朋友，检查一下手续上是否有疏漏之处，是否符合相关规定要求和标准程序。如果以前做得比较扎实，干净利落，就没问题；如果尚有疏漏，需要及时堵上，不留下任何痕迹。万一有人问询，有个应对准备。

肖东方接着告知侯门海、马遇安和程门立等人，均以对这个项目的具体运作，只是打打下手、跑跑腿，其他的不知情来应对。

18.3

一路颠簸，一路风尘，任鸿飞被带到专案组集中办案的那个监视居住场所。

他一直有些发蒙，尚弄不清楚事情的来龙去脉。他一遍遍地回忆这个过程的每个细节，从肖东方给他打电话开始，到他走进四合院，喝茶，被带走，他看不出任何破绽。

他还不太相信，肖东方会出卖他。他不知道肖东方如果出卖他，能有什么好处。可是，如果不是他们预谋好，怎么可能这么巧合呢？

这件事儿，也让他对自己的人生，产生极大的错觉。

他还从未对肖东方产生过任何怀疑。之前，肖东方在任何事情上，都在支持他，甚至保护他，包括让他去香港躲一躲。现在又把他推出去，肖东方的葫芦里究竟卖的是什么药？

他一路上都在苦苦思索。

他想起来，刘洋洋不迟不早，正好在他回来前不久，和他提出离婚，是她看出什么端倪，还是得到什么信息？

一想到这里，任鸿飞突然有些明白，肯定是肖东方觉得这事儿兜不住了，丢车保帅，断尾自救。

但是，他所做的任何事儿，都在肖东方的眼皮子底下，公司所有的事儿，肖东方不仅知情，而且是幕后的总指挥和最大受益者。肖东方此时把他舍弃掉，难道不怕他把所有的事儿都抖出来吗？

任鸿飞有些义愤填膺。你肖东方无情，也休怪我无义。任鸿飞恨不得立即把肖东方咬出来，拼个鱼死网破！

不过，等任鸿飞冷静下来后，认真想想，又感到十分泄气。不仅光明煤电的事情，甚至公司所有的事情，都是任鸿飞自己决策的、主导的、操作的，他又是公司法人、董事长和总经理。而肖东方一直在幕后，并未亲自上手。他即使把肖东方抖出来，肖东方若不承认，他也没留下任何字据。办案人员会不会追究到肖东方不说，即使追到肖东方，肖东方很有理由一口否认插过手。即便肖东方承认公司股东身份，但他可以说对公司的具体业务操作，并不知情。要说牵扯到什么人，除了把刘洋洋、侯门海等牵扯进来，也并不能拯救任鸿飞自己，弄不好刘洋洋再反咬一口，他还可能罪加一等。

任鸿飞突然感到吃了苍蝇似的难受，肖东方太老奸巨猾了。他仿佛看到一个彻头彻尾的阴谋，笼罩在他的头上。他完全掉进了一个巨大圈套里，像被肖东方抓住了七寸的蛇一样，无处脱逃。

任鸿飞突然明白，肖东方一再邀他担任公司总经理，而不是让刘洋洋或李成梁来做，并不是他此前认为的肖东方格外看好他，可能是有着更深的考虑。作为混迹江湖的老油条，肖东方可能意识到了他们的业务开展，包括土地、资本、批文、牌照等等，与权力之间有扯不清的关系，必然在刀锋边缘游走。肖东方需要找一个替身来完成这些，而任鸿飞的草根身份，显然再合适不过了。

任鸿飞感到，他可能被肖东方当成了披在身上的一件蓑衣，既把自己装扮成田间辛苦劳作的农人，也可以用他这件蓑衣来遮风挡雨。如果一切顺利丰收在即，肖东方可以称这是自己田间辛苦劳作的收成；而到了不需要的时候，也可以顺利地脱掉它，弃之如敝屣。

这样想，任鸿飞头上直冒虚汗。

他有一种时空错乱的感觉，对自己的身份定位产生了极大怀疑。他还从来没有预料到公司会出现这种情况。

任鸿飞这才感到他之前精心谋划并引为自豪的，看来天衣无缝的公司股权架构和管理架构设计，十分荒唐！公司如果做好了，果实大部分是肖东方、刘洋洋的，他和他的兄弟们，虽然也持有部分股份，但是，与肖东方他们比，只是辛苦钱。关键问题是，如果公司出事了，罪责反而全部落在他和这些经理人头上。

更让他感到难以下咽的是，恰恰是他自己，是这个圈套的设计者，他掉进了自己挖出的坑里！

任鸿飞恨得有些咬牙。他非常痛恨肖东方的老谋深算，更痛恨自己的愚蠢。但他只能将胃里反上来的酸水，往肚子里咽。

不过，他觉得光明煤电的事儿，他能够说得清楚。

在讯问室，任鸿飞被要求详述天宝矿业投资光明煤电的经过。

实际上，办案人员已经从往来账目，以及温良恭的口供里，基本搞清楚了事实。

他们着重核实三件事儿：一，他入股光明煤电的价格，依据是什么？有无国有资产评估报告？是否占了国有资产的便宜？二，他入股时是否已经获知光明煤电煤炭储量大增的事儿？三，他是否和温良恭签有协议，天宝矿业所持光明煤电32%的股权中，有2%为温良恭代持光明煤电的股权？

任鸿飞冷静地回忆说，他那时刚到北华，处理这件事儿，当初是救急如救火，本着救助光明煤电的目的。其实，要不是他们当时巨资投入，光明煤电别说有现在的发展，可能当时就垮了。就是在他们入股之后，光明煤电才起死回生，步入发展的快车道。不能因为现在好了，收益高了，就把他们当初投资承担的巨大风险抹掉了，这个问题要历史地看。客观地讲，他们应该是有功之臣，后来，又帮助企业完善治理结构，谋划上市，光明煤电还被作为国企改革的样板，多次被省市列为先进企业。他一直觉得他的所作所为，是利国利民的大好事儿。即使有问题，也是当时国企改革的规则不明确造成的。

至于入股光明煤电的价格，当时光明煤电并没有资产评估报告，可能是事儿太紧急，没来得及做。但是，他们入股的价格是有依据的。根据当时公司给内部职工和管理层持股的价格，并无不合理之处。价格高点儿或低点儿都是正常的商业行为。要说公司资产没评估，错儿也并不在他们，而在于光明煤电没做，和市里相关部门也没要求做。

关于温良恭所持股权，从双方协议签署日期来看，是在天宝矿业入股光明煤电之后，他们公司为了提升温良恭和管理层的积极性，才从自己的股权中划出2%，转给温良恭。这其实是他们作为大股东，鉴于国有企业的管理层激励不到位，自己才出面给管理层做激励，目的还是为了激励他们把企业做好，不存在购买股权时双方内外勾结的问题。至于温良恭应不应拿这个股权，那是他的问题。我们从我们企业发展的角度考虑问题，也很正常。

关于煤炭储量增长的事儿，任鸿飞说当时并不清楚。即便增长，也是光明煤电后续发展的事儿，在他们的投资期中，哪怕10年20年，都还用不上这一块资产。他们现在的储量已经够开采30年。

再说了，这个投资是法人行为，天宝矿业是法人主体，股东是肖东方他们，他当时只是职业经理人。即使有问题，应该是公司主体责任、法人责任，不应该由他这个职业经理人来承担。

任鸿飞提出能否见律师。

办案人员说，暂时不能见。要见，也要等检察院正式批捕之后。

谭笑风对天宝矿业投资光明煤电的事儿，一问三不知。一盘问他的入职时间，他那时尚在东江省的佳美丰华。他是在这个项目的投资完成很久之后，才来的北华。他对投资光明煤电的事儿，确实并不知情。

谭笑风录完口供，摁上手印，保证随叫随到后，第二天就被放了出来。

谭笑风心急如焚，一出来，当即打电话给何乐为、罗鸣，说任鸿飞突然被抓起来了，让他们迅速赶到北华，商议对策。他们说，已经知道消息了，已经在赶往北华。

此时，各大网站和微博上关于任鸿飞被抓的消息，已经广为流传。

有的自媒体对这一过程描述得绘声绘色。说办案人员早就埋伏在胡同口，任鸿飞刚进四合院，一拥而上，任鸿飞正端起茶杯喝茶，哗啦一声掉在地上，他当时就瘫了。

有的分析说，狡兔死，走狗烹，任鸿飞显然历史没学好，他不过是一枚被摆来摆去的棋子，他自认为很牛，其实不过是人家的一条狗。

在各种描述中，有说内部落井下石、始乱终弃的；也有说企业原罪、出来混总是要还的；还有幸灾乐祸的，应有尽有。在金融圈、企业圈引起广泛震动。

谭笑风让魏雨绸、程风起、易家言在事情尚未搞清楚之前，尽快灭火。可是，他们的力量，根本无法熄灭熊熊大火的燎原之势。

有的网站又翻出《蓝财》的那篇《起底"黑马"复利达丰》，放在一起解读，说任鸿飞手段恶劣，得罪了媒体，自己屁股又不干净，出事是迟早的。

而《蓝财》班子虽然换了，但风格未变。他们一直在寻找复利达丰各种问题的线索，向相关部门举报。此时，又推出了一篇重头报道《谁的光明煤电?》，火上浇油。

谭笑风感到墙倒众人推的悲凉。

谭笑风电告公司法律顾问郑清源，组成律师团，迅速赶到北华市，研究相关资料，商议对策，随时准备赴汉章应诉。

谭笑风把任鸿飞在肖东方四合院被带走的详细经过，告诉了何乐为、罗鸣，他认为显然是肖东方出卖了任鸿飞。

何乐为说：先不要下结论，我们先向刘洋洋问清情况，然后一起去院里找肖东方，看看有无捞回来的可能。何乐为马上就打电话给刘洋洋。刘洋洋说我也正要找你们，电话里不好讲。你们都到肖老院子里集中，商议对策。

他们三人在四合院里见到了肖东方、刘洋洋和李成梁。

大家都有些神色凝重。

谭笑风满脸的汗水，他急不可待地向大家报告了媒体报道的情况，各种传言已经满天飞，他希望尽快把任鸿飞捞出来，澄清谣言。

肖东方摆摆手，让他先坐下，不要着急，这不召集大家一起研究对策吗？

肖东方说：鸿飞出这个事儿，大家都很痛心，也很着急。其实我也一样。多年来，我们俩亲如父子，心心相通。鸿飞对公司的贡献，大家都有目共睹，公司离不开他。但这个事情的发生，是反腐的大气候和光明煤电本身的小气候，共同交织作用的结果。我们想挡是挡不住的。鸿飞在港的这段时间，我一直在找各种渠道，替他开脱，但目前的反腐形势，大家也很清楚，我们起不了太大作用。光明煤电这个项目，鸿飞亲手操作，只要出现问题，他都逃脱不了，没有人能替他担起这个责。

但是，鸿飞做的这个事儿，也是为了公司发展，我们要尽全力帮他减轻罪责。公司班子要先稳住阵脚，不能自乱方寸。公司稳住了，我们才能去做好挽救鸿飞的工作。现在公司出了这么大的事儿，鸿飞何时能出来也很难说。公司再四处冒烟，可能会火上浇油，局面更无法控制。再扯出其他事儿，恐怕大家都跑不掉，对谁都没好处！

我提议，在鸿飞出来前，先由刘洋洋暂时代行鸿飞的职务，稳住局面。成梁、乐为、罗鸣，你们几个要积极配合好洋洋的工作，尽全力把自己负责的板块稳住；笑风，你的事儿可能更多、更复杂一些，要配合好洋洋，做好公司整体把控，做好危机公关，尽快找好律师团队，做好应诉准备。

肖东方讲完，扫了一圈大家，逐个问大家有什么不同意见。

李成梁带头表态，说肖老已经讲得很到位了，我坚决执行。

何乐为说：这件事已经在市场上发酵，引起了广泛震荡，5家上市公司的股票都大跌不止，是不是要公告停牌？

肖东方说：按法定程序，该公告就公告吧。

谭笑风说：肖老板的话，我并无意见。只是，鸿飞在里面到底会待多久，尚无法确定。现在换帅，万一他明天就出来了呢？刘总要代行鸿飞的职务，也无问题，但是是不是要取得鸿飞的授权？

肖东方说：目前这个事儿比较紧急，就目前形势来看，一时半会儿估计不会有结果。但公司不能一日无主，包括挽救鸿飞的工作，也需要人来主持。洋洋只是在鸿飞缺位时，主持工作，稳住局面。如果鸿飞能早一天回来，当然更好。但是，目前尚无法跟他取得联系，如果能联系上，相信他也会同意这么办。

大家也提不出别的意见，都说按肖老的意见办。

肖东方说：既然大家都没意见，这个就算复利达丰控股的临时股东会和董事会的决议，照此执行吧。非常时期，请大家务必要统一思想和行动。

刘洋洋带着保镖、助理、财务、法律顾问等一行人奔赴南华，她已经做好了谭笑风若不配合，强行接管的准备。

不过，谭笑风还是主动配合地交出了公司各种印章和合同文本等等。

刘洋洋迅速接管公司合同、财务章等等，并要求公司，现在非常时期，凡大额款项出入，均需要经刘洋洋本人签字盖章，方可执行。

随后，公司召开了复利达丰控股公司各部门及下属一级子公司的高管会议。

李成梁主持会议，宣布了公司临时董事会和股东会的决议，在任鸿飞无法正常履职情况下，从即日起，由刘洋洋接替任鸿飞代行董事长、总经理职务，主持公司日常工作。待任鸿飞案件的处理结果出来后，再召开公司股东大会和董事会做正式决议。

李成梁说：刘洋洋刘总，担任过公司前身物华天宝的总经理，业务熟悉，相信大家在刘总带领下，能够继续保持公司稳定发展的大好局面。下面请刘洋洋总经理讲话。

刘洋洋说：目前公司处在非常时期，让我来主持，也是救急如救火。外界有很多看热闹不嫌事多的、添油加醋的、煽风点火的、火上浇油的，不过是希望我们公司垮掉。我们自己，不能一有风吹草动，就先散了架。我们公司不会垮。公司垮了，对我们在座的所有人，都没有好处。所以，越是此时，我们越要冷静，越要稳定，越要把公司业务开展得更好。

目前公司面临两项主要工作：一是维护稳定，确保各项业务正常开展。公司之前的一切规章、制度都继续执行。此前在鸿飞总的带领下，我们公司业务条块和管理非常清晰，各子公司尤其是上市公司、金融类公司治理结构都非常完整，今后还要按这个既定路线走，不要受这个突发事件的影响，更不要节外生枝。请成梁总、乐为总、罗鸣总继续担负起金融板块、投资板块、实业板块的职责，各子公司按照各自业务规划，各司其职，守住自己的一亩三分地；笑风总协助我统筹好公司总办及日常事务，目前尤其做好危机公关，媒体关注多，要统一好口径，一个出口，没有授权，任何人不要乱讲话。二是公司要竭尽全力做好挽救鸿飞总的工作。当下首要任务是做好公司应急预案，聘请律师团队，做好应诉准备工作，笑风总要担起责任。

刘洋洋的讲话，合情合理，也消除了大家心中的疑虑。

只是谭笑风，心里一直在为任鸿飞鸣不平。任鸿飞苦心孤诣打下的江山，就这样拱手让人了吗？公司的其他人可能并不知道，刘洋洋与任鸿飞已经离婚了！

18.4

出乎肖东方意料的是，任鸿飞进去之后，这件事情的调查，并未就此了结。

办案人员不仅询问了马遇安、侯门海、刘洋洋，而且找肖东方做了笔录，详细询问了4个亿贷款转为不良资产的过程。

马遇安说他只是向公司提供了这个项目的信息，但他在公司只是个小兵，对公司做不做、怎么做这个项目，都没有发言权，他也没有参与到这个项目的后期工作。侯门海说他是按资产管理公司关于不良资产处置的相关要求，照章办事，跑了跑腿儿而已，他不清楚其他情况。刘洋洋说她虽然知道这个项目的事儿，但她那时已经不再担任公司的职务，整个过程都是任鸿飞经手的，具体怎么运作，你们最好问任鸿飞，他应该最清楚。

而肖东方，从办案人员一开始的几句问话里，一下子就明白了他们问话的目的。他们重点关注的，显然是在这个过程中，是否存在权钱交易，公司是否利用关系或贿赂，同银行及资产管理公司勾结，暗箱操作，获取巨额利益。

肖东方说，他虽然和刘清白是老相识，但他从未介入公司的具体运作，也不会因为这件事儿，去给刘清白打招呼，他更不可能去贿赂刘清白。他为国家工作这么多年，很清楚规矩和界限。而且，他目前一介平民，且已经退休，无任何职衔，他即使打招呼，能管什么用？不良资产处置有一套完整的严格流程，不是他打声招呼就能办的。

问完他们，办案人员关注的重点，其实是相关银行和资产管理公司。他们调取了这笔贷款相关处置的所有材料和流程，并找刘清白和金石开进行了详细问话。不过，每一个环节都是按相关规定和标准操作程序要求，有上上下下人员的签字。

办案人员并没有从中找出太多的破绽。其实，在数万亿的不良资产处置过程里，这个款项，实在是一个不足挂齿的小项目而已。

不过，这次询问，虽然有些例行公事，但在肖东方心里，仍产生了极大震动。

他从心底感觉到，他过去所倚仗的那些东西，都不过是过眼烟云。严冬已至，寒风凛冽，他也不过是挂在树梢上，无法抗过风刀霜剑的一片黄叶而已。

第十九章 收拾

19.1

在公司法律顾问郑清源的推荐下，复利达丰控股聘请了两位国内法学权威，做任鸿飞的辩护律师。

两位律师在看守所、检察院、法院和公司之间来回奔波，和任鸿飞见了面，认真研究了相关卷宗，提取了相关口供，然后回到公司和大家商讨辩护意见。

实际上，这些天来，公诉人和律师在任鸿飞有罪与无罪、什么罪之间反复游移。如果是行贿罪，主要要件是给温良恭的2%股权，但从签署时间看，是在他们的投资入股协议达成之后，而并非为了不当得利而事先进行的，因果关系不一致；若是侵占国有资产罪，任鸿飞不是国有资产管理人，不掌控这些国有资产，他不具备条件；而如果是诈骗罪或强迫交易罪，任鸿飞与温良恭之间的交易，是双方合意，并无此类情节。

不过，律师团认为，这个案子虽然可以做无罪辩护，但综合目前的所有情况看，肯定要按有罪定性。且任鸿飞已经羁押了大半年，无罪辩护如果成立，岂不是要让相关部门承担抓错了人的责任？他们也没法交差，可能会进行进一步的补充侦查，不仅要拖延更长时间，也有可能继续追下去，牵出其他的事儿来，反而对公司不利。

律师团的意见是，不如按轻罪辩护。

律师的分析合情合理，刘洋洋、谭笑风等也提不出更多意见，都说，还是听法律专家的。

345

刘洋洋请郑清源和两位法学家多费心，争取缓刑或短刑。

在被抓将近一年之后，任鸿飞行贿和侵占国有资产案在汉章市第一人民法院开庭。

此前几天，任鸿飞已经作为相关证人，出庭了温良恭案子的审判。

温良恭作为国有企业管理人员，因犯有受贿罪、渎职罪、贪污罪等，数罪并罚，判处有期徒刑15年，并处罚金1000万元。

这个判决，在任鸿飞的心里，蒙上一层厚厚的阴影。

如果温良恭的受贿罪成立，则他行贿的罪名，不可避免。

任鸿飞被带到审判席。

他消瘦了很多，头发被剃得很短，像和尚一样，这使他原本棱角分明的脸庞，更加有棱有角。而长时间的睡眠不足和无休止的讯问，让他本来黝黑的面孔，显得有些苍白而疲惫。

开庭前，任鸿飞回过头来，看了一眼后面的旁听席，座位上已经坐满了人。谭笑风、罗鸣、何乐为、顾东阳、文质斌、冯化吉等等都在。但刘洋洋并未到场，她不会在这种场合抛头露面。

任鸿飞朝他们微微点了点头。他想尽力做出微笑，但动动嘴角，并未做出来。

他其实在寻找林丹妙。他觉得她会来，也一直盼着她能来，但又有些害怕她看到他现在的样子。找了一圈，他并没有看到林丹妙，稍微显得有些失落。

他并不知道，林丹妙在法庭门口被拦了下来，她不是公司的人，也不是他的亲人，尤其是她的记者身份，更让法庭视为大敌，任她说破嘴，也不愿放她进来。

任鸿飞忽然怔住了，在旁听席后面的一角，一张久远而又熟悉的脸庞，突然映入他的眼帘。他感觉脑袋里嗡的一声，出现了短路，他像进入了时光隧道一样，有恍如隔世之感。

346

他眼前直冒金星，晕眩得站立不稳，被两边法警有力地架住。

公诉人员起诉他犯有行贿罪和侵占国有资产罪，提交证据、本人供词、证人证言。

律师提出辩护意见，认为天宝矿业入股光明煤电，符合国有企业改革方向，不仅注入了资本，而且改善了公司治理结构，使一个传统企业转为现代企业，有了二次腾飞的机会。但在当时背景下，在国有企业改制中普遍存在操作不规范之处，这种情况与当时规则不明确存在很大关系，被告不是内部人，不掌控这些资产，他不具备侵占国有资产的要件。至于给温良恭的股权，亦是由于当时国企激励不到位、不明确造成的，鉴于当事人悔罪意愿强烈，愿意配合公司股权方面的整改，请法庭予以考虑，减轻处罚。

控辩双方接着开始质证、对证环节，就适用法律等提出各自意见，来来往往了一上午。经合议庭休庭合议，行贿罪成立，侵占国有资产罪不成立。审判长最后宣判：被告人任鸿飞因犯行贿罪，判处有期徒刑6年，并处罚金1亿元。刑期自羁押之日算起。

任鸿飞听到旁听席上哄的一声，大家在交头接耳。

谭笑风他们都没想到，会是如此严重的判决。他们一直认为可能最多两年，甚至是缓刑，当庭放人。

审判长敲了敲桌子，要求法庭保持肃静。他问当事人是否要上诉，律师说，听取当事人和公司意见后，再研究决定。而任鸿飞，则当庭表示，服从判决，不上诉。

任鸿飞面如死灰，他感到彻骨的寒意。

他并不认同这个判决，但他服从这个判决。

他反反复复的供词和申辩，已经说得非常清楚，他不愿再就一些细枝末节，反反复复打口水仗。他知道只要定性下来，他再上诉，也是徒劳无益的，只能增加更多的折腾而已。

这些天，在看守所里，他已经被折腾得精疲力竭。反复的讯问和睡不好觉，让他心灰意冷，十分厌倦。

他后来干脆说，其实，就是这么个事儿，我要说的，说来说去的，就是这些东西。你们该怎么认定就怎么认定、该怎么判就怎么判吧。我都认了。

他急着想把自己从飘浮不定的空中，放到地上。这反而让他感到踏实。哪怕摔得粉身碎骨，也比整天悬在半空中强。至于判刑多少年，对于他来说，已经不重要了。

他在心里很清楚，他已经被肖东方做进去了。

他就像一枚被摆布的过河卒子，左冲右突，拼杀，行将完成使命时，肖东方舍弃了他。他成了整个事件的替罪羊。

在反复的讯问中，他已经交待了整个过程和来龙去脉。但讯问人员讯问的重点，一直在他如何与温良恭勾结合谋的相关细节上。而两位律师，在和他沟通过程中，也反复告诫他，就事儿论事儿，问什么说什么，多说无益，说多了也可能牵扯出他更多的事儿，加重对他的处罚。他们正在寻求为他争取短刑机会。

任鸿飞心中虽然无法咽下这口气，但已经越来越没有底气。就像里尔克诗中描写的那只"豹"，目光被走不完的铁栏缠得这般疲倦，通过四肢紧张的静寂，在心中逐渐化为乌有。

他感觉他在污泥堆里待得太久了，他身上沾染的污秽太多了，他无法洗清自己。他从进入北华市开始，在拿地、上市、做庄、借壳、举牌等过程中，那些打擦边球儿的行为，几乎都在罪与非罪的边缘，说没罪，也没罪；说有罪，也有罪；即使这个没罪，也可能那个有罪。既然认定他有罪，他无处可逃，无法推卸。

他只能接受命运的无形之手的安排，把打碎的牙齿，咽到肚子里。

审判过程中，他一直有些精神恍惚，甚至没听清法官、公诉人、律师的问话，他们不得不反复重复发问。他像是在旁听与己无关的审判似的，表现出事不关己的漠然。

其实，他的神思早已被苏丹那张出现在法庭的脸庞，带到了法庭之外，穿越到了无比久远的年代。他有一种强烈的不真实感。他感到自己的灵魂从身体里游走出来，飘浮到空中，他似乎闻到了花园的花香，又似乎尝到了满口的血腥。

他不由自主地舔舔嘴唇。

最后，法官的槌子重重地落下，仿佛敲在他心上，发生沉闷的回响。

被押走前，任鸿飞又忍不住地回了下头，再次看到了苏丹那张充满悲伤的脸庞。

沉沉的悲哀袭上他的心头，他深感罪孽在身。他在心里认为，他的罪，并非判决上的行贿罪，而是他人生的荒唐和罪孽深重。

他愿在牢里，静静地舔舐他的伤口，咀嚼他命中注定的血腥和苦涩。

19.2

任鸿飞并不知道，在他进去之后的这一年里，公司面临的复杂局面，其实让刘洋洋倍感棘手。

对于她来说，她接手的，是一块有些烫手的山芋。

光明煤电的案子，终于尘埃落定，压在她心里的一块石头，也才算落下了地。但是，在此之前，办案人员对她的盘问，一直让她心有余悸。

她在心里知道，如果事情继续发酵下去，她所谓的背景和关系，其实并不能救得了她。她之所以没有出事儿，只是她参与得不那么深而任鸿飞最后扛了罪罢了。

而与这个案子相关联的刘清白副行长和金石开总经理，虽然最后因证据不足并未移送司法立案侦查，但因为在这笔不良资产处置问题上，存在把关不严和严重失职，还是给了党纪政纪处分。刘清白已经被免去职务，提前退休；而金石开则调离原岗位，降级到一个无关紧要的后勤部门打打杂儿。组织上虽然做了宽大处理，但是，反腐利剑的逼人寒光，让他们无不胆战心惊。

不过，这个结果，对于刘洋洋和他们来说，已经是最好的。

赵家驹让刘洋洋充分相信了这一点。

赵家驹反复对她讲，这个案子出来之后，光明煤电公司对于她和复利达丰，已经非常扎手。如果她不尽快把股权甩手，从中脱离出来，她以及肖东方、刘清白、金石开，甚至金碧辉，全都得进去。而如果趁机倒手转给他们，他们接过这个烫手山芋之后，会从中周旋，让火只烧到任鸿飞为止，不再进一步蔓延。

在刘洋洋尚举棋不定之时，事情已越来越朝赵家驹所预言的方向发展。刘洋洋当时的恐慌和手足无措，让她不得不重视赵家驹的建议。

她无从了解赵家驹到底在中间起到什么作用，起没起作用，起到好作用、还是坏作用，但她只好同意，如果事情真能到任鸿飞为止，她承诺他们的股权，将按原来进入的价格加上资金成本和利息，转让给赵家驹。

现在，她心里的石头终于落了地，她相信多亏了他。按照双方达成的默契，她下一步需要与赵家驹进一步商议，由其收购天宝矿业所持光明煤电股权的细节。

就在这件事儿才刚刚消停不久，让刘洋洋挠头的事儿，又接踵而来。

北华市主管城建的副市长关勉堂，已经被抓了起来。他是因为收受贿赂，可最后事儿办得并不利落，被一家房地产开发商不停举报，相关部门根据举报线索进行调查核实后，将其"双规"，随后移送司法机关立案侦查。

根据可靠消息，相关部门已经开始对其任职期间经手的，那些没有公开招拍挂的土地使用情况，是否存在违规问题，进行摸底调查。

而物华天宝当初在北华市拿的几个地块，包括丰华广场双子塔的那块地，恰恰存在这种情况。刘洋洋担心，这事儿会不会再次扯上佳美丰华，扯上物华天宝和复利达丰。

刘洋洋只好找肖东方求救。

肖东方沉思了一下，说：会不会查问到公司，在目前的形势下很难说。但公司包括丰华广场的用地，都有土地规划证，公司的问题应该不大。目前查官员的案子，重点是是否存在行贿受贿、官商勾结和权钱交易问题，如果是为了调查核实关勉堂受贿的证据，你得具体了解下公司相关人员是否存在此类行为，做到心里有底儿。考虑到当时的实际情况，你得跟罗鸣、方百计、关欣等相关人员，打声招呼。不过，据我了解，佳美丰华在上市时，把相关白条都清理了，账目上应是干净的。

话虽这么说，肖东方还是提醒她，把该堵的漏洞堵上，提前有所准备。即使不能肯定地说没有行贿之事，也要说记不清了。

肖东方虽然口头上这么劝慰刘洋洋，但在他心里，也有些惶惶不安。

刘清白和金石开的处理，已经让他感到颜面大损。如果这回再扯上丰华广场的那块地，扯上钟鸣鼎，他都不知道今后如何再在朋友圈里抛头露面！

但目前的反腐形势，让肖东方也有些束手无策，更不敢轻举妄动。进去的人已经越来越多了，甚至一些高不可攀的大人物，也一样该抓即抓。肖东方已经无法像过去那样，自由地在政商两圈行走。他的那些看似过硬的老关系，无事时你好我好，但有事儿时，都打起太极拳，躲得远远的。他甚至担心自己若不收敛，一不小心也有可能翻船。

肖东方不得不离公司的事儿更远点儿。他越来越习惯于闭门不出。在他的院子里，用打坐念经和写字画画，求得内心的安宁。

而刘洋洋，不仅感到压力巨大，更有些力不从心。

她虽然接过了公司的各项权力，但其实并没有做好如何去用好它的心理准备。她的智慧、能力和手段，尚不足以应付公司目前这么大的摊子。各式各样、事无巨细的事儿，让她有些手忙脚乱，疲于应付。

她这才更深切地体会到，任鸿飞对于公司的重要性，甚至比她过去认为的还要大。那些经过任鸿飞的手做出来的事儿，看似十分简单，按照他的布置，其他人跟着跑跑腿儿就能完成，但到她做时才发现，没有一件让她感到轻松愉快。

对于刘洋洋来说，任鸿飞搭起来的业务架构，她并不十分熟悉和得心应手。她既无法对那些数额庞大的投资和金融业务，以及复杂的实际操作流程，做出自己的判断，拿定自己的主意，而对那一大堆从控股公司到各级子公司，在金融、投资、监管层摸爬滚打出来的精英人才，又无法充分信任，放手让他们去做。

她常常在犹豫不决中错失良机。

而各级公司那些精明强干的高管和职业经理人，虽然表面上听从她的吩咐，但渐渐地，也不太把她的那些抓不住要害的意见，放在眼里。她能看出他们对她的决策或拿不定主意的优柔寡断不以为然。她还无法让这些职业人才从心眼儿里认同她。而她所熟悉和信赖的侯门海、方百计他们，她知道，他们的实操能力，甚至还不如她。

刘洋洋只好事事去找李成梁商议。李成梁在她开始接管公司时，还一直帮她拿主意，但并没过多久，他的热乎劲儿就过去了。

刘洋洋甚至发现，在她遇到事儿时，总是找不到他，李成梁有时甚至连电话都不接。他显然也习惯于跟她一样，过一种天马行空般的自由自在的生活。

李成梁一直鼓动她加大海外投资的力度。他说，把鸡蛋放到一个篮子里，风险过大，现在大的资本都在往海外走；不如分散投资，把资产转到海外市场一部分。在说服了刘洋洋之后，李成梁的大部分时间和精力，都放在海外项目的搜罗和并购上，常常在国外一待就是一两个月。

渐渐地，刘洋洋感到，他们费尽心思收拢过来的权力，有些扎手。她坐在总经理这个位置上，有些坐在炭火盆上火烤似的难受。

刘洋洋并不清楚，任鸿飞设计的这个蛛网似的盘根错节、相互牵连的股权结构和管理架构，不仅害了任鸿飞自己，其实对所有坐在这个位置上的经理人，都形成巨大牵制。以刘洋洋的能力，运转这个网络，显然非常吃力。

刘洋洋有些怀念任鸿飞还在公司的时候。他们的关系虽然很不融洽，但实际上，只有在任鸿飞打理公司时，她才可以过她真正想要的有钱有闲有乐的生活。她对自己陷在公司毫无乐趣可言的琐碎事物中脱不得身，心烦意乱。

刘洋洋再一次想打退堂鼓。可当她向肖东方提出时，肖东方说：目前情况下，你不干谁干？只有你，还能压住阵脚。

刘洋洋感到有些骑虎难下。她甚至有些怨恨肖东方和李成梁。他们这时候把摊子甩给她，无疑是把她架在火山口上。

19.3

判决生效几天后，任鸿飞被押送至汉章市第一监狱服刑。

任鸿飞精神委顿，像一床棉絮处处败露的破棉被，被胡乱裹成一团，扔到了4个人一间的狱室中。

他蜷缩在自己铺位上，听任无尽的悲哀，像臭虫一样爬上来，爬满全身，钻进他的肺腑，噬咬着他的心。他无动于衷，懒得用手抚一下。

他的思绪，还一直停留在苏丹出现在法庭的那张脸上。

那张脸渐渐有些模糊，像透过一层玻璃看到的一样。他不由自主地凑近玻璃，想仔细分辨她的脸庞、眼睛、秀发和印刻在脸上的风霜，可他急促的呼吸，反而使玻璃蒙上一层白色的雾气，越来越重，最后完全蒙住了苏丹的脸庞。他想用手擦干净那块玻璃，可越擦越模糊，她的样子最后成了再也无法复原的一团。

他眼眶的泪水，已经模糊了一切。

他在心里有一连串的问号，她是怎么出现的？她是为何出现的？她过得怎么样？

　　可他无从想象。

　　入狱的头几天里，苏丹的那张脸占据了他的整个心思。他不愿去想所谓的法庭判决，和他已经开始的6年刑期。甚至他之前所谓的牛烘烘和豪情万丈，以及他与肖东方之间的纠葛，在苏丹那张脸的映衬下，立即像留在海滩上的一串串脚印，被一场突如其来的浪潮冲走。倒是他和苏丹在一起时的点点滴滴，像是刻在海岸边岩石上的字迹，被洗去浮尘，愈加清晰地展现在眼前。

　　任鸿飞在想象中，紧紧拥着苏丹的那张脸，像怀抱着一个婴儿，小心翼翼，生怕稍有闪失，她就忽地消失了。

　　他越抱越紧，可越来越感觉抓不住她。

　　他对她的想象，还停留在他十年前最后见她时的那一刻，她当时刻意压抑着的悲伤神情，让他无法自持。

　　他原本以为他爱情的伤口，已经结痂、愈合，仅留下一道深深的印痕，就像他小时候上山砍柴时，胳膊不小心被镰刀割了一下，留下的印痕一样。可苏丹一露面，一下子又撕开了他的伤口，露出了里面尚未长好的嫩肉。

　　他像一头受伤的狮子一样，不停地舔舐着流血的伤口，无声地哀鸣着。满口的血腥味和疼痛，让他感觉到她的存在。

　　这些年来，他不敢打探她的任何消息，既是怕惊扰到她，更不敢去触碰他自己的这道伤口。这道伤口就像嵌在他的骨头里，每到梅雨季节来临之时，他都能感到它的隐隐作痛。

　　他多么希望再次看到她，哪怕一分钟一秒钟，给他的回忆留下多一些更清晰的影像。

　　狱友们对这个新来的呆子一样神魂颠倒的人，极尽嘲笑、捉弄，甚至打骂。可任鸿飞都无所谓。他既不愿搭腔，也不愿听从他们的使唤。他对他们的故意找碴儿、使绊儿，毫无反应，像一个皮球一样，被他们踢来踢去。

这个呆子如此不懂规矩和不解风情，让狱友们深感无趣。

他们不知道，这个呆瓜，还蜷缩在他悲伤的壳儿里，尚没有从中走出来。

任鸿飞就像一条浸泡在海水里油漆斑驳的破船，听任悲伤的海水激荡着他，拥抱着他，抚摸着他，鞭打着他。他只能放任自己的思绪，随波逐流，任意漂荡。

任鸿飞虽然不愿再去想公司的事儿，但肖东方的影子，仍像蛇一样跟着他，缠得他透不过气来。他无法睡好觉。在睡梦中，他常常被不断的噩梦惊醒。

他梦到自己小时候在河里游泳，正准备爬上岸时，被一条鳄鱼咬住双腿，往水深处拖拽着他，浑浊的河水淹没他的头顶，让他透不过气来。他拼命挣扎着，扑打着，呼叫着，被狱友敲醒。

他还梦到他正站在肖东方的书房里，观看肖东方画画儿。肖东方一身黑衣，像道士画符一样，在一张宣纸上涂抹着，画了几笔骨架，肖东方端起墨碗，喝了一口，噗地喷在纸上。画作立即显影出一个骷髅。任鸿飞惊恐万状，扭头再去看肖东方，肖东方已经变成一个披头散发的恶鬼，正张开血盆大口，准备吃掉他。他夺门而出，一路狂奔，感到肖东方的鬼影，一直跟随在身后，呼呼地喘着粗气。

任鸿飞被噩梦折磨得精疲力竭。他无法从中解脱出来。

入狱后的这段时间，任鸿飞被一种夹杂着惶恐、悔恨、悲哀的情绪控制着，整日里浑浑噩噩，木然地听从着狱警的指令，集合、听训、干活、吃饭、睡觉，日复一日地重复着。

他已经忘记了进来了多少日子，或者说，日子对他已经不重要了。

他一门心思地期待着苏丹能来再看他一眼。他希望她来，可是，又怕她来。两种心思交织着，让他无处可逃，痛苦而又无助。

也不知道过了多久，十几天或二十几天，听到狱警喊："1033号，你女人看你来了。"他一惊，不知道是苏丹、还是林丹妙。但他期待是苏丹。

他走进会见室，隔着探视窗口的玻璃，老远就看到苏丹，眼神一下子明亮起来。

他们坐下来。任鸿飞把手伸出来，贴在玻璃上，苏丹也把手贴上来，算是握了一下，他似乎感觉到它的温润和细腻。

他盯着她，不想放过任何一个细节。

对于他来说，这将是他度过今后每一个难挨的日日夜夜的一本枕边书，他不想再为错过任何一页而后悔不迭。他虽然早已熟透这本书的墨香味儿和每一页内容，但他还是想再翻一翻，从中读出新的内涵。

岁月并未改变她美丽的容颜。她的长发绾成一个髻，还是他熟悉的样子。但是，从她的脸庞、她的眼角，仍能看出来岁月斑驳的痕迹，就像被岁月烙黄的老照片一样。她的眼神里，充满着悲戚。

他感到有些心痛。他满腔的话，就像奔流而下的洪峰突然被两边悬崖崩塌的崖体阻塞住一样，形成了巨大的堰塞湖，卡在喉咙眼儿里。

他不知从何说起。

"你还好吗?"他们几乎同时说。

她点点头。她说最近一段时间回到国内，从互联网上看到了到处都是他出事儿的消息。在回美国之前，她还是想来看看他。

任鸿飞咬咬嘴唇，说都已经过去了，公司的那些事儿，不提也罢，他也懒得去想。

苏丹说："事儿既然过去了，你还是要往前看。我问过了，表现好能减刑，也就几年时间，你还年轻，生活还得继续。你要好好的，不要自暴自弃。"

她能从他脸上，看到他精神的困顿。他瘦了很多，脸庞更加棱角分明，眼睛里充满血丝。

任鸿飞尽力做出微笑的样子，说："我没事儿，你不要担心。就是刚开始还不太适应，睡不好，老在想我们以前的事儿。"

她拿出一大包衣物，说：这些内衣裤都是你过去用过的，我重新洗晒了一下，你也许能用得着，待会儿会让狱警交给你。

任鸿飞有些吃惊，她竟然没有扔掉这些东西，而且，没想到还派上了用场。他眼眶里有些湿润。

任鸿飞说：谢谢你！其实开庭那天之后，我一直盼着你能来一趟，怕你已经走了。有一件事儿，我一直耿耿于怀。在你名下的佳美丰华的股权，你是不是已经忘记了，一直未动。过去也不敢联系你，怕打搅到你。公司做了多次分红送配，变化较大。你回去后去找下谭笑风，让他尽快帮你办妥，该变现变现、该转出去就转出去，希望你能用得着。想来想去，这是我这一生中唯一能感到安慰的事儿了，算你帮我还个愿。

苏丹点了点头，眼睛里闪着泪花儿。

任鸿飞说：你现在过得好吗？

苏丹又点点头，说挺好的。父母退休后，也去了美国，我们一家4口人住在旧金山。

任鸿飞一听4口人，不知道苏丹后来找了个什么样的老公，就问：他对你好吗？

苏丹愣了愣，意识到什么似的，从包里拿出一张照片，贴在玻璃上。

照片上是一个非常漂亮的小姑娘，穿着花裙子，在草地上玩耍，她正给自己长长的头发上插一朵新摘的野花。任鸿飞感到有些似曾相识，好像是苏丹小时候的样子，可照片后面的背景，显然是一栋欧美风格的崭新洋房。

任鸿飞的心提到了嗓子眼儿，嘭嘭地跳个不停。他急切地看着苏丹。

"你女儿，已经10岁了。"苏丹说。

任鸿飞浑身颤抖，仔细端详着照片，泪水夺眶而出。他的手情不自禁地贴在玻璃上，一遍遍地抚摸着她。好像她就是苏丹的化身，她就是苏丹。他想亲吻她、抱紧她。这个他伤害至深的女人，到头来，还是给了他人生中最大的欣喜。

他的手紧贴着她的手，他非常想用自己的温度，熔化玻璃，攥紧她的手。他感觉他们永远是同一个肉体的一部分，哪怕离得再远，分得再久。

苏丹又拿出她们一家的合影，是在一个大HOUSE前，院子里绿肥红瘦，女儿坐在姥爷膝上，抱着姥爷的脖子，笑得十分灿烂。岳父苏群满头银发，那张熟悉的面孔，刻出了岁月的沧桑。

任鸿飞不胜唏嘘。他无法想象苏丹是如何把女儿拉扯大的。

他关心地问：你没有再找一个吗？

苏丹摇了摇头，她说她曾经尝试过。但现在已经习惯了，跟女儿和父母在一起过，挺好的。

任鸿飞眼泪又禁不住流淌下来。他十分清楚，在苏丹平静的叙述里，压抑着怎样的波折和痛苦。

他说：我原以为你已经重新找到了幸福。我还是希望你再考虑考虑。

苏丹不置可否。

他问苏丹，能不能把女儿的照片送给他。

苏丹说：就是给你带来的。苏飞还小，等她长大一些，再回来看你。

任鸿飞摇了摇头，说：能再次见到你，我已经很满足了。你也不要再来了，更不要跟女儿提起我。她知道了有这样一个父亲，反而抬不起头来，对她的成长也不好。

他不停地抚摸着照片，说："她才是我一生中最大的成就。"

狱警已经来催了。他只好恋恋不舍地离开。

苏丹的手还一直贴在玻璃上，目送着他走出会见室，再也强忍不住自己的泪水，任它像一条河一样恣意汪洋地流淌。

女儿的照片，给任鸿飞带来极大的安慰。

每当他感觉苏丹的影子有些模糊，他就会掏出女儿的照片，想象苏丹的样子。

他沉浸在对过去的回忆里，无法自拔。就像过电影一样，一帧一帧地回放他和苏丹在一起的那些日子的点点滴滴，细细品味她的每一句话，每一个眼神，每一个动作。他有时像喝了蜜似的，尝到沁人肺腑的甘甜，有时又会因为一些细节悔恨交加，恨不得拔着自己的头发，以头撞墙。

在幸福、悲伤而苦涩交织的回味中，他度过了他在狱中最初难挨的几个月。

任鸿飞这才深刻意识到，只有在这个时刻、在这种环境下，那些凸显在心中刻骨铭心的人，才是一生中最最紧要的人；只有此时此刻仍让人揪心揪肺、牵肠挂肚的事儿，才是人世中最最紧要的事儿。而其他的所有的事儿，即使五彩缤纷、轰轰烈烈，都不过是过眼烟云。

这才是人活一世的本质和真谛。

可是，在他没有经历这次风浪和变故之前，他太不经世事了，他太傻了，他的智慧还不足以认识到这些。他原本已经触摸到了他所热爱的人、他所热爱的生活、他所热爱的事业，可是他并没有认识到它们的美丽和价值，没有牢牢地抓住它们，轻易地就让它们从自己的指缝中溜走。他把表象当成了本质，为滚滚红尘中海市蜃楼般的幻象和烟花般的浮华所迷惑，像飞蛾扑火一样，去追逐那些热烈、精彩、刺激，坠入了万劫不复之境。

他追悔莫及。

现在看来，他所追求的一切，如同世间很多人追求的一切一样，那些貌似恢宏、壮阔、伟大的事业，都不过是人们自我迷醉、自我欺骗、自我安慰的幻象。其实，毫无意义。

这就像人们一直确信阳光、空气和水对于生命的意义，确信生命对于地球的意义，确信地球对于宇宙的意义。可是放开眼看，这些所谓意义，都不过是漫长时空中的一瞬。

在没有生命之前，地球已经存在，在生命消失之后，地球依然存在，太阳照常升起。而地球与太阳，连同太阳系，也会在未来灰飞烟灭；而它们的灭亡，在浩渺的银河系中，都不会引起半点儿波痕和涟漪。甚至有着数千亿颗星星的银河系，其生存与湮灭，对于宇宙又有何意义？而我们目前所在的宇宙，对于多重宇宙，又有何意义？科学已经证明，我们赖以生存的宇宙，不过是一个被无形之嘴吹出来的、不断自我膨胀的肥皂泡，将会在未来的某一天，砰的一声，消散在没有时间和空间的永恒空寂中。

既然如此，我们所谓的意义到底何在？人活着的价值何在？

任鸿飞这才深刻认识到，人生在世所有的价值和意义，都在于生命本身，在于人活着的过程本身，在于当下。人类整体如此，个人亦如此。你所爱的、你所体验的、你所创造的生活本身，就是人生本来的意义。就像不断膨胀的宇宙，自己撑出自己的时间与空间、历史与现实，自己撑出自身的意义。

任鸿飞多么希望他能乘上一台时空穿梭机，重新回到他和苏丹在一起的岁月。

可是，时间之箭已经掠过他的头顶，在它所经历的一切事物上面，撒下一层白雪一样茫茫无垠的熵值。他们过去的一切都已经坍塌，再也无法复原。他已无法回到过去，重新走进苏丹的生活。

即使能再次走进，也回不到他们一起所经历的那些日子，回不到他们的青春时光，他们只能像这次隔着一层玻璃见面一样，能看得见，却触摸不到那些永远逝去了的岁月。过去的，永远过去了。是他自己，亲手撕碎了他们爱情的花朵，他无法把那些散落的花瓣粘在一起，复原成当时的样子。即使能粘到一起，也不会复原成当时自然而然的芬芳和灿烂。

他们即使能破镜重圆，重新走到一起，也只能在共同咀嚼过去的伤痛中，收拾残余的人生。

任鸿飞觉得，他一直无法愈合的伤口，实际上就是生活对他的惩罚。

他不愿包扎他的伤口，他敞开它，任它血流不止，任他的悲伤在时光中流淌。其滴答的声响，时刻提醒着他的悲哀，以及他曾经有过的幸福。

19.4

谭笑风时不时地过来探监，向他通报公司的近况。

任鸿飞这才知道，公司已然发生了很大变化。

谭笑风告诉他，在他被抓时，刘洋洋已经取代了他，代行董事长、总经理之职，接管了公司，收走了公司的印鉴、财务、人事等权力。现在公司所有的事儿，基本都由她和李成梁两人商定。谭笑风、罗鸣、何乐为他们哥儿仨，已经被边缘化了，虽然还分管着原来的一摊儿，但事事都得报告，业务很难推得动。谭笑风和罗鸣还在按部就班，但何乐为这个投机分子，已经跟在他们后面屁颠屁颠地跑。

谭笑风说，据他观察，刘洋洋和李成梁目前基本就是应付，他们最关心的是海外投资，李成梁长时间在国外跑，已经开始在海外并购一些地产、金融类公司和项目，肯定是在考虑如何把资产转移到海外。至于国内的业务，都在收缩战线，一些项目，包括仙女湖项目，基本搁浅在那儿；光明煤电的股权，听说也要转给赵家驹。

任鸿飞静静听着谭笑风的报告，有些事不关已似的漠然。

任鸿飞说：哥已经这样了，公司的事儿，不想过问了，也不想知道。

谭笑风盯了任鸿飞好一会儿。他感到有些悲哀。他觉得任鸿飞已经被这次牢狱之灾击垮了，任鸿飞那张曾经豪情万丈、意气风发的脸，竟一下子变得如此委顿，毫无斗志。

谭笑风并不清楚，任鸿飞的心里究竟起了什么变化。

但谭笑风不能允许他这样。他必须把任鸿飞从萎靡中捞出来，让他的思想和意志振作起来，运转起来。即使任鸿飞成了植物人，他也会不断地电击他，唤醒他。

谭笑风说：飞哥，你不是这样的！你的脑袋是不是被这个事儿搞傻了？你不能逃避，有你在，公司才会在。我们都还等着你呢！

任鸿飞说：那你想让哥说啥？

谭笑风说：不想让你说啥。但公司的事儿，你要知道，你要思考！你是公司的主心骨，刘洋洋、李成梁不过是有你过去攒下的家业撑着，这样糟蹋不了多长时间。大家还在等你回来。你不能消沉，黄光裕比你判的时间还长，你看人家什么样！

任鸿飞说：刘洋洋接管公司，也算是名正言顺。既然她当家，自然她说了算，各人有各人的考虑。何况，管理这么大的公司，你以为是轻松的事儿吗？

谭笑风说：我们辛辛苦苦干了这么多年，现在桃子熟了，却被他们摘去了，这也罢了；可是公司一出事儿，罪责全让你一个人顶了，他们这样做事儿，还讲不讲一点儿良心，还讲不讲一点儿规则？

任鸿飞说：我们都想得过于简单了。所谓规则和良心之类的，其实是我们这些人给自己定的。

谭笑风说：肖东方当时说得挺好听，说刘洋洋主持工作，好去做些救济你的工作。但依我看，他们把权限收走之后，就一推六二五，什么都没做；要不然，你也不至于判得这么重。我甚至怀疑，他们是不是暗中使坏，让你待在牢里，好霸占公司！

任鸿飞沉默一会儿，说：你刚才说光明煤电股权要转给赵家驹，是怎么回事儿？

谭笑风说，具体情况他也不太清楚，他只是看见赵家驹来过公司，和刘洋洋商量定的。

任鸿飞想起他在港时给赵家驹打的那个电话。他忽然觉得，更有可能是赵家驹暗中使坏，让他多判几年，对付刘洋洋就会比较容易了。以任鸿飞的了解，赵家驹肯定对光明煤电这块肥肉，垂涎三尺，

362

正好借此机会，软硬兼施，先让刘洋洋、肖东方感受到巨大压力，然后做些似是而非的承诺，达成妥协，以低价格侵吞公司股权。这样推理比较合乎逻辑。

任鸿飞深感痛心疾首，他无疑为公司招来了一头饿狼。

任鸿飞说：你提醒下刘洋洋，离赵家驹远点儿。

谭笑风点点头，继续说：肖东方还大言不惭地对媒体说，他跟公司没有利益瓜葛。我们是不是把他的事儿都捅出去，他们不让我们好过，我们也不能让他们好过！

任鸿飞摆摆手，说：你在哥这儿发发牢骚，也就罢了，万勿在外面讲。其实，肖东方持不持股、有没有背景和人脉关系，这些并不是必须坐牢的事儿，你讲出去有多大用？倒是具体办事儿的人，极易扯进罪责里。我们其实是陷进了一张扯不开、撕不破的巨网里，越动弹，勒得越紧。现在刘洋洋、李成梁来具体操持公司，其实也陷在网里，日子并非你所想象的那么好过。

谭笑风仍有些愤愤不平，说：难道我们就这样任人宰割吗？我咽不下这口气。

任鸿飞说：再难咽也得咽，哥都咽下去了。轻举妄动，只能是拿鸡蛋碰石头，反而让人拿住把柄，弄得鸡飞蛋打。之前有哥在，你可以随便些，但现在，形势不同了，需要谨言慎行。哥想提醒你们哥儿几个，退一步海阔天空，不要硬碰硬，像何乐为那样做，也没什么不好。顺其自然，静观其变吧。

谭笑风点点头。他并不是真想和任鸿飞争辩出个什么结论。他觉得，只要任鸿飞还在思考，就可以了。

谭笑风说：你还需要些什么？

任鸿飞说：你给哥带些书来吧。还有件重要的事儿，你是否把苏丹股权的事儿办妥了？

谭笑风说：我正在帮她逐步变现一些，转到美国。我和她已见过两三次面，她一说起你，就泪流不止，一再叮嘱我多来看看你。唉，一想到这些，我也挺难过的。要不，你们复合吧。

第二十章　重生

20.1

任鸿飞的心，在悲伤的大海中浸泡已久，他越来越想念林丹妙。

如果说苏丹是他打断胳膊连着筋的左右手，林丹妙则是吹拂在他心田里的一缕春风、一段梵音，让他的心灵超越肉体的羁绊，袅袅上升，进入洁净透明的空阔无垠之境。他甚至认为，林丹妙就是上帝派往他身边的使者，为了校正他的虚妄。

他很期待林丹妙能来探望他。

但是，她久久不来，他又有些担心，是她嫌弃他了吗？她会不会因为他的牢狱之灾，唯恐避之不及？但即使她这样做，他也不会怪她。她理应有更加自由的生活。

林丹妙来得正是时候。

任鸿飞一进会见室，就感觉到了萦绕在她身边的一团生气，仿佛周围的空气都被她点亮了一样。林丹妙走过来，紧紧地拥抱了他。

任鸿飞说："你终于来了。"

林丹妙笑盈盈地说："怕耽误你好好改造呗！其实你刚进来时，我就来过了，但来得不巧，不是探视时间，狱警说你也不想见人。"

任鸿飞想起来，刚来服刑时，他不想见任何人，一概拒绝探视。他还沉浸在对苏丹的回忆和想象中，在悲伤的情绪中无法自拔。他既不想听他们的安慰，更不想听他们说公司的事儿。

他问林丹妙是怎么进来的，在此之前，他和苏丹、谭笑风等的见面，都只能隔着一层玻璃通话。

林丹妙说：我自有办法。不过，主要还是你情绪低落，监狱怕你出事儿，需要亲人进行一些疏导。

她摸了下任鸿飞略显瘦削而棱角分明的脸庞，关心地问：还适应吗？睡得怎么样？吃得怎么样？

任鸿飞说：还行吧，一开始比较难，现在已经好多了。

林丹妙说：但比我想象中要差。我觉得你不应该这样。我说你也别生气啊，其实，我觉得你在这里关一关、沉一沉、想一想，不见得是坏事儿。像你过去那样，云里来、雾里去，飘在半空中，看似神乎其神的，你不觉得脚不着地吗？不觉得生活特别不真实吗？

任鸿飞点点头。他并不生气，反而感觉她的话甜丝丝的。任鸿飞一直觉得她的声音是草莓味的。

任鸿飞说：不瞒你说，哥这些天里，一直像一头老黄牛一样，把过去狼吞虎咽吞下的日子，一点一点地吐出来了，细细地反刍反刍。

林丹妙说：我相信。你并不傻，会想明白的。看看我给你带来什么。

林丹妙抱出一大捆书，交给鸿飞。

鸿飞认真地从上到下看了眼书脊，都是他想读但还未来得及读的，有历史、哲学、宇宙、生命、小说等。

任鸿飞非常感激，紧握着林丹妙的手，说：还是药儿懂哥！

他注意到夹杂在其中的那本署名林丹妙的《透过》，眼睛一亮，抽出来，还有淡淡的油墨香味儿。

林丹妙说：看看里面，还有你呢。这是任鸿飞和她一起在玉屏时，他们一起身穿花花绿绿的民族服装，和当地孩子们一起跳舞的图片和文字。

林丹妙说：其实最近这些天，都在忙这本书的事儿，跑出版社和印刷厂什么的。书一印出来，就赶紧给你送过来了。

任鸿飞说他一定要好好读读。她曾说她要记录平常生活中"有意思"的人和事儿，他能让她觉得有意思，任鸿飞感到非常满足。

林丹妙说，这些书有严肃的，有轻松的，够你读一阵子了。等你读完，我再给你送一些过来。

任鸿飞点点头。他忽然想起什么似的，拿出女儿的照片给林丹妙看。

林丹妙仔细端详了一下，说：这么漂亮的小姑娘，谁呀？

任鸿飞满带自豪地说：你没看出来丹凤眼、高鼻梁，像我吗？我女儿啊！叫苏飞。

林丹妙有些惊讶：真的吗？没听你说过有女儿啊。

任鸿飞说：说来惭愧，我也是刚刚才知道的。前不久前妻来探视，带过来的，生在美国，已经10岁了。

林丹妙说：看你这日子过的！认识到自己失败在哪儿了吧？

任鸿飞说：哥确实有些追悔莫及。哥的这一锅粥已经煮煳了。等我有时间，给你细细讲讲我和前妻的故事，你会知道这锅粥是如何煮煳的。几乎可以写一本书。

林丹妙问：那你们不能复合吗？

任鸿飞摇摇头。他亮出自己胳膊上的那道小时候镰刀砍出的刀痕，说，跟这道伤痕一样，太深了，已经无法修复。

任鸿飞拉着她的手，推心置腹地说：药儿，哥盼你来，是想给你说件正经事儿。你也知道你在哥心目中的位置，你是哥的天使，给了哥无数幸福时光和启迪，哥已经很知足了。你是自由自在的人，哥也很喜欢你这一点，并不希望你去改变，更不希望羁绊住你。但现在，哥的人生已经煮煳了，哥并不想把你也搭进来。

林丹妙把手放在他嘴上，嘘了一下：又胡说了吧，怕我黏上你啊？

任鸿飞说：哥是认真的。希望你认真考虑，追随自己的内心，朝前走。

林丹妙说：那好吧。如果我真嫁不出去了，就赖上你！

临告别时，任鸿飞一再叮嘱她：你回去后，去找一下谭笑风，让他过来一下，我有事儿要交代。

林丹妙抱着他的脖子，亲了一下他的嘴唇，对着他的耳边说："那你好好改造吧，我会来验收的哦！"

林丹妙回去后找谭笑风。

林丹妙说她刚去探望了任鸿飞，他看起来状态还不错。并转告他说：鸿飞希望你抽空去一趟。

谭笑风笑了，说：我知道，我知道。鸿飞让你来找我，其实是这个事儿。

他拿出一串钥匙，交给林丹妙，说：这个别墅是鸿飞早就给你挑好的，就在海边上，他觉得那儿特别适合你，能激发你的创作灵感，但又怕你误会，一直也没敢交给你。现在刘洋洋已搬回北华办公，我得跟过去，也没法过问了。希望你能收下，需要经常拾掇拾掇。

林丹妙接过钥匙，心里涌起一股暖流。她觉得鸿飞虽然口上说，让她别等他，但心里还是想用一根红线牵着她。

20.2

林丹妙"好好改造"的话，虽然半是玩笑，不过对于任鸿飞来说，却十分契合他的心思。

在狱中待了一段时间之后，感情的纠葛和伤痛，已经渐渐退到后面，任鸿飞开始认真反思这些年他的事业、他的所作所为、他所构建的商业版图，以及他与肖东方、刘洋洋之间的纠葛。他要想清楚他究竟是如何走到这一步的，他究竟是如何走错的？

他无法否认他在内心里对于金钱的渴望。对于他这种出身山沟沟的草根来说，在他的潜意识里，他急切想用恢弘的商业作为和巨大财富，洗掉铭刻在身上的贫困烙印，进而实现人生价值和社会地位的提升。

而激流涌动的商业大潮，恰恰给他提供了这个机会。

这些年，他把自己并入肖东方的轨道，其实并不能全怪肖东方。是他自己，出于对经济发展趋势、商业路径和模式的判断，以及对肖东方宏大构想的彻底服膺，心甘情愿地跟他走。在他心里，肖东方浑身笼罩着的一团光芒四射的火焰，强烈地吸引着他，使他飞蛾扑火般奋不顾身地扑过去。

他在那时相信，人在多大程度上摆脱物的羁绊，能在多大程度上实现对物的控制，就能离"自在之人"有多近，就离自由有多近。正是基于这种认识，他对肖东方所能调动的人脉，所能捏合起来的资源，所能将各种潜在可能性变为现实的生意模式，产生无限向往。

他认为，那是他走向商业成功的终南捷径。

事实上也是如此。在他步入肖东方的商业轨道之后，正是这种人脉和资源调动能力的充分利用，才使他在资金、项目以及各类批文方面，获得了极大便利。

他们通过这些，编织了一张获取利益的蛛网，捕获了无数猎物，他们的商业版图，也急剧扩张。

透过他们自己的这张蛛网，任鸿飞发现，他们的这张网，其实不过是更庞大蛛网的一角。

在30年来的经济发展过程中，整个社会的商业结构，权力、资源、资本之间，蛛丝相连，纵横交错，已经编织成一张更大的密密麻麻的网，覆盖到社会的每一个商业角落。在这张大网的每个交会点上，隆起了一个个大大小小的家族、富豪、巨企。这张蛛网越织越密，像一堵墙一样，捕获不断撞上来的大大小小的猎物。那些能够穿网而过的漏网之虫，要么是体量尚小，还未入视界，要么是一开始使用了新技术、新模式，其突然的变大，让这张网尚未适应，从而突破了这张蛛网。

这张露在外面的网，又像是大树在地底下四处伸展的庞大而发达的网状根系，细枝末梢已经伸到每一块土壤，不仅吸走了潜藏在土壤里的水分和营养，它的枝繁叶茂，也遮挡了阳光向下层植被的渗透。在这种网状结构下，任何底层植物，要想从中突破出来，只能附着在这棵大树的树干上，把自己编织进这张网，成为蛛网的一部分。

任鸿飞无从想象，如果脱开这个结构，他可以走多远。

这种结构，其实已经造成社会商业土壤的严重板结。很多人都意识到了这个问题。著名经济学家吴敬琏先生对这种商业结构洞若观火，著有数篇宏文，对逐渐权贵化的商业结构进行批判。

任鸿飞在他的资本规模越来越大时，也曾有过担忧和恐惧。他甚至觉得越来越多的钱，有些烫手。他想过洗脚上岸，脱开这个结构，可是就像深陷泥淖中的牛腿，他无法顺利地从中拔出来。

既然如此，实际上他们很难避免出事的可能性，即使不是光明煤电，也可能是通宝证券，可能是佳美丰华，可能是飞鸿电子。他们在依附于这种商业结构时，命运的绳索已经把他牢牢拴紧。

可是，任鸿飞这时已经被不断扩张的商业版图冲昏了头脑，失去了对这种危险游戏的足够警醒。

其实，不仅是他，那些跟他一样依附于这种结构的富豪和巨企，都一样陷入其中难以自拔。只不过，那些富豪们，有的比他更早出事儿，有的隐藏得更深。任鸿飞亲眼看到了很多富豪，为了避免出事儿，更深入地扎进这种结构，寻求更深更硬背景的庇护。

这已经形成一个无法解开的连环套儿。

思考得越深入，任鸿飞越感到一种深刻的懊丧。

他很清楚，作为商业人士，他无法通过自身来解开这个扣子。因为这种商业结构之所以形成，不仅在于商业自身，更在于商业环境。

显而易见的是，商业成功与否，与项目、资本和资源密切相关，而项目、资本和资源，又掌握在权力手中。在商业运作中，很难想象有人可以不借助土地、矿山、资本、项目、批文等基本要素，获得商业成功；也很难想象那些手握这些基本要素调动权限的人，能在巨大的商业利益诱惑面前，无视其价值。在这种环境下，那些本身有足够人脉来调动资源的人，自然获得通向成功的先机；而另一些商业人士，只好通过让渡一些利益，来获得这些资源。

任鸿飞觉得，如果这一次，他的牢狱之灾是权力、资源和金钱之间关系逐渐划清的一个结果，或者一个开始，他是宁愿看到的。他宁愿用自己的服刑，告诉人们，这种权力、资源、金钱之间藤蔓相连的商业结构，是如何的不可靠。

进一步地思考下去，任鸿飞更深刻地认识到，他之所以像很多人一样，一猛子扎进这个结构，从根本上讲，还是过多的物质欲望使然。

社会上已经按买菜不问价格、买车不问价格、买房不问价格、买公司不问价格，将人分成三六九等，财富已然成为衡量个人价值和社会地位的标尺；而道德、文章、品格、修养等美好事物和精神追求，都退居其次，显得无足轻重。

在这种情况下，人们都千篇一律地去追求财富和物质占有。已经看不到星空的闪烁，看不到高山流水，看不到春花秋月，看不到诗和远方。

甚至那些超级富豪，都把跑步、登山、滑雪、健身，当成了一种超越物质之外的追求，当成一种新的宗教。他们不知道，这种追求，虽然脱离了物质层面，但也不过是精神匮乏的表现。

生活在这种世风下的人们，已经很难想象，在那些物质匮乏的时代，曾经产生了无数大师，用他们的精神和思想，撑开了人类的心灵、视野和价值空间。而在这个物质极大丰富的时代，反而很少有人因其思想和精神，让世人心灵为之一动。上个世纪末的王小波和海子，成为最后的绝响，而当下流行的，只有迷魂汤似的心灵鸡汤。

人们很难想象，在那些物质并不丰富的时代，普希金、徐志摩、沈从文这样的文艺青年，能获得宫廷贵妇和大家闺秀的青眼有加，而在今天，只有那些手持万贯、大腹便便的土豪，才会让各路美女们争先恐后地投怀送抱，甚至个别阔少会被称为"国民老公"。

人们很难想象，在魏晋南北朝那个杀红了眼的时代，是阮籍、嵇康这些拒绝攀龙附凤、出将入相，而愿打铁谋生、抚琴而歌的人，青史留名，而司马皇族的那些子弟，都已湮没在历史的粪土堆里，成为匆匆的过客。

人们在不知不觉中，成为脑容量和精神越来越渺小的食蚁兽形的物质动物。虽然爸妈不同，但大家都愿意把自己放在标准化生产线上一样，削足适履，在对物质和财富的占有中，砍掉人的不同追求、个性和千姿百态。

这样想，任鸿飞为自己感到悲哀。他恰恰是在物质和财富的过多欲望中，一步步地滑进肖东方预设的轨道。如果说一开始，他还是在为改变命运、实现人生价值而奋斗，而到后来，他在他所谓的商业版图的扩张中，已经成为金钱的奴隶、物质的奴隶、欲望的奴隶。

任鸿飞在思索中，已经深深感到，物欲永无止境，想从对金钱和物质的控制上，获得精神自由，无异于缘木求鱼。

实际上，他在对宇宙的思索中，已经越来越认识到，物质本身，包括作为物质的人身体本身，其实都是无足轻重的，甚至是毫无意义的。

物质在宇宙中，既是泡沫一样空空如也的，又是无限丰富的，如山似的堆积在宇宙空间的各个角落。说是空空如也的，是因为在组成物质的基本要素原子中，占其99%质量的原子核，大约相当于空荡荡的大会堂中的一粒灰尘，原子的大部分是空的，如果将原子的空间压缩掉，不留任何缝隙，构成整个宇宙的物质不过如鸡蛋大小；说是丰富的，是因为不同的原子组成形色各异的万事万物，我们认为无比贵重的金子和钻石，可能在有的星球，遍地皆是，甚至不排除有的星球整个是金的，或钻石的。

想想我们所处的物质世界，都不过是无生有、有变无的过程，想想我们的皮囊，无论荣华富贵还是吃糠咽菜，都不过与动物、植物，甚至与脚下的石头和粪土一样，只是物质循环往复中的一个环节而已。那么，对物质过多的额外的追求，有何意义哉?!

只有人的精神和思想，才是物质在自身循环中诞生出来的，又超然于物外的奇迹，才使人类超越身体和物质本身，真正成其为人。

371

这样想，任鸿飞越来越陷于对林丹妙的迷恋中。林丹妙比他掌控的财富和物质更少，但她超越了过多的物欲，而获得了更多的心灵自由。

任鸿飞甚至觉得，他的这次牢狱之灾，实际上是对他的一种救赎。在入狱之前，他的心灵被物质和金钱所囚禁，而在狱中，他的身体虽然被囚禁，但他的精神，反而在深入思考中获得极大的解放和自由。

任鸿飞的心，已经从囚牢中解放出来。

他已经完全放下。

20.3

在伤痛中的思考，让任鸿飞的内心世界，像针扎过的蚌肉一样，结出珍珠，又被无边的伤痛打磨得晶莹剔透。他的心思，也脱离了他的肉体，像青烟一样袅袅上升，进入越来越澄明之境。

他已不再怨恨，包括对他自己，对于肖东方和刘洋洋他们。他虽然是他们随意摆布的棋子和弃子，而他们，又何尝不同样受到物欲那张大网的牵制。

其实，这张网是对所有人的异化。

任鸿飞觉得，肖东方过去那些对他产生巨大吸引力的对哲学、历史、佛教、精神自由的见解，其实都是异化的。肖东方想从对物质和财富的占有中，获得精神自由，其实是将他的思想禁锢在物质和物欲上。他无法获得更深层次的体验和自觉，他同样不过是物欲的奴隶。

任鸿飞感觉他在精神层次上，已经超越了肖东方。

任鸿飞从心底里升起一个更大的想法。他要取代肖东方，成为复利集团真正的精神支柱。他不想再像他们一样，在对物质和财富的争夺中拔不出来。他要扭转整个集团的航向，让这些财富，真正回到服务社会之中。

此前，任鸿飞一再劝阻谭笑风拼个鱼死网破的想法，并不是因为他被彻底打趴下了。虽然他当时并没有想明白，但他知道，公司内部互相的攻讦、明枪暗箭，不仅会使公司之柱轰然倒地、分崩离析，更把每个人都置于你死我活的危险境地。

长期浸润在资本市场上，任鸿飞已经看到了太多的父子反目、夫妻相残、兄弟拔刀的故事。因为亲人互知根底，熟悉软肋，他们对财产的争夺，从互亲互爱到互残互杀，刀刀见血，直中命门，不仅造成一些亲人身陷囹圄，从血肉相连变成血海深仇，也使公司从灿烂辉煌，坠为一地鸡毛，随风飘散，无着无落。

这是所有人都不愿看到的最坏结局。

而复利达丰，在刘洋洋主持之后，外部的虎视眈眈，以及公司内部的争权夺利和选边站队，已经愈演愈烈，公司有越来越分崩离析的危险。

谭笑风、罗鸣、何乐为等，来探监时，不断地告诉他公司的近况。公司的各个业务板块，因缺乏统一的观念和强有力的指挥，已经在明争暗斗中，越来越成为一盘散沙。

这种局面，让任鸿飞感觉越来越被动。他必须找到路径，让公司按照他的设想，走入新的轨道。

不过，他所设想的要将公司融入社会、服务社会这种转向，肖东方、刘洋洋、李成梁他们会答应吗？何乐为、罗鸣会配合吗？

任鸿飞需要认真分析他所面对的每一个人。

任鸿飞很清楚，肖东方、李成梁不会轻易改变自己的主意。但是，清清白白的商业运营，逐渐成为时代的大趋势，任鸿飞已经看到了打破权力与金钱之间扯不清、道不明的混浊关系的曙光，这是政商关系走向清明的开端。肖东方、李成梁他们，也不敢逆潮流而动。虽然这一次，任鸿飞承担了所有罪责，但公司业务在权力边缘的游走，其实将每一个经理人都放在了进入牢狱的门口。光明煤电这件事儿，应该让肖东方他们心有余悸，一定会有所收敛，有所忌惮。

至于何乐为和罗鸣，他们从本质上讲是技术派，职业经理人，谁占上风，就会跟谁走。任鸿飞有理由说服他们。毕竟从情感上讲，他们要近一些。

而刘洋洋，将成为他一盘棋中的关键棋子。

根据他长期的观察和认识，刘洋洋其实是个简单的人，她对公司的权力和业务，并不是特别热衷，她更想过有钱有闲的日子，她做事儿的动力，更多地出自于上流阶层的自我期许和虚荣心。虽然目前，她仍为肖东方所左右，但她在操持公司业务的过程中，也将和任鸿飞一样认识到，任鸿飞所设想的路径，也是她回避风险、实现人生价值的路径。虽然她的认识和感受，可能并没有任鸿飞这么深刻。

任鸿飞认为，她将是他实现公司转向的突破口。如果能说服她，他的胜算会增大很多。

任鸿飞希望用他的理念和真诚，来说服她。

任鸿飞也很想和肖东方、李成梁谈谈。

从他被抓时起，再未见过肖东方。但任鸿飞在内心里，像第一次见到肖东方时那样，充满期待。只不过现在，笼罩在肖东方身上的那道光环已经退去，任鸿飞反而感觉自己的思想之光，可以把肖东方罩住。

任鸿飞希望用自己的受难，用自己的心胸，用自己的善念，弥合他们之间的分歧。哪怕他们一开始并不赞同他和附和他，但是，最好也别那么激烈地对抗他。

等刘洋洋来探监时，任鸿飞的精神状态，已经变得饱满而圆润。

任鸿飞主动伸出手，说：洋洋，谢谢你，你能过来，我真的很高兴。

刘洋洋说：你还好吧？我早就想过来看看，只是公司的事儿太多了，有些手忙脚乱的。

任鸿飞说：我理解，公司摊子这么大，事又不断，很不容易，你辛苦了。我现在虽然帮不上你，但这一段时间，一直在思考。这次希望你过来，就是想给你提醒几句。

任鸿飞说：其实，我出这个事儿，有偶然因素，但也是必然的。不出这个事儿，也可能出其他的事儿，因为我们公司脱胎于此前的政商结构，又过分依赖于这种结构，说是"原罪"也不为过，极容易牵扯进不清不明的关系里。但是，你知道，目前的这种关系已经转向，开始走向清明，界限分明。如果公司再像过去那样行事，按过去的模式走，我们整个公司的业务根基就会动摇，会有很大风险。我这次事儿既然出了，就要吸取教训，勿重蹈覆辙。我们要借这个机会，洗心革面，清清白白做事儿，清清白白做人。不然的话，公司就可能永远在阴影之下。

任鸿飞接着说：说实话，我不希望公司再出任何事儿了，尤其不希望你出事儿。你心思过于单纯，常在河边走，哪能不湿鞋。但我要特别提醒你，你现在是总经理、法人代表，所有风险都压在你身上，公司出任何事儿，你都要担责，就像我过去一样。希望你谨慎，再谨慎些。

刘洋洋认真地看着任鸿飞，像是要再次认识他似的。这些都是她目前正面临的棘手问题，但任鸿飞并未因替公司扛了雷而埋怨她、怪罪她，反而还在为她着想。

刘洋洋说：谢谢你一直在为我考虑。

任鸿飞说：我们之前也想逐步洗脚上岸，但并未洗清，主要是我们在里面浸润太久了，一时难以了断。我希望你今后要在合法合规框架内做事儿，多征求下律师意见。拿不准的事儿、需要走关系的事儿，不要去做，宁可不做。哪怕像赵家驹这样的人，越说得天花乱坠，你越要离他远点儿，他迟早也要出事。

刘洋洋点点头，若有所思。

刘洋洋说：鸿飞，我觉得，你出来后，公司还是你来掌控的好。

任鸿飞说：洋洋，谢谢你能相信我。我做了这么多年，尝遍其中酸甜苦辣，希望出去后，能写写书。即使重回公司，也是希望做个顾问，帮你出谋划策。

我给你提醒一点，作为公司主帅，你不必事必躬亲，最关键的是三点：用人、用财、用集体讨论决策。公司的那些职业经理人，业务素质都不错，你要信任他们，放手让他们去干，但是，你在财务上又能控制住他们，拿不准就用集体讨论决策，听听大家意见，能减少失误。公司之前所安排的一些项目，包括玉屏县的项目，都是经过集体讨论和深思熟虑的，希望你能继续推进下去，逐渐扭转公司的整体形象。

几句话让刘洋洋有些如梦方醒。刘洋洋说：鸿飞，看来，我真的来晚了，来少了。公司业务的事儿，还是你最明白，还是得跟你多商量。

刘洋洋仿佛又看到了之前她所喜欢的那个任鸿飞的样子。

任鸿飞说：你若没时间来，有事儿让谭笑风、何乐为、罗鸣他们多跑跑，我会给你提些建议，供你参考。

任鸿飞拉住洋洋的手，推心置腹地说：洋洋，我一直想说谢谢你！我现在特别后悔之前跟你交流太少了，你为我们付出了很多，只是怪哥没有这个福分。我最近也在思考我们的婚姻，你其实没有错儿，我们都没错儿，可放在一起就错了。你、我，其实都为这个错误，付出了沉重代价。

刘洋洋眼睛里闪出泪花儿。她感觉他们之间的气氛，反而不似离婚之前的冰冷。

任鸿飞继续说：洋洋，我进来之后才真正感到，人生最重要的事儿，其实还是生活。钱是赚不完的，事儿也是做不完的，而人生是有限的。我希望你下次再来时，给我带来喜糖。我衷心希望你能找到自己的幸福。这才是我最高兴的事儿，你一定要答应。

刘洋洋的眼泪，顺着她的脸颊，静静地流了下来。

任鸿飞看着刘洋洋，他觉得洋洋听进去了他的话，他们的沟通有了良好的开始。他并不指望一次就能完全说服她，就能扭转公司方向，但他找到了公司转机的一道豁口。

他仿佛看到了一道新的曙光，正从这道豁口上冉冉升起。

图书在版编目（CIP）数据

旋转门 / 老刀著． -- 北京：作家出版社，2017. 11
（2020.6重印）
ISBN 978-7-5063-9797-1

Ⅰ．①旋⋯ Ⅱ．①老⋯ Ⅲ．①长篇小说 – 中国 – 当代
Ⅳ．①I247.5

中国版本图书馆 CIP 数据核字（2017）第 300897 号

旋 转 门

作　　者：老　刀
责任编辑：王　烨
装帧设计：刘　彩
出版发行：作家出版社有限公司
社　　址：北京农展馆南里 10 号　　邮　　编：100125
电话传真：86-10-65067186（发行中心及邮购部）
　　　　　86-10-65004079（总编室）
E-mail:zuojia@zuojia.net.cn
http://www.zuojiachubanshe.com
印　　刷：中煤（北京）印务有限公司
成品尺寸：152×230
字　　数：350千
印　　张：23.75
版　　次：2018年1月第1版
印　　次：2020年6月第7次印刷
ISBN 978-7-5063-9797-1
定　　价：45.00元